ÉLOGI

« Une fois par an, un nouveau romancier me fait forte impression. L'an passé, c'était Suzanne Collins avec *Hunger games*. Cette année, c'est Gillian Philip avec *À feu et à sang*. Si votre enfant a aimé *Le silence du Rossignol, Frère de loup* ou même *Twilight*, voici un livre pour lui. *À feu et à sang* est l'un des meilleurs livres du genre. Comme Alan Garner, Gillian Philip reconstruit nos mythes nationaux. Seth incarne le côté séduisant et maussade dont les filles vont raffoler, mais son insolence, son audace et son sens de l'humour vont aussi séduire les jeunes lecteurs masculins, ainsi que le paysage sauvage écossais à travers lequel il se bat, chasse et se promène à cheval durant toute son existence. La prose limpide de Philip est aussi explosive que le whisky, et même lorsqu'elle vous fait découvrir des atrocités à travers les yeux de son héros, elle insuffle de l'ingéniosité chez ses lecteurs. Ceci mérite bien une récompense. Le meilleur roman fantastique de 2010. »

Amanda Craig — *The Times*

« Philip a créé un monde parallèle tout à fait crédible au sein duquel les hommes et les femmes sont égaux devant les armes. C'est souvent cru et brutal, mais avec des instants de beauté à vous crever le cœur. Je n'avais pas éprouvé un tel plaisir à lire un livre de ce genre depuis celui de Susan Price, *The Sterkarm Handshake*. »

Mary Hoffmann — *The Guardian*

« Magnifique. J'aurais aimé l'écrire. Superbes personnages. *À feu et à sang* est souvent profond. J'ai vraiment apprécié chaque passage dans cette lecture. »

Susan Price — auteure de *The Sterkarm Handshake* et gagnante de la médaille Carnegie.

« Tout ce que l'on doit trouver dans le fantastique : la vitalité, des personnages charismatiques, des histoires personnelles intenses ; des thèmes centraux comme le pouvoir, l'avidité, l'amour, la loyauté. Et aussi, toutes les monstruosités que certains peuvent affliger à d'autres pour soutenir une cause ou par ambition ; cela fera couler de nombreuses larmes… Superbe… Je suis impressionnée. »

Jill Murphy — *The Bookbag*

« Des légendes écossaises, des combats d'épée, l'histoire du XVIᵉ siècle, de la sorcellerie… Mon Dieu, ce que j'ai aimé ce livre ! »

Jennie Hood — *Waterstone's.com*

« L'un des meilleurs romans fantastiques que je n'ai jamais lu. Seth, le héros féroce mais extrêmement loyal du peuple des Sithe, est un personnage totalement imaginaire et particulièrement fascinant par lequel je me suis laissé emporter. Gillian Philip a su tirer parti de son propre héritage mythique pour le transposer en une histoire rare, nouvelle et absolument passionnante. »

Lucy Coats — *Scribble City Central*

« Géant… Il y a tant de choses dans ce roman qui m'ont fait l'adorer. Tout d'abord, la beauté de l'écriture. Ensuite, l'intrigue qui m'a tenu en haleine tout au long de l'histoire. Gillian Philip est une écrivaine époustouflante. Si elle a opté pour un genre littéraire qui souvent frise le médiocre, elle a su le transformer de manière impressionnante, et je tiens à la remercier pour cela. »

***The Bookette*.**

LES ANGES REBELLES

À FEU ET À SANG

TOME 1

LES ANGES REBELLES

À FEU ET À SANG

TOME 1

Gillian Philip

Traduit de l'anglais par
Sandrine Deméré et Sophie Beaume

ADA éditions

Éditeur : François Doucet
Traduction : Sandrine Deméré et Sophie Beaume
Révision linguistique : Féminin pluriel
Correction d'épreuves : Nancy Coulombe, Catherine Vallée-Dumas
Conception de la couverture : Matthieu Fortin
Illustration de la couverture : © Steve Stone
Mise en pages : Sébastien Michaud
ISBN papier 978-2-89733-366-9
ISBN PDF numérique 978-2-89733-367-6
ISBN ePub 978-2-89733-368-3
Première impression : 2013
Dépôt légal : 2013
Bibliothèque et Archives nationales du Québec
Bibliothèque Nationale du Canada

Éditions AdA Inc.
1385, boul. Lionel-Boulet
Varennes, Québec, Canada, J3X 1P7
Téléphone : 450-929-0296
Télécopieur : 450-929-0220
www.ada-inc.com
info@ada-inc.com

Diffusion

Canada :	Éditions AdA Inc.
France :	D.G. Diffusion
	Z.I. des Bogues
	31750 Escalquens — France
	Téléphone : 05.61.00.09.99
Suisse :	Transat — 23.42.77.40
Belgique :	D.G. Diffusion — 05.61.00.09.99

Imprimé au Canada

Participation de la SODEC.
Nous reconnaissons l'aide financière du gouvernement du Canada par l'entremise du Fonds du livre du Canada (FLC) pour nos activités d'édition.
Gouvernement du Québec — Programme de crédit d'impôt pour l'édition de livres — Gestion SODEC.

Catalogage avant publication de Bibliothèque et Archives nationales du Québec et Bibliothèque et Archives Canada

Philip, Gillian, 1964-

[FireBrand. Français]
À feu et à sang
(Les anges rebelles ; t. 1)
Traduction de : FireBrand.
ISBN 978-2-89733-366-9
I. Beaume, Sophie, 1968- . II. Titre. III. Titre : Firebrand. Français.

PR6116.H54F5714 2013 823'.92 C2013-941691-9

Pour Lucy et Jamie, comme toujours, et pour Cherry Allsopp, avec toute mon affection.

« Ce flirt avec un monde parallèle est une entreprise périlleuse, et j'ai osé jouer avec cette fascination que seuls le feu ou le fer froid peuvent exorciser. »

Catherine Czerkawska
The Secret Commonwealth

REMERCIEMENTS

De nombreuses personnes m'ont soutenue quand le personnage de Seth MacGregor devenait de plus en plus complexe, et je suis particulièrement reconnaissante à ceux qui ont lu le manuscrit et m'ont prodigué leurs conseils. Je remercie tout particulièrement Hilary Johnson, Michael Malone, Ruth Howell et Elaine Reid. Je veux aussi remercier en particulier Linda Gillard qui, à un moment difficile, m'a aidée à surmonter une phase de découragement et a permis à Seth d'échapper au feu.

Je suis reconnaissante à Catherine Czerkawska pour son aide dans les recherches historiques et pour m'avoir permis d'utiliser une citation de sa pièce *The Secret Commonwealth*. David Worthington m'a également guidée pour tous les détails sur l'histoire rurale écossaise.

Quelques personnes sympathiques parlant le gaélique m'ont aussi apporté leur soutien. Cependant, les Sithe ayant vécu dans un monde parallèle durant de nombreux siècles, ils ont fait les quatre cents coups avec ce superbe langage — si bien que toute inexactitude, manque de cohérence ou toute erreur évidente leur seraient imputables (et un peu à moi aussi). Je devrais rajouter que Seth, de par sa nature nonchalante, a une forte tendance à angliciser dès lors qu'il se trouve en difficulté.

Je suis si reconnaissante envers toutes les personnes extraordinaires de la maison d'édition Strident Publishing — Keith, Graham, Alison et Sallie. Tout auteur qui aura eu la chance de travailler avec eux peut reconnaître à quel point ils sont de grand soutien, enthousiastes et simplement charmants.

Et enfin, comme toujours, je remercie Ian, Jamie et Lucy pour leur inépuisable patience et tolérance tandis que j'étais ailleurs avec mes féeries. Je dois quelques verres à l'un d'entre vous trois, et quelques séances de cinéma et bon nombre de Joyeux festins aux deux autres. Et cela, sans raison. Simplement parce que vous êtes géniaux !

Prologue

La cour empeste les animaux, le fumier et les excréments humains. Je ne peux m'empêcher de penser à l'odeur de la putréfaction, car au-delà de la puanteur et du soleil se couchant dans un ciel plombé, la mort se fait sentir, bien présente comme une tache indélébile. Mon frère n'est pas le premier à mourir ici et il ne sera pas le dernier.

Je frotte mon nez avec mon bras crasseux, puis mes yeux, car ma vision est trouble et m'empêche de voir correctement. Puis je les ferme et je me pelotonne contre le parapet. J'aimerais être à mille lieues de là, mais quelle aide pourrais-je alors apporter à Conal ? De toute façon, je ne peux ignorer le poids monstrueux de l'arbalète dans mes bras. Je déteste les arbalètes, je les ai toujours détestées : une arme affreuse, brutale et tuant à distance. Je n'ai jamais supporté de les toucher, ni même de les regarder. C'est comme si j'étais né avec la sensation d'avoir rendez-vous avec l'une d'entre elles : un rendez-vous auquel je ne voudrais pas me rendre.

Je renifle et frotte à nouveau mes yeux : j'aimerais me conduire en homme, j'aimerais ne pas être si effrayé. J'ai seize ans. Un âge tout à fait suffisant pour tuer ou pour mourir. Bien plus vieux que lorsque j'ai vu mourir mon père, presque découpé en morceaux et luttant pour trouver un dernier souffle. Sa mort était inévitable, de même que celle-ci. Pourquoi ce chagrin prématuré ?

J'écarquille les yeux. Un cliquetis semblable aux vibrations de roues sur le dallage se fait entendre, et je jette un coup d'œil par-dessus mon épaule. Je suis bien placé, mais facilement repérable si je veux tirer, et il faudrait que je fasse vite pour descendre des tours et m'enfuir. Je ne peux pas y penser, pas maintenant. La foule, jusqu'alors muette, ne grommelant qu'avec l'excitation du jour, se fait désormais entendre à l'unisson, se transformant, comme par magie noire, en une bête mugissante. Je m'oblige à regarder, le souffle coupé.

Ce n'est pas mon frère. Ce ne peut pas être lui. Ce n'est pas Cù Chaorach, le Chien de berger, père de son clan. Il n'a jamais été aussi chétif. Son visage est ensanglanté et à moitié noirci. Ses cheveux ont été tondus grossièrement. Sa chemise est toute déchirée et effilochée et, à travers les accrocs du lin, je vois des traces de coups de fouet dans son dos ensanglanté.

Oh non. *Non.* La fille est avec Conal. Elle ne doit pas être plus âgée que moi et elle a déjà pris quelques raclées, la pauvre gamine. Elle pleure de façon frénétique, et je n'ai jamais vu auparavant autant de terreur meurtrie sur un visage. Leurs mains sont attachées, mais l'épaule de Conal est appuyée fortement contre la sienne et, quand on les sépare brutalement et qu'on les jette à bas de la charrette, il retombe facilement sur ses pieds et se presse de nouveau contre elle. Il y a une tache sombre sur sa robe crasseuse : elle s'est urinée dessus. Et mon frère, ce grand fou valeureux, lui est tout dévoué alors qu'elle est en fait l'une des leurs, et que, dans des conditions à peine différentes, elle se serait déchaînée contre lui comme le reste de la foule.

Il se tourne vers elle, ses lèvres bougent. Des bêtises probablement. Il lui dit qu'elle n'a pas besoin d'avoir peur, que tout cela sera bientôt fini. Le menteur !

Bon sang, Conal, tu veux que je tire à deux reprises. En ai-je le temps ?

Je ne peux pas le faire tout seul ; sans lui, je n'avais jamais été d'aucune utilité. Je ne peux m'empêcher de l'appeler.

– *Conal !*

Conal reste immobile et il ne lève même pas le regard. Alors qu'il murmure encore quelque chose à la fille, son visage blessé s'éclaire d'un large sourire, d'un sourire de pur bonheur.

– *Seth !*

– Regarde le sorcier, il est en train de sourire !

Quelque chose jaillit de la foule et frappe la pommette de Conal, le faisant tituber.

– Content, salaud ? Tu vas bientôt retrouver ton Maître !

– Oui, mais pas assez tôt !

Un rire rauque se fait entendre.

– On verra bien s'il sourit toujours quand il brûlera.

– Le fils de Satan ne sourira pas quand il brûlera en enfer.

La haine déferle si violemment sur moi que je suis pris de vertige. C'est la toute fin du XVIe siècle, bon sang : quand est-ce que ces gens vont penser à évoluer ?

Mes doigts se resserrent sur l'arbalète. Puis je sens son esprit s'insinuer dans le mien, apaisant, rassurant, comme lorsque j'étais un enfant sauvage et hargneux et qu'il me domptait.

— *Murlainn. Petit frère. Ne perds pas ton objectif de vue !*

— *Conal, je ne peux pas tirer à deux reprises ! Je n'en ai pas le temps !*

— *Si, tu peux. Ne panique pas !*

Tournant son visage rapidement vers la fille, Conal réussit à embrasser son crâne lacéré et tondu avant qu'elle ne soit tirée en arrière et hissée sur le bûcher.

— *Elle n'est rien pour nous. Elle est une des leurs !*

Conal redresse sa tête tout doucement comme s'il voulait me transpercer du regard et me transmettre un vrai morceau de son esprit. Je vois l'ébauche d'un sourire.

— *Elle a un nom, Seth.*

Je ne veux pas le connaître. Je ne veux pas connaître son foutu nom. Je suis ici pour Conal.

— *Catriona. Elle s'appelle Catriona.*

Ses yeux croisent presque les miens à travers la brume du crépuscule, et il sourit à moitié. Et ainsi, il sait que je le ferai. Il devait savoir que je le ferais de toute façon. Je ferais tout pour lui.

Il est traîné derrière elle, puis attaché au même poteau par des cordes qui les maintiennent ensemble. Il étire suffisamment ses doigts pour la toucher et lui parle de nouveau, mais je doute qu'elle puisse l'entendre par-dessus les aboiements de la foule. Le prêtre aux yeux pâles s'avance, sa soutane flottant au vent telle une corneille affamée de charogne. Je remarque qu'il reste dans la pénombre du mur de la cour. Il lève sa bible en souriant.

— *Sois calme, Seth. Ne tremble pas, ouvre les deux yeux, souviens-toi.*

— *Conal, je…*

— *Je t'aime petit frère. Je te reverrai, je te le promets.*

Oh non, on ne se retrouvera jamais. D'en haut, je fixe le prêtre qui déclame sa haine par-dessus les hurlements de la foule. Pas dans ce foutu paradis. Cela n'existe pas et pis encore, il n'y aurait aucune raison qu'il y aille après être mort en faisant appel à moi.

C'est *ma* promesse, Cù Chaorach.

Mais je ne permets pas à Conal de l'entendre. Je bloque froidement ma pensée, parce qu'il n'approuverait pas, même maintenant. Ma haine empêche à présent mes mains de trembler. Je suis content de ne pas avoir le temps de tuer aussi le prêtre. Un carreau au cœur serait trop rapide.

– *Je t'aime Cù Chaorach. Je suis désolé.*

– *Je suis heureux que tu sois là. Ne t'excuse pas, sois rapide.*

Je roule sur le ventre. On ne me verra pas. J'ai le temps. Personne ne peut voir ma cachette d'en bas ; personne ne veut manquer une seconde du spectacle. Il leur faudra sans doute un moment pour comprendre ce qui s'est passé dans la confusion. J'ai beau haïr les arbalètes, je sais bien m'en servir. C'est lui qui m'a appris. Je peux réussir en deux coups. Je peux recharger, tirer et m'enfuir en plus. *Oui.*

Je fixe mon regard et je vise. D'abord la fille, ainsi elle ne saura rien, et Conal saura que je l'ai fait et il sera content de moi.

Puis Conal. Mon frère, mon ami, mon capitaine. Mon père pour toutes les choses importantes. « Oh s'il vous plaît, dieux qui n'existez pas, donnez-moi la force. »

Deux hommes avancent derrière le prêtre en levant bien haut des torches éblouissantes.

C'est le moment. Je rejette la sueur, les larmes et la terreur. Et mon esprit est aussi froid que mon cœur quand mon doigt presse la détente.

PREMIÈRE PARTIE
LE FANTÔME

Chapitre 1

– Tu t'en occupes.

Ce fut le premier et dernier échange que mes parents eurent à mon sujet. Mon père fut plus surpris qu'en colère lorsque l'émissaire de ma mère franchit à cheval les grilles de la forteresse, suivi d'un poney transportant un sale gosse et affichant une mine déconfite. L'homme avait chevauché trois jours en ma compagnie, et j'avais tout fait pour que ce soient les trois plus longues journées de sa vie. Il était tellement content de se débarrasser de moi qu'il ne prit pas pension chez Griogair. Il prit son repas et un verre d'une boisson fortement alcoolisée, tourna les talons et repartit par là où il était venu. J'espérai que Lilith l'avait récompensé comme il se doit.

Même après, mon père ne parut jamais en colère à ce sujet. Il n'était pas suffisamment impliqué pour en éprouver ; au pire, il était tout juste agacé. En mon for intérieur, je suis certain qu'il n'était pas convaincu d'avoir un lien avec mon existence. Il pensait que c'était juste une lubie de Lilith.

Ma belle-mère croyait en moi, fort bien. J'avais l'habitude de sentir sur ma peau le regard bleu et froid comme le givre de Leonora et, si je la regardais, elle ne détournait pas le regard. Elle était la seule à ne pas le faire. Le reste du clan détournait le regard comme si je représentais un poids colossal. Eh bien, c'est ce que je représentais, et aussitôt qu'il fut établi que Griogair ne ferait jamais de moi, son fils longtemps ignoré, son héritier, ils décidèrent de faire comme si je n'existais pas. Le petit groupe d'enfants m'accordait toutefois davantage d'intérêt : les plus grands m'excluaient ou se moquaient de moi dans le meilleur des cas, et dans le pire des cas, ils me filaient des raclées. Les plus jeunes me fuyaient. Il faut bien avouer que je faisais tout pour cela.

Mais ma belle-mère ne me craignait pas, ne m'ignorait pas, ne me maltraitait pas. Elle m'observait. S'il était vraisemblable qu'elle aurait pu me tuer, je n'ai jamais réussi à lire dans les yeux de Leonora, sans parler de son esprit. Ce n'est pas qu'elle avait peur de moi. Elle n'avait peur de personne. Je l'avais observée en compagnie de mon père et j'avais la certitude que mon père n'avait jamais souri à ma mère de cette façon, qu'il ne l'avait jamais touchée si doucement ni qu'il lui avait jamais parlé si tendrement. Ce qui était certain, c'était qu'il ne m'avait jamais traité de la sorte. S'il m'apercevait, il fronçait les sourcils, serrait les dents et avait l'air exaspéré comme si je lui évoquais le souvenir d'une grossière erreur dont il ne pouvait se débarrasser. Leonora ? Tout ce que j'ai pu déceler chez elle était une certaine pitié et une once de mépris et je la détestais pour cela. J'aurais aimé détester mon père de la même façon, mais je n'y arrivais pas. Tout ce dont je rêvais, c'était de son amour, ou si c'était trop demander, d'un minimum d'attention de sa part.

Je n'ai jamais eu cette chance.

Malgré cela, ma mère m'a quand même renvoyé chez lui. À l'époque, elle vivait à la cour en tant que conseillère auprès de la reine : son exil l'avait hissée à ce rang. En tant que laissée pour compte de Griogair Dubh, elle devint l'une des courtisanes les plus puissantes dans les salons de Kate NicNiven. Ce dont elle n'avait absolument pas besoin, c'était d'un mendiant, en quête permanente d'attention, qui se mettait dans des situations embarrassantes, insultant les capitaines et les courtisans, se prenant régulièrement des corrections, et qui lui faisait honte. Par conséquent, elle me renvoya chez Griogair.

Je préférais être avec mon père de toute façon. Les femmes de notre clan n'ont pas la fibre maternelle, c'est un fait, si bien que Lilith ne m'a jamais vraiment manqué. Les femmes de notre tribu, les Sithe, font de magnifiques guerrières, des conseillères prudentes et rusées. Qu'elles soient guérisseuses ou forgeronnes, elles s'en sortent bien. Si elles sont sorcières, elles excellent en magie noire. Là où elles n'excellent pas, c'est bien dans l'art d'être mère ; ce n'est pas quelque chose de spontané. Nous ne sommes pas une race fertile. C'est d'ailleurs peut-être de cela que sont issues les histoires ridicules prétendant que nous sommes des voleurs de bébés. Autant vous dire que si elles ne peuvent tolérer leur propre progéniture, à quoi bon s'embarrasser des enfants des autres. Nos femmes ne se morfondent pas d'avoir des enfants, car à quoi bon se lamenter pendant des siècles pour quelque chose qui ne se produira peut-être jamais. Au lieu de cela, elles s'endurcissent, et même si elles se reproduisent, elles se défont rarement de cette dureté. De toute façon, nombreuses sont celles qui ne prennent pas d'amant, la perte de leur virginité étant physiquement très douloureuse. Certaines préfèrent carrément se passer de sexe.

Apparemment, ce ne fut pas le cas de ma mère. Elle eut un nombre incroyable d'amants, même si ce qu'elle désirait le plus au monde était d'être l'amante attitrée de Griogair, rôle qu'elle ne put obtenir, malgré ses charmes, étant donné qu'il était lié depuis des décennies à Leonora, avant l'arrivée de Lilith. Quand il fut clairement établi que je n'allais pas lui servir d'atout, elle me rejeta.

Ce qui me convenait finalement. Me retrouver hors des cavernes labyrinthiques de Kate NicNiven, c'était comme si je respirais pour la première fois. Et puis, personne ne me manquait de cet entourage blême et hautain. Il y avait moins d'enfants sous terre que sur terre, mais, de toute façon, je n'avais ni besoin d'amis, ni besoin de mère. Dans la forteresse de mon père, j'étais heureux d'errer dans la pénombre et de pouvoir observer. De cette façon, je pouvais voir les lutteurs s'entraîner, regarder comment les enfants se battaient et comment les hiérarchies étranges et complexes se mettaient en place dans la vie de la forteresse. Il y avait des jeux de casse-cou, à cheval, auxquels j'aurais aimé participer et, lors des nuits de pleine lune, quand la musique sauvage se mettait en route, j'étais presque prêt à m'immiscer dans la danse avec les autres. Mais cela me convenait : j'étais nourri, vêtu et plutôt en sécurité. En plus, j'apprenais énormément, non pas parce que quelqu'un me faisait étudier, ou me proposait de travailler aux champs ou de faire des tâches manuelles. En fait, mon éducation n'était pas conventionnelle : j'apprenais par moi-même et je savais que ces leçons allaient m'être utiles pour le reste de ma vie. La plus utile fut celle que j'appris en premier : j'étais responsable de moi-même. Dans la vie comme dans la mort, on est livré à soi-même, et cela, je le savais mieux que quiconque.

Cela semble idiot maintenant de dire que j'attendais tant de la vie avec mon père. J'avais quelques images romantiques en tête, comme le père et son fils qui font des choses ensemble, qui se bagarrent, qui chassent, qui rient et se font des confidences.

Il s'avéra qu'il avait déjà un fils, un fils parfait, et qu'il n'en avait pas besoin d'un second.

Chapitre 2

J'étais en train de pêcher ce matin-là. C'était mon activité favorite dans la vie de la forteresse de mon père : c'était à l'air libre. Je détestais les grottes souterraines de Kate. Elles étaient belles, vertigineuses, mais sombres. On ne pouvait voir le ciel.

Chez mon père, il y avait du ciel à revendre. La forteresse se trouvait sur un promontoire rocheux, ses murs de pierre tombant abruptement dans la mer sur son flanc ouest. Elle se fondait dans le paysage tout comme les gros rochers gris, tachetés de lichen jaune, tailladés et façonnés par l'éternité. Côté nord et sud, des baies bleues. À l'intérieur, des plaines avec des fleurs sauvages et une étendue de bruyère si immense qu'un regard porté vers l'horizon se brouillait. À peine l'avais-je vue que je l'aimais et savais que j'allais mourir ici.

Le plus tôt serait le mieux à en croire mon nouveau clan.

Je me fichais de ce qu'ils pensaient de moi. Désormais, je pouvais aller et venir librement. Je n'avais pas de frontières, pas de limites. Je pouvais nager, pêcher et prendre les lapins au collet. Je pouvais passer la journée entière à apprivoiser un faucon blessé tandis que je me nourrissais de ce que je trouvais ou attrapais. C'était une vie sans amour, et alors ? J'avais huit ans et j'étais libre pour la première fois de ma vie. Personne ne se préoccupait d'où j'étais et de ce que je faisais. C'était une sorte de paradis bien qu'une sorte d'enfer à la fois, mais je ne retenais que l'aspect paradisiaque, et c'était bien ainsi. C'était une assez bonne vie pour un enfant qui n'aurait pas dû naître.

Lors du premier jour de mon douzième mois ici, ma vie de fantôme prit fin.

En ce jour de plein été, les heures défilaient… Un véritable cadeau ensoleillé et paisible. La lande sur la tourbière, d'un coloris bleu acier, était calme. Pas forcément un bon jour pour pêcher, mais je n'avais rien à faire de mieux pour tuer le temps. Y avait-il quelque chose de mieux ? Mes côtes étaient encore douloureuses à la suite de mon dernier combat, mais mon nez ne saignait plus, et j'avais le sang de mes ennemis sur mes poings et leur peau sous mes ongles. J'avais même fait sauter une dent à l'un d'entre eux. Ma fierté était intacte, et je savais que ce serait toujours le cas. J'étais meurtri et contusionné, mais la brise tiède m'enveloppait, la bruyère sentait le miel, et j'étais heureux.

Je taquinais la truite depuis près d'une heure. Mon cerveau était au repos. Il est difficile et ennuyeux d'essayer de comprendre l'esprit d'un poisson et, de toute façon, j'aimais le défi. C'était une vieille truite futée ; de nombreuses personnes s'y étaient essayées avant moi et avaient échoué, et je voulais être celui qui la tirerait hors de l'eau. J'avais comme vague dessein de la présenter à mon père et je voyais déjà les yeux de Griogair s'illuminer de plaisir et peut-être d'un peu de respect.

J'étais donc là, sur le ventre, dans la bruyère rêche, laissant le bout de mes doigts effleurer la surface calme du petit lac, chantant doucement à l'intention de ma truite. Elle était grasse et endormie parmi les herbes aquatiques, et l'eau était si marron et immobile que mes doigts étaient très impatients de s'enrouler autour de son corps lisse, mais je savais qu'il ne fallait pas que je me précipite. Quand je laissai courir mon index tout au long de son dos et qu'elle ne s'agita plus, je sus que c'était gagné. L'attrapant fermement, je la tirai hors de l'eau avec un cri de victoire.

Elle se débattit sur la roche grise, semblant abasourdie et légèrement trahie. Mon plaisir s'estompa quand je baissai les yeux sur son corps abattu, au souffle irrégulier. Vue ainsi, elle n'était plus aussi belle.

J'ai repensé à mon père. Ce matin même, je l'avais vu à cheval revenant d'une chasse matinale avec mon demi-frère, avec, jeté sur le dos de leur haridelle, un chevreuil au poil soyeux. Ce demi-frère était retourné à la forteresse un mois plus tôt, en détachement d'un autre clan situé à une centaine de kilomètres plus au nord et, depuis son arrivée, il n'avait montré aucun intérêt à mon égard. Disons que le mépris était réciproque.

Quand ils passèrent à côté de moi, ils riaient comme de bons compagnons, et on pouvait déceler dans le regard de Griogair, quand il regardait Conal, un amour qui l'étranglait. J'aurais bien aimé qu'il s'étrangle. Si Griogair m'avait à peine remarqué, Conal, lui, tourna son regard vers moi, regard impénétrable. Il n'essayait pas de s'insinuer dans mon esprit. C'est dire combien je lui étais inférieur, et je n'avais aucune intention de m'insinuer dans le sien quand bien même il m'en donnerait l'autorisation. Je ne voulais pas lire son mépris, sa supériorité, son arrogance en tant qu'aîné. Je constatais qu'une seule flèche manquait dans son carquois. Il avait donc touché cette bête du premier coup, et elle était magnifique.

Alors, un malheureux poisson… Mon père n'en aurait que faire…

Je pris une pierre pour l'assommer et, une fois que j'eus frappé sa tête, je ne pouvais plus m'arrêter. Je continuai à m'acharner sur cette pathétique créature bien longtemps après avoir mis fin à son agonie. Il y avait de la chair translucide partout sur le rocher, des morceaux d'écailles et des arêtes brisées. Tandis que je continuais à le marteler, je commençai à me demander comment j'allais m'arrêter.

— Eh bien, pourquoi t'en prends-tu à ce poisson ?

Je me levai d'un bond, tenant fermement la pierre dans mon poing, prêt à frapper.

Conal me regardait depuis un affleurement de roche, à peu près à deux mètres de moi, ses bras reposant nonchalamment sur ses genoux. Grands dieux, à quel point je le détestais. Il était tout ce que je n'étais pas. Déjà, c'était un adulte : il devait bien avoir cent ans de plus que moi. Il avait hérité des cheveux châtain clair de sa mère, cheveux coupés court mais indisciplinés, mais il avait les yeux rieurs du même gris clair que Griogair. Il avait tout de Griogair, pas seulement son amour et sa confiance. Tandis que moi, je n'avais que les cheveux noirs de Griogair comme le vaurien que j'étais prédestiné à devenir. Je décidai sur-le-champ que j'allais en devenir un sacré.

Conal portait son épée dans le dos, épée embossée d'argent que Griogair avait fait faire pour lui, et je me demandai s'il venait ici pour me tuer. Je me demandai si cette perspective m'ennuyait et finalement je décidai que oui. Mes doigts se resserrèrent sur la pierre. Ce que j'aimerais le taper en premier !

— Va-t'en, lui dis-je hargneusement.

Il haussa légèrement les épaules.

– Mais ce n'est pas ton rocher, et je me plais bien ici !

– Ne me regarde pas, grognai-je en levant la pierre un peu plus haut.

Il poussa un soupir et contourna le bloc de roche. Il me présenta alors son dos.

– C'est mieux ainsi ?

Non, pire. Je continuais à être furieux contre lui. L'épée était de toute beauté. J'avais vu Conal la manier, j'avais vu comment elle fendait l'air, aussi légère et rapide que son esprit, avec une soie parfaitement équilibrée, répondant à merveille.

Soudainement, je pris conscience que mon père ne me donnerait jamais quelque chose comme cela. Quelque effort que je fournisse, je ne serais jamais son fils. Jamais réellement.

– Mais tu es mon frère, murmura Conal.

– Ce qui te confère le droit de me regarder de haut, c'est ça ?

– Non.

Il jeta un œil au-dessus de son épaule, mais me regarda à peine.

– Cela signifie que j'aimerais te connaître et cela signifie que ce que je veux… n'est pas ce que veut Griogair.

– Il veut que je m'en aille.

Cela le fit taire. Il ne chercha même pas à me contredire, car il savait que c'était exact.

– Je ne le souhaite pas, moi, dit-il enfin.

Des larmes chaudes se déversèrent de mes yeux, et cette humiliation me fit le haïr davantage.

– Ferme-la.

– Seth…

– Ne m'appelle pas comme ça.

Mes paroles étaient empêtrées dans mes larmes.

– N'est-ce pas ton prénom, pourtant ?

Je reniflai violemment. Je voulais le frapper avec ma pierre. Je voulais le frapper comme je venais de le faire avec mon poisson, jusqu'à ce qu'il n'existe plus. Comme ça, il saurait ce que cela faisait. Mon visage était couvert de larmes et de morve, comme les gamins, et zébré de sang séché provenant de mon nez.

– Vas-y, dit-il.

Je posai le regard sur sa nuque.

– De préférence, sans la pierre, ajouta-t-il. Mais vas-y, continue et frappe-moi.

Je ne sais pas pourquoi, mais j'ai lâché la pierre. J'aurais pu m'en servir, mais je l'ai bien lâchée. Sans réfléchir davantage, je me précipitai sur lui et le frappai durement au visage. Ensuite, comme un lâche, je m'enfuis, me tapis, prêt à déguerpir pour sauver ma peau.

Doucement, un peu sonné, il porta sa main à son visage. Je savais que je lui avais fait mal, et si jamais il le niait, je me promettais de le haïr à tout jamais. Mais il secoua légèrement la tête et tressaillit quand il toucha sa pommette.

– Fort, murmura-t-il. Tu es fort.

– Je te déteste, lui dis-je.

– Je le sais. Puis-je me retourner maintenant ?

– Non !

Je ne voulais pas lui montrer la trace de mes larmes toutes fraîches.

– Est-ce que tu te sens mieux désormais ?

– Oui, mentis-je.

— Bien.

Je peux certifier qu'il était sincère. Il n'avait pas cherché à m'inculquer une stupide leçon de morale sur la futilité de la violence. Il voulait tout simplement que je me sente mieux.

— Ta mère a chassé la mienne, lâchai-je amèrement, surtout pour relancer la conversation.

Haussant les épaules très doucement, Conal se tourna à moitié.

— Eh bien, dit-il, une amorce de sourire au coin de la bouche. Ta mère a essayé d'empoisonner la mienne.

Je m'affalai dans la bruyère et je me rongeai les ongles pendant un petit moment. Le silence qui régnait entre nous était presque agréable. Si je n'avais pas été au bord des larmes, j'aurais été ravi comme jamais, en étant là assis en sa compagnie. Il fallait que je me force à me souvenir qu'il était l'aîné de Griogair, le seul que mon père aimait, celui qui me rendait déjà superflu avant même ma conception. S'il avait essayé, à ce moment précis, de me dire qu'il voulait être mon ami, j'aurais repris ma pierre et l'aurais tué.

Après une pause, il dit :

— Tu connais Sionnach MacNeil ?

Je le connaissais, mais ne répondit point. C'était un garçon à peu près de mon âge et plutôt sympathique, un des rares humains de la forteresse qui acceptaient ma présence, un des rares enfants qui ne m'embêtaient pas. Si j'avais fait partie de ceux qui ont besoin d'avoir un ami, il aurait pu faire l'affaire.

— Il sait où il y a un repaire de renards dans la pinède, continua Conal. Il t'y emmènera si tu veux.

— Qui t'a dit ça ? dis-je sèchement.

– Lui-même.

– Ah, répondis-je, car je ne voyais pas quoi dire d'autre.

– Alors, je peux me retourner maintenant ?

– D'accord.

Je me frottai rapidement le nez sur ma manche.

Puis il se retourna et me regarda. Je ne voulais pas qu'il m'adresse un sourire, et il ne le fit pas. À la place, il me tendit la main, naturellement.

Me mordant fortement la lèvre, je regardai cette main tendue. Puis, je la saisis, aussi simplement *que cela*. Là, Conal sourit, mais à ce moment précis, cela ne me dérangea pas le moins du monde.

★ ★ ★

Si bien qu'après, j'eus au moins un ami dans la forteresse. Sionnach aimait les mêmes choses que moi, et nous passâmes la majorité de nos journées ensemble. En plus, être l'ami de Sionnach redorait mon blason, puisque son père était le commandant en second de Griogair. Niall Mor Maclain était en fait plus courtois à mon égard que mon propre père. Et Conal, tout en conservant une certaine distance voulue par mes soins, m'intégra doucement au reste du clan, de façon progressive et en douceur, si bien que ni moi ni le clan ne nous rendîmes compte du moment où je cessai d'être le fils non désiré de Griogair pour devenir l'un des leurs.

Maintenant, quand il se promenait à cheval avec Griogair, de retour d'une chasse, d'une patrouille ou d'une visite diplomatique à Kate, Conal disait d'un ton brusque :

– *Athair*[1] *! Père !*

1. N.d.T. : Terme gaélique pour désigner le père.

Cela suffisait pour que Griogair démarre et me regarde avec un demi-sourire. C'est tout ce que j'aurais de lui, mais c'était déjà bien davantage que ce à quoi je m'étais habitué à prétendre. Conal pouvait m'attraper d'une main pour me hisser sur son cheval noir sauvage (et parfois même avec Sionnach) devant l'intégralité du clan. J'étais alors rempli de fierté. Je n'étais pas le fils de Griogair, en aucune manière, mais regardez-moi ! Regardez-moi, vous les chiens habitués à vous moquer de moi, à me donner des coups de pied et à m'ignorer. Je suis le *frère* de Conal MacGregor !

C'était tout ce que je n'avais jamais été, alors autant dire que je m'en satisfaisais. Voilà comment une nuit, je m'étais couché toujours persuadé que je le haïssais, car j'avais envisagé de toujours le détester, et comment, au petit matin, je me réveillai sachant que je l'aimais. Si Griogair ne serait jamais mon père, Conal, lui, serait mon frère, et je l'aimerais jusqu'à sa mort.

Et il n'avait même pas eu besoin de m'en convaincre.

Chapitre 3

Lorsque j'ai eu onze ans, j'ai aimé d'une autre manière. Progressivement, je m'étais fait d'autres amis, bien que peu : il y avait Feorag, un an de moins que moi, mon partenaire dans les délits que Sionnach quant à lui refusait même d'envisager. Il y avait Orach, une fille calme aux cheveux blonds qui tirait comme une déesse et qui avait tendance à me suivre partout, mais qui parlait peu. J'aimais sa compagnie et j'appréciais son dévouement et, un an ou deux plus tard, nous nous sommes débarrassés de notre virginité respective dans la douce pénombre des grottes au-delà de la baie.

Je n'ai aimé que quelques femmes : je les ai aimées honnêtement et intensément, avec tout mon cœur. J'en ai aimé beaucoup d'autres sexuellement, mais avec peu d'amour. La vie des Sithe est trop longue pour un amour unique, sans réserve. Un cœur peut se briser tant de fois. Je ne dis pas qu'il se fend totalement : juste qu'il s'en remet difficilement. Il se déforme. Il se reforme de guingois ou devient trop lâche et ne fonctionne plus comme il devrait.

Si je l'avais su plus tôt, j'en aurais davantage pris soin.

Orach fut mon premier amour, et aussi mon amoureuse occasionnelle. Elle m'a apporté l'amour et le confort pendant la moitié de mon existence. Elle était là quand d'autres amours partaient, quand d'autres amours mouraient. Elle était encore là avant qu'un nouvel amour ne me cueille, aussi inattendu et ébahi que l'éclosion d'une source d'eau douce en pleine toundra gelée.

Mais ce fut aussi mon dernier amour, et ce, malgré les trop nombreux siècles qui m'attendaient. Si on en revient à ma jeunesse stupide, mon jeune cœur en colère appartenait à Eili MacNeil, malgré la désapprobation d'Orach.

C'était la sœur jumelle de Sionnach, une fille impérieuse et belle qui me traitait avec beaucoup de gentillesse. Elle avait des yeux bruns dans lesquels on pouvait se noyer et des cheveux roux foncé qu'elle coupait court et de manière grossière avec un poignard. Elle avait tout d'un garçon manqué, encore plus que les autres jeunes filles du clan : elle ne vivait que pour les combats d'épée ou d'arbalète, et les courses de chevaux à travers les plaines.

Et pour Conal.

Eili suivait mon frère comme un petit chien, et il était son obsession : l'unique raison d'avoir coupé ses cheveux si courts était pour lui ressembler. Je ne pris pas son béguin au sérieux cependant. D'une certaine façon, cela me rendait heureux puisque j'étais le frère de Conal, mais du même âge qu'Eili, ce qui me semblait être un avantage indéniable. Plus j'observais Eili, plus je l'aimais, et cela m'était égal qu'elle fût dévouée à Conal. Après tout, il en était de même pour moi. Nous avions ce point commun. Et je ressemblais à Conal malgré mes cheveux noirs. Je me battais même comme lui puisqu'il m'apprenait à manier l'épée chaque fois qu'il le pouvait. Je savais qu'un jour elle arrêterait de l'aimer tout simplement pour être à moi, car après tout nous étions des Sithe purs sangs. Si nous n'avions pas l'éternité devant nous, nous avions tout de même des siècles à notre disposition.

Comment cela ne m'est-il jamais venu à l'esprit qu'avec des existences de si longue durée, l'âge ne voulait rien dire ?

Revenons à l'enfance et au fait que Sionnach, Eili et moi étions les meilleurs amis du monde. Quels que soient les autres enfants qui intégraient notre sphère, on en revenait toujours au trio. Nous combattions, faisions du cheval, jouions et chassions ensemble, et nous suivions de très près Conal quand il était présent à la forteresse. Nous importunions les cuisiniers et les palefreniers, et nous faisions « tourner chèvre » les forgerons. En d'autres termes, nous étions des gamins.

Ce fut la forgeronne Raineach que j'allais embêter, un jour d'automne, juste après mes douze ans. J'aimais la femme qu'elle était, bourrue, et j'admirais la façon dont elle travaillait. J'espérais secrètement qu'un jour elle me ferait l'épée que je voulais et, par conséquent, je lui léchais les bottes sans relâche. Elle savait bien pourquoi je me comportais ainsi, mais s'en arrangeait, car elle m'appréciait autant que je l'aimais. Je pense que lorsqu'elle était jeune, Raineach avait été aussi une marginale. On se reconnaît entre nous. Il y a quelque chose de sauvage qui transparaît dans le regard.

Ce jour-là, dès que je passai de la fraîcheur du petit matin à la chaleur rugissante qui régnait dans son atelier, elle leva les yeux de l'épée à moitié conçue qui grésillait dans un grand baquet d'eau, me fit un signe de tête, puis tourna sa tête très doucement en direction d'un coin. Je pensais qu'elle essayait de me « refourguer » ses deux fils, certes de bonne compagnie, mais plus jeunes que moi. Mais ils n'étaient pas là. En revanche, il y avait Eili, concentrée sur une petite pièce en argent qu'elle tordait à l'aide de pinces.

Rejetant des mèches mouillées de sueur qui lui venaient dans les yeux, elle passait sa langue sur ses lèvres, très concentrée sur son travail. La belle-fille de Raineach, âgée de trois ans, fixait tous les mouvements des mains d'Eili, ses yeux noirs écarquillés et bouche bée.

Essayant de ne pas me diriger directement vers Eili, je croisai les bras et regardai la forgeronne battre l'acier soudé, des bords tranchants de l'épée jusqu'à son cœur plus malléable.

— Une autre épée ? dis-je avec optimisme.

— Oui, dit Raineach sombrement. Mais pas pour toi, blanc-bec.

Elle la repoussa dans le four.

— Pour qui alors ?

— Cela ne te regarde pas à ce que je sache.

— Non, mais pour qui est-elle ?

— Eorna.

— Pourquoi Eorna aurait-il besoin d'une autre épée ? dis-je, plein de ressentiment.

Poussant un soupir d'exaspération, elle retira du four le métal recuit et balaya la sueur de son visage avec son avant-bras dénudé.

— N'as-tu pas les oreilles à l'affût, gros balourd ? Tu connais bien l'impatience d'Alasdair Kilrevin. Kate s'attend à avoir des ennuis avec lui et elle attend de ton père qu'il le remette à sa place. Cela se produit tous les dix ans ou presque. Kilrevin finit par s'ennuyer et s'il ne peut pas tuer, de-ci, de-là… Le salopard a besoin de se défouler.

— Bien, dis-je, plein d'espoir. Est-ce que je peux combattre ?

— Toi, blanc-bec, ne me fais pas rire ! s'exclama-t-elle en riant tout de même.

— Je ne suis pas si mauvais.

— Tu es un débutant maladroit et tu es bien trop petit. Regarde ton frère. Quand tu seras aussi grand que lui et capable de faire ne serait-ce que la moitié de ce qu'il fait avec son épée, alors tu pourras combattre.

Elle jeta brutalement son marteau contre l'acier, provoquant un jet d'étincelles incandescentes.

Hargneux, je tournai les talons, espérant qu'Eili n'avait pas entendu cet échange. Est-ce que le chameau à la langue bien acérée avait besoin de parler si fort ? D'ailleurs, c'était plutôt culotté de la part de Raineach qui n'était pas bien grande elle-même : petite, svelte, avec un visage d'elfe, on ne pouvait pas penser en la voyant qu'elle puisse avoir suffisamment de puissance pour forger des épées.

Eili resta penchée en avant sur son établi jusqu'à ce que je sois à côté d'elle, et ce fut seulement à ce moment-là qu'elle me regarda avec un sourire ironique. Ses yeux marron faisaient preuve de compassion. Zut ! Elle avait bien entendu la remarque sarcastique de Raineach. La petite fille recula, méfiante, mais Eili lui fit un signe de désapprobation.

— Viens là. Il ne mord pas, crois-le ou non.

Je montrai les dents et les fis grincer. L'enfant gloussa.

Je lui tirai la langue et elle gloussa encore, puis à son tour, me tira la langue.

— Si petit que je ne peux même pas faire peur à un être miniature comme toi, dis-je.

— Ne fais pas attention à ce qu'a dit Raineach, dit Eili doucement. Elle ne le pense pas, tu sais bien comme elle est.

— Bien sûr, dis-je comme si je m'en fichais. Qu'est-ce que c'est ?

En fait, je pouvais deviner ce que c'était. Elle avait entrelacé des brins de fils d'acier épais pour en faire une torsade et, à présent, elle la façonnait pour former un torque d'une taille qui correspondait à celle d'un bracelet. C'était une pièce rudimentaire, mais elle était bien réalisée et elle prenait beaucoup de soin pour lui donner les courbes exactes. En se servant de pinces, elle mit le torque dans le petit four de pierre pour le ramollir, puis le rafraîchit dans un récipient d'eau et l'examina de façon critique avant de reprendre le petit marteau pour le frapper une fois de plus. Sur l'établi, il y avait deux embouts arrondis en argent, prêts à être soudés à chaque extrémité du torque. Eili n'était pas spécialement attirée par le travail ornemental et délicat. C'était forger des armes qui l'intéressait. Cela devait être un projet spécial, et elle devait travailler dessus depuis déjà un bon moment.

Elle n'avait pas répondu à ma question. Peut-être la trouvait-elle stupide ou peut-être…

Mon cœur se crispait d'un espoir douloureux. Je n'avais aucun bijou, pas même une bague, et elle m'avait déjà fait des remarques à ce sujet à plusieurs reprises. Sionnach portait un torque au poignet que j'avais admiré en présence d'Eili. Me mordant la lèvre, je décidai de ne pas redemander ce que c'était, mais mon cœur me faisait mal jusqu'aux côtes quand je voyais le soin particulier qu'elle portait à l'ouvrage, quand je me souvenais de son gentil sourire et de ses yeux chaleureux lorsqu'elle s'était tournée vers moi.

J'étais bel et bien un perpétuel optimiste.

Chapitre 4

Je me réveillai brutalement dans le calme noir de l'hiver. Je ne savais pas quelle heure il était : soit tard, soit incroyablement tôt. Dans le couloir, à l'extérieur de ma chambre, j'entendis des pas et des chuchotements, mais je savais que ce n'était pas cela qui m'avait réveillé. C'était autre chose, comme la sensation d'une patte me grattant légèrement la nuque, mais quand je passai ma main à cet endroit, je constatai qu'il n'y avait rien : pas d'insecte, pas d'araignée. Pas de rêve de monstres non plus, car je savais bien que ce que j'avais ressenti était réel. De manière instantanée, je ressentis une forte curiosité et comme une décharge d'adrénaline.

J'écoutai attentivement. Personne ne pouvait avoir une bonne raison d'être éveillé à cette heure-ci. Sauf s'ils étaient saouls ou sous l'emprise de la musique ou de l'amour. Mais des promeneurs de nuit n'avaient pas de raison de parler de cette façon : à voix basse et intentionnellement. Ces pas avaient bien un but : ils provenaient du hall qui servait d'antichambre aux appartements de Griogair et Leonora. C'était le cliquetis de pas de femme, et je reconnaissais bien les voix, car je les avais souvent entendues pendant les sept premières années de mon existence : Kate et Lilith.

Ce matin-là, notre reine avait pénétré à cheval dans la forteresse, les pans de son long manteau en soie tombant comme une robe sur l'arrière-train noisette de sa jument, ma mère à ses côtés, et une troupe de combattants derrière elle. Kate n'avait pas annoncé sa venue, mais elle n'avait pas besoin de le faire. Leonora l'avait sentie venir.

Depuis le muret, j'observais son arrivée ainsi que celle de ma mère. J'étais à moitié caché, me demandant si Lilith allait balayer la cour de son regard à ma recherche, passant impatiemment sur les visages du clan. Je n'aurais pas dû m'inquiéter : Lilith n'avait d'yeux que pour Griogair. Ils scintillaient, rivés sur sa beauté austère. Sa peau s'embrasait presque. Quel couple d'amants magnifiques avaient-ils dû former. Mais, soit Griogair n'était pas conscient de l'adoration qu'elle lui portait, soit il avait décidé de l'ignorer. Il ne consentit même pas à regarder son ancien amour.

En revanche, Leonora le fit.

Mon père prit la main de Kate alors qu'elle descendait élégamment de son cheval, l'embrassa, puis l'apposa sur son front. Il y avait dans ce geste beaucoup de respect mais aucune humilité. Il était, après tout, le capitaine de sa propre forteresse. Quand Kate tendit la joue, il l'embrassa également et sourit de son sourire impitoyable et formel. Cette sévérité ne lui retirait rien de son côté séduisant. Eh oui, malgré tous mes efforts, mon père continuait à me fasciner.

Cela ne semblait pas être plus qu'une simple visite de courtoisie. Je ne m'étais pas imaginé une seconde que je serais invité à m'asseoir à côté de mon père pour le repas et, en effet, je ne fus pas invité, mais d'aussi loin que je pouvais suivre la conversation, le ton semblait léger, décontracté, voire amusant. Les hommes de combat s'entendaient à merveille, pour autant qu'ils le pouvaient. Ceux qui n'étaient ni des amis ni des connaissances s'entendaient au moins quelque peu. Il régnait toutefois une certaine rivalité concernant les chevaux, les dons des uns et des autres dans le maniement des armes, les chiens et les faucons, mais on sentait bien que l'on n'en viendrait pas aux mains. Cela ressemblait davantage à une fête qu'à un repas diplomatique. Orach se pressait autour de moi, me transmettant quelques ragots et me faisant rire. Au clou de la soirée, nous nous battîmes contre tous les enfants bagarreurs de l'autre clan et nous les cognâmes.

La moitié des combattants terminèrent couchés ensemble, faisant fi de toute fidélité. Au coucher du soleil, Conal avait ses bras autour d'une rouquine que je me rappelais avoir vue dans les grottes de Kate et que j'avais l'habitude d'insulter avant de partir en détalant très vite. Il l'avait battue trois heures auparavant dans un combat d'épée – combat plein de chaleur, de transpiration et de férocité –, mais il avait tant apprécié sa façon de lutter qu'il lui avait offert, en guise de récompense, un bracelet en argent travaillé. Maintenant, elle était lovée contre lui avec un air exprimant à la fois de la suffisance et de la lubricité.

– Griogair, cria l'un des combattants de Kate. Envoie donc Cù Chaorach s'occuper de Kilrevin la prochaine fois. La brute ne se montrera plus.

Griogair sourit légèrement.

– Alasdair Kilrevin est pour moi. J'ai besoin d'exercice de temps en temps.

Orach m'asséna fièrement un coup de coude dans les côtes, et des rires résonnèrent dans le hall.

– Tu le laisses s'en tirer à bon compte, grogna une voix. Et à chaque fois. Il doit mourir.

Griogair n'avait pas l'habitude de recevoir des critiques au sujet de Kilrevin et il resta silencieux un moment. Le lieutenant à la mine bourrue, assis dans l'ombre, avait dû boire quelques whiskies de trop, et Griogair décida visiblement que cela ne valait pas la peine de se quereller. Kate regardait également le buveur, et je ne réussis pas à déchiffrer l'expression de son visage.

– Il tue pour le principe, ajouta le lieutenant. Il tue pour le plaisir et prend son temps avant de les achever. J'ai vu la dernière expédition qu'il a ordonnée. J'étais là pour enlever les corps.

Il prit une autre rasade de whisky.

– Offre donc sa tête à Kate.

Kate rit légèrement.

– Et que ferais-je d'une chose pareille ?

Le sourire de Griogair se contracta.

– N'importe qui peut raconter de telles histoires atroces.

– Prétends-tu que je suis un menteur ?

– Hé !

Le sourire de Conal s'adressait aux deux hommes.

– Il est tard. Ce n'est pas l'heure pour avoir une telle discussion.

– Il est grand temps de l'avoir, au contraire, cette discussion, gronda le buveur. Kilrevin est un voyou et un bandit.

– Mais pas pire que ce qu'il a toujours été, dit Conal en haussant les épaules et passant une main dans les nattes de la rouquine pour les desserrer. Il a maintenu les Lammyr à distance, au-delà des limites, n'est-ce pas ? Tu veux te charger du sale travail toi-même ?

— Cela suffit, trancha Leonora, et sa voix posée suffit à tous les faire taire. Tu avais raison la première fois, Cù Chaorach : ce n'est pas le moment. Righil ! Carraig ! Broc ! Je pensais que vous alliez nous jouer de la musique, mais peut-être êtes-vous trop saouls pour cela ?

C'était un défi qu'ils ne pouvaient laisser filer. Les propos lugubres sur les voyous et les Lammyr firent donc place au violon et au bodhràn[2]. Malgré mon goût prononcé pour le rythme endiablé, je ne dansai pas avec Orach. J'attendais le moment idéal pour le faire, quand les danseurs seraient fatigués, et les batteurs calmés de ce rythme soutenu.

La première fois que j'avais chanté (je devais avoir dix ans), je ne l'avais pas fait avec l'intention d'embêter le monde. L'assemblée avait demandé à tous de se taire et d'écouter un chanteur, ce qui constituait un changement agréable, et je n'étais pas timide. Il s'était avéré que je pouvais chanter plutôt juste. Je n'avais pas une voix pure ou cristalline, mais je n'avais pas encore mué à l'époque, bien que l'on sentait déjà un petit quelque chose de brut et de sauvage. Pour une raison que j'ignore, le clan avait aimé ma prestation. Depuis cette première nuit et mes premières notes, ils me laissaient chanter. Ils ne disaient rien après coup, mais je savais, à travers leurs yeux captivés et leurs corps tendus, que pendant toute la durée de la chanson, ils avaient été enchantés.

Il en fut de même la nuit où Kate et ma mère se rendirent à la forteresse. Alors qu'un simple archer faisait sortir d'un violon une longue et triste mélodie, je relevai la tête depuis mon coin ombragé et me mis à chanter. Et un par un, ils se turent et écoutèrent.

---

2. N.d.T. : Instrument de percussion utilisé dans la musique irlandaise.

Je ne voulais pas me mettre en avant. Je n'avais pas besoin de leurs applaudissements. Affalé de façon informelle dans mon coin, les bras repliés, je chantais une complainte de guerre, triste et coléreuse. Orach prenait appui sur ses poings et écoutait, transportée. Griogair me regardait, silencieux. Conal souriait, un bras étreignant sa rouquine. Une fois ma chanson terminée, je me repoussai du mur et revins vers Orach, n'attendant pas son accord qui ne viendrait jamais. Comme on pouvait s'y attendre, la conversation reprit presque aussitôt. Mais j'avais réussi à les ensorceler pendant de longues minutes et j'en ressentis un intense plaisir. Chanter, de toute façon, me rendait fébrile. Cela avait toujours été le cas. Je savais que je ne dormirais pas bien.

Comme prévu, je restai éveillé bien après que le bal eut cessé, mon esprit bouillonnant, souhaitant qu'Orach soit à mes côtés. Le sommeil, s'il y en eut un, fut très léger, les bruits et mouvements à l'extérieur de ma porte étant suffisamment forts pour la transpercer.

Je m'assis, écoutant et fronçant les sourcils. Ma tête était lucide, mais j'étais surpris de penser que quelqu'un d'autre le fût aussi. De façon évidente, j'avais loupé quelque chose durant la soirée, et cela m'énervait et m'intriguait à la fois. Bien sûr, j'allais me lever pour mener mon enquête. Qui ne le ferait pas ?

Seulement quelqu'un avec un demi-cerveau, je présume.

J'étais seul et c'était tout aussi bien. Il est toujours plus difficile de rôder ou marauder avec un ami sans se faire piquer. Je le savais de façon instinctive et j'en eus la preuve quand j'avais décidé une ou deux fois d'emmener Feorag, juste par plaisir. Il n'était ni stupide ni maladroit, mais ne comprenait pas l'importance de ne pas se faire voir. Il finissait toujours par être ennuyé, essoufflé ou ému au mauvais moment, ou bien il se fichait totalement qu'un garde nous surprenne en train d'écouter aux portes. Après quelques dérouillées que j'imputais totalement à Feorag, j'avais décidé de ne plus l'emmener. J'aimais Feorag. Cela ne signifiait pas qu'il était toujours collé à mes basques, car je préférais être seul. J'aurais pu emmener Sionnach, car Sionnach se comportait toujours de façon posée et silencieuse, et il n'était même pas capable volontairement de faire beaucoup de bruit. C'est juste qu'il n'aurait jamais été assez stupide pour m'accompagner.

Les halls et les coursives étaient surnaturellement calmes. Cela semblait étrange. Pour une nuit ordinaire et surtout à la suite d'une fête, on devrait entendre des gens trébucher pour rejoindre leur lit, leur amant ou bien pour aller prendre un autre verre. Je m'attendais à coup sûr à devoir esquiver quelques sentinelles, sans parler des Fionnaghal grincheux qui envahissaient les cuisines. Mais personne ne bougeait, personne ne s'agitait, personne ne respirait. Je n'aimais pas cela. Si personne n'était dans les alentours, qu'avais-je donc bien pu entendre ?

Je sentis sa présence avant de la voir et je me figeai comme un caillou. Je n'ai jamais vraiment compris pourquoi Leonora ne m'avait pas encore fait tuer et je n'étais pas certain encore qu'elle n'en eût plus l'intention. Je ne l'aurais jamais avoué à l'époque, mais quand j'étais jeune, elle m'effrayait. Ce qui est drôle, c'est que je pense que je lui faisais peur également. Pas de la même façon, bien sûr.

Il me vint à l'esprit que je n'avais pas vu la vieille sorcière depuis qu'elle avait exigé la musique dans le grand hall. Elle s'était éclipsée, comme elle le faisait souvent, et maintenant, elle était là, s'éloignant silencieusement des cuisines. Je ne pouvais deviner ce qu'elle y avait fait, mais j'imaginais que ce n'était pas pour satisfaire une fringale nocturne. Elle ne s'était certainement pas non plus abreuvée de sang de renard ou de chauve-souris, parce que tout ce que je pouvais sentir, c'était l'air de la nuit. Je pouvais sentir l'air du dehors. Je pouvais sentir la lande. Elle s'était rendue à l'extérieur de la forteresse, et visiblement très récemment, mais que je sois damné si je n'arrivais pas à savoir comment et pourquoi, sans parler du fait qu'elle avait fait un détour par les cuisines en rentrant.

J'étais sur le point de perdre mon sang-froid et envisageai de rejoindre ma chambre, mais j'avais de la chance, car elle ne sentait pas ma présence. Préoccupée, elle nettoyait son manteau brodé qui était couvert de terre et de toiles d'araignées, et alors qu'elle passait très près de ma cachette, elle bifurqua vers la coursive et les escaliers qui menaient au côté ouest de la forteresse.

Bien sûr que j'aurais dû faire demi-tour à ce moment-là. Mais bien évidemment, je ne le fis pas. Elle rejoignait les vagabonds de la nuit. Évidemment, j'allais la suivre. Comme tout idiot, je pensais mourir si je ne découvrais pas ce qui se tramait. Et je sus que ma curiosité était fondée quand je la vis tourner au coin qui donnait sur l'antichambre. Je me glissai alors silencieusement derrière elle et je vis Lilith.

Pendant quelques secondes insensées, je pensai à un assassinat. Puis je vis les autres. L'antichambre était vaste et plutôt conçue comme une succession de chambres avec ses alcôves, ses replis et ses ailes. Griogair attendait debout ainsi que Conal, extirpé de façon prématurée des bras de sa rouquine, pauvre bougre. Kate s'assit en souriant à Leonora de son air faussement stupide et, à ses côtés, se tenait ma mère, impassible comme une sculpture. Sur le dossier d'une chaise en chêne, le compagnon de Leonora, son corbeau, se tenait tapi, ses yeux noirs enregistrant tout ce qui se passait et regardant tout le monde. Chaque groupe étant focalisé sur l'autre, il fut relativement aisé d'entrer furtivement. Comme d'habitude, je me concentrais, mais il était possible que certains d'entre eux sentent ma présence, même si j'étais caché dans le coin le plus sombre. L'oiseau le savait probablement.

Conal également.

— Peut-être devrions-nous faire cela rapidement, ma chère Kate, dit Leonora en adressant à la reine un sourire doux mais aussi extrêmement condescendant. La journée a été longue.

— Bien sûr, Leonora.

Kate lui rendit son sourire.

— Je vais faire simple.

Lilith ne put résister à se mêler à la conversation.

— On ne te retiendra pas longtemps Leonora. Les discours politiques peuvent être si pesants.

Elle n'ajouta pas « à ton âge », mais cette pensée résonna sur les murs de l'antichambre.

Griogair s'affala dans une chaise sculptée, silencieux. Il ne regardait aucune des femmes, seulement Conal. Puis il regarda ses ongles et, en dernier lieu, le plafond.

— Nous t'avons attendue Leonora, dit Lilith. J'espère qu'on ne t'a pas trop pressée.

Leonora n'eut aucune réaction. Je reconnais que je l'admirai pour cela.

La bouche de Lilith se contracta, agacée, mais elle fit comme si elle n'avait pas essuyé de rebuffade.

— Kate a une suggestion.

— Je suis certaine que nous aurions pu l'entendre dans le hall, la nuit dernière, fit remarquer Leonora.

Elle étendit ses doigts pour chatouiller la gorge de son corbeau, et il coassa tendrement.

— C'est plutôt… délicat, dit Kate.

Tandis que le regard de son père était ailleurs, Conal fit un pas en arrière pour reposer son dos contre une colonne. Cela fit que j'étais désormais dans sa ligne de mire, du moins je le serais dès qu'il tournerait légèrement sa tête vers la gauche. Voilà qu'il regardait droit dans ma direction. Dans la pénombre étouffante, il ne pouvait pas me *voir*. Mais il me vit.

L'expression sur son visage me fit trembler. Avec hésitation, j'osai une transmission de pensée, et il me renvoya balader brutalement.

— *Idiot. Reste hors de vue, blanc-bec.*

— *Désolé,* commençai-je.

— *Hors de vue,* lâcha-t-il hargneusement. *Ou tu vas mourir. Ne t'insinue pas ici.*

Je fis ce qu'il m'ordonna. Je me sentais honteux, mais aussi fou de curiosité. Je n'osai pas bouger d'un cheveu ni même frictionner ma tempe douloureuse après l'engueulade de Conal. J'avais un mal de tête lancinant. Comment me déplacer furtivement désormais ?

Griogair revêtit de nouveau un air renfrogné, voire suspicieux, envers son fils aîné bien-aimé, mais les femmes continuaient à se chercher, prêtes à mordre comme le font les petits requins envers leurs appâts.

— Kate, ma chère. Pourquoi avez-vous toujours besoin de mon aide pour chacune de vos propositions ?

Haussant légèrement les épaules, Kate s'effondra sur une chaise.

— Car je ne suis pas suffisamment forte, Leonora. Pas sans ton soutien.

Cela cloua le bec à Leonora (ce qui justifiait amplement ma prise de risque).

— Kate a une suggestion *ambitieuse.*

Lilith sourit en direction de l'épaule de Leonora ; de Griogair en fait.

— Est-ce que deux puissants Sithe n'ont jamais réussi à coexister en même temps et à la hauteur de leurs capacités ? Il faut qu'il y ait une finalité à cela, Leonora. Et tu n'as pas que la force de ton esprit, tu bénéficies aussi du soutien de ton *superbe* capitaine de forteresse.

Lilith n'avait pas l'intention de sourire à Leonora maintenant. Elle regardait mon père comme si elle avait voulu le déshabiller avec les dents. Tandis que Griogair bougeait légèrement dans sa chaise, je me souris à moi-même.

Lilith fit de même.

Kate se réjouissait également, mais avec un soupir, elle se démêla les cheveux avec les doigts et revint à ses préoccupations.

— Donc, Leonora, tu es consciente que le Voile arrive en fin de vie.

Cela fit tressaillir mon cœur. Le *Voile* ? La *Protection* ? Cette forte membrane qui maintenait notre monde séparé de l'autre monde occulte et dangereux. La seule chose qui fasse barrière entre nous et les créatures méprisées de l'autre côté.

Et soudainement, je sus ce qui m'avait réveillé : une sorte de gêne. C'est ce que j'avais ressenti : une démangeaison contre ma colonne vertébrale. Une sorte de tressaillement du Voile, comme si quelqu'un avait essayé de tirer dessus fortement, comme si l'on avait voulu tester sa résistance.

C'était une sensation que je n'avais jamais ressentie au préalable, car qui aurait bien pu faire une telle chose. Cependant, je le savais. Je le savais instinctivement.

Le Voile était quelque chose que je pouvais sentir et toucher. Je pouvais jouer un petit peu avec lui, sentir son tissu du bout de mes doigts : le tirailler, le frotter, le tenir dans mon poing. C'était tout. Cette sorte de « super sens » n'avait pas de but précis : le Voile était simplement quelque chose que je touchais chaque jour, mais qui n'était pas vraiment palpable. Je pensais que tout le monde avait ce pouvoir. Je devais avoir dix ans ou plus lorsque j'avais compris que tout le monde n'y avait pas accès. J'étais le seul : personne d'autre ne pouvait sentir le Voile de la même façon. À l'exception peut-être de Leonora, mais parce qu'elle était une sorcière, tout comme ma mère.

Dès que cette pensée m'avait traversé l'esprit, j'avais pris conscience de mon talent en magie noire. Il n'y avait pas que les sorcières pour pouvoir manipuler le Voile, et encore, dans une faible mesure. Et que ferions-nous sans celles qui avaient tissé le Voile au départ ? Oui, c'est certain, j'appréciais les sorcières pour cela, nous le faisions tous, mais qui voulait en être une ? Pas moi.

Alors j'avais essayé de ne plus ressentir la présence du Voile. Et je m'étais tu sur le fait que j'en étais capable. Personne n'avait besoin de le savoir. Ce n'était pas comme si j'avais le don de l'écarter et d'apercevoir l'autre monde. Je ne pouvais pas le déchirer ni le réparer. Personne ne le pouvait. Je pouvais le toucher, c'était tout. Je ne pouvais certainement pas lui faire de *mal*. Le Voile n'avait pas de vie. Il était là simplement et il y serait toujours. L'existence sans sa présence était inconcevable.

Mais cette nuit, quand Kate annonça qu'il se désagrégeait, Conal fut le seul à avoir l'air bouleversé. L'était-il vraiment ?

— Il est en train de s'altérer ? Pourquoi n'en avais-je pas conscience Kate ?

La voix de Leonora dégoulinait de sarcasme.

— Y a-t-il une raison à cela ?

Conal, la voix tremblante les interrompit.

— Qu'entends-tu par *la fin de sa vie* ?

Leonora claqua des doigts dédaigneusement.

— Il lui reste encore des siècles, chéri. Ne te fais pas tant de soucis.

— *Des siècles ?* commença-t-il par dire avant de se tourner vers Griogair, horrifié. Mais des siècles, ce n'est pas assez.

— Bien sûr que ce n'est pas suffisant, dit sa mère irritée.

Griogair regardait Conal très attentivement.

« Peut-être, pensai-je, afin que son regard n'atterrisse pas sur Lilith. »

— Ta mère va trouver un moyen de renforcer le Voile, Cù Chaorach. Ce serait inimaginable qu'il en soit autrement.

— Inimaginable ? La mort d'un monde entier ? C'est une drôle de façon de le présenter, *athair.*

Conal les fixa tour à tour.

— Nous devrions peut-être y réfléchir.

— Ton père te l'a dit, très cher, j'y réfléchis.

Je pense que je fus davantage blessé que Conal par la façon infantile dont Leonora continuait à le considérer.

— De plus, interrompit Kate délicatement, il y a une troisième option.

Griogair la regarda avec méfiance.

Leonora dit :

– C'est-à-dire ?

Kate fit une pause théâtrale, accordant son sourire à chacun d'eux.

– On peut s'en débarrasser.

Le silence était si profond, si étouffant, que j'osais à peine respirer. Ce fut seulement à ce moment-là que je me rendis compte à quel point la nuit était douce. Les chandelles et les torches ne vacillaient pas du tout. Au-delà des murs de la forteresse, un oiseau de nuit cria, et le corbeau pencha la tête pour écouter.

Kate continuait de sourire de façon délibérée et naïve. Conal était devenu livide. Leonora et Lilith regardaient Kate, mais avaient toutes deux des expressions étonnamment différentes.

Pour finir, Griogair laissa échapper un bref rire nerveux.

– Ne soyez pas idiote Kate.

Le sourire de la reine disparut comme la lune derrière un nuage. Sa respiration s'accéléra, ses yeux se durcirent, mais elle ne répondit point.

– Et pourquoi aurions-nous envie de faire cela, Kate ? dit Leonora tout en se tournant pour servir un whisky qu'elle tendit à Conal.

Il avait vraiment l'air d'en avoir besoin.

Kate haussa légèrement une épaule :

– Parce qu'il mourra un jour quoi que l'on fasse.

– Cela n'est pas inévitable, je pense. Et pourquoi voudrions-nous en rapprocher l'échéance ?

– Car sa mort pourrait jouer en notre faveur. Cela n'est-il pas évident ?

Conal rit à moitié.

— Vous êtes folle.

Elle dirigea vers lui le même regard que celui qu'elle avait décerné à Griogair. Je ne suis pas persuadé que cette femme eût vraiment le sens de l'humour.

— Ceux de l'autre monde sont faibles, décréta Lilith. Comparés à nous, ce sont des impotents.

— Et combien d'*impotents* sont-ils donc ? murmura mon père.

— Je crois que tu te laisses dépasser par ton propre bétail, Griogair ?

— Lilith, quelle parfaite métaphore, s'esclaffa Kate, comme si elles n'avaient pas été d'accord là-dessus plus tôt. Ils seront aussi malléables que du bétail. Nous pourrions avoir un pouvoir inimaginable sur la totalité des « simples mortels » si les mondes devaient fusionner.

— Fusionner ? Ils ne *fusionneront* pas, rugit Conal.

Son verre de whisky trembla dans sa main.

— *Ce* monde a été créé ainsi, séparé, par nos aïeules. Ce monde-ci *mourra.*

— Tout comme nous, dit Leonora. Comme vous le savez fort bien, Kate.

Je ne vis pas le regard que Kate décocha à Leonora à ce moment précis. Son visage n'était pas dans mon champ de vision. Mais je constatai que Leonora était livide. J'aurais presque juré qu'elle avait tressailli. Mais elle se reprit rapidement.

— Les mortels ont leur libre arbitre, de la même manière que nous, dit Conal qui but une gorgée de whisky. Ils seront libres de nous tuer. C'est leur territoire, et sans le Voile, nous serions à leur merci. Tu ne peux pas façonner le cerveau de l'intégralité d'un peuple.

– Nous n'en aurons pas besoin, sourit Lilith. Juste le cerveau des membres clés.

– Assez ! Tu auras besoin de l'unanimité des Sithe, dit Griogair sèchement. Et quand as-tu dernièrement entendu parler de cela ?

– Elle n'obtiendra pas l'unanimité, et ce, pour une bonne raison.

Suçant le bout de ses doigts, Leonora commença à éteindre les chandelles. Le corbeau voleta et se posa sur son poignet.

– Si vous mourez tant d'envie d'être aimée, écoutée et idolâtrée par les « simples mortels », Kate, pourquoi ne pas aller là-bas ? Essayez donc pour un petit moment. On verra bien comment vous vous en sortez.

– Je ne peux pas faire cela Leonora, et tu le sais parfaitement.

Il y avait quelque chose d'aigri et de méchant dans le ton de la voix de Kate désormais.

– Ah, et c'est pour cela que vous avez besoin de détruire le Voile, ma chère, dit Leonora en souriant d'un air suffisant. N'est-ce pas ?

– Et toi ? Tu préfères attendre sa belle mort ? Quand nous n'aurons plus aucune option possible ? Détruisons-le maintenant et *nous* pourrons *les* gouverner. S'il continue à vivre, et même réduit à un vieux suaire mité, nous ne pourrons pas commencer à avoir l'influence qu'il nous faudrait. Cù Chaorach, tu es jeune et fort et tu ne devrais pas être si nerveux. Nous avons toujours communiqué et interagi avec ceux de l'autre monde depuis le début de nos existences.

– Et nous avons toujours eu un endroit où aller, même lorsqu'ils ont découvert notre existence, vu ce que nous étions et quand ils ont eu peur de nous. Et même lorsqu'ils ont tenté de nous anéantir.

Les doigts humides de Leonora firent siffler une autre flamme, qui mourut, et les ombres bleues s'accentuèrent dans mon angle de vision.

– Si on suit votre idée, Kate, nous n'aurons plus d'endroit où aller. Cù Chaorach a raison. Ce sera la mort de notre peuple, et vous le savez.

– Leonora, tu dramatises trop. Je ne suggèrerais pas cela si je pensais que *nous* aurions à en souffrir.

– *Vous,* vous n'en souffririez certainement pas, n'est-ce pas ?

Kate se redressa :

– Pourquoi voudrais-je détruire mon propre peuple ?

Leonora haussa les épaules :

– Parce que vous vous ennuyez ?

Si après cela, il y eut un échange entre leurs esprits, je ne sus pas de quelle teneur. Je ne comprenais rien à propos du Voile et je mourais d'envie de demander à Conal, mais j'étais terrifié à l'idée de quitter ma position, de peur d'être découvert. Tout ce que je désirais maintenant, c'était que l'on mette fin à ce silence pesant, que les dernières flammes s'éteignent dans la nuit fraîche et que tout le monde se décide à partir pour que je puisse en faire de même.

Enfin, Kate fit un signe de tête et dit :

– Très bien. Je ne vais pas te faire changer d'avis, n'est-ce pas ?

– Non, dit Leonora.

– Bon, je l'accepte. Je dois l'accepter, n'est-ce pas ?

Kate se leva et s'étira d'un air endormi.

— Je ne peux pas détruire le Voile sans toi Leonora. Cependant, je continue de penser que c'était une bonne idée, mais peut-être un peu en avance sur ton temps.

— Quelle que soit la période, ma chère.

Kate rit d'un rire sincère.

— Bonne nuit, Leonora.

Je laissai ma respiration aller, doucement. Kate accepta un autre baiser de Griogair, et un autre très contenu de Conal, et puis, avec Lilith, elles disparurent de l'antichambre, laissant derrière elles un sillon de parfum et de soie. Quand la lourde porte en bois claqua derrière elles, le corbeau croassa avec dérision et sautilla de nouveau vers sa chaise. Leonora tendit sa main à Griogair, prête à dire bonne nuit à Conal.

— Mère, grogna-t-il.

Leonora se retourna, les yeux écarquillés, et porta ses doigts à sa bouche parfaite.

— Le Voile se *meurt*, siffla-t-il, et tu ne m'en as même pas parlé ?

— Chéri, bien sûr qu'il n'est pas en train de mourir.

— Leonora, aboya Griogair.

— Bon, d'accord, dit Leonora en lui adressant un sourire penaud avant de se retourner vers Conal. Pas encore, chéri. Et il y aura toujours un moyen d'empêcher sa mort. J'ai entendu… euh… des rumeurs. Il y a quelque chose qui peut rapiécer le Voile, lui redonner de la force. Un gri-gri, une amulette…

— Des rumeurs, grogna-t-il. Une *prophétie*, tu veux dire. De cette devineresse aliénée, encore une fois. Mère, par *pitié* ! Cligne des yeux, et nous serons au XVIIe siècle !

– Conal. Tu es toujours aussi cynique. Je trouverai une solution pour préserver le Voile, mais dans quelque temps.

– Quoi ? Avant que Kate ne trouve un moyen de l'éliminer, j'espère.

– Elle n'osera pas, dit Leonora, et elle remit sa main à Griogair qui la demandait. Elle ne possède pas ce don, pas plus que moi. Et véritablement… elle n'oserait pas.

Je n'aimais pas la façon dont elle le dit, à deux reprises.

Chapitre 5

– Est-ce que je m'appelle vraiment *Blanc-Bec* ?

Je crachais ces mots avec un certain degré d'amertume, mais seulement parce que j'étais effrayé. Que faire si c'*était* vraiment mon nom et que je ne le reconnaissais pas ? Si c'était le nom que je devais porter toute ma vie, alors autant en finir de suite.

Conal me fixait, sa main immobilisée, l'étrille à mi-chemin dans la crinière luisante de son cheval, arrêtée par un enchevêtrement de poils. Ses yeux étaient empreints d'incrédulité, mais soudainement il rigola.

– Tu es un idiot, blanc-bec ! Bien sûr que ce n'est pas ton nom.

Sa taquinerie m'ulcéra un peu, mais en un sens, elle me rassurait. Je savais qu'il ne me mentirait pas et qu'il ne se moquerait pas de moi à moins qu'il ne puisse absolument pas se retenir.

Je dis alors :

– Quand est-ce que j'en aurai un ?

– Un nom ?

Il haussa les épaules et retira l'étrille de la crinière.

– Quand on le trouvera.

– Pourquoi ne peux-tu pas le trouver maintenant ? Ou juste m'en attribuer un ?

– Ce n'est pas ainsi que ça fonctionne, et tu le sais bien.

— Eili et Sionnach ont bien leurs noms, bredouillai-je.

— C'est bien là tout ce qu'ils ont. Ils se nomment *Eilid* et *Sionnach* presque depuis leur naissance. Tu es plus… euh… compliqué.

Je ne voulais pas être si compliqué. Je voulais mon nom.

Il soupira.

— Tu es chanceux, prends-le ainsi. Tu auras toujours deux noms. Comme moi. Personne ne se souvient des prénoms de naissance donnés à Eili et Sionnach.

— Tout le monde connaît son vrai nom.

— Non, personne ne connaît celui de ma mère.

« C'est parce que c'est une sorcière », pensai-je intérieurement sans le prononcer.

— Je t'ai entendu, blanc-bec.

Mais il arbora un large sourire.

— Et Griogair n'a pas eu de nom jusqu'à ce qu'il soit âgé comme moi.

— Griogair a un nom ?

— Hum.

— C'est vrai ? L'as-tu utilisé l'autre soir, dans l'antichambre ? Seulement entre toi et lui ?

Sa colonne vertébrale se raidit, et ses yeux se glacèrent.

— Je suis surpris que tu aies le culot d'en parler, *blanc-bec*. Oui, j'ai utilisé son nom.

Honteux, face à sa colère, j'hésitai, mais seulement un instant.

— Et quel est-il ?

— Le nom de Griogair ?

Conal aussi fit une pause, mordant sa lèvre comme s'il avait peur d'avoir été trop loin avec moi et de m'avoir blessé.

— Fitheach[3].

Pendant un moment de rancœur violente et insupportable, je me demandai si c'était la raison pour laquelle Leonora possédait un corbeau comme animal de compagnie. Ainsi avait-elle la paire.

— Personne d'autre que toi n'utilise ce nom, dis-je ?

Soupirant, Conal tapa contre sa tempe :

— Ici, on le fait. On le fait tous.

Alors j'étais le seul au sein de la forteresse à ne pas connaître le propre nom de mon père. Parfois, j'avais l'impression que j'allais passer l'intégralité de mon existence à me sentir outragé. Au diable ce sentiment et au diable le puissant Corbeau. Ce n'était pas comme si je l'aimais…

J'aimais Conal bien sûr, avec une inébranlable loyauté, mais je l'enviais. Je lui jalousais l'amour de Griogair. Je lui en voulais qu'Eili puisse l'aduler et je lui enviais ce cheval.

Je brûlais tellement d'envie pour cette créature que cela en était physiquement douloureux, et Conal le savait. Il savait également que j'étais conscient que je n'en aurai jamais un, et cela le chagrinait peut-être un peu pour moi, car une fois le cheval habitué à ma présence et après avoir prouvé que je pouvais le manier, il me laissa le nourrir et le panser, bien que je ne fusse pas autorisé à le monter seul. Je savais ce que ce cheval était. Je l'avais su avant même de lui préparer sa première nourriture et de voir le quarter horse à la robe foncée qui attendait. Il n'y avait nul doute sur ses yeux noirs, sans luminosité et plat comme ceux d'un poisson sur le point de mourir. À plus d'une reprise, quand il était impatient ou énervé, j'avais vu ses chanfreins s'affoler depuis ses maxillaires pour arborer une chair rouge et

3. N.d.T. : *Fitheach* signifie « corbeau » en langue gaélique.

molle. De façon compréhensible, les palefreniers ne s'en approchaient pas. Mais ce n'était que superstition, car Conal le maîtrisait après tout. Il avait sa bride.

Autant que je sache, sans cette bride, aucune maîtrise de l'animal n'était possible. La plupart du temps, je me chargeais du nettoyage de la bride, tandis que Conal s'occupait du pansage, et je ne me serais pas risqué à monter l'animal tout seul. J'aimais nettoyer cette bride tout comme j'aimais affûter l'épée de Conal, car c'étaient deux outils superbes. La bride était en cuir souple noir, les boucles et le mors en argent massif, et la muserolle ainsi que le mors étaient ornés d'une incrustation en argent. La nettoyer demandait beaucoup de travail, mais je me réservais cette corvée avec une sorte de fierté possessive presque hargneuse. Je refusais qu'un palefrenier y touche.

Conal me regardait tandis qu'il brossait les flancs noirs et luisants de son cheval. Ce dernier, éternuant affectueusement, balança sa tête de côté pour lui mordiller les cheveux.

— Tu n'en as pas assez de faire ça ? dit-il.

— Non, répondis-je en éraflant un pli du cuir avec l'ongle de mon pouce.

— Je veux dire, dit-il patiemment, faire mon travail.

Je me raidis. Je n'étais pas sa bonne, et venant de lui, le fait de l'avoir dit signifiait qu'il pensait vraiment que je pouvais me considérer ainsi. J'étais susceptible et irascible, je l'avoue, mais ma fierté, c'était tout ce que j'avais.

— Je suis désolé, dit-il, comme s'il pouvait lire mes pensées. Ce n'est pas ce que je voulais dire.

Je lui lançai un regard noir, et soupirant, il laissa tomber la brosse et remonta ses manches de chemise jusqu'aux coudes. Comme tous les combattants, ses avant-bras étaient marqués de blessures, et il grattait négligemment une récente croûte, résultat d'un accident lors d'un combat à l'épée. Ses cicatrices néanmoins ne furent pas ce qui attira mon regard. J'étais comme hypnotisé par ce qui étincelait à son poignet. L'objet était raffiné. Elle l'avait fini et magnifiquement poli. Elle en avait fait un bel ouvrage.

Ses mains s'immobilisèrent quand il s'en aperçut. Alors il tira sur ses manches inutilement et trop tard pour cacher le torque en argent.

— Seth, dit-il, se pinçant la lèvre. Elle a treize ans. Elle est entichée, c'est tout.

Je me levai, puis lui lançai la bride et partis avec fracas.

— Seth, arrête-toi.

Je marchai plus vite.

— Seth !

Il y avait de la colère dans sa voix qui surpassait son remords.

— Tu es amoureux de rien d'autre que la haine.

Je me retournai à moitié pour cracher sur le sol. Une fois sorti des grilles de la forteresse, j'accélérai.

Je courus à travers la bruyère et parmi les sinueux motifs formés par la marée descendante. J'escaladai les faces de petits rochers, et le long des sentiers battus, j'effrayai par mon passage les troupeaux de bovins noirs mugissants. Je ne m'arrêtai qu'une fois hors d'haleine, alors que j'étais sur la crête d'une excroissance rocheuse dominant la baie. Allongé sur le ventre, la pierre massive et dure sous mon corps, je regardais vers l'horizon bleu chatoyant et vers la courbe soyeuse de la mer. Poussant un cri de frustration, je frappai la roche et frappai encore jusqu'au moment où je sentis la chair meurtrie sur mes articulations. Cela ne me faisait pas suffisamment mal… alors j'élevai mon poing le plus haut possible pour le redescendre le plus brutalement possible.

À mi-chemin vers la roche, mon poignet fut retenu par une forte emprise.

– Ne casse pas ta main qui te sert pour l'épée, petit imbécile.

Mon sang résonna dans mes tympans, et mon poignet tremblait sous sa prise tandis qu'il s'accroupissait et me lançait un regard furieux. Je ne pouvais pas retirer ma main : il était trop fort, et j'étais trop déséquilibré par la colère. Le combat entre nos esprits aussi fut douloureux.

– Chut, dit-il enfin. Chut !

Comme s'il s'adressait à son cheval, son cheval sauvage et fougueux. Et tout comme son cheval, je me surpris à me calmer, mon rythme cardiaque se ralentissant et ma respiration se faisant plus docile dans mes poumons douloureux. Il relâcha son emprise sur ma main, et tandis qu'il l'examinait, il préleva une poignée de mousse du sol marécageux et il l'appliqua sur mes articulations contusionnées et écorchées. C'était doux et mouillé, aussi réconfortant que sa façon de me toucher, et je fermai les yeux pour refouler mes éventuels sanglots.

– Petit imbécile, répéta-t-il plus gentiment.

Je me moquais bien de savoir à combien de reprises il m'avait traité d'idiot ; c'était plutôt le reste qui me donnait l'impression d'avoir un morceau d'acier dans la poitrine. Peut-être était-ce parce que les mots étaient justes, mais je n'aurais jamais pensé qu'ils puissent blesser autant qu'une lame.

— Bon sang, Seth, je suis désolé. Je suis désolé d'avoir dit ça. Ce n'est pas vrai. Tu as le droit de haïr encore au-delà de ce que tu ressens aujourd'hui.

Se taisant, il s'assit à côté de moi, et je me redressai pour m'asseoir juste à ses côtés, le laissant tamponner ma main avec la mousse humide. Le torque glissa le long de son poignet tandis qu'il nettoyait mon sang, et il vit que je le regardais.

— Je te le donnerais bien volontiers, dit-il enfin, mais ce n'est pas ce que tu souhaites, n'est-ce pas ?

Je secouai la tête.

Le soleil d'automne était doux, et j'étais si fatigué, mais heureusement il ne semblait pas s'attendre à ce que je m'exprime. Quand il libéra ma main, le silence entre nous semblait à nouveau serein. Une dernière abeille se déplaçait tout engourdie dans la bruyère, des brins d'herbe tremblaient avec la légère brise, une buse se délectait d'un courant d'air ascendant. Somnolent, je me retrouvais penché contre l'épaule de Conal, mais il ne commit pas l'erreur de me passer un bras autour du cou. Ainsi, nul besoin de m'éloigner de lui. Nous fixions l'horizon étincelant et les îles, suspendus au-dessus du bras de mer dans un ciel cristallin.

— Tu es un bon combattant, dit-il enfin, presque de façon décontractée. Tu as encore besoin de te maîtriser, mais tu es bon. Tu as besoin de t'exercer avec ta dague. Eorna peut t'aider pour cela et aussi pour l'arbalète. Oh, et tu es doué pour bloquer tes pensées, soit dit en passant, mais parfois, c'est encore un peu approximatif. Trop flagrant. J'ai eu peur pour toi l'autre nuit. Demande à Eili de t'enseigner ses astuces, d'accord ?

Je me retournai pour le fixer, mais il avait encore soulevé ma main et l'examinait avec beaucoup d'attention.

– Qu'est-ce qui ne va pas ? lui demandai-je.

Soupirant, il pressa la mousse humide contre ma peau. Elle était tiède désormais, à la même température que mon sang.

– Je dois m'en aller, Seth.

– *Comment ?*

– Je dois partir. Kate m'a demandé. Elle en a fait la requête à Griogair. Ce n'est pas tellement une requête d'ailleurs, plutôt un ordre. Je dois partir et devenir un de ses capitaines.

– Elle ne peut pas faire ça ! criai-je.

Conal rit de façon ironique.

– Elle peut faire ce qu'elle veut, Seth. C'est notre reine.

– Seulement par consentement !

Comme si je connaissais quelque chose à la politique.

– Elle l'a, fit-il remarquer.

– Elle ne peut pas faire ça, gémis-je encore, cherchant désespérément à trouver une raison pour empêcher ce départ. Alasdair Kilrevin prépare des assauts, et tout le monde le sait. Griogair a besoin de toi.

– Griogair peut fort bien se débrouiller tout seul pour Kilrevin, dit Conal. Il l'a toujours fait.

M'écartant de lui, je me tournai pour le regarder correctement.

– Jusqu'où la sorcière est-elle capable d'aller ?

– Cela suffit !

Il rencontra mon regard.

— Oublie ce que tu as vu Seth, oublie ce que tu as entendu. Kate a eu une pensée étrange et une idée encore plus étrange : cela arrive aux monarques. C'est la raison pour laquelle ils ont des conseillers, pour les ramener à la réalité. Ce sera d'ailleurs l'une de mes tâches désormais. Griogair fut son commandant et conseiller en son temps, et c'est désormais mon tour. Ne sois pas toujours en colère contre tes dirigeants, Seth. C'est inutile et cela te rendrait fou.

— Pas aussi fou qu'elle, marmonnai-je.

Il siffla.

— Ne pense pas de cette façon, jamais plus. Tout va bien aller. Et hé, ajouta-t-il joyeusement. Tu auras Eili pour toi tout seul. Elle oubliera tout de moi.

« Non, elle ne t'oubliera pas, pensai-je tout bas, et moi encore moins. »

— Tu es fier de partir, n'est-ce pas ?

— Oui, bien sûr. Je ne souhaite pas partir, crois-moi, mais j'éprouve une certaine fierté. Ce n'est pas pour toujours, Seth, juste pour quelques années, c'est tout.

Oui, et quelques années, cela ne représentait rien pour nous, alors pourquoi ressentais-je cette terrible douleur d'abandon et de désespoir ? Je ravalai furieusement mes larmes. Avoir douze ans et être en train de pleurer, la honte. Et Conal finit par passer un bras autour de mes épaules et m'étreindre vivement. Je ne voulais pas le repousser. Je pouvais sentir son esprit en communion avec le mien, sa force se répandre en moi. Je voulais que ce soit suffisant, mais ce n'était pas le cas.

— Tu avais dit que tu serais toujours là pour moi.

J'avais du mal à m'exprimer et je passai mon bras sur mon visage.

— Seth, je serai *toujours* là si tu as vraiment besoin de moi. Tu rentreras en contact avec moi par l'esprit, et je t'entendrai.

Je le regardai, sceptique.

— Tu en es certain ?

— Nous sommes des frères de sang, Seth, bien sûr que je t'entendrai. Tu ne sais pas cela ?

Je le regardai.

— Non, non, tu ne connais rien au sens de la famille, n'est-ce pas ? Eh bien, c'est vrai, d'accord ?

Il passa ses doigts dans mes cheveux emmêlés.

— Regarde, j'ai quelque chose pour toi.

Se penchant, il souleva un rouleau d'un tissu doux qu'il avait laissé tomber dans la bruyère et le déplia délicatement. À l'intérieur, il y avait quelque chose qui ressemblait à un paquet de courroies en cuir, qui, une fois soutenu par son index, prit forme : une bride en cuir noir lisse très sobre mais souple, douce et superbement bien fabriquée. Le mors, solide, était en argent. Je la regardai fixement en silence.

— Il y a un poulain à Dhu Loch, dit-il quand il parut évident que je n'allais pas me mettre à parler. Sa robe est bleu rouan, une beauté. Une bête terrible : il a tué un homme l'autre jour. Il a besoin d'être débourré.

Je n'osai pas y penser.

— Mais tu t'en vas, bredouillai-je.

— Mais, je t'aiderai quand je serai de retour ici, dit-il, et de plus, ce n'est pas à moi de dresser cette créature.

Il ajouta d'un ton sec :

– Vous êtes faits l'un pour l'autre.

Je sortis une main tremblante pour toucher le busc. Il était doux comme de la peau d'agneau.

– Tu ne peux pas me le donner, dis-je d'une voix qui s'éraillait dans ma gorge.

– Et pourquoi pas ?

Car on ne m'a jamais rien donné auparavant, aurais-je voulu dire, et je ne sais pas ce que c'est que d'être redevable. Je ne sais pas comment remercier et je ne sais pas comment être reconnaissant. Je ne sais pas comment on fait.

– Tu n'as pas besoin de faire quoi que ce soit, dit-il brutalement. Tu prends juste ce foutu présent.

Je le pris. Les courroies glissèrent entre mes doigts comme de la soie épaisse. Ma peau frissonna à leur contact. C'était neuf, parfait, et je compris que ce n'était pas quelque chose qu'il avait conservé dans un coin pendant des années. Il l'avait fait fabriquer. Il avait demandé au tanneur et au forgeron exactement ce qu'il souhaitait, et il leur avait demandé de faire cette pièce tout spécialement pour moi.

Je me levai brutalement et m'éloignai de lui, me ruant sur la pente rocheuse de façon imprudente : j'aurais pu me rompre le cou. La marée recouvrait le sable blanc à moitié tandis que je me précipitai, me retrouvant trempé jusqu'aux cuisses.

Quand je fus de retour dans ma chambre exiguë entre la porte de la forteresse et la tannerie, je claquai la porte et m'y adossai, respirant fortement, la bride toujours fermement tenue dans mes mains. Je la déposai délicatement. Puis, je me traînai jusqu'à mon lit, pressai mon visage contre l'oreiller et versai quelques larmes en silence pour la gentillesse et l'amour qu'on venait de me prodiguer, mais que j'allais perdre de nouveau.

Chapitre 6

— Et maintenant ? demandai-je à Eorna.

Chancelant, je retirai le sable de l'arène de mes habits et me traînai en boitant jusqu'aux grilles de la forteresse, m'appuyant dessus pour reprendre ma respiration. Mon corps entier me faisait souffrir comme si j'avais une ecchymose gigantesque, et ma tête était encore sonnée par le coup qu'il m'avait asséné avec la poignée de son épée. Le salopard n'était même pas essoufflé.

— Maintenant, reprit-il, tu déballes ta lame et tu passes une heure à l'aiguiser. Ainsi, tu auras peut-être une chance de t'en sortir si tu dois l'utiliser, toi inutile blanc-bec. En supposant que tu ne te coupes pas au préalable.

Il était en train de dérouler le tissu de sa propre épée tandis qu'il parlait, et je jetai un œil à la lame nue avec circonspection. Elle faisait déjà suffisamment mal, tout emmaillotée.

— Et maintenant, ajouta-t-il, tu ramènes ton rachitique postérieur ici pour que nous puissions pratiquer la dague. Ton père ne me remercierait pas si je t'embrochais dès notre premier combat.

— Mon père n'en a rien à faire, lui dis-je.

Il haussa les épaules. Aucune contestation possible.

— Ton frère, alors, et quand je dis ton premier combat, je ne parle pas de celui qui va arriver. Tout ce que tu ferais, ce serait de te fourrer dans nos pattes. Je n'ai jamais vu de cas aussi désespéré de toute ma vie. Mais qu'as-tu donc fait de tout ton temps libre ?

Je savais très bien que je n'étais pas aussi mauvais, mais Eorna ne souriait jamais et ne faisait jamais de compliments. Au lieu de cela, il était sans cesse odieux. Presque une âme sœur. Je l'aimais bien.

— Ce n'est pas ce que je voulais dire, de toute façon dis-je. Je voulais dire « Et maintenant, concernant Kilrevin ? ».

Le visage séduisant d'Eorna se rembrunit.

— Kilrevin parcourra les plaines de la forteresse pour chercher à se battre, et ton père battra le derrière de cet effronté. Et si Kilrevin a de la chance, Kate l'enverra en exil pour encore quelques années dans l'autre monde pour vivre avec les « simples mortels ». Et c'est *Alasdair* Kilrevin pour toi, blanc-bec. Tu devrais même montrer à ce salopard un certain respect, puisque tu ne lui montreras jamais la lame nue de ton épée, au rythme où tu progresses.

J'ignorai cette remarque.

— Qu'y a-t-il de si terrible à l'exil ? Cela n'a même pas l'air de le déranger, n'est-ce pas ?

Eorna haussa les épaules.

— Ce n'est pas si simple. Tu n'as jamais rencontré de « simple mortel », n'est-ce pas, toi le moins que rien ? Ils ne se mêlent pas avec des gens comme nous. Ils ne l'ont jamais fait. Ils ne se mélangent pas avec ceux qui sont *différents.*

— Nous ne sommes pas différents, dis-je.

— Non, mais eux le sont, ils ne peuvent…

Il toucha sa tempe avec son index à la recherche de mots pour expliquer.

— Ils ne peuvent pas le faire.

Cela me prit un certain temps pour comprendre ce qu'il voulait dire par là, et je le regardai bouche bée. Je me souvins alors ce que ma mère avait dit : « Ceux de l'autre monde sont impotents. » Soudain, je sus ce qu'elle entendait par là.

Je ne pouvais imaginer un tel handicap.

— Ils ne peuvent pas ?

— Non, et si jamais tu devais avoir à vivre un jour avec eux, tu ne mentionneras pas que tu peux.

Il secoua sa tête châtain clair, en grondant.

— C'est terrible là-bas. Ils sont tous dirigés par des prêtres d'une espèce ou d'une autre. Leurs femmes sont opprimées à un point que tu ne peux pas imaginer. Ils leur font porter des jupes en permanence, elles ne peuvent se battre, elles peuvent juste enfanter *tout* le temps. Et ils les brûlent. Ils brûlent leurs femmes pour avoir osé porter des pantalons écossais. Ils les brûlent pour avoir cueilli des herbes. Les hommes aussi, figure-toi. Ils brûlent les hommes s'ils n'aiment pas la forme de leur postérieur.

— Tu fabules, lui dis-je avec dédain.

— C'est vrai, je te dis. Ils n'ont même pas le droit d'aimer quelqu'un, non plus, du moins pas de leur propre volonté. Et pas du tout s'ils veulent quelqu'un du même sexe. Même un homme et une femme doivent recevoir la bénédiction des prêtres, et ensuite ils sont liés à vie : interdiction d'avoir un autre prétendant.

— Tu plaisantes, dis-je, mâchoires ouvertes.

— Et toi, tu es un blanc-bec bien naïf. Crois-moi, mieux vaut rester du côté des vainqueurs, ici, pour ne jamais avoir à être exilé. Ce qui signifie être cinquante fois meilleur que ce que tu es à présent, et cela uniquement pour te maintenir en vie. Eili MacNeil pourrait te rouler dans la farine, toi espèce de sale boulet.

Il était alors en train de jeter des regards noirs à sa propre lame si bien qu'il ne vit pas le frisson qui me parcourut à la mention du nom d'Eili ni la montée de rouge sur mes pommettes.

– N'as-tu pas treize ans maintenant ? Quand penses-tu grandir, blanc-bec ? En même temps que tu envisages d'apprendre à te battre ? Maintenant, dégage, tu perds ton temps. En fait, le tien et le mien. Rendez-vous cet après-midi, et je veux voir ton épée suffisamment affûtée pour découper de la soie ou je te filerai plus qu'une bonne correction. Au travail !

Je ne pris pas Eorna trop au sérieux. Je savais que j'étais meilleur que ce qu'il prétendait et je savais qu'il le savait. Malgré son côté bourru, il m'adorait et il voulait simplement que je sois plus prudent. Mais victime de la stupide arrogance de la jeunesse, je décidai à ce moment précis que je participerais à cette bataille. Peut-être pas en tant que combattant. Je voulais bien le croire quand il disait que je serais dans leurs pattes. Mais, je regarderais. Je voulais voir comment ça se déroulait, je voulais découvrir quelques astuces, juste en observant des experts. J'en avais marre qu'on m'appelle *blanc-bec* ou *mauviette* et de plus, je voulais voir mon père flageller comme de coutume Alasdair Kilrevin. Je voulais voir ce salopard en déroute.

Il brûlait déjà des fermettes près des terres de mon père, dérobant le bétail et massacrant les habitants, et il le faisait simplement pour narguer mon père. Griogair n'avait pas encore réagi, mais chacun savait que sa maîtrise de soi glaciale était sur le point de céder. L'atmosphère dans la forteresse était inhabituellement fébrile, chargée d'une soif de sang et de nervosité. On pouvait sentir dans l'air une sorte de tension due à l'attente, telle une énergie électrisante parcourant chaque veine et chaque cerveau. Tous les combattants souhaitaient que cela commence, chaque homme et chaque femme, et il n'y aurait pas de réelle paix avant que ce soit terminé.

Peut-être Griogair était-il aussi tendu que le reste d'entre nous. Peut-être était-ce à considérer. Peut-être cherchait-il simplement à se distraire de l'irritation que provoquait Kilrevin, mais quelle que soit la raison, voilà qu'il apparaissait près de la grille de l'arène tandis qu'Eorna me mettait à l'épreuve. Au début, il nous adressait tout juste un regard. Ensuite, il consentait à nous regarder quelques instants à chaque fois. Parfois, il ne disait rien du tout, puis il poussait un grognement et repartait vers des affaires plus importantes, mais à une ou deux reprises, il me cria quelque chose. Jamais avec tendresse ou considération paternelle, certes, mais au moins, cela m'était directement adressé. La première fois que cela se produisit, ce fut une telle surprise que je m'arrêtai brutalement et faillis tomber à la renverse, puis Eorna en profita pour me plaquer au sol avec son bâton, un coup qui d'ailleurs mit fin à mon entraînement de la journée. Dans mon étourdissement lié à la douleur, je me souviens avoir vu mon père cracher, secouer la tête et s'éloigner en direction des écuries.

Je pensais qu'il ne se donnerait pas la peine de revenir, mais trois jours après, il se tenait adossé à la grille de nouveau, m'adressant un regard désobligeant tandis que j'esquivai une attaque d'Eorna.

— Toi, aboya-t-il.

Eorna se retourna avec respect, et je restai là à fixer mon père.

— Quelle est l'armure d'un Sithe ?

— La r... rapidité, arrivai-je à prononcer d'une voix étranglée.

— Quelle est la défense d'un Sithe ? Quel est ton bouclier ?

— La rapidité, marmonnai-je.

Comme il me lança un regard furieux, je bredouillai :

— Et la rapidité.

— Jambières ? Plastron ? Heaume !

— La rapidité, répondis-je, ma voix désormais très haut perchée à cause de l'énervement. La rapidité ! La rapidité !

Il resta silencieux tout en me regardant avec un air qui contenait tout le mépris du monde.

— Alors pourquoi te déplaces-tu comme une brebis engrossée à trois pattes ? finit-il par dire.

Tandis qu'il s'éloignait, je remerciais les dieux d'avoir su ce qu'étaient les jambières, plastrons et heaumes, parce que Eorna m'avait enseigné la façon de se battre des « simples mortels » et m'avait expliqué les raisons des Sithe de ne pas utiliser de telles armures. Toute notre défense résidait dans notre rapidité, et nous ne nous embarrassions pas de boucliers ou de targes. Si toutefois nous devions emporter quelque chose dans notre main gauche, c'était seulement une dague pour pouvoir esquiver et parer. Nos combats n'étaient pas ceux des « simples mortels » avec des coups de poignard. Ils ressemblaient à des danses rapides et meurtrières, ponctuées d'envols éclair, de bonds vers l'avant et de lacérations. Nos armes étaient longues et légères et se devaient d'être aussi rapides que nos mouvements sinon nous étions perdus.

Et donc, la fois suivante, quand j'aperçus Griogair à la grille de l'arène, j'essayai d'être brillant, bondissant dans les airs et me tournant pour attraper la nuque d'Eorna. Mon entraîneur esquiva mon coup avec une facilité déconcertante, et je tombai maladroitement sur le sol, prenant un autre coup si fort qu'il me provoqua des haut-le-cœur.

– Tu t'es trop exposé, idiot, cria Griogair. Feinte et attaque-le par-dessous.

Alors, dès que j'en eus l'occasion, je le fis, déjouant son attaque et montant mon bâton vers le haut. J'envoyai Eorna valdinguer sur les genoux : sans voix, il souffrait et se tenait fermement les testicules. Il me l'avait fait plus d'une fois si bien que je n'avais aucun remords. J'éprouvai même plutôt une sorte de jubilation, voire de fierté étourdissante. Je me retournai pour voir la réaction de Griogair, mais il était parti.

La prochaine fois, me fis-je la promesse. La prochaine fois, tu verras. La prochaine fois, tu souriras.

Mais la fois suivante fut deux jours plus tard, alors que Griogair sortait de la forteresse à la tête de trente de ses combattants préférés. Il arborait un sourire. La plupart des combattants riaient, radieux. Je m'en souviens fort bien. Je ris aussi, grisé. Kilrevin était un hors-la-loi et un bandit, et ils voulaient le voir puni. Nous le voulions tous, mais il n'y avait rien de noble ou d'altruiste dans notre motivation ce matin-là. Quand Griogair traversa la cour et cria pour exiger son cheval et son épée, nos cœurs étaient électrisés par la soif de sang. Même Leonora souriait tandis qu'elle l'embrassait avant son départ. Et dans mon ignorance, j'étais autant assoiffé de sang qu'eux. À présent, je connais autant les entrailles des êtres humains que la paume de ma main qui tient l'épée, mais je ne suis pas et n'ai jamais été aussi fier que ce jour-à, alors que je n'étais à l'époque qu'un gamin qui croyait tout connaître sur tout et qui n'avait encore jamais véritablement vu couler de sang.

Qu'est-ce que j'y connaissais ?

Eili était dans l'enceinte de la forteresse. Elle regardait aussi, et je croisai son regard rieur. Elle était aussi motivée que moi par ce combat, et cela se voyait dans la lueur sauvage de son regard. Je pensai l'emmener, puis j'y renonçai finalement. Une autre fois, décidai-je tandis que je bloquais mes pensées et que je suivais sournoisement le chemin vers le mur côté nord, qui était déserté. Plus tard, je lui raconterais tout de l'histoire, je pourrais me vanter de ce que j'aurais vu, mais pour le moment, je voulais vivre ce moment en solo. Je ne souhaitais pas de compagnie, même pas celle d'Eili.

C'est pourquoi mon cœur chavira au moment où je sentis une main tirer sur ma manche.

Je lançai un regard furieux par-dessus mon épaule. J'aurai dû faire plus vite. J'étais déjà monté sur le parapet avec une jambe qui pendait dans le vide, côté nord, prêt à descendre en utilisant les prises que je connaissais. Je n'avais aucune envie d'être retenu, car des tas de choses excitantes m'attendaient, et il y avait un risque que mon père ne finisse avant même que j'eus pu assister au spectacle.

Orach resserra sa prise sur ma manche.

— N'y va pas, murmura-t-elle.

— Tu plaisantes, grognai-je, je ne vais pas manquer ça.

— Seth, s'il te plaît, je t'en conjure. J'ai fait un mauvais rêve.

Je la fixai. Je ressentis un soupçon de frisson, car cela ne lui ressemblait pas, pour être honnête. Puis je me dis que l'atmosphère des derniers jours et des dernières semaines l'avait sans doute ébranlée plus que je ne le pensais. D'un geste tendre, je touchai sa joue, puis je me baissai spontanément pour l'embrasser.

— Je serai de retour ce soir, l'assurai-je. Je te raconterai tout. Et on ira dans les grottes, tu veux bien ?

Cette promesse, contrairement à d'habitude, ne lui extirpa même pas un sourire timide. Elle avait simplement l'air effrayée. Je sentis le contact de son esprit sur le mien, m'implorant.

— *Seth, s'il te plaît, n'y va pas.*

Je ne pouvais pas renoncer, pas maintenant. De manière presque brutale, je rompis le contact mental, dégageai ma manche de sa prise et je sautai par-dessus le mur.

Chapitre 7

Je courus le plus vite possible, mais quand je réussis à les trouver, le ciel s'assombrissait. Mes poumons me faisaient mal et mes membres tremblaient de fatigue, mais je les trouvai. Je les avais suivis au bruit, bien sûr. Si j'avais utilisé mes pensées, ils auraient su que j'étais là, et j'en aurais bien payé le prix. Mais les bruits d'une bataille sont facilement reconnaissables : insoutenables, impossibles à rater, mais facilement reconnaissables.

À une dizaine de kilomètres à l'intérieur des terres, un peu plus au sud, se trouvait un hameau de fermettes qui faisait partie du territoire sur lequel mon père régnait. Griogair se chargeait de la protection de cette communauté en échange de grains et de viande qu'ils envoyaient à la forteresse. Les maisonnettes étaient regroupées autour d'un vieux puits creusé sous le niveau du sol et tapissé d'herbes basses s'inclinant tout autour de lui. On aurait dit que la terre essayait de s'avaler elle-même. Doté d'un toit et de parois en pierre recouverts de mousse, il ne s'était jamais retrouvé à sec, et l'eau y était douce, sans aucun arrière-goût saumâtre. Je le savais, car l'un des fermiers me l'avait montré un jour et m'avait offert un gobelet de cette eau. C'était lors d'une journée chaude, alors que j'avais neuf ans et que j'avais parcouru des kilomètres et des kilomètres. J'étais affamé et assoiffé. Le fermier s'était égosillé de rire en me voyant engloutir verre sur verre. Quand j'eus fini, je lui avais adressé un large sourire. Ensuite, il m'avait donné un morceau de pain et du bœuf séché, juste parce que je l'avais bien fait rire.

Là, j'enjambais son corps alors que je me dérobais derrière sa maisonnette. Je savais qu'il s'agissait de son corps, car j'avais reconnu son sourire et ses cheveux roux. De plus, cette tête éperonnée sur la barrière semblait bien correspondre au torse qui se trouvait à mes pieds.

Rire à en perdre la tête, d'une certaine façon.

À présent, voilà que je ressentais une sensation désagréable à ce propos. Cette sensation n'était qu'un ressenti, car je n'osais toujours pas tenter de communication mentale. Cependant, je ne craignais plus vraiment de recevoir une correction de mon père ou de celui de Sionnach. En fait, je me rendis compte que je ne voulais surtout pas qu'on puisse me repérer pour ne pas risquer de retrouver ma tête au sommet d'une pointe de la clôture. Je regardai à nouveau le visage du fermier derrière moi et je devinai, d'après son expression, qu'il n'était pas mort en toute sérénité. Je supposai que les autres parties de corps éparpillées tout autour de la cour appartenaient à son amoureuse, mais je dus les compter pour en être convaincu. Dieu sait ou pouvait être sa tête.

À quoi bon passer pour une bête sauvage si on ne pouvait se laisser aller à ses plus vils instincts ? Je m'arrêtai donc au beau milieu de la cour pleine de sang coagulé et j'écoutai. J'écoutai véritablement. Le crépuscule était déjà bien tombé : il ne restait à l'horizon qu'une bande de coloris nacrés, et je ne pouvais donc plus compter sur ma vue. Je devais également oublier mon cerveau, mettre de côté mes peurs idiotes et mes hypothèses. Je m'abandonnai à l'odeur et l'atmosphère de la bataille. Je m'abandonnai à l'écouter, à l'écouter correctement. Ce n'était pas difficile, car elle devenait plus proche. Mais si elle se rapprochait de moi, cela signifiait que mon père battait en retraite.

Désormais, je pouvais distinguer des voix individuelles, entendre des cris et des hurlements distinctifs parmi les bruits métalliques et le crissement du métal contre le métal. Je pus reconnaître quelques voix, et elles avaient l'air paniquées, comme un air de défaite. Il y en avait d'autres que je n'arrivais pas à identifier. Ces dernières résonnaient avec des accents guerriers assassins.

Je courus.

Le problème, c'était que je ne m'enfuyais pas suffisamment loin et surtout pas dans la bonne direction. Mon instinct s'était déjà montré efficace. À présent, la panique m'enveloppait tant que j'en perdais mes réflexes. Tandis que je me dirigeais vers un taillis de pins couchés par le vent, je m'aperçus que c'était finalement un piège mortel. Je revins sur mes pas et compris soudainement que j'étais totalement à découvert sur des kilomètres au milieu de la lande, alors que mon ennemi était à cheval. Si bien que pendant d'interminables minutes, la peur tétanisant mes muscles et transformant mes entrailles en eau, je restai debout au milieu des maisonnettes ravagées et des corps massacrés de leurs habitants, sans pouvoir bouger d'un pouce.

Je ne sais pas ce qui m'a poussé à courir vers le puits. C'était à la fois un endroit idéal pour se cacher, mais aussi un endroit pour se faire acculer et attraper. Je pouvais sentir des pensées traquer d'autres pensées et je devais en bloquer maintenant. Si j'arrivais à neutraliser suffisamment longtemps les pensées de Kilrevin, Conal viendrait me chercher. Bien sûr qu'il le ferait. Il viendrait pour moi. Il avait dit qu'il le ferait.

Mais je n'arrivais pas à me connecter mentalement avec lui, dans cette déroute. La bataille était à présent trop proche de moi, et le vacarme assourdissait mes oreilles et abrutissait mon cerveau. Si bien que je n'osais pas regarder en arrière de peur de trébucher sur les marches en pierre traîtres de la descente vers le puits. Dessous, je devinais, dans le noir le plus profond, la gueule du puits : elle ne me semblait pas accueillante, et paraissait prête à m'avaler tout entier. J'étais terrifié à l'idée de me laisser glisser dans l'eau noire luisante et encore plus terrifié à l'idée de ne pas descendre assez vite. J'agrippai la paroi, m'arrachant la paume au passage, perdant presque mon équilibre, puis je m'enfonçai dans le puits jusqu'aux chevilles. Pendant un instant, je restai figé de terreur, mais les cris étaient à présent plus forts, le bruit métallique plus perçant, les grognements et hurlements d'êtres humains en train de mourir plus nets. Agrippant l'arête rocheuse rugueuse du bout de mes doigts, je pivotai et m'adossai contre l'invisible paroi intérieure. J'avais de l'eau jusqu'aux cuisses, mais je me fichais bien que le froid puisse mordre ma chair comme les crocs de l'enfer.

Des hommes se battaient alors qu'ils descendaient les marches derrière moi. Ils étaient deux. Me rapprochant doucement de la paroi dans une noirceur toujours plus intense, je vis des flammes vaciller à la surface de l'eau noire, mais puisque je provoquai une ondulation plus marquée de la surface de l'eau, les flammes finirent par crépiter et disparaître. J'essayai de respirer silencieusement, mais c'était difficile.

Ensuite, ce problème fut réglé, car j'arrêtai totalement de respirer. Il y avait à mes côtés le bruit sournois de l'acier, le pénible sifflement de la respiration des deux hommes qui essayaient de s'entretuer. L'un deux trébucha en arrière. J'entendis son épée érafler la paroi à mes côtés. Le bruit métallique de l'acier résonnait désormais depuis le toit en pierre : les hommes étaient à l'intérieur de la caverne du puits. Le premier grogna alors qu'il repoussait une attaque du second, et je sus que c'était mon père.

S'il s'était agi de Conal, j'aurais volé à sa rescousse, je jure que je l'aurais fait. Mais ce n'était pas Conal, et je connaissais finalement à peine mon père, et la vérité absolue, c'était que j'étais mort de trouille. Tout ce que je fis fut de regarder comment les reflets des flammes s'évasaient encore, et Alasdair Kilrevin fit reculer mon père jusqu'au bassin noir. Ils étaient tous deux morts de fatigue, révélant que le combat était entamé depuis longtemps, et il n'y avait aucun mouvement brusque de part et d'autre, simplement un jeu d'attaques et de parades sanglantes et acharnées.

Griogair était si tailladé que je fus étonné qu'il puisse encore bouger, encore plus se battre, même si en ce moment précis, il me faisait peur. Une balafre traversait son visage depuis la tempe droite jusqu'à sa mâchoire gauche, et il me semblait qu'il avait perdu un œil. Ses bras et sa poitrine étaient lacérés comme si un chat énorme ou un loup repu avait voulu jouer avec lui. Soudain, je me rappelai que le surnom de Kilrevin était le Loup, et maintenant je voyais bien pourquoi. Le visage de Griogair était déformé par la rage et la haine tout comme l'était la lame de son épée. Alors qu'il faisait reculer mon père, Kilrevin était tout sourire.

Le pied de mon père buta dans la dernière marche qui était irrégulière, et il tomba à la renverse. Kilrevin bondit sur lui, laissant tomber son épée tandis que mon père perdait la prise de la sienne. Kilrevin serra ses doigts autour de la gorge de Griogair et enfonça sa tête mutilée sous l'eau.

J'ai dû finir par respirer, mais mon père, lui, ne respirait plus. On ne lui avait pas laissé de seconde chance. Kilrevin chevaucha son corps, ce qui provoqua un soubresaut de tous ses membres, puis de légers tressautements successifs, puis plus rien du tout.

Je m'appuyai contre la pierre, sans bouger. Je ne devais absolument pas provoquer d'ondulation, du moins tant que Kilrevin continuait à fixer de façon réfléchie le corps à la dérive de mon père. Sa main eut un dernier soubresaut, alors Kilrevin leva son épée et l'enfonça dans la gorge de Griogair, la retira et en essuya la lame sur sa manche.

Il resta immobile. J'en fis de même.

Il fit taire sa respiration. J'en fis de même.

Son esprit tenta d'entrer en contact. Je fermai les yeux de peur que leur luminosité ne se reflète dans le bassin noir.

Puis, il cracha, se tourna et remonta les marches en courant.

Tremblant, je fixai mon père en pensant : je ne le connaîtrai jamais désormais. Et je restai là, ressassant cette même pensée avant de prendre conscience que des heures venaient de s'écouler.

Le bruit des combats s'évanouissait ainsi que les cris, et la nuit tomba complètement. Ce fut seulement là que je recouvrai mes esprits, seulement là que j'appelai Conal dans ma tête, comme un enfant.

***

Je pense que mon père avait dû appeler Conal bien plus tôt, quand il avait compris que sa dernière heure arrivait, car mon frère arriva plus vite que je n'aurais osé l'espérer. Je grimpai quatre à quatre les marches du puits, car en aucune façon, je ne pouvais rester tapi là-dedans avec Griogair. Quand je pus regarder autour de moi, grâce à la lumière du feu, dans cette nuit obscure, j'étais assis dans l'herbe qui regorgeait de sang, d'entrailles et de Dieu sait quoi d'autre. Il n'y avait plus de cris ou de gémissements de blessés, car il n'y avait plus de blessés. Ceux qui n'avaient pas réussi à s'échapper étaient morts et j'essayai de ne pas penser à tout ce que j'avais entendu alors que j'étais tout gelé et tremblotant dans le puits, en attendant que tous les cris s'éteignent.

Je restai assis là, dans cette herbe gorgée de sang, tout au long de cette nuit froide, jusqu'au lever du jour, timide et gris, à l'autre bout de la lande. Soudain, j'entendis Conal arriver. Deux de ses lieutenants venaient avec lui au galop, mais pourquoi avec tant de hâte ? Ils avaient bien dû sentir qu'ils arrivaient des heures trop tard… Descendant du cheval, ils murmurèrent, sidérés par le massacre, et ils planifièrent déjà que faire des corps. Au petit matin, ils envoyèrent une formation pour les récupérer, mais les morts étaient trop nombreux pour que l'on puisse organiser des cérémonies funéraires pour chacun d'entre eux. Niall Mor MacIain gisait avec le ventre ouvert depuis l'entrejambe jusqu'au sternum, la gorge tranchée, vidé de son sang. Je m'étais assis et je l'avais fixé pendant des heures dans l'obscurité, me demandant bien ce que j'allais pouvoir ou devoir raconter à Eili et Sionnach concernant sa triste fin. Il y avait des membres et des têtes, ainsi que des corps carbonisés partout autour des fermettes, aussi bien de combattants hommes que femmes. Le frère de Raineach avait été crucifié contre la porte d'une étable, si bien qu'ils le retirèrent de là, au moins, et ils prirent également la tête de mon fermier rouquin qui trônait sur la clôture et qu'ils déposèrent à côté du moignon de son cou.

Vous savez comment les « simples mortels » nous surnomment ? *Les gens de la paix.*

Ils nous flattent. Pourquoi ? Peut-être par peur. Peut-être est-ce lié à la mémoire collective.

Je n'ai rien entendu de ce que Conal et ses lieutenants me dirent. Ils emportèrent avec eux deux corps. Conal descendit dans le puits accompagné de Righil et ils remontèrent les restes détrempés de mon père. Bien sûr, ils prirent aussi ceux de Niall MacIain. Quand les dépouilles furent attachées aux deux autres chevaux, Conal m'attrapa et me hissa sur le sien, puis il monta derrière moi et me ramena comme un corps vivant à la forteresse. Je pouvais sentir la chaleur de son corps derrière moi, le flux et reflux de son sang, les mouvements de sa poitrine, comme si c'était la seule chose bien réelle dans ce monde.

Le clan nous attendait à la forteresse. Leonora était déjà au courant que son cher amant était mort, mais elle était debout, dans la cour, dans un silence digne, et attendait que son fils franchisse les grilles et s'arrête devant elle. Avec le bras de Conal autour de ma taille, je regardai ses yeux bleus endeuillés et je sus qu'elle aurait préféré me voir mort, et peut-être même Conal aussi, fût-ce une sorcière capable de lui ramener à la vie son bien-aimé Griogair en contrepartie.

Elle portait les couleurs du deuil : des pantalons écossais amples en soie blanche, un long manteau blanc brodé, ses magnifiques cheveux fauves tenus en une longue tresse enrubannée de blanc. Son corbeau se tenait penché sur le mur derrière elle. Une légère brise fit remuer le bout de ses ailes brillantes et le duvet de son jabot, mais il était anormalement immobile, regardant les corps avec ses yeux sournois et noirs comme du marbre.

Sous le regard médusé du clan, Leonora s'empara d'un couteau qu'elle portait à la ceinture et coupa les rubans de ses cheveux pour les déposer sur le corps de son amour. Quand Griogair fut emporté pour être offert aux charognards, je pensai que le corbeau s'en mêlerait, mais il ne bougea point.

Leonora saisit les rênes de Conal et leva son regard vers lui.

— Accompagneras-tu Griogair ? lui demanda-t-il très doucement.

— Non, dit-elle.

Sa voix était neutre et calme.

— Pas maintenant. Je suis désirée.

Malgré les circonstances, je pouvais déceler la pointe de curiosité de Conal.

— Qui ?

— Je ne sais pas. Sans doute pas né, mais qui soit-il, je dois rester.

— Tu veux le Capitanat ? demanda-t-il.

— Non, j'y renonce. La forteresse est à toi.

— D'accord.

Elle le regarda de façon intense.

— Cela signifie que tu n'appartiens plus à Kate.

— Bien sûr, elle est déjà au courant.

— Oui, dit Leonora, pensive. Elle le sait. Quel dommage qu'elle n'ait pas…

Ses yeux s'arrêtèrent brutalement sur moi, comme si elle se souvenait soudainement de ma présence et elle ravala les mots, quels qu'ils étaient, qu'elle avait sur le bout de la langue. Cela ne m'intéressait pas de toute façon. À travers mon regard encore sous le choc, je ne savais qu'une chose : c'était que Conal allait revenir, qu'il serait le capitaine de la forteresse désormais et que j'allais le retrouver. Et même si j'avais conscience que les oiseaux étaient déjà en train de dépecer mon père ainsi que le père d'Eili et de Sionnach, je ne pouvais arrêter l'onde de joie dans mon cœur.

Je vous l'ai déjà dit que j'étais un éternel optimiste.

Chapitre 8

Durant quelques semaines, je fus satisfait de ma vie comme jamais, heureux comme je n'aurais jamais cru pouvoir l'être. Avec Conal en tant que capitaine désormais, il n'y en avait plus que quelques-uns qui me considéraient comme une insulte vivante envers lui, même si certains se méfiaient encore de moi, comme si j'étais la progéniture d'une sorcière. Leonora continuait à m'ignorer. Raineach abandonnait tout espoir de me voir devenir un jour forgeron, mais Righil trouva le temps et l'envie de m'enseigner à jouer du violon et de la mandoline. Je ne serais certes jamais un prodige musical, mais je compris rapidement les bases, et cela me permit d'être accepté certains soirs dans le grand hall.

Je devais toujours composer avec les remarques blessantes d'Eorna ainsi qu'avec son plaisir évident de me filer quelques bonnes corrections, mais je m'en fichais éperdument, sachant qu'il y avait un but à cette démarche et que je m'améliorais au fur et à mesure. Il continuait à me battre plus souvent que je ne le battais, mais les combats devenaient de moins en moins unilatéraux. Un jour, il s'arrêta pour respirer — enfin, il essaya, car il avait le bout de mon épée bien émoussée sous la gorge — et il balança le vieux drapé enveloppant son épée dans le sable. Il me sourit, et soudain je compris qu'il savait qu'un jour prochain, j'allais devenir meilleur que lui. Meilleur qu'eux tous. Peut-être jamais meilleur qu'Eili, bien que je devenais presque son égal, mais ma plus honteuse ambition, je la gardais pour moi, bloquant cette pensée aux autres. Je voulais être meilleur que Conal. Je l'aimais, mais je voulais encore démontrer que j'étais moi aussi le fils de Griogair et pas systématiquement le plus inutile.

Quand je n'étais pas à l'entraînement ou quand je n'essayais pas de m'échapper pour courir tout seul comme un sauvage, nous étions Sionnach, Eili, Orach, Feorag et moi-même souvent désignés pour trouver de la nourriture, mais ce n'était pas une corvée. J'étais toujours aussi doué pour la pêche et pour piéger les lapins et les lièvres, et j'avais pigé le fonctionnement de l'arc rapidement, si bien que si l'on se promenait assez loin, je pouvais parfois tirer un daim. Sionnach m'avait enseigné comment piéger les mouettes et les guillemots : ils n'avaient pas une chair terrible, mais leurs plumes étaient bien utiles pour faire les flèches. Cueillir des coquillages avait toujours été un jeu : les moules, c'était facile, les crabes, c'était amusant, et nous aimions décoller les patelles des rochers avec une vieille épée ou creuser avec la main pour ramasser des couteaux, nous dépêchant pour les empêcher de s'enfouir à nouveau sous le sable. Nous les loupions souvent. C'était un dur labeur, mais il y avait de la compétition, et nous passions le plus clair de notre temps à rire, à nous disputer, à nous bousculer, et la plupart du temps, nous finissions par nous déshabiller et nous jeter dans l'eau claire de la baie. Quand nous avions réuni suffisamment de nourriture, nous faisions un petit feu à base de bois flotté, nous débarrassions les rochers de leurs champignons séchés pour nous en servir de petit bois et nous le faisions prendre à l'aide de fougères sèches.

Ensuite, nous mangions quelques-unes de ces denrées collectées tout en grelottant au-dessus du feu. Nous nous blottissions les uns aux autres et nous nous racontions des histoires ou nous nous moquions gentiment les uns des autres. Parfois, je pouvais rester silencieux et tous les regarder, effrayé par ce simple bonheur, terrifié à l'idée que cette amitié puisse soudainement disparaître au crépuscule. Je pense qu'Orach savait ce qui défilait dans ma tête. Elle devinait souvent ce que je pensais. Si j'étais silencieux trop longtemps, mon cœur et mes larmes montant dans ma gorge, elle s'asseyait près de moi, se glissant sous mon bras et laissant sa chaleur m'envahir.

Conal demeura fréquemment absent ces dernières semaines, à surveiller les restes de notre père sur ce sinistre sommet de la colline. Je montais le rejoindre occasionnellement, mais je me forçais. C'était très facile d'imaginer les oiseaux ou les renards dépeçant ma propre chair, et ma nouvelle relation avec la mort me faisait encore trop mal pour pouvoir supporter cette odeur plus longtemps. Quand enfin il fut convenable que Conal le quitte, quand toutes les cérémonies d'enterrement furent achevées et que les os bien polis furent réunis tous ensemble, Conal le laissa entre les mains de deux gardiens et redescendit vers la forteresse.

Et le jour qui suivit, on apprit la nouvelle.

* * *

— Qu'entends-tu par otages ?

Eili et moi-même regardions Conal, incrédules, mais il continuait à empenner des flèches et il ne nous regardait pas. Il avait un air différent depuis que ses cheveux étaient tondus très ras : je ne dirais pas qu'il semblait plus vieux puisqu'un Sithe adulte ne commence à vraiment vieillir que lorsqu'il est pratiquement à l'article de la mort. Mais cela lui durcissait les traits et lui donnait un air plus sage. J'espérais qu'il en était de même avec moi puisque j'avais décidé que mes cheveux aussi avaient besoin d'être rasés, bien que je l'aie fait davantage par respect envers Conal qu'envers Griogair. Mon crâne me parut étrange, piquant et froid. Les empennes des flèches étaient teintées bleu ciel, et les doigts de Conal bougeaient rapidement et avec beaucoup de dextérité. Son travail était tellement prenant que nous sommes restés à le regarder faire en silence, tandis que pendant tout ce temps, lui cherchait probablement le moment approprié. Je me suis demandé pourquoi il bloquait ses pensées.

— Qu'est-ce que ça signifie ? répétai-je de manière plus agressive.

— Ce que je dis, Seth, c'est que c'est comme l'autre fois. Pas une simple requête.

— Mais…

J'étais totalement perplexe. La politique me dépassait, et je ne parvenais pas à comprendre le raisonnement de Kate.

Les deux lieutenants de Conal échangèrent des regards à son insu, haussant les sourcils. Je savais ce qu'ils pensaient. C'était plus qu'audible. Pourquoi donc Kate choisissait-elle les deux casse-pieds les plus ronchons de la forteresse de Conal ? Righil et Carraig savaient que l'après-midi allait être longue. Carraig soupira, s'assit et déballa sa lame pour l'affiler, alors que Righil s'effondra contre les marches, croisa les bras, ferma les yeux et profita du soleil de cet hiver lumineux.

– Est-ce que ça a un lien avec ma mère ? demandai-je amèrement.

Conal haussa les épaules.

– C'est possible. Ça lui ressemble.

– Kate n'a pas besoin de Seth, ajouta Sionnach. Elle en veut deux. Eh bien, si Eili y va, j'y vais aussi.

Conal roula affectueusement des yeux.

– D'accord, mais alors vous serez trois, car elle insiste pour avoir Seth. Les personnes qui me sont les plus chères, bien sûr. Je suis désolé.

Il me regarda, et je sus qu'il l'était réellement.

– Elle ne me fait pas confiance, Seth.

– Comment peut-elle ne pas te faire confiance, explosai-je. Tu as été l'un de ses capitaines pendant…

Je comptai rapidement.

– Quinze mois !

– Et je n'ai pas assez tenu ma langue. Elle connaît mes opinions par cœur et elle n'a pas confiance en elles ou en moi-même. Et elle a peut-être raison.

– Quelle sorte de reine est-ce ? gronda Eili. Quel type de reine ignore l'opinion de ses capitaines ?

Conal posa doucement ses doigts sur ses lèvres.

– Une reine avide de pouvoir et sans pitié. Ne pense pas de telles choses, Eili. Tu ne dois pas les ressasser, car elle pourrait entendre, par un biais ou un autre. Comment penses-tu qu'elle a fait pour devenir reine ? Tu n'as aucune idée de ce qu'elle est capable de faire.

Eili l'écoutait à peine. Elle cligna des yeux devant lui et ravala sa colère. Tandis qu'il retirait ses doigts de sa bouche, elle regrettait déjà l'absence de ce contact. Même maintenant, je ressens encore la vague de jalousie qui me comprimait la poitrine et la gorge. Mais bon, j'allais partir avec Eili à présent, et Conal ne serait pas dans mes pattes. Cela devrait être bien, non ?

Une grande tristesse m'envahit, rendue plus intense encore au fil de mes pensées perfides. Cherchant à cacher son mal-être, et ce, sans succès, Conal se remit debout et serra mon crâne rasé tout contre lui.

– Je ne ferai rien qui puisse vous mettre en danger, dit-il. Je serai tout ce qu'il y a de plus obéissant. Sage comme une image !

Il y avait de l'amertume dans le ton de sa voix, mais il sourit encore.

– Et puis, il n'y en a pas pour très longtemps.

– Je l'ai déjà entendue celle-ci, dis-je avec amertume.

★ ★ ★

Je dormis cette nuit-là, mais seulement par à-coups. La nuit était froide, mais je ne pouvais le ressentir. Je repoussai mes couvertures et me tournai pour m'étendre de tout mon long sur le ventre, fixant du regard le paysage blanchi par les étoiles et le ciel étincelant. Étonnamment, je m'ennuyais de la puanteur de la tannerie depuis que Conal m'avait attribué une nouvelle et meilleure chambre. Je me passais également des marmonnements inintelligibles des gardiens de la forteresse, de leurs toux et de leurs crachats, et de leurs rires rauques lorsqu'ils racontaient des plaisanteries pour tuer le temps et l'ennui. Mes nouveaux quartiers étaient trop grands et trop calmes, les plafonds trop hauts, les pierres gravées trop élégantes.

Orach s'était retrouvée loin de moi également. Je la désirais et, en même temps, je ne voulais pas d'elle. Sa peau contre la mienne me manquait ainsi que ses bras délicats et détendus par le sommeil autour de mon cou. Son dos aussi me manquait : la sensation de ses muscles ondulant sous la paume de mes mains, ses côtes s'étirant au rythme de sa respiration endormie, le bout de mes doigts massant paresseusement les contours de sa colonne et de ses omoplates tandis que je passais une nuit blanche. J'avais entendu dire que l'amour était fait pour trouver le sommeil. Cela ne fonctionnait pas avec moi, mais peu importe. L'important était d'être désiré. Cela me flattait, cela me rendait heureux. Elle me rendait heureux.

Cependant, ce soir, je ne la désirais pas, du moins en dehors de cette pulsion purement animale. Je voulais regarder les étoiles tant que je le pouvais et je voulais les regarder seul. Pendant un instant, je ne pus respirer et mes lèvres s'entrouvrirent tandis que j'aspirais l'air bruyamment. C'était presque un sanglot, si bien que je me sentis humilié quand j'entendis un bruit de pas sur le plancher. Je me retournai sur le dos et vis l'ombre de mon frère, adossé à ma porte ouverte.

Je m'assis, ébahi.

— Tu pourrais frapper.

— Je l'ai fait.

Il s'assit au bout de mon lit.

— J'ai même cru que tu parlais.

— C'était dans un rêve alors… Qu'est-ce qui ne va pas ?

Je pensai soudainement à Eili et je pris peur.

— Rien de particulier, dit-il en haussant les épaules. Sauf pour le principal. Je suis désolé, Seth. Je suis désolé pour toute cette histoire.

– Tu n'y peux rien, dis-je calmement.

– Mais je devrais pouvoir…

– Il n'y a pas de solution.

Dans un sens, c'était rassurant, me dis-je à moi-même. Même le parfait et tout-puissant Conal ne pouvait pas tout maîtriser. Spontanément, je resserrai mes bras autour de mes genoux, les écrasant contre mon estomac, essayant de broyer ma douleur intérieure.

– Tu ne peux pas toujours tout maîtriser.

Il sourit.

– Tu ne me réveilles pas uniquement pour reparler de cette histoire, lui dis-je.

– Je ne te réveille même pas, petit imposteur.

Cette fois, c'est moi qui souriais.

– Il y a quelque chose que l'on aurait dû faire depuis longtemps, dit-il. Tu veux m'accompagner au loch Dubh ?

J'essayai de ne pas pousser de cris de joie, puis la triste réalité me rappela à l'ordre.

– Mais je dois partir, Cù Chaorach.

– Pas d'importance, tu dois le faire maintenant. L'animal doit avoir plus de deux ans maintenant, et si tu attends plus longtemps, il deviendra indomptable.

– Mais je ne serai pas là, je…

– Écoute, une fois qu'il est à toi, il est à toi, mais tu dois le faire tant qu'il est jeune.

Il me regarda avec un air ironique. Et bien sûr, tant qu'il est jeune, il a moins de chance de te tuer.

Cela atteint immédiatement mon cerveau. J'étais trop énervé.

– Ce soir ?

Il sourit avec un brin de tristesse.

– Quand sinon ?

★★★

Quelle nuit ! Le ciel était constellé d'étoiles tant et si bien que l'absence de lune n'était pas gênante. Je m'assis derrière Conal sur son cheval noir, me cramponnant à sa taille, et maintenant que nous touchions au but, je mourais d'envie d'avoir un cheval comme celui-ci. Conal n'avait pas l'air pressé. Alors que j'aurais aimé aller au triple galop, Conal maintenait sa bête noire au petit galop. Je tendis le cou en arrière pour me plonger dans la galaxie, étourdi par son immensité et sa splendeur. L'air de la nuit est différent : il a quelque chose de jeune, de neuf, de profond. Si on emplit ses poumons, on les remplit de nuit. En chevauchant vers le loch Dubh cette nuit-là, je sentis dans mes tripes une folle envie de vivre et je pensais qu'après tout il était possible pour un homme d'être immortel.

Le cheval noir ralentit pour faire une pause alors qu'on était à près de cinq cents mètres du rivage, ses sabots pataugeant dans le sol marécageux. Je descendis avant Conal et me précipitai. Il dut m'envoyer mentalement un ordre très strict pour que je ralentisse.

Je m'arrêtai à contrecœur, regardai en arrière vers lui, puis vers le lac qui miroitait entre les flancs avec tous ces éboulis de pierres blanchâtres et de bruyère éparse. Je pouvais entendre le clapotis des vaguelettes sur la rive de galets et le chuintement du va-et-vient de l'eau entre les rochers. Alors que je m'approchais, j'entendis un souffle de vent à travers les roseaux. Puis le raclement d'un sabot sur la pierre mouillée et l'éparpillement de gouttelettes argentées tandis qu'un cheval secouait sa crinière pour se sécher et que dans le calme, une sorte d'ébrouement interrogateur émanait de la respiration marquée de l'animal.

Je ne sais pas pourquoi Conal était si hésitant. La robe de la créature brillait comme une perle à la lumière des étoiles, et je sus, avant même qu'il ne levât la tête de sa pâture, qu'il nous avait entendu approcher et qu'il n'était pas du tout effrayé. Il semblait paisible et absolument pas menaçant. Ses mâchoires croquaient l'herbe coriace du rivage du lac et, tandis que sa langue sortait pour lécher ses babines, j'aperçus ses canines. Ses yeux nous regardaient, noirs et impassibles. Ce regard vide aurait pu être troublant, mais il baissa sa tête et hennit, donna des petits coups avec sa queue et secoua de nouveau sa crinière noire, visiblement en confiance et d'un air joueur. Sa tête était noire également, ainsi que ses longues pattes encore maladroites. De nuit, on ne pouvait voir sa véritable couleur. Son cou, ses épaules et ses flancs étaient comme la lumière des étoiles : phosphorescents. Magnifiques. Mon cheval était magnifique.

– Attention, dit Conal.

– Oui, dis-je.

Mes doigts tenaient tellement fermement la bride que j'ignorais si j'allais être capable de les desserrer.

– *Que dois-je faire*?

– Pour commencer, tu lui parles franchement. Il entendra tes pensées de toute façon.

– Ce n'est pas évident, n'est-ce pas?

– Et pourquoi en serait-il donc autrement ? Maintenant, donne-moi la bride. Tu n'en as pas besoin pour l'instant. Et surtout, ne laisse pas le cheval entrer dans l'eau, c'est le plus important.

– Ne le laisse pas pénétrer dans l'eau, répétai-je en écho, alors qu'il me prenait délicatement la bride des mains.

– Si tu vas dans l'eau, tu es cuit. Maintenant, écoute. Tu ne vas pas le dompter, tu vas lui offrir une occasion d'échanger. Tu t'offres à lui et tu lui prends sa liberté.

– Comme une sorte d'union, dis-je.

Conal contint son rire.

– Pas vraiment. C'est différent. C'est un cheval pour l'amour de Dieu !

Je lui lançai un regard et sourit, mais le cheval n'apprécia pas spécialement que je me détourne de lui. Il hennit comme s'il était exaspéré et secoua la tête si bien que je le regardai de nouveau. Il inclina doucement la tête. Cela ressemblait un peu à une invitation.

– Entre en communion avec son esprit, c'est ça, dit Conal. Insinue-toi dans son esprit, reste là. Va dessus.

– Dessus ?

– Bien sûr, il faut que tu grimpes dessus.

Je déglutis péniblement :

– Il faut que je monte dessus.

Je sus à quel point ma voix paraissait monocorde et j'eus honte de moi. À quoi m'étais-je donc attendu ? À débourrer un cheval sauvage et à le ramener dompté pour le mettre dans une stalle à la forteresse ? Je croisai à nouveau le regard de Conal.

Il sourit, en agitant doucement la bride à côté de lui.

— Il n'y a rien de tel, dit-il.

★ ★ ★

Un poil soyeux sous ma paume. La brillance de sa robe alors que je passais mes mains sur son cou et sa crinière qui s'aplanissait puis s'élevait de nouveau. Un souffle tiède sur mon cou, le chatouillis de ses naseaux alors qu'il me mordillait gentiment mes cheveux coupés court. Le cri d'un oiseau de nuit.

Le battement de son cœur sous ma main tandis que je glissais ma main depuis son épaule jusqu'à son poitrail. La saillie de ses muscles, le frémissement de sa chair alors que je le touchais au garrot. Son rythme cardiaque, fort et rapide. Un autre lui faisait écho : le mien.

Sa chaleur qui me pénétrait. Je changeai de position et soudain une lumière jaillit et s'éleva. Mes bras entourèrent un moment son cou puissant, s'imprégnant de la pureté de sa force et de sa beauté.

Puis la folie prit place.

Rien d'autre sur terre n'aurait pu se déplacer si rapidement. L'air de la nuit emplissait mes poumons dans cette fuite en avant, et je faisais des boucles avec mes doigts dans sa crinière soyeuse, m'accrochant solidement de peur de mourir. J'alternais les périodes de halètement et de respiration. Incroyablement puissant sous mon corps, le cheval se rua à l'assaut de la colline, le long du flanc nord du lac noir. Si mon cœur s'était mis à battre plus vite, ma poitrine aurait explosé. Trouver son esprit ? J'avais déjà du mal à trouver le mien.

L'inclinaison de la pente semblait ralentir très nettement. Ses vigoureux membres antérieurs avalèrent la colline comme une piste de course, et je pus sentir la force de sa croupe nous emmener plus loin. Grands dieux, même si je devais mourir ce soir, je n'aurais voulu rater cela pour rien au monde.

Quand la créature atteignit le sommet de la colline, je vis l'intégralité de la lande et les collines qui s'étendaient sous moi, la courbe déchiquetée de la terre à l'horizon. Je ne pouvais descendre de cheval. Je n'en avais pas envie. Plongeant, faisant un écart, il pivota sa tête pour se réjouir de ma crainte et de mon émerveillement. Ses mâchoires s'ouvrirent en forme de sourire entendu, et ses canines apparurent encore. Et là, remarquablement, il descendit précipitamment la pente, tout droit vers l'eau sombre et son repaire.

— *Murlainn !*

Le cri de Conal pénétra ma tête, clair comme du cristal. Un nom qui ne m'était pas familier, mais je le connaissais, je l'avais toujours connu. La joie émanant de cette reconnaissance me fit paniquer et, au lieu de combattre le cheval, je serrai mes talons sur ses flancs et je le fis continuer.

Je sentis son extrême surprise et sa très brève hésitation.

Alors, il descendit la colline à nouveau, et je volais avec lui. Nous plongeâmes tous deux tel un faucon vers le néant. Ses sabots martelaient les pierres et la terre, et un éboulis se créa, mais il réussit à maintenir sa foulée. Pendant un moment effréné, je crus qu'il avait quitté le sol glissant et traître, qu'il était comme porté par le vent. Resserrant ma prise sur sa crinière, je me penchai en avant pour presser ma joue sur son cou musclé et je laissai mon esprit libre. Et ce fut à ce moment précis que je trouvai celui de la bête.

Je l'avais trouvé. Je le savais. Je le reconnaissais. Un tel désir, une telle violence. Cette convoitise inachevée. « Je te reconnais. »

Ses sabots claquaient sur le sol dur tandis qu'il longeait la ligne argentée du rivage, mais je rapprochai mon esprit de celui du cheval, le manipulant doucement. Nous fîmes un écart juste au moment où nous arrivions sur la rive de galets.

Il frappa les pierres comme le marteau de Raineach contre l'acier brut, bruyant, faisant quelques étincelles. Ensuite, de retour sur la lande, ses sabots résonnèrent comme le grondement sourd du tonnerre. Je l'aimais. Son cœur m'appartenait. J'étais sur son dos, plus rapide que le vent, et nous n'étions qu'un.

***

– Je t'avais bien dit qu'il n'y a rien de tel, dit Conal en me tendant la bride.

Je descendis du cheval rouan en conservant ma main entrelacée dans sa crinière. Je tremblais. C'était peut-être pour cela que je n'arrivais pas à m'en détacher. Je n'avais pas envie de le quitter, jamais.

Entendant par hasard, Conal s'esclaffa :

– Tu ne peux pas, crois-moi. Maintenant, enfile-lui sa bride.

Je retins ma respiration alors que je passais maladroitement la jugulaire par-dessus sa tête noire, mais il hennit docilement et accepta le mors comme le poney bien dressé d'un enfant. Je ne cessai de le regarder, prenant mon temps pour bien fermer la têtière lorsque je dis :

— Conal, mon nom…

— Oui.

— Tu le connaissais auparavant ?

— Bien sûr que non. Je te l'aurais dit sinon. Est-ce qu'il te plaît ?

Je continuais à ne pas le regarder, mais je souriais.

— Moi aussi, dit-il en riant. Je suis une espèce de chien de berger. Toi, tu es un faucon, petit mais meurtrier. Oui, un sacré petit bandit.

***

J'avais mon nom. J'avais mon cheval. La vie ne pouvait être meilleure. S'il ne s'était agi de demain…

Soudainement, j'eus besoin de tout partager. J'avais besoin d'Orach, j'avais besoin de lui dire mon nom, j'avais envie d'elle et pas uniquement d'un point de vue physique. J'avais besoin de mon amie, de mon amour avant que nous ne soyons séparés pour Dieu seul sait combien de temps. Combien de temps Conal devrait-il être le capitaine de sa forteresse avant que Kate ne lui fasse entièrement confiance ? Combien de temps aurais-je à vivre dans les souterrains comme un ver de terre ?

Mais même cette perspective ne pouvait me gâcher le plaisir ce soir. Quand Conal et moi en eûmes assez de faire la course le long du lac, je relâchai la bride de mon cheval rouan et le libérai. Je revins à la forteresse sur le cheval de Conal. Je ne pouvais tout de même pas emmener la bête à la forteresse de Kate. Ce ne serait pas juste pour cet animal sauvage. De plus, comme tous ceux de son espèce, il y avait en lui un mélange de loyauté féroce, d'imprévisibilité et de violence absolue qui aurait pu le condamner au bout d'une semaine. L'un des combattants de Kate, aux prises avec un manque de superstition et une envie de tuer latente, aurait pu s'en prendre à lui.

Dans la cour, à l'extérieur des écuries, j'hésitai. Les pas de Conal s'évanouirent, sa porte se referma avec un léger claquement et je me demandai si une femme l'attendait. Probablement. Je me souris à moi-même en pensant que si elle l'attendait, elle allait être déçue, car au moment de nous séparer, il ressemblait davantage à un homme désireux de dormir une semaine entière.

Pas moi, en revanche. Je me sentais ivre, comme si j'avais bu exagérément, mais que cela n'avait atteint ni mon estomac ni mes membres, seulement ma tête. Faisant demi-tour, je me dirigeai vers la section sud de la forteresse, mes pas étant silencieux sur la pierre nue des coursives. Dans un coin éclairé par les étoiles, j'ouvris gentiment une porte en chêne, suivis la lumière vacillante des torches déjà consumées, et je tournai le loquet en fer de la porte d'Orach sans la moindre hésitation.

– Seth?

Elle était éveillée.

Je m'arrêtai, immobilisé par la sombre évidence. Eh bien, pourquoi m'étais-je attendu à la trouver seule quand soudainement j'avais quelques velléités.

Feorag s'appuya sur ses coudes, clignant des yeux. Quand il s'en rendit compte, il m'adressa un sourire ensommeillé et amical. Orach tira un plaid pour cacher sa nudité, ou peut-être juste pour laisser la fraîcheur du petit matin à distance. S'extirpant du lit, elle vint vers moi et m'embrassa sur la joue, puis se retourna, surprise.

— Murlainn, murmura-t-elle.

— Oui, dis-je.

— C'est bien. C'est toi.

Elle sourit, m'embrassa encore, passa ses bras ballants de sommeil autour de mon cou, puis me serra dans ses bras. Puis son sourire s'évanouit.

— Que se passe-t-il ?

— Rien.

— Je pensais que tu ne voulais pas de moi cette nuit, dit-elle doucement.

— Je sais, lui dis-je.

Je resserrai mes doigts sur son bras, puis hésitai, regardant le pauvre Feorag médusé, et je la laissai s'éloigner. Elle ôta ses bras, et je l'embrassai à mon tour.

— Tu vas me manquer, lui dis-je.

— J'espère bien, dit-elle.

Le bout de ses doigts caressa ma pommette, et des larmes étincelèrent au bas de ses paupières.

— S'il te plaît, reviens.

— Oui, dis-je. Bientôt.

— Seth, dit-elle. Reviens, c'est tout.

Chapitre 9

Être otage était insupportable. Nous étions tous les trois laissés à nous-mêmes. Nous étions nourris et bien traités, et les survivants de la troupe du père de Sionnach étaient venus avec nous. Conal avait insisté sur ce point, et ils avaient été contents de nous rejoindre, aussi loyaux maintenant envers les jumeaux qu'ils l'avaient été envers Niall. Ainsi nous avions au moins des amis qui nous connaissaient et nous comprenaient, des amis avec lesquels on pouvait parler de la forteresse, de la mer, des troupeaux de bovins noirs et de l'odeur de la plaine. Nous étions même autorisés à sortir à cheval et à chasser avec nos escortes, dès lors que nous y ajoutions des combattants de Kate. Et nous le fîmes aussi souvent que possible, fuyant la beauté noire de cette forteresse formée de souterrains, car s'il y a bien une chose que je ne supportais pas dans ce confinement, c'était l'absence de lumière, l'absence de ciel.

En fait, l'absence de ciel d'un côté et la présence de ma mère de l'autre.

Lilith avait décidé de m'ignorer, ce qui me convenait parfaitement. L'ai-je aimée un jour, me demandai-je ? M'avait-elle un jour laissé la moindre chance, transmis un quelconque signe d'encouragement ? Des fois, je la regardais et je pensais que j'avais dû l'aimer quand j'étais tout petit, mais que je n'en avais conservé aucune trace en mémoire. Je n'arrivais pas à imaginer comment ce serait d'aimer Lilith.

Elle était toujours avec Kate : elle était son bras droit, et elle commandait les capitaines avec la grâce naturelle de quelqu'un qui s'attend à ce qu'on lui obéisse. Je savais que c'était plus par crainte que par respect, mais cela fonctionnait parfaitement. De plus, sa beauté était impressionnante. Cela ne m'avait jamais frappé auparavant. Et j'avais également oublié le charme de Kate NicNiven, mais je suppose que cela ne m'intéressait pas quand je n'avais que sept ans, et la dernière fois que je l'avais vue, j'étais préoccupé par des choses que je ne voulais même pas comprendre. Maintenant, j'avais du temps pour regarder Kate, l'observer, l'étudier. Être ébloui par elle.

Notre reine était la fille des neiges, aussi belle et terrifiante que son nom, mais il n'y avait pas de froideur en elle. Ses cheveux soyeux étaient d'un cuivré éclatant, ses yeux étaient chaleureux comme de l'ambre, sa peau avait la pâleur du monde souterrain tout en étant lumineuse. Les dieux seuls pouvaient savoir l'âge qu'elle avait; personne d'autre. Sans doute plus vieille que Lilith. Bien plus vieille que beaucoup d'entre nous, à l'exception de Leonora. Et ne croyez pas que le grand âge rende bon, clairvoyant et sage. Cela rend névrosé et cruel.

Ce fut quelque chose que j'appris à propos de ma propre race, ici, dans ce sombre labyrinthe.

À plusieurs reprises, Eili me surprit à espionner Kate dans l'ombre et elle me taquinait sur ce sujet. On se taquinait beaucoup tous les trois : cela nous aidait à tuer l'ennui.

— Tu es ensorcelé, me dit-elle une fois.

Elle m'avait surpris rôdant derrière le porche qui menait au grand hall de Kate. C'était bruyant et peuplé ce jour-là – ou cette nuit là, c'était difficile de le savoir –, mais Kate était très visible, se détendant sur une méridienne déposée sur une marche surélevée où son peuple pouvait l'observer et l'admirer. C'était un jour de cour et le grand hall grouillait de visiteurs, courtisans et capitaines. Eili me donna un petit coup de coude.

– Elle t'a envoûté.

– Ne sois pas stupide, lui dis-je en rougissant. Elle est agréable à regarder, voilà tout. N'ai-je pas le droit de la contempler ?

– Tu es amoureux d'elle, railla Eili.

Ma gorge se serra.

– Pas du tout.

Mais je ne pouvais pas prétendre que j'étais totalement insensible. Peut-être aurais-je dû m'en servir pour essayer de rendre Eili jalouse, mais j'étais encore jeune et blanc-bec à cette époque et je ne savais rien de l'amour ni de ses désillusions. Je ne voulais pas la rendre jalouse. Je n'ai jamais voulu lui faire de mal, pas même ébranler sa fierté imperturbable.

– Elle est magnifique, c'est tout. Tout comme ma mère, et je ne suis pas amoureux d'*elle*.

– Lilith, dit Eili d'un ton chargé de mépris. *Lilith*, belle ?

Je la fixai. Sa voix était devenue soudainement forte et agressive, et j'étais choqué par cet acte de défi. L'ennui, voilà ce que je tiens pour responsable, avec du recul. Nous nous ennuyions, elle s'ennuyait, et voilà ce qui était si fatal.

— Bien, fulminai-je, essayant de l'apaiser et de calmer la conversation. Ne sois pas ronchonne. Tu es belle également.

— Je ne suis pas belle, dit-elle dédaigneusement. Sionnach, oui. Sionnach est beau.

C'était parfaitement exact. Il avait une forte ossature qui était une caractéristique de notre peuple, mais son attitude était douce et plutôt chaleureuse. La beauté lui allait mieux qu'à la plupart. Mais je fus désagréablement conscient qu'Eili n'avait fermé aucun accès à son esprit à ce moment précis, que toutes les voix autour de nous s'étaient tues, que les gens s'étaient tournés, guidés par sa voix forte et agacée. Elle devait l'avoir senti, mais elle s'ennuyait et était de mauvaise humeur, alors elle ne baissa pas le ton.

— Lilith t'a abandonné, dit-elle sans mâcher ses mots. Elle t'a collé chez ton père et elle n'a même pas été foutue de *le* garder. Quelle sorte de mère est-ce donc ? Bien sûr qu'elle est physiquement jolie, je présume. Mais mon frère est beau, dans le bon sens du terme. C'est ça que j'appelle la beauté.

Et elle ajouta l'argument fatal :

— Il est beau à l'intérieur également.

Un silence total régnait désormais. La foule se sépara, créant une espèce de couloir nerveux à travers lequel se faufila ma mère, élégante comme une vipère. Elle souriait, mais personne ne manqua de s'écarter de son chemin tandis qu'elle déambulait aux côtés de Kate jusqu'au centre de la pièce. Elle s'arrêta devant Eili qui rencontra son regard froid sans en faire de cas.

Au milieu de cet affreux silence, Lilith dit :

— Que l'on m'amène son frère !

Eili suffoqua légèrement sous le choc. Je crois vraiment qu'elle n'avait pas imaginé un seul instant que Lilith mêlerait Sionnach à cette histoire. Mais après tout, c'est bien Eili qui l'avait provoquée. Je pouvais deviner la terrible logique cruelle de ma mère et j'étais terrifié pour Sionnach.

Il n'avait pas l'air effrayé cependant, juste modérément déconcerté quand l'un des hommes de son père le guida jusqu'à la petite clairière dans laquelle Lilith se tenait. Sionnach m'adressa un regard ainsi qu'à sa sœur, levant un sourcil comme pour nous demander ce qu'il se passait. Eili était debout, abasourdie. Je devinais qu'elle était trop stupéfaite et se sentait trop coupable pour laisser son frère s'insinuer dans son esprit. C'était si rare de ne pas être entendu, si bien qu'il nous fixait sévèrement en fronçant les sourcils.

Le combattant à ses côtés regardait Lilith avec circonspection, une main sur l'épaule de Sionnach, mais deux hommes de Lilith arrivèrent et lui retirèrent Sionnach. Notre combattant les regardait tous deux avec méfiance, mais il n'avait aucune raison de protester. Il ne savait pas ce dont il s'agissait, après tout. Il ne savait pas ce qu'on leur avait demandé de faire.

— Il est beau, n'est-ce pas ?

Lilith inclina le menton de Sionnach pour le fixer dans les yeux. Elle était si grande qu'elle dut se voûter un peu.

— Et beau à l'intérieur, également. Bien sûr, nous n'avons que la parole de sa sœur pour cela.

Je me surpris à avoir le souffle coupé.

Ma mère fit un signe de tête à ces hommes.

— Regardons donc sa beauté intérieure. Ouvrez-le donc !

Eili cria et se jeta sur le garde, et si elle n'avait agrippé le bras du soldat tenant l'épée, Sionnach aurait été éventré avant que quiconque ne puisse retrouver sa respiration. Le combattant qui avait escorté Sionnach sortit sa propre épée, mais il fut immédiatement encerclé par les soldats de Lilith. Je m'interposai moi-même entre Sionnach et son tueur désigné, mais c'étaient les yeux de ma mère que je fixais tandis que je la suppliais.

– Mère, non. S'il vous plaît, s'il vous plaît.

J'avais juré ne jamais rien lui demander, et là, j'étais en train de l'implorer. Cela me faisait la haïr encore davantage. Elle le savait et elle rit.

– Ce sont des otages, cria l'un des hommes du père de Sionnach. Ce sont des otages pour Cù Chaorach, et ils sont sous protection.

– *Celui-ci* ne l'est pas, sourit Lilith en pointant Sionnach du doigt. Je n'ai pas demandé à l'avoir.

Sionnach n'avait rien dit, mais il y avait tant d'émotion et d'incrédulité dans ses yeux qu'il n'essayait même pas de se débattre des hommes qui lui maintenaient les bras. Eili hurlait sa rage et sa terreur, mais Lilith se retourna et la frappa au visage pour la faire taire. Ensuite, aussi naturellement que si j'avais été un serviteur de la race des « simples mortels », elle en fit de même avec moi.

Je fus si décontenancé que je trébuchai. L'un de ses gardes s'avança et me frappa sauvagement dans le ventre. Cela me coupa tellement le souffle que je ne pus plus bouger. J'étais tellement en quête d'oxygène que je ne vis pas Lilith faire à nouveau un signe de tête à son garde qui tenait le sabre. Il s'avança vers Sionnach. Rien ne transparaissait sur son visage. Rien du tout, et je sus que Sionnach était perdu.

— Arrêtez ! dit Kate NicNiven.

L'intégralité de la scène sembla se figer. Certaines personnes dans le hall étaient trop choquées pour pouvoir bouger, d'autres trop effrayées. Et d'autres étaient à l'affût, curieuses et avides de sang et de frissons. Je n'oublierai jamais ce moment. Les hommes du père de Sionnach étaient encerclés, et même si leurs épées étaient sorties, ils étaient cernés et retenus par les lances des gardes royaux. Doucement et péniblement j'aspirai de l'air dans mes poumons, et la brume qui altérait ma vision commença à disparaître. Eili était à quatre pattes, à côté de moi, et tandis qu'elle essayait de se remettre debout, je m'avançai brusquement pour l'attraper dans mes bras, la pressant très fort et essayant d'infiltrer son cerveau de la même façon que Conal avait l'habitude de le faire avec moi. Il fallait qu'elle soit calme. Il le fallait. Si Sionnach avait encore une toute petite chance, je ne voulais pas qu'elle la lui gâche. Elle resta immobile et silencieuse, mais elle était, entre mes bras, aussi tendue qu'une corde d'archet étirée.

Kate posa gentiment sa main sur le bras de Lilith.

— Lilith, fredonna-t-elle. Ceci n'est pas nécessaire.

Alors que je venais juste de retrouver ma respiration, je me surpris à la bloquer.

— J'ai été cruellement insultée, Kate.

Ma mère arborait un air triste, grave et digne. Comme je la haïssais !

Kate jeta un regard à Eili.

— Arrogante enfant, dit-elle froidement. Mais ton frère ne mérite pas de mourir à cause de ta stupidité.

Tandis que j'admirais ma reine, je savais qu'elle se moquait bien de savoir si Sionnach devait survivre ou bien mourir atrocement. C'était purement politique. Son hall était dans un état de vive agitation, et elle se devait de paraître juste, charitable, stricte et généreuse. Et le plus important, elle se devait de montrer qu'elle gérait la situation.

Eili tremblait dans mes bras.

– C'est vrai, Kate. Punissez-moi, c'est moi qui vous ai insultée, c'est moi qui suis stupide. Faites ce que vous voulez de moi. Lilith peut se venger sur moi. Pas sur Sionnach.

– Non ! cria Sionnach.

– *Non,* répétai-je en écho, dans ma tête.

– Non, accorda Kate en levant une main. Non, Eili, ce ne serait pas une punition pour toi. Tu es bien trop endurcie, brave et tenace. Je crains que Lilith ait raison. Il ne mérite pas la mort, mais tu as besoin d'une bonne leçon.

Elle retira un long couteau serti de diamants de sa ceinture.

– C'est le seul moyen, dit-elle.

Avant que l'un ou l'autre d'entre nous n'ait repris son souffle, elle se tourna et balança la lame, une fois, deux fois, sur le visage de Sionnach. En arrière, puis à nouveau, à gauche, à droite. Je vis du sang gicler, je vis ses yeux s'agrandir, mais il n'émit aucun son. Il resta totalement silencieux tandis que Kate lui tailladait le visage avec sa lame, séparant sa chair en quatre nouvelles bouches violacées, deux sur chaque joue. Il ne dit pas un mot. Eili et moi-même en fûmes également incapables alors que Kate détruisait son beau visage au nom de Lilith.

Puis Kate s'avança vers Eili, qui ne pouvait que fixer son frère défiguré et constater le torrent de sang qui s'évacuait de son visage, dégoulinant depuis sa mâchoire jusque sur le dallage. Kate attrapa les mains d'Eili et essuya la lame ensanglantée sur ses mains sans lui laisser une seule égratignure. Ensuite, elle finit de nettoyer sa lame sur la chemise blanche d'Eili, la remit dans son fourreau et retourna à sa place, au bout du hall, entraînant dans son sillage une Lilith arborant un petit sourire satisfait.

Chapitre 10

— C'était ma faute.

Eili était inconsolable.

Nous étions rassemblés autour de Sionnach dans une antichambre à côté du grand hall, Eili, moi-même et quelques hommes furieux. Nous aurions bien mieux fait de lui laisser de l'air et de l'espace, mais nous ne pouvions supporter l'idée de l'abandonner. Le guérisseur convoqué par le lieutenant de son père s'efforçait de refermer ses blessures, mais elles avaient été tellement profondes et brutales qu'il y avait du sang partout, et la pointe de la lame avait transpercé l'intérieur de sa bouche. Il resterait fatalement défiguré. Kate avait exécuté le travail de ma mère avec brio.

— Non.

La voix de Sionnach était déformée et il bredouillait, mais il affichait une bonne dose de patience et de compassion malgré la terrible douleur sous-jacente.

— Ce n'est pas ta faute.

L'un de nos combattants dit d'un ton furibond :

— Tu n'as pas voulu lui faire ça.

— Chut, dit le guérisseur tout en essuyant la sueur qui lui perlait sur le front.

Il appuya à nouveau un linge sur la joue de Sionnach et fit un geste à l'attention d'un des combattants pour le maintenir en place. Le guérisseur avait travaillé presque toute la journée et la moitié de la nuit et il n'en était qu'au tout début pour la suture des plaies. Sionnach avait perdu connaissance à plusieurs reprises, et avant que le guérisseur n'arrive à contenir le flux, il avait perdu une quantité considérable de sang, mais il n'avait jamais hurlé ou juré. Il avait laissé ce privilège à Eili et moi-même. Il était étrangement silencieux, comme s'il se raccrochait à la partie de lui qu'elle ne pouvait changer.

– Sorcière. *Sorcière.*

Eili avait du mal à contenir sa rage, sa peine et ses remords.

– Ça suffit, sifflai-je, jetant un œil à l'étrange guérisseur tout en étant effrayé pour elle.

– Non ! Je jure, Seth…

– Arrêtez, dit sèchement le lieutenant de Niall. Écoutez !

– Quoi ? dit Eili d'un ton furieux, au milieu de ses larmes.

Un silence dû au malaise envahit la pièce. Les murmures oiseux dans l'avant-cour s'étaient arrêtés. On entendit des bruits de bottes. Des lances étaient traînées contre la pierre, des épées grinçaient dans les fourreaux. Un cheval, troublé, racla ses sabots et hennit de façon stridente. Je crus même entendre le souffle du vent à travers les arbres au loin, au-delà de l'entrée de la caverne.

Ce fut son esprit que l'on ressentit en premier lieu : son esprit froid et furieux. On ne pouvait s'empêcher de serrer les dents quand on l'entendait agacer le nôtre. Puis je les entendis. Tout le monde les entendit : les sabots d'un cheval fougueux.

– Il arrive, dis-je. Il est ici.

★ ★ ★

Treize heures après l'avoir appelé, voici que mon frère arrivait et que son cheval s'arrêtait bruyamment dans l'avant-cour. Conal ne me regarda pas quand il pénétra dans la pièce. Il ne regarda personne en dehors de Sionnach. Avec beaucoup de délicatesse, il prit le visage de Sionnach entre ses mains et le fixa. Le relâchant, il lui caressa les cheveux. Puis, il se tourna, ouvrit en grand les portes du hall et repoussa les gardes médusés. Ses pas résonnèrent sur le sol en pierre alors que le hall était silencieux, et il se dirigea directement vers l'estrade de Kate.

— Qu'avez-vous fait, Kate ? Ceci était-il nécessaire ? Juste pour apaiser la vanité de Lilith ?

— Les jumeaux se sont toujours crus un peu supérieurs, Cù Chaorach.

Kate lui souriait de manière mielleuse.

— Peut-être était-ce une leçon nécessaire. Cela leur fera du bien, à tous les deux. L'humilité est une grande vertu.

— Vous n'aviez pas le droit. C'étaient des otages pour moi ! Si leur père était encore en vie, il vous déclarerait la guerre.

Elle rit d'un rire sec et léger et battit des cils.

— Il n'est pas en vie.

Il resta de marbre.

— Mais moi, je le suis.

Se présenter drapée langoureusement sur une méridienne, c'était approprié pour séduire ses courtisans et ses capitaines. C'était bien pour prendre une pose et se faire admirer par son peuple. Mais Kate avait commis une grossière erreur en restant là pour recevoir Conal. Il se tint au-dessus d'elle et il la regarda de façon plus soutenue, plus noble, plus digne. Il la regarda avec une colère des plus intenses. Toute la sympathie dans le hall et tout le respect n'étaient plus fatalement dirigés vers Kate. Le côté séducteur de Kate sembla soudainement fort stupide, et je ne fus pas le seul à remarquer un léger frisson s'emparer d'elle. Pendant une seconde, il y eut presque de la peur dans ses yeux, une peur bien nette et ciblée, comme une femme regardant sa propre mort et le sachant. On aurait pu entendre une plume tomber par terre dans ce hall. J'ai souvent repassé cette scène dans ma tête et je me suis demandé si Conal aurait pu mettre un terme à tout ceci sur-le-champ et se saisir de sa royauté. Mais il lui avait offert sa loyauté, et malgré son aversion grandissante envers elle, il n'en était pas encore arrivé à la trahison.

Passé ce moment, Kate se reprit.

– Est-ce un interrogatoire, Conal MacGregor ?

La fureur de mon frère se transforma en stupéfaction.

– Depuis quand cela serait-il un crime parmi les Sithe ?

Il y eut un long silence, et tout ce qu'ils firent consista à se regarder dans le blanc des yeux. Je ne sais pas ce qui se passa entre eux. Personne ne le sut, et je pense que personne ne le saura jamais, même maintenant. Mais à la fin, Kate cligna des yeux et se leva.

– Hors de ma vue, Cù Chaorach. Reprends tes otages et ramène-les à ta forteresse, mais dis bien à ton lieutenant Righil qu'il est en charge de l'opération. Et pour toi, voyons si vivre avec les « simples mortels » t'enseignera la maîtrise de soi.

Je m'éloignai rapidement du porche voûté, horrifié. Je ne pouvais croire que je l'avais entendu dire ceci et, cependant, je ne voyais pas comment aurait bien pu se conclure cette confrontation sans un réel renversement. J'essayai d'analyser les murmures excités et le grommellement du hall pour deviner quel soutien il pourrait avoir s'il résistait. Mais je ne pus faire le distinction entre le choc et la jubilation, l'indignation et la sympathie. J'étais trop hébété par la terreur.

Mais Conal était souriant lorsqu'il claqua les portes du hall et vint me rejoindre.

– Eh bien Seth, me voilà exilé. De l'autre côté du Voile, rien de moins !

– Je viens avec toi dans ce cas, dis-je.

Ce n'était pas par pure bravade. Il était simplement hors de question qu'il y aille seul. J'avais entendu trop de terribles histoires contées par Eorna et je savais ce que les « simples mortels » pensaient de nous et ce dont ils étaient capables. C'était probablement des histoires à dormir debout, racontées aux enfants pour leur faire peur, mais dans le doute… Bien sûr que je ne le laisserais pas les affronter tout seul. Bien sûr que j'allais avec lui.

Il m'adressa un large sourire.

– Bien sûr que tu viens.

Et c'est ce que je fis. Et bien souvent je me suis demandé comment les choses se seraient déroulées si je n'y étais pas allé. Auraient-elles été mieux ou pires ?

SECONDE PARTIE
L'EXIL

Chapitre 11

— Il est temps que tu apprennes à lire, petit barbare.

Conal jeta un lourd sac en cuir sur la table massive et me fit un sourire.

Je jurai après lui.

— Ton vocabulaire a besoin d'être approfondi, cela ne fait aucun doute.

Je le maudis encore.

— Ne suis-je pas assez misérable comme ça ?

Il haussa légèrement les épaules.

— Tu peux toujours retourner à la maison, Seth, rien ne t'oblige à rester.

Je maugréai encore après lui, de la façon dont je le faisais toujours, car c'était le genre de conversation que nous avions eue une centaine de fois durant ces derniers mois sinistres. Une fois de plus, je pensai longuement à la tour de la forteresse dans les bois verts humides, ceux que nous avions traversés pour gagner cet autre monde. C'était si proche ; sans doute à une journée de cheval à vive allure.

Je ne voulais pas être ici, mais je ne laisserais pas Conal. Les « simples mortels » étaient bien conformes à ce qu'Eorna m'avait décrit : infestés de poux, rongés par la maladie, manipulés par les prêtres. Je leur faisais confiance seulement si je pouvais interposer une lame de dague entre eux et moi. Ils vivaient dans la misère et l'obscurité, et s'ils étaient riches, ils vivaient dans une misère simplement moins sordide. Se laver ? On aurait pu croire qu'ils n'avaient jamais entendu parler d'eau, sauf pour couper leur alcool brut qu'ils ne cessaient de boire. Il semble qu'ils n'arrivaient pas à faire le lien entre la saleté dans laquelle ils vivaient et les conditions désastreuses dans lesquelles ils mouraient fréquemment. Pas étonnant qu'ils soient de « simples mortels ».

Conal, bien sûr, disait que ce n'était pas de leur faute. Conal disait que cela provenait de leur constitution, de la façon dont la race s'était développée et qu'ils étaient bien plus vulnérables que nous à la maladie et à la pourriture. Il disait que leurs vies courtes rimaient avec désespoir et panique, et qu'il y avait peu de place pour les études, la mémoire, les pensées. Il disait que leurs vies finiraient par s'allonger.

Ma théorie était quelque peu différente.

Voilà ce que je pensais : ils ne pouvaient se mettre à la place de quelqu'un d'autre. Ils ne savaient rien de la douleur, du deuil ou de la mort avant que cela ne les touche personnellement, et même quand c'était le cas, ils ne reconnaissaient pas au même degré la douleur des autres par rapport à la leur. C'est la raison pour laquelle ils n'avaient jamais rien fait à ce sujet. Et c'est peut-être pour cela que la nature leur avait octroyé si peu de temps à vivre. Je pensais que notre race était largement supérieure, et visiblement la nature me donnait raison.

Conal n'approuvait pas ma façon de penser, mais il ne voulait pas entrer en discussion.

– Ne sois pas si prétentieux, Seth !

Voilà comment il traduisait généralement mes propos. Ou bien :

– Nous sommes tous de « simples mortels » au bout d'une épée, Murlainn.

Dans mon exil, j'avais peu de chance de mourir de prétention. Des jolis appartements dans la forteresse de notre père, nous avions atterri dans une masure, en rez-de-chaussée, avec un toit en tourbe et en bruyère, et des murs faits de pierre, de boue et de fumier. À l'intérieur, tout était noirci : si le froid s'infiltrait par les divers trous que nous avions essayé de calfeutrer près de la porte, en revanche, la fumée stagnait à l'intérieur. Nous maintenions notre taudis aussi propre que possible, mais il y avait des limites à notre enthousiasme. Conal aimait son emplacement. Il était situé à trois bons kilomètres des maisons et fermes agglutinées du village, et à moitié caché par les sorbiers et les bouleaux. Moi je ne trouvais rien de bien à cet endroit. Je le détestais.

Conal entreprit d'extirper quelques volumes poussiéreux du sac en cuir et en ouvrit un. Il sentait la poussière et la vermine, la fumée de la bougie et le savoir.

– Je n'ai pas dit que je m'ennuyais à *ce* point, lui dis-je.

– Quelle autre chose pourrais-tu donc avoir à faire ce soir ?

Je reculai.

– Je pourrais aller retirer les crottes de souris du garde-manger.

Il rit et m'attrapa par l'épaule, me poussant sur une chaise à ses côtés.

– Grands dieux, comment ceci a-t-il fini par devenir mon travail ?

– J'en sais rien. Lilith s'est montrée si encourageante et tout. Où as-tu eu ceux-là ? lui demandai-je en faisant un signe de tête vers les livres.

– Le ministre du culte.

– Le prêtre ?

– Je t'ai déjà dit qu'il n'est plus prêtre maintenant. C'est un *ministre*.

Quel que fût le titre qu'il s'était octroyé, le prêtre était supportable. Il était grand et mince, ascétique et souvent sévère, mais assez gentil. Et il avait surtout un côté pragmatique qui m'attirait, puisque sa religion semblait pouvoir s'adapter à cette époque troublée : même les « simples mortels » ne pouvaient décider ce que leur Dieu exigeait d'eux. Les prêtres qui se prétendaient ministres dirigeaient les prêtres qui s'appelaient simples prêtres, et ces derniers se terraient (comme celui-ci) ou bien fuyaient. Ils se battaient pour des choses que je ne pouvais comprendre, à part que ces nouveaux prêtres étaient plus enclins à l'abstinence sexuelle et beaucoup moins portés sur la danse et la consommation d'alcool. En ce qui me concernait, tout ce petit monde pouvait bien aller dans leur enfer sur une charrette, où sans aucun doute, il n'y aurait pas de danse pour les ennuyer.

Au moins, ce dernier ne s'était pas engraissé grâce aux impôts sur les troupeaux, et je trouvais ces cheveux gris fascinants alors qu'il était encore empli de vitalité. Et quand il se souvenait de porter attention à Conal, il l'aimait. Tous ceux qui aimaient mon frère me convenaient d'office, et il n'avait pas commis l'erreur qui aurait été de chercher à m'évangéliser. Si je le trouvais à la maison en train de trinquer avec Conal tout en partageant sa philosophie plutôt malléable, il me faisait un signe de tête, me souriait de façon solennelle, mais c'était tout. Je lui rendais son signe de tête et par la suite son sourire, et enchaînais immédiatement avec quelque chose d'utile. Il pensait que mon esprit était confus, mais cela ne me gênait pas.

— Lui as-tu dit que tu m'apprenais à lire ?

— Non.

Il m'adressa un regard méprisant.

— Je ne dis rien à personne à ton sujet. C'est bien ce que tu souhaites, n'est-ce pas ?

— Oui. Qu'est-ce que ça raconte ?

Je pointai le doigt vers la couverture ondulée d'un volume avec des hiéroglyphes en relief que je ne pouvais encore comprendre.

Cette fois, ce fut l'expression de Conal qui devint sombre.

— *Démonologie*, dit-il d'une voix froide.

Cependant, je ne pense pas qu'il était en colère contre moi.

— C'est un livre que tu ferais bien de lire, pas l'un de ceux que tu aimerais lire. De même que celui-ci : *Malleus Maleficanum*. Mais ne commençons pas par ceux-ci.

— Bien, dis-je en haussant les épaules.

Il poussa un rire mêlé d'indignation comme s'il essayait de s'encourager et attrapa un troisième livre.

— Allez, tu seras content de l'avoir étudié.

Et je le fus. En fin de compte, je lui étais reconnaissant de m'avoir appris à lire et à écrire. Cela s'est avéré plus utile que j'aurais voulu l'admettre quand j'avais quatorze ans et que je prétendais savoir déjà tout sur tout.

Malheureusement pour moi, Conal ne pouvait en rester là. Il voulut m'enseigner la politique et la philosophie. Il essaya de m'apprendre le monde moderne et comment les « simples mortels » l'avaient conçu et pourquoi les Sithe faisaient les choses différemment.

Il eut aussi à m'enseigner l'histoire ancienne : comment les aïeules avaient été suffisamment malignes pour saisir comment les choses se passaient entre nous et les « simples mortels » ; comment elles avaient créé le *Sgath*[4] quand notre peuple était devenu plus fort et qu'il avait un certain prestige, car nous ne pouvions désormais plus vivre aux côtés des « simples mortels ». Il m'apprit à quel point nous étions différents d'eux, comment nous restions de plus en plus enfermés dans notre monde, à tel point qu'ils ne nous connaissaient simplement plus.

Et comment parfois, certains d'entre nous ne pouvaient s'empêcher d'y revenir.

Ceci, je ne le comprenais pas. Pourquoi s'exiler quand on avait le choix de ne pas le faire ? C'est le genre de choses que les Lammyr faisaient, disait-on. Les Sithe s'étaient séparés de cette branche tordue de notre arbre généalogique, et du coup, les Lammyr choisirent de perpétrer des ravages parmi les « simples mortels » (et ils y retrouvaient à l'occasion leurs protégés). Constamment, obstinément, les Lammyr glissaient entre les deux mondes, jusqu'à ce que des gardes fussent installés aux grilles pour les en empêcher, et même malgré cela, ils continuèrent.

Cela n'eut aucun impact sur notre réputation. Ils sont tordus les Lammyr. Il leur manque une case. C'est la façon dont ils sont conçus : ils n'aiment pas l'amour. Seulement la

4. N.d.T. : « Voile » en gaélique.

mort et la douleur. Qui sait pourquoi les dieux les ont faits ainsi ? Peut-être ne leur concédaient-ils aucune considération ? Ou peut-être sont-ils juste arrivés pendant que les dieux étaient distraits.

Je n'en ai jamais vu un et je n'en ai jamais éprouvé l'envie. Même Conal n'a pas eu ce privilège, car Griogair et d'autres commandants de la forteresse les avaient conduits à l'écart longtemps avant sa naissance. Mais nous avons entendu des histoires, nous avons frissonné et nous étions bien contents qu'ils soient partis. Ils ne sont jamais revenus. Je ne pense pas qu'ils craignaient la lame de Griogair ni celle des autres d'ailleurs, mais il leur avait gâché leur plaisir, et ils avaient dû se trouver un nouveau territoire plus prometteur dans l'anarchie et la pauvreté de l'autre monde.

Ah, la pauvreté. Depuis mon premier exil, j'avais vu toutes sortes de choses, et ce, partout. J'avais vu la déchéance et la faim qui était pire, mais cela ne m'a jamais secoué autant que cette toute première expérience. Les Sithe travaillaient dur et bataillaient ferme, mais nous savions apprécier la vie, l'amour et les distractions. Les « simples mortels », eux, ne naissaient qu'avec leur seule dignité et mouraient avec encore moins. Ils étaient dans un tel désarroi que je les aurais bien aidés, mais Conal ne me laissait pas faire. C'est interdit, disait-il. Ils avaient des traditions et des règles de vie bien différentes. Leurs vies ne leur appartenaient pas ; elles étaient à leurs dieux et à leurs prêtres.

L'hiver était plus charitable que les prêtres : il décimait une bonne partie des personnes âgées ou malades et il avait tendance à emporter quelques très jeunes aussi. Ces mois sombres étaient durs, très durs. J'ai connu un froid que je n'avais jamais connu auparavant. Un froid sans sursis. Et je sus, pour la première fois de ma vie, ce que c'était qu'avoir faim.

Il y avait tout de même quelques compensations dans cet exil. Se trouver à l'air libre dans l'autre monde était mieux que d'être dans les cavernes sans lumière de Kate, et le printemps qui suivit notre premier hiver fut plutôt agréable, comme s'il fallait compenser ces longs mois de privations incessantes. Il apporta une autre forme de blancheur, une profusion de fleurs d'aubépines, et la lumière jaune et aveuglante des ajoncs accrochés à chaque talus et colline.

Avec l'arrivée du printemps, je pus constater que quelques filles étaient plutôt mignonnes. Évidemment, rien à voir avec la beauté délicate et torride des filles sithe, mais elles possédaient un charme un peu désuet et une conception pragmatique de la vie qui me plaisaient.

J'étais quelque peu offensé qu'aucune ne me remarque.

Une fois ma colère terminée à l'encontre de Kate – j'étais beaucoup plus indigné au nom de Conal qu'il ne l'était lui-même –, j'avais essayé d'en tirer parti et de profiter de l'autre monde. Or, cela me semblait impossible sans la compagnie ou l'amitié de la gent féminine. Malheureusement, aucune n'avait l'air d'avoir besoin de ma compagnie.

Je n'arrivais pas à le comprendre. Je n'étais pas un troll et je ressemblais à Conal. Conal était considéré comme beau parmi les Sithe, mais ici, les « simples mortels » ne lui montraient pas plus d'intérêt qu'à moi. À une ou deux reprises, je vis une fille le regarder à deux fois dans la puanteur du patelin. Je la vis lui sourire et s'approcher doucement de lui, mais dès que ses amis ou sa mère l'appelaient, elle était rapidement distraite, et il apparaissait qu'elle l'oubliait alors en quelques secondes.

Cela ne le dérangeait pas. Il semblait amusé et il en allait de même avec son travail. Parmi les Sithe, Conal n'était pas considéré comme un forgeron, mais il pouvait concevoir des outils et des armes de base, et il se montrait intelligent et inventif quand venait le temps de réparer des choses. Il n'était pas non plus un guérisseur né, mais il s'y connaissait plutôt bien en herbes et racines et sur la disposition des os de chacun de nous, si bien que ses services étaient régulièrement demandés.

Mais personne de sa clientèle n'engageait avec lui une relation amicale. Si l'on voyait disons un fermier dans une auberge un soir, il ne reconnaissait jamais Conal, même s'il avait chanté ses louanges plus tôt dans la journée, car il avait sauvé un cheval, ou guéri un enfant, ou soigné une vilaine blessure. On avait l'impression que Conal ne marquait pas les mémoires, et il en allait de même avec les filles. Même le prêtre arquait les sourcils en signe de surprise quand Conal engageait une conversation avec lui.

Mon frère finit par en prendre ombrage et me l'avoua un jour de frustration quand j'eus finalement réussi à attirer le regard d'une jeune fille du patelin. Certaines d'entre elles, tandis qu'elles lavaient des couvertures, pieds nus, dans le ruisseau, se mirent à rire bruyamment comme à leur habitude et à flirter avec les garçons. Ma préférée était la plus calme, une fille avec une longue tresse noire, des yeux gris sérieux et un sourire légèrement sceptique. Je l'avais déjà repérée au préalable et je pensais pouvoir l'aimer. Maintenant, elle était là, courtisée par des garçons aux visages creusés et rougeauds et à l'air bête, et ma vanité en prenait un coup. Me faufilant dans le groupe, je souris à la jeune fille à la tresse noire et je l'aidai à sortir sa couverture détrempée de l'eau. Tandis que ses jupons étaient encore retroussés, faisant apparaître ses jambes nues et rougies par le froid, elle me gratifia d'un sourire à demi amusé, et je ressentis un sursaut de désir.

– Ah salut ! dit l'une d'elles. Ne serais-tu pas le joli minois ? D'où sors-tu ?

Un rouquin me lança un regard déplaisant.

– Eh, tu le reconnais pas ? dit une autre fille. Je l'ai croisé chez le forgeron.

– Ah oui, je le reconnais.

La première fille me dévisagea d'un air critique :

– C'est le frère du forgeron.

– Le silencieux. Tu sais ce qu'on dit sur ceux qui ne parlent pas.

J'étais toujours davantage intéressé par la fille décontractée aux cheveux noirs, mais j'appréciais l'attention inhabituelle de toutes les autres.

– Eh bien alors, dites-moi ce qu'on en dit.

– Seth.

La main de Conal était posée sur mon épaule.

– Juste un mot.

Souriant aux filles, il tapota légèrement son doigt sur sa tempe, insultant de toute évidence ma santé mentale et mon intelligence.

Il m'éloigna, et tandis que je jetai un regard en arrière au-dessus de mon épaule, je constatai qu'aucune d'elles ne nous regardait. Leur attention se portait à nouveau sur le rouquin maigrichon et son acolyte, petit et laid. Je m'attardais à contrecœur, mais Conal me poussa à avancer.

— Elles t'ont déjà oublié, et ce n'est pas plus mal ainsi. On va boire un coup ?

J'étais livide.

— J'étais sur le point d'avoir une touche avec elle, Cù Chaorach. Qui sommes-nous, des moines ?

— Plus chastes que des moines, dit-il en souriant. Si tu sais ce qui est bon pour toi.

— Les premières filles qui me remarquent ici, dis-je amèrement, et tu m'en éloignes. Ce n'est pas facile, tu sais. Elles ont des goûts étranges. Elles aiment leurs hommes hideux.

Riant, Conal me poussa en direction de l'auberge.

— Ce n'est pas ça. Ce n'est pas de ta faute. Tu es plutôt mignon et attirant sexuellement, ça te va ? Maintenant, tais-toi et prenons un verre. Cesse donc de penser à tes précieuses extrémités.

Je ne pus m'empêcher de pouffer de rire.

— Tu me l'offres ce verre ?

— Bien sûr. Écoute, ce que je veux dire, c'est qu'elles ne peuvent pas te voir, Seth. Te voir *vraiment*.

Je lui adressai un regard noir.

— C'est véridique. C'est à cause du Voile.

Il leva les mains d'un air moqueur.

— Ce n'est rien d'autre qu'une sorte de membrane entre les deux mondes, dis-je.

— Oui, mais c'est aussi ta protection. De ce côté-ci, eh bien le Voile ne nous cache pas, mais c'est une sorte de camouflage. Nous sommes faciles à oublier. On glisse hors de leur esprit comme de l'eau dans le creux de la main.

— Hein ?

— En fait, ils savent que nous sommes là, mais on ne les intéressera pas.

— Je vois.

Je réfléchis un instant.

— Cela expliquerait pas mal de choses.

L'auberge était sombre et enfumée comme tous les autres bâtiments du patelin. En théorie, elle était située là pour les conducteurs de bestiaux qui venaient du nord et qui s'arrêtaient une nuit sur leur route vers le sud. Ils buvaient et transmettaient des nouvelles. Cela permettait à leur monture et à leur bétail, qu'il ait été dignement acquis ou bien volé, de se reposer, et ils repartaient, dès le lendemain, vers des marchés plus prometteurs. Mais les gens du coin fréquentaient aussi l'auberge pour colporter des ragots, faire un peu de troc ou pour quelques heures de répit dans leurs sinistres vies. C'est une femme des basses terres qui régissait le lieu et qui réussissait à faire un peu de commerce : qui sait comment elle avait atterri ici parmi les sauvages des hautes terres. Ils se réunissaient ici pour acheter ou bien troquer de la bonne bière et du mauvais whisky et se distraire. L'endroit puait l'alcool et les espoirs désillusionnés.

— Écoute Murlainn.

Sortant une fiole de whisky qu'il déposa sur la table rudimentaire, Conal me fila un coup de coude dans les côtes.

— Ne te fais pas de fausses idées sur le Voile. Ne pense pas que tu puisses faire n'importe quoi. Tu passes inaperçu certes, mais tu n'es pas invisible. Tu as bien compris ?

— Tu aurais dû me le dire plus tôt.

— Tu t'en étais rendu compte, n'est-ce pas ?

Il haussa les épaules.

— Je savais que tu n'aimerais pas ça.

– J'y survivrai. Mais que suis-je censé faire en attendant ? M'allonger et penser gentiment à Orach ?

Il sourit.

– Tu peux faire pire. On ne restera pas ici pour l'éternité.

Je regrettai alors immédiatement d'avoir fait cette remarque. C'était comme une désillusion pour Conal et une trahison envers Orach. Pour changer de sujet, je dis :

– Ne pourrions-nous pas juste… ?

– Quoi ?

Je jetai un regard autour de nous, vers tous les paysans qui n'étaient rien de plus que des esclaves pour leur chef de clan. S'il y avait de pires propriétaires fonciers, j'étais convaincu qu'il y en avait de meilleurs. Dans la pâleur de l'auberge, les hommes étaient assis et regardaient fixement leurs verres crasseux, totalement abattus par le travail, le travail et encore le travail, avec comme seule récompense selon moi, la survie. Quant à leurs femmes, elles travaillaient encore plus dur et pour moins de plaisir en contrepartie.

Ils me répugnaient, et j'avais pitié d'eux. Où étaient donc leur petite musique interne, leur danse et leur joie de respirer le grand air ?

– On pourrait faire mieux pour eux, dis-je. On pourrait les transformer, les améliorer. On pourrait changer leur état d'esprit.

Conal prit son temps pour remplir nos verres sales avec du whisky. Puis il but une gorgée et me tapa gentiment la joue.

– Cela te dépasse Murlainn.

– Rien ne me dépasse.

Et je regrettai aussitôt ces paroles. Il avait planté une épine dans mon orgueil, mais je l'avais laissé me provoquer, et mes mots empestaient l'apitoiement sur mon propre sort.

— Ils ont leur libre arbitre, tout comme nous. Pourquoi ne pourraient-ils pas le conserver ?

— Si ça peut leur faire du bien, grognai-je.

— Imagine un peu la force qu'il faudrait à ton esprit pour les changer tous. Tu pourrais avoir de l'influence sur plusieurs d'entre eux, si tu es intelligent. Déformer une perception, modifier un souvenir. La question est de savoir si tu devrais le faire ou non…

Il haussa les épaules.

— Eh bien, je ne le pense pas.

— Pourquoi ? Dès lors que nous sommes mieux qu'eux ?

Je vis la colère envahir son regard.

— Parfois tu me désespères. Mieux, c'est ainsi que tu te qualifies ? Vas-y, continue, combats-les avec ton esprit s'ils peuvent riposter. S'ils savent ce que tu as l'intention de faire, pourquoi pas ? Dans le cas contraire, c'est aussi lâche que de combattre contre un homme sans arme. Tu as envie d'être comme Kate ou ta propre mère ?

Il fit un signe de tête vers les buveurs bourrus.

— Kate souhaite manipuler leurs esprits. Elle veut les gouverner et posséder l'autre monde.

— Pourquoi ne le fait-elle pas alors ? murmurai-je. Pourquoi n'ouvre-t-elle pas la voie ?

— Elle ne le peut pas.

Je fus soulagé de constater qu'il souriait encore.

— C'est pour ça qu'elle veut se débarrasser du Voile. Elle a la force dans sa tête de gouverner une foule, voire une nation entière. Mais pas s'ils peuvent la voir.

— Et elle n'est pas plus visible que le reste d'entre nous, n'est-ce pas ? dis-je.

— En effet. Elle veut être vue et aimerait être adulée par eux, mais elle ignore comment détruire le Voile. Cela la dépasse totalement, même elle, et Dieu merci.

Je conversais avec les dieux aussi rarement que possible.

— Pourquoi ?

— Souviens-toi de ce que Leonora a dit la nuit où tu es venu espionner. C'est vrai, on *a besoin* du Voile. On a tendance à fouetter les « simples mortels » afin qu'ils nous craignent, mais attention, il n'y a qu'un pas de la crainte à la haine. Si on détruit le Voile, on détruira les Sithe. À la fin, c'est ce qui se produirait.

Il secoua la tête.

— J'aime à penser que Kate ne comprend pas cela, qu'elle n'y a même pas songé, que cela ne lui a pas effleuré l'esprit, tu comprends ? Pourquoi ferait-elle une chose pareille envers son peuple ?

— Parce qu'elle serait attirée par un des « simples mortels » ?

Je repensai soudainement à la jolie fille sur la place du marché et je sentis le désir monter.

— Je suis avec Kate.

C'était supposé être une blague. En partie du moins. Mais sa voix fut très froide lorsqu'il prononça :

– Tu es mon frère, Murlainn. Je te veux à mes côtés.

– Toujours, dis-je. Je répondrai toujours de toi, Cù Chaorach. Je ne te laisserai jamais tomber.

Il leva les yeux, scruta mon regard et m'adressa un sourire soucieux.

– Je le sais, Murlainn, dit-il. Je le sais.

Chapitre 12

– Ah, ton frère. Il est dur à ton égard, n'est-ce pas ? Mais c'est sans doute utile, n'est-ce pas joli minois ?

Je clignai des paupières vers mon whisky, puis je levai mon verre crasseux pour découvrir mon interlocutrice à travers ce filtre opaque.

Ah, on m'avait enfin remarqué. Et elle pensait que j'étais beau. Malheureusement, ma nouvelle admiratrice était la vieille femme qui gérait les lieux. Elle était appuyée sur la chaise que Conal venait de quitter cinq minutes auparavant pour partir faire quelques affaires avec le meunier. J'étais resté pour bouder. Il pouvait sembler ironique que je ne trouve à présent plus un moment de paix pour cela.

Elle se nommait Sinclair. Sa principale activité, c'était le brassage de la bière, mais elle payait aussi des hommes pour transformer la farine d'orge en whisky dans les collines. Le propriétaire fermait les yeux sur ce trafic, ou bien il s'en moquait, ou ce petit arrangement lui convenait comme il donnait satisfaction à tous les autres.

– Salut, dis-je. Qu'est-ce vous voulez ?

Elle renifla et m'adressa un regard hautain, retira la chaise de Conal et s'affala en posant ses bras nus et musclés sur la table.

— Serais-je trop vieille pour toi ? J'aurais pourtant tendance à penser que tu pourrais ne pas être trop regardant, vu que tu n'as jamais eu de fille dans ton lit.

Je sentis ma mâchoire tressauter et je la fermai d'un coup rapide.

— Écoutez, je ne voudrais pas vous vexer, mais…

Elle eut un hurlement rauque que je fis passer pour un rire.

— Oh, pas de panique, mon petit gars. Tu es un jeunot, et je n'en veux pas à ton corps. Aussi beau soit-il.

Son clin d'œil était si suggestif que je me mis à rire.

— Et comment pourrais-tu le savoir ?

— Je l'ai vu, dit-elle vivement, et elle se versa pour elle-même une bonne dose du whisky que je venais de lui régler et à un bon prix, de surcroît. Je me suis promenée sur la colline en direction du bassin sous la cascade. Je vous ai vus avec ton frère en train de nager, un matin.

— Vous ne manquez pas de culot, ai-je dit.

— C'est *vous* les culottés ! dit-elle en laissant échapper de nouveau cet éclat de rire proche de l'aboiement. Quelles belles paires de fesses vous avez, toi et ton frère. Et davantage. Si j'avais vingt ans de moins…

— OK, d'accord, dis-je, si vous en aviez quarante de moins, peut-être…

Elle s'esclaffa au milieu de son whisky, puis le descendit d'une traite et agita son verre sous mon nez. Je souriais, mais mes yeux paraissaient sérieux.

— Je sais ce que vous êtes, dit-elle. J'en ai vu de votre espèce au préalable.

Repoussant mon verre, je me remis debout.

— Je suis sur le départ.

— Non !

Sa main me serra le poignet, et incroyablement fort.

— Je n'ai pas l'intention de te faire du mal.

— C'est vrai ? Dites-moi quelque chose dans ce cas.

Je la repoussai d'une secousse, mais me rassis, et je la fixai à nouveau, une main possessive sur ma bouteille de whisky.

— Pourquoi me parlez-vous ?

— Je te l'ai dit. J'en ai déjà vu de ton espère avant. Et je sais que les autres ne vous voient pas aussi bien que moi.

Il y avait une pointe de fierté dans sa voix.

— Ils prétendent que je possède un peu de votre sang. J'ai la faculté de voir.

— De *voir*, en effet.

Mais je la scrutai. Derrière sa peau fripée, ses veines ainsi que ses cheveux épars, il y avait une délicate constitution osseuse, haute, saillante et de jolis contours.

— Oui, peut-être, mais un *peu* seulement. Et ne croyez pas tout ce que vous entendez. Deux visions ? Prophétie ! Cette histoire à propos de votre sang, c'est n'importe quoi, madame !

— Et le fait que je puisse vous voir ? Tu m'appelles « madame ».

Ses joues laissèrent apparaître des fossettes et son grand sourire révéla des dents dorées.

— Cela est bien une preuve, non ?

Exaspéré, je roulai des yeux.

— Y a-t-il un but à cette conversation sachant que vous n'en voulez pas à mon corps ?

– Je t'avertis d'être prudent.

Ce changement radical vers une discussion sérieuse était déroutant.

J'hésitai.

– On se tient tranquilles.

– Oui. Ton frère est un homme avisé. Tu l'es moins, mais tu es encore un enfant.

Son sourire doré adoucit sa remarque.

– Et je ne suis pas la seule à bien te voir.

Je ressentis un léger frisson à la base de mon cou.

– Ah bon ?

– Oui et tu sais à qui je fais allusion.

En effet, je le savais. Il y avait un type de l'autre monde qui ne manquait jamais de nous remarquer, un homme qui reconnaissait toujours Conal et lui adressait un signe de tête austère : l'homme qui nous avait cédé notre triste parcelle de terre et le droit de l'exploiter. Notre propriétaire foncier, notre nouveau chef, notre patron. MacLeod.

Conal disait qu'on devait lui être reconnaissant d'avoir un endroit pour vivre et travailler. Moi, je n'étais pas reconnaissant mais, heureusement, on le voyait très rarement. Il traînait de façon occasionnelle à travers le patelin avec ses hommes, collectant les loyers, réglant les litiges ou punissant les vols ou tricheries. C'était un comte et un chef de clan, un de ces vieux mormaers[5] qui avait régné sur ces terres de l'autre monde pendant des siècles et ne s'était jamais soumis à l'ingérence des rois. Cela lui conférait une autorité naturelle qui me déplaisait. J'aurais aimé gifler ce visage complaisant pour lui faire savoir que j'étais au moins

5. N.d.T. : Un « mormaer » désigne un souverain régional ou provincial dans le royaume d'Écosse médiévale.

son égal, que j'étais le fils d'un capitaine de forteresse, le rejeton d'un clan puissant de Sithe. Mais cela n'aurait pas eu de sens pour lui, et j'aurais fini fouetté, stigmatisé ou bien jeté hors de ma misérable maison, alors je conservais ma rancœur en moi.

En tout cas, Conal l'aimait bien. Conal appréciait la plupart des gens, qu'ils le remarquent ou non.

Je ne souhaitais pas encourager Ma Sinclair et ses commérages, mais la curiosité me démangeait.

– MacLeod.

J'éclaircis ma voix bourrue.

– Quoi ? Il a notre sang aussi ?

– Lui, jamais !

Elle poussa des cris de joie intenses, puis elle baissa la voix et prit un ton de conspirateur.

– Mais on prétend qu'il a conclu des *arrangements*. Avec vous. Avec le peuple de la paix, je sous-entends.

– Si vous en saviez autant que vous le prétendez sur nous, dis-je, vous n'utiliseriez pas ces termes.

– Bien.

Pour la première fois, elle parut offensée.

– Il a eu une maîtresse parmi les vôtres. Cela expliquerait des choses, vous voyez. Le MacLeod sait comment vous voir. Faites attention. C'est tout ce que je voulais te dire.

Elle se leva, embarquant rapidement ma bouteille de whisky à moitié pleine et revint à son comptoir. J'étais si surpris par son assurance que je pus simplement rester bouche bée face au bruissement de ses jupes sales, mais tout ce qu'elle fit fut de déverser le restant de la bouteille sur le sol crasseux avant de fouiller sur les étagères pour en attraper une autre. Elle la ramena en face de moi et la posa bruyamment sur la table.

– Voilà, murmura-t-elle. Celui-ci est meilleur. Et désormais, c'est celui-là que je vous offrirai à toi et à ton frère lors de vos prochaines visites.

Je haussai les sourcils de façon sceptique.

– Pourquoi ?

Elle cligna de nouveau de l'œil. Pour son âge, elle avait un véritable regard lubrique.

– Parce que je suis superstitieuse, beau gosse. Si je peux, autant rester du bon côté, avec vous.

– Soit, dès lors que vous avez conscience que cela ne vous apportera rien de bon. Vous ne trouverez pas vos corvées accomplies le matin, et les vaches de vos ennemis continueront à donner du lait.

– Je n'ai pas d'ennemis, mon petit gars, et j'ai obtenu tout ce que je voulais de ceux de ton espèce. Goûte donc cette deuxième bouteille et tu verras. Et je connais aussi quelques remèdes salutaires. Ils m'ont été enseignés par quelqu'un comme ton frère.

Ses yeux étaient embués par une sorte de nostalgie lascive.

– Il y a de cela *trente* ans. Alors, on cesse l'insolence !

Je ris, puis saisissant le whisky, je me levai pour rejoindre Conal, mais elle m'attrapa à nouveau par la manche.

– Pense à lui dire d'être prudent. Avec ses dons de guérisseur.

Ses yeux étaient pâles et vitreux, mais ce n'est pas cela qui les rendait si froids.

– C'est toujours apprécié, dès lors que le résultat s'avère positif. Mais en cas d'échec, il fera face à beaucoup moins de gratitude.

Je ris brièvement, perplexe et agacé.

— Est-ce une menace ?

— C'est un avertissement, mon petit. Tu es trop beau pour finir sur le bûcher.

La vieille femme ridicule avait beaucoup de temps à perdre. Je l'avais déjà constaté avant avec certaines femmes sur le marché : elle était vieille, seule et désireuse de susciter l'excitation à partir de trois fois rien. Ce ne fut que lorsque j'ouvris la bouteille de whisky plus tard dans la soirée que je ressentis un frisson le long de ma colonne vertébrale.

Ce n'était pas que la boisson était mauvaise. Le whisky était très bon, et je pouvais goûter la vérité de ses paroles. Je me rendis compte qu'elle savait de quoi elle parlait.

* * *

J'essayai d'oublier ce que Ma Sinclair avait pu me dire. Conal était déjà trop prudent et trop nerveux à mon goût. J'en arrivais même à désirer une bonne rixe dans un bar pour embellir et animer ma vie. Il n'était pas nécessaire de passer par des mises en garde supplémentaires, et de plus, je pouvais garder un œil sur lui. J'étais là pour ça, après tout.

— Je me suis posé des questions sur MacLeod, dis-je à Conal un matin de printemps frais et humide.

— Je sais, dit-il. Moi aussi. C'est un voleur invétéré, et je ne souhaite pas m'impliquer dans des guerres ici. Il est toujours à l'extérieur en train de piller quelque chose. À prendre du bétail et à chercher la bagarre.

C'était un peu mon point de vue.

— Il nous considère comme des combattants professionnels. Tu le sais ?

Comme tout autre chef, il ferait appel aux hommes de son clan (et seulement aux hommes !) s'il devait entrer sérieusement en guerre contre l'un de ses voisins. Mais, pour ses petites querelles et larcins courants, le MacLeod avait une petite bande de sous-fifres grassement payés, qui n'appartenaient même pas à sa famille mais qui étaient extrêmement loyaux et se battaient avec acharnement comme des diables. Dieu seul sait d'où venaient ses fameux mercenaires. Véritables gardes du corps, ils terrorisaient la vallée, car ils n'obéissaient à aucun membre du clan en dehors de leur chef. Pourquoi en avait-il tant besoin ? Les hommes ordinaires du clan pouvaient se battre et on les incitait à le faire, lâchant en vitesse la flasque de whisky pour arracher leurs armes du chaume de leurs masures et se jeter à corps perdu dans la bataille pour leur chef de clan et son honneur. Mais la garde rapprochée de MacLeod vivait bien mieux que les hommes du clan dans le château de leur capitaine. C'était une élite privilégiée, et ils ne vivaient que pour combattre. J'aimais bien la nature de l'emploi.

— Ce serait une meilleure vie que de remuer la terre, dis-je. La moitié de ce que nous arrivons à récolter est pour le propriétaire, de toute façon.

— N'exagère pas !

Je n'exagérais pas tant que cela.

— On peut combattre. Nous aussi, on est des combattants nés. On lui serait d'une grande valeur et on en serait récompensés. Et tu as vu la dernière faux que tu as fabriquée ? C'était nul !

Il suffoqua légèrement d'amusement, me donnant une chiquenaude aussi rapide que la lumière pour me pincer l'oreille.

— Je ne suis pas un fermier, Conal. Je suis un chasseur. Je suis un combattant.

J'en avais marre de labourer un pathétique lopin de terre avec un cheval qui ne m'appartenait pas et une charrue à partager entre la communauté. Mon rôle consistait à échanger des céréales et du pain en contrepartie de la viande sauvage que je chassais et garantir au paysan de le défendre avec mon épée.

— Ah, mais tu as encore une longue vie devant toi, si tu es chanceux.

Conal me donna un coup de poing dans le bras qui s'avéra assez douloureux.

— Tu vas apprendre à faire plein de choses. Te battre en permanence nuirait à ton cerveau. Parfois, il est bon de rester tranquille et de faire du commerce.

— On dirait Kate, dis-je. Comme si c'était agréable d'être humilié. Je ne l'ai jamais vue se mettre en position d'humiliation, elle.

— Je ne ferai pas de commentaires là-dessus, dit-il en roulant les yeux. Mais il n'est pas question d'humiliation. Il s'agit d'apprendre à être patient.

— Oui, et je l'ai été, dis-je hargneusement.

Conal rit.

— Qu'y a-t-il de si drôle ?

— Si tu ne le sais pas, je ne peux pas te le dire. De toute façon, on chasse, n'est-ce pas ?

Il décrocha son arc du chaume, faisant tomber un chapelet de crottes de souris.

– À ce propos, je prendrais bien un petit déjeuner.

Puis, il traînassa dans l'obscurité du petit matin.

J'avais pour mission de ne pas laisser mourir le feu et de le raviver, mais je pense avoir perdu toute notion du temps, si bien que je fus surpris quand j'entendis Conal jurer vivement pour me faire tressaillir. Déjà de retour ?

La porte claqua en s'ouvrant. Il n'avait pas son arc dans les mains, ni de petit déjeuner d'ailleurs, mais il tenait un genre de paquet.

– Que suis-je censé faire ? aboya-t-il. Qu'attend-on de moi ?

Avec délicatesse, il déposa le balluchon sur la table, et les guenilles sales qui l'entouraient tombèrent. Je vis alors ce que c'était. Si bien que je ne sais pas pourquoi je dis :

– Mais *diable*, qu'est-ce donc ?

Malgré les larmes dans ses yeux, il me regardait encore sèchement.

Je sortis mon couteau.

– Nous devons le tuer.

Il me soutira violemment le couteau de la main.

– C'est un bébé !

– C'est un bébé en train de mourir ! Es-tu devenu fou ? Tu vois bien qu'il souffre, regarde-le !

– Il ne serait pas en train de mourir si un misérable bâtard ne l'avait pas laissé dehors toute la nuit.

– Eh bien, ils l'ont fait, et il ne survivra pas.

Je reculai d'un pas comme si sa mort inévitable avait pu être contagieuse. Conal me jeta un regard, un regard que je n'aimais pas, et il prit la créature dans ses bras. Le bébé ne pleurait pas. Je me demandai quand il avait cessé de pleurer.

« Au cours de la nuit », pensai-je.

Si tant est qu'il ait eu la force de pleurer.

Je pense qu'il rendit son dernier souffle tandis qu'on le regardait. Ce n'était qu'un tas d'os, et probablement malade de surcroît, car il sentait fort mauvais. Conal ne le lâcha pas, même une fois mort. Il caressa ses joues émaciées et rabattit ses paupières fines sur ses globes oculaires creux, puis il ferma ses propres yeux et serra cette fragile petite tête morte dans le creux de sa gorge. Comme s'il pouvait sentir quelque chose désormais, comme s'il pouvait lui procurer une affection tardive dans cette vie brève et horrible.

— Jésus, Seth, Jésus.

Il se mettait à aboyer le nom de leur dieu quand il était en colère ou contrarié.

— Nous ne sommes pas en Grèce antique, mais à la toute fin du XVIe siècle.

Il ouvrit ses yeux rougis pour me lancer un regard noir.

— Mais qui sont ces gens ?

— C'est justement ce que je n'ai pas cessé de te demander, lui dis-je en haussant les épaules. On doit... Que font-ils donc en pareilles circonstances ?

J'avais très peu porté attention à leurs rites funéraires, mais j'étais presque certain qu'ils ne laissaient pas leurs morts à disposition des rapaces et autres bêtes sauvages.

— Je ne sais pas, dit-il.

Puis, il ajouta :

— Ils les enterrent.

— Dans la terre ? dis-je en essayant de ne pas hausser les sourcils.

À personnes différentes, cultures différentes.

— Alors que faisons-nous ? Tu devrais te dépêcher de l'y mettre, ou il va pourrir.

— Mais il a besoin... il voudrait...

Je le regardai d'un air amusé.

— *Il n'est pas en mesure de vouloir...*

— Je sais, mais...

Il le reposa délicatement sur la table et se mit à défaire les haillons restants. Puis il jeta un bref coup d'œil à ce petit corps dénudé et le recouvrit à nouveau.

— C'est une fille.

— Et alors ?

— Je ne voulais pas continuer à la traiter comme une *chose*. Écoute, on ne peut pas juste... la mettre en terre. On doit faire appel au ministre.

— Es-tu fou ?

Il avait ce regard entêté que je détestais.

— Ce n'est pas juste pour les rites funéraires. C'est... Je ne veux pas le faire sans ses connaissances. On pourrait avoir des soucis. J'ai besoin de ses conseils.

— Si tu veux mon avis, on aura surtout des ennuis si quelqu'un d'autre est au courant de cette histoire.

— Quelqu'un est déjà au courant, souligna-t-il. La personne qui l'a abandonnée. Bon sang, s'attendaient-ils à ce que je la trouve plus tôt ? Elle n'était pas si loin. À la lisière de la clairière. Quelle saloperie !

Je détestais de plus en plus Kate pour cet exil. Je n'avais encore jamais vu Conal aussi peu sûr de lui et indécis, doutant autant de lui. C'était la première fois que j'avais l'occasion de le rassurer, l'occasion de prendre des décisions. Je n'étais pas certain d'aimer cela, finalement. De plus, le fait que je prenne des décisions était inutile si Conal ne pouvait les accepter.

— Mettons le bébé en terre, dis-je.

— Mettons-la.

Il secoua la tête.

— C'est une fille. Je vais faire venir le ministre.

★ ★ ★

Je m'assis avec cette chose, avec elle, pendant que Conal était parti. Si cela avait été un chien ou un cheval, je l'aurais probablement laissé là pour aller faire mes corvées ou bien me forcer à regarder le livre que Conal m'avait ordonné de lire. Mais voilà, je n'avais pas envie de délaisser cette créature. Elle était posée là, comme un reproche.

Il n'y avait plus lieu d'avoir pitié d'elle alors j'essayais, sans véritable succès, d'avoir pitié de ceux qui l'avaient laissée mourir sur le sol froid. Ou peut-être qu'on ne voulait pas qu'elle meure. Peut-être l'avait-on destinée à Conal. Peut-être était-il leur dernier espoir. Soudain, je saisis la panique dans ses yeux et son désespoir. *Qu'attend-on de moi ?*

Il n'y avait rien qu'il aurait pu faire. Cela se voyait bien. Comment les « simples mortels » réagissent-ils, me demandai-je, lorsque leur dernier espoir les quitte ?

— Des ennuis, dis-je à voix haute, des ennuis.

Je me tins au-dessus du pathétique cadavre et dépliai les chiffons qui l'enveloppaient. J'avais souvent vu des peaux étirées, suspendues pour sécher dans la tannerie : voilà à quoi ceci ressemblait. De la peau morte tendue et séchée sur une structure d'os.

Jetant un œil à ses paupières, je m'attendais à moitié à ce que ses globes oculaires remuent, comme si elle était en train de rêver, de rêver à la lumière du jour. À la place, une mouche frôla ses cils frêles. Même à ce moment-là, je m'attendais à ce que l'enfant cligne des yeux, s'agite et pleure, mais bien évidemment, cela ne se produisit pas. En colère, je repoussai la mouche, mais elle revint rapidement.

Je ressentis un besoin soudain de prendre l'enfant comme Conal l'avait fait, de la nicher contre mon cou et de la ramener à la vie. Impulsion stupide. Je secouai la tête et frottai mes yeux rouges et fatigués. Le dieu de l'autre monde pouvait ramener les gens à la vie, je le savais, alors s'il voulait le faire, il le ferait. C'était son rôle, pas le mien.

Mes dieux ne permettaient pas de choses si saugrenues. Ils se contentaient de se tenir à l'écart, et ma vie ne les concernait pas. Et cela me plaisait qu'il en soit ainsi. Cela me plaisait qu'ils ne soient pas focalisés sur mon développement personnel, qu'ils n'essaient pas de me faire sentir coupable d'être né. J'en avais eu ma dose. Les martyrs ne m'impressionnaient pas, les juges ne m'effrayaient pas, et même ces irritables guerriers, les dieux romains et grecs, me laissaient de marbre. Ils ne pouvaient pas laisser se dérouler une bataille sans prendre parti, choisir leurs favoris, et ils interféraient et détruisaient de bons combattants sur un coup de tête. Bon sang ! Il n'était que fantaisie d'illuminer des existences sombres et des morts encore plus sinistres.

J'attendais et je regardais, mais ce petit dieu ne me semblait pas intéressé par elle non plus. La mouche s'installa sur la table près du petit corps, et je saisis ma chance pour l'écraser de la paume de ma main. Elle était accrochée à ma main, collante et vile. Furieusement, j'essuyai ma paume contre mon pantalon écossais, puis je nettoyai mes mains dans le baquet d'eau froide dans le coin de la pièce. Les mains fraîchement mouillées, j'enveloppai à nouveau l'enfant dans ses langes, tirant doucement le tissu pour camoufler son visage, avant que davantage de mouches ne viennent.

Quand le prêtre arriva, la première chose qu'il fit fut de la démailloter à nouveau. Je ne voulais pas qu'il la touche.

– Non baptisée, dit-il, et il secoua la tête.

Ce qui expliquait l'indifférence de Dieu. Je faisais comme si je n'étais pas intéressé. Je restai de marbre.

– Quelle importance cela peut-il avoir, dit Conal ?

Je sus par la façon dont le prêtre le regarda, l'air surpris, et par la façon dont le regard de Conal changea et dont il se mordit la lèvre, qu'il avait commis un impair.

– En ce qui me concerne, aucune, dit le prêtre.

Fouillant dans un petit sac en cuir, il sortit une fiole d'huile.

– Pour d'autres, cela en aura.

– Hum, dit Conal. Pouvez-vous, euh… l'enterrer alors ?

Le prêtre cligna des yeux.

– Bien sûr qu'elle doit être enterrée. Mais on ne peut pas la mettre au cimetière. Elle n'a pas le droit d'être en sol béni. Maintenant, si vous voulez bien me laisser un instant…

Me lançant un regard, Conal haussa légèrement les épaules, l'air perplexe, et fit une drôle de tête.

– *Différences de culture, pensai-je.*

– *Fichues cultures incompréhensibles, rétorqua-t-il.*

– *Qu'appelle-t-on un sol béni dès lors qu'on est chez soi ?*

– *Aucune idée. Quelque chose comme la terre sainte.*

– *Et alors, comment ils appellent cela ? Pas comme la nôtre ?*

– *Je ne sais pas.*

Il repartit pour regarder le prêtre en train de murmurer et de faire des gestes en forme de croix sur le visage du bébé. Une fois les rites étranges auxquels il venait de se livrer finis, il se recula et sourit tristement à Conal.

– Il y a ceux qui diront que l'enfant est prisonnière des limbes et exclue du paradis. Je veux que vous sachiez que je ne partage pas cette façon de penser.

– Non, dit Conal, essayant de regarder, comme s'il avait compris ce qu'il avait l'intention de faire.

– Alors, on peut creuser un trou pour elle maintenant, demandai-je ?

Je savais, vu le regard que le prêtre m'adressa, que je venais de me mettre les pieds dans le plat. Alors, je lui adressai mon plus simple sourire, qu'il me retourna après un petit moment, avec un genre de regard condescendant qui provoqua chez moi une vive envie de lui coller un coup de poing.

La bouche de Conal revêtait un sourire. Je peux dire que même dans ces circonstances désastreuses, il essayait de ne pas sourire.

– Je vais l'emmener, dit le prêtre. Mieux vaut que vous ne soyez pas impliqués.

Conal le fixa un long moment.

– Je vous promets que je vais l'enterrer, dit-il gentiment. Dans la forêt de bouleaux. C'est un endroit agréable. Je l'ai déjà fait…

Il s'éclaircit la gorge.

– J'en ai déjà enterré quelques-uns là-bas.

Conal opina, ses bras fermement croisés.

— Je pense que vous comprenez, dit le prêtre, et il me regarda avant de répéter : mieux vaut que vous ne soyez pas impliqués. Ni l'un ni l'autre.

— Je comprends et je vous remercie, dit Conal.

Le prêtre replia les lambeaux et les remit autour de l'enfant, puis il la prit dans ses bras.

— Merci d'avoir fait appel à moi, mon enfant.

J'ouvris la bouche pour signaler que Conal était tout de même le fils de Griogair, pas du prêtre, et par la force de la pensée, Conal m'assena un coup. Ce devait être une expression familière, pensai-je finalement en frottant mon front avec colère.

— Tu aurais dû la laisser là où tu l'avais trouvée, dis-je une fois le prêtre parti et la porte mal ajustée refermée.

Dehors, la brise s'était levée. Un souffle d'air frais s'infiltra, et je me mis à frissonner.

— Tu sais très bien que je ne pouvais pas faire ça.

— Tu es trop sentimental. On va finir par avoir des ennuis.

Il haussa les épaules, l'air fatigué.

— C'est probable.

— L'enfant était en vue, Conal. La femme qui l'a laissée là, près de toi, l'a fait dans l'intention de soulager sa propre conscience, c'est tout. La créature était une bouche de plus à nourrir, et en plus, elle était malade. Si elle avait pensé qu'elle pouvait s'en sortir, elle te l'aurait *confiée*.

— Peut-être, dit-il.

Il était sur le point de se fâcher, mais au moins il s'était aussi défait de ce regard si misérable et défaitiste.

— Qu'attendais-tu de moi, Seth ? Que je prétende ne pas l'avoir vue ?

— Tu es celui qui dit toujours que nous devons rester discrets, crachai-je. Je préfèrerais avoir la protection de MacLeod, une arme et une chance de pouvoir me battre. Tu sais ce que Ma Sinclair m'a dit ? Tu t'es mis dans de sales draps avec tes foutus dons de guérisseur et tu finiras sur le *bûcher.*

— Je ne pouvais pas *laisser ce bébé* ! hurla-t-il.

Profitant d'un moment de faiblesse, je lui demandai :

— Que signifie *Malleus Maleficarum*[6] ?

Pris à contre-pied, momentanément silencieux, il envoya balader un tabouret et s'assit. Il ne croisa pas mon regard.

— *Le marteau des sorcières.*

— Oui, j'en avais déjà entendu parler. Est-ce que c'est ce prêtre qui te l'a donné ?

— C'est le *ministre*, oui. Mais pas parce qu'il y croit.

— Il a été écrit par des prêtres.

J'ouvris brusquement la couverture.

— Ici. Regarde. À la demande d'Innocent VIII. *Innocent*, mon œil !

— C'est juste un nom.

— Son véritable nom ?

— Non, pas vraiment. Je pense qu'ils choisissent eux-mêmes leur nom.

— Et pour quelle raison ?

Je secouai la tête en signe d'indignation.

— Qui était-ce ?

— L'un de leurs grands prêtres, dit Conal. Ils les appellent des papes.

— Même s'ils n'ont plus de *grands prêtres*, tes « ministres » continuent à lire leurs livres répugnants. Ils sont bien tous pareils.

— Celui-ci est différent.

6. N.d.T. : Traité de sorcellerie.

— C'est un hypocrite ! Il se prétend de la nouvelle Église, mais je le sais bien, moi, que les huiles saintes et les gestes en croix, ce n'est pas propre aux covenants[7].

— C'est un réaliste et un homme bon.

Conal soupira et frictionna sa tempe.

— Il m'a donné ce livre en guise d'avertissement. Innocent a fait de la sorcellerie une hérésie, et oui, les hérétiques sont passibles du bûcher.

— Nous ne sommes pas des sorciers, soulignai-je.

Il se pencha et attrapa le livre, tournant les pages épaisses jusqu'à ce qu'il trouve ce qu'il y cherchait. Puis, il le repoussa vers moi.

— Ici. Vas-y. Lis-le pour moi.

Je grognai, mais commençai à lire.

— « De nombreuses personnes des deux sexes… par incantations, maléfices, superstitions et horribles charmes… endommagent et détruisent les richesses de la terre, les vignes et les fruits… » Voyons.

J'explosai de rire.

— On ne peut rien faire de tout ça. Même nos sorcières n'en sont pas capables. Pourquoi voudrions-nous faire une chose pareille ?

— Continue, dit-il. Cela devient meilleur après.

— Je sais, je sais. « Ces misérables tourmentent les hommes et les femmes en leur infligeant… douleurs et maladies… » Oh, c'est n'importe quoi, Conal, tu le vois bien. La manipulation de l'esprit est le propre de la sorcellerie, voilà tout.

— Pas tout à fait, dit-il patiemment. C'est une mauvaise utilisation de nos dons. C'est tirer un certain avantage de nos… possibilités, mais continue la lecture.

7. N.d.T. : Mouvement religieux écossais.

— « Ils n'hésitent pas à commettre et perpétrer les actes les plus ignobles… »

J'en venais à buter sur les mots désormais, non pas par dégoût mais plutôt par incompétence.

— « … les pires abominations et débordements par lesquels ils offensent Sa Majesté divine et par lesquels arrive le scandale… » Bon sang, Conal. Il est probable que ce soit Sa Majesté divine qui m'ait donné un…

— Oh, ça suffit, m'interrompit-il avec un grognement proche du rire. Ce n'est pas personnel Seth. Ce n'est que mémoire collective et hystérie, mauvais esprits, peur de la nature et peur de leur propre nature.

— Donc ce que nous faisons n'a aucune importance ?

— Bien sûr que non ! Si j'avais réussi à guérir ce foutu bébé, ils m'auraient considéré comme un sorcier. Ce n'est pas si mal finalement. Tout ce qu'on doit faire, c'est rester tranquilles, ne pas nous faire remarquer, mais cette chasse aux sorcières va et vient. C'est comme une marée ou une maladie. Si elle débarque ici, rester hors de vue ne sera pas suffisant. Il faudra fuir.

Je tapotai le livre.

— Tu l'as dit toi-même. Même le prêtre, enfin le *ministre*, n'y croit pas. Ce sont des extrémistes.

— As-tu regardé la troisième partie ?

— Non, j'ai été happé par la deuxième partie et ce que nous faisons. Tous ces corps malléables, toute cette déviance sexuelle. Et toi, jusqu'où es-tu allé derrière mon dos, petit égoïste ?

— Hé, tu peux te révolter, mais tu aurais dû réellement lire cette troisième partie. On y rend les tortures et la mort *légitimes*. Dans une chasse aux sorcières, chaque témoin peut faire une déclaration et peu en importe les motifs. Les inquisiteurs religieux en sont responsables, et aucune question n'est posée. Ici. Le MacLeod est un peu original, bien sûr, mais regarde ce passage.

Je repris le livre.

– « Les inquisiteurs sont habilités à corriger, emprisonner, punir toutes les personnes ayant commis des abominations, sans aucune restriction. »

J'avalai ma salive difficilement.

– Maintenant, souhaites-tu toujours que les filles te prêtent attention ?

– Je veux rentrer à la maison, dis-je.

– Alors, tenons-nous à carreau. Un jour ou l'autre, Kate nous rappellera et nous aurons à lui baiser la main et à lui prêter serment de loyauté à genoux. Toi, Murlainn, tu devras le faire sans aucun sourire sarcastique sur ton visage, tout comme moi. Jusque-là, essayons de survivre, d'accord ?

– Oui, dis-je.

– Et soyons reconnaissants envers le Voile, ajouta-t-il, même si souvent il nous provoque quelques démangeaisons.

Il réussit à me faire rire.

Chapitre 13

J'avais besoin d'air. Nous en avions tous les deux besoin. Conal ne voulait pas songer au bébé mort. Je ne voulais pas penser au mal du pays qui m'envahissait ni à la peur que j'éprouvais. Alors, nous fîmes ce que nous faisions toujours lorsque notre moral était en berne. Nous partîmes à la chasse.

Ou pour reprendre les termes propres à MacLeod, nous partîmes braconner.

Même à cette époque, la forêt était belle, plus dense, plus peuplée. La chasse, c'est relativement facile si vous êtes discret. Aux yeux de nombreux hommes du clan des « simples mortels », tout était permis, car il y en avait beaucoup : des lapins, des oiseaux, des lièvres. Quand on pouvait se le permettre, Conal et moi aimions chasser le chevreuil : nous aimions l'approche et la poursuite autant que l'odeur et la fumée qui nous étouffait dans notre masure. Et nous aimions ce gras chaud qui rassasiait nos estomacs. À l'issue de l'hiver, nous aimions savoir que notre garde-manger secret était bien garni en viande.

Nous eûmes peu de chance ce jour-là, mais cela faisait du bien d'être là, loin du patelin, de la mort et de la maladie. Quand nous étions suffisamment éloignés de ce qui passait pour être la civilisation et que le chevreuil semblait malheureusement hors de notre portée, nous nous trouvions habituellement une clairière. Là, nous répétions nos pas avec des bâtons en guise d'épées, ou nous nous entraînions avec des arcs, des arbalètes, ou encore nous nous amusions à lancer des couteaux. Car un jour, comme nous aimions nous le répéter régulièrement, nous reviendrions à la maison et mieux valait ne pas oublier tout ce que nous maîtrisions. Mieux valait être en mesure de se battre, d'être capables de nous défendre et de protéger notre forteresse. Cette pensée, nous la gardions silencieusement pour nous.

Si nous nous égarions davantage lors de nos chasses, on pouvait retrouver des paysages similaires à ceux de chez nous : un escarpement par ici, une embouchure de rivière par là, un bras de mer s'avançant dans la lande. Ce monde ressemblait beaucoup au nôtre, à l'exception toutefois des villes, des fermes et des habitants qui étaient si terriblement différents.

Aussi étrange que cela puisse paraître, je me suis souvent interrogé sur les dieux mais jamais sur le Voile. Je ne me suis jamais demandé pourquoi je ne pouvais pas tout simplement tendre la main et accéder à notre monde, pourquoi il était si séparé de moi et caché, alors que je pouvais en deviner la silhouette, tel un fantôme, depuis l'autre monde. C'était sans doute une illusion, mais j'avais la certitude que si je marchais pendant suffisamment longtemps, j'arriverais à la frontière entre les deux mondes et que j'aurais simplement à la franchir pour être de nouveau à la maison, pour être de retour dans le monde réel.

Cependant, je ne le ferais pas. Pas tant que Conal n'était pas en mesure de le faire. Parfois, cela me faisait rire de penser que je pouvais aimer un autre être humain plus intensément encore que ma contrée, cette contrée qui m'avait bercé tandis qu'aucun être humain ne m'avait touché. Oui, je l'avais fait. J'avais abandonné ma contrée définitivement pour lui. Cela allait à l'encontre de l'image que je me faisais de moi. Je ne pouvais qu'en rire.

– Qu'y a-t-il de drôle ?

Allongé dans l'herbe sous un affleurement de roche, Conal semblait trop assoupi pour être véritablement intéressé par ma réponse. Des blocs de pierre encadraient une colline élevée et désolée. Tout autour et en dessous de nous s'étalait la forêt, zébrée d'or, la cime des pins étant éclairée par le soleil. Nos armes étaient éparpillées là même où nous les avions laissées pour nous prélasser au soleil de cette fin d'après-midi. J'étais adossé contre le roc gris et doux, appréciant la fraîcheur qu'il me procurait et qui contrastait avec la chaleur du soleil sur ma poitrine et mon visage. Nous étions pieds nus comme chaque fois que nous chassions, et je sentis une araignée courir délicatement sur mes orteils. Je les agitai, et elle finit dans l'herbe épaisse du sommet de la colline.

– Il n'y a rien de drôle, finis-je par dire. Je suis heureux, c'est tout.

Il m'adressa un long regard du coin de l'œil.

– Enfin ? C'est une bonne chose.

Je ris à nouveau.

– Je serai plus heureux quand nous serons hors d'ici.

– Moi aussi.

Il s'assit subitement.

– Chut ! As-tu entendu cela ?

Je m'immobilisai. Il n'y avait pas beaucoup de brise, seulement un léger souffle dans la cime des pins. Je pouvais entendre quelques petits animaux fourrageant dans les débris de la forêt et, au loin, le susurrement et le ressac de la mer calme. Je distinguai aussi un très vague geignement.

Un geignement.

Les yeux de Conal vinrent à la rencontre des miens et filèrent par-dessus mon épaule.

– Le rocher, dit-il.

Ce n'était pas un rocher isolé, mais bel et bien un amas de rochers appuyés les uns sur les autres, comme des ivrognes qui se seraient entassés là pour admirer la vue. L'un deux avait été fendu avec le temps et les phénomènes météorologiques, comme s'il avait reçu un coup d'épée géante. On pouvait encore apercevoir les veines blanchies et luisantes de chaque côté de la faille. Me faufilant à plat ventre, je gigotai entre les deux moitiés de ce rocher et m'arrêtai pour écouter attentivement.

– *Ça s'est arrêté,* fis-je passer comme message à Conal, me tournant pour le regarder.

– *Quoi que ce soit, tu l'as bien entendu.*

Il était accroupi au-dessus de moi, un pied de chaque côté de la brèche. Les yeux baissés, il me dit :

– *Essaie de pénétrer un peu plus à l'intérieur.*

Je le fis, comme un serpent qui se tortille. Il y avait quelques avantages à être plus petit que Conal. Il aurait rapidement été emprisonné comme un bouchon dans le goulot trop étroit d'une bouteille.

– *Sur ta gauche, regarde.*

Je pouvais voir ce dont il me parlait ou plus exactement, je pouvais le sentir. Il y avait comme une sorte de cavité sous la roche, à moitié cachée par l'herbe rabougrie et la terre. Je glissai mes doigts à l'intérieur. Il y avait seulement un silence lourd et froid, mais je pouvais sentir quelque chose là-dedans qui tremblait dans l'obscurité de la pierre. Prudemment, je tentai une approche avec mon esprit, et ce quelque chose se mit à gronder.

De manière confuse, je m'activai pour me dégager, frissonnant dans cette pénombre froide. Conal, de retour à mon niveau, me hissa par les chevilles pour m'aider.

— Aïe, dis-je, me frottant l'épaule que je venais de m'érafler. Il y a quelque chose là-dedans, mais il doit y avoir un autre accès. Un lézard n'arriverait pas à se faufiler par ici.

Nous avons cherché pendant un bon moment. Une brèche dissimulait un accès, bien camouflé par les rochers, et je dus même me courber deux fois plus pour accéder au creux de ce court tunnel. Conal ne pouvait absolument pas y pénétrer. Une fois à l'intérieur, je pus presque me tenir debout. La grotte était conséquente, et une faible lumière en léchait les parois. Mes pupilles se dilatèrent rapidement, et je pus voir.

Quatre points lumineux me fixaient. Leurs propriétaires s'étaient entassés, tant bien que mal, sous une arête rocheuse, et l'un d'entre eux se remit à gronder. Il y avait une odeur de mort, et je vis rapidement les restes de fourrure et de chair inerte éparpillés sur le sol nu. De façon surprenante, les petits corps étaient à peine abîmés. Je pense que les deux survivants avaient simplement mordillé et mâchouillé leurs frères et sœurs de désespoir, mais ils étaient trop jeunes pour avoir causé de plus gros dégâts. Ce dont ils avaient besoin, c'était du lait de leur mère, et visiblement ils devraient s'en passer de manière définitive.

— *Qu'est-ce ?* demanda Conal.

— *Des louveteaux.*

— *Je me disais bien…*

Je m'allongeai sur le ventre et j'en fixai un.

— *Petit-fils de la terre,* le cajolai-je. *Mac Tire*[8].

Un grognement se fit entendre.

— *Petite fille de la terre, désolée, ma belle.*

Elle releva ses babines pour mettre en avant ses dents de lait alors que je m'avançais doucement.

Un autre grognement.

Soupirant, je roulai sur le dos puis inclinai la tête pour lui adresser mon plus beau sourire qui était très similaire à celui du loup, d'après ce qu'on m'en avait dit.

S'avançant en rampant, elle me renifla le visage. Je pouvais désormais constater qu'elle avait une robe très pâle. Ses yeux étaient creusés par la faim, et quand je glissai ma main sous son corps, je sentis toutes ses côtes.

— *Fille de la terre,* dis-je d'un air grave. *J'ai déjà vu quelqu'un mourir aujourd'hui. Approche.*

Elle me laissa refermer mes doigts autour de son corps squelettique. Me remettant à genoux, je la tins à deux mains. Son cœur s'emballait, et elle était toute tremblante, mais elle ne lutta point, même lorsque j'eus à ramper vers l'ouverture de la grotte et à la diriger hors du tunnel. Quand je la sentis en sécurité dans les bras de Conal, je repartis vers l'autre survivant. Je m'attendais à voir une autre silhouette pâle et, du coup, cela me prit plus de temps que prévu pour le trouver dans cette obscurité. Les yeux qui me fixaient désespérément appartenaient à une gueule toute noire. Je me remis à genoux, glissant ma main sous lui et l'extrayant délicatement de sa cachette. Pas besoin de séduction cette fois, car il n'était pas en mesure de s'échapper ni de lutter.

8. N.d.T. : « Loup » en gaélique.

— *As-tu l'autre ?* demanda Conal.

— *Il ne va pas survivre. Laisse-moi un instant.*

Je déposai le louveteau sur mes genoux. Il essaya de se lever, mais chancela et tomba sur le flanc.

— Chut ! lui dis-je, frottant son front osseux avec mon pouce.

Délicatement, je sortis mon couteau de chasse de son fourreau.

— Chut, maintenant, fils de la terre.

Ses yeux sombres suivirent le couteau alors que je m'assurais qu'il coupait correctement sur mon autre pouce, et il eut un mouvement de recul. Un éclair de lumière se refléta sur la lame, puis dans ses yeux qui soudainement semblèrent bien vivants.

Ce fut à ce moment-là qu'il me planta ses dents de lait à la base de mon pouce.

— *Aïe, petit salopard.*

Je lâchai soudainement le couteau à cause de la peur que j'avais suscitée.

— Que se passe-t-il ? cria Conal.

Je ne répondis pas. J'attrapai juste mon couteau pour le remettre dans son étui. Le petit démon noir tremblait à mes genoux, là où je l'avais lâché, ayant fait tous les efforts possibles dans son état mais continuant à me regarder, me défiant de vouloir le tuer. Me défiant même de vouloir le toucher.

— Je m'en souviendrai, murmurai-je, et je l'attrapai dans mes deux mains.

Je glissai une main délicatement autour de sa gorge pour tenir sa tête et éviter toute morsure, puis je le plaçai contre mon torse et je baissai la tête pour nous extirper de cette grotte mortuaire. Conal tendit la main, mais je dis :

— Tout va bien.

Puis, je me dégageai, le louveteau bien accroché à moi.

— Et c'est tout ? dit-il.

— Les autres sont morts, dis-je. Et pas de mère.

— Elle est probablement morte.

Il tenait le louveteau blanc au creux de son bras contre sa poitrine et il me tendit la main. Je la saisis bien volontiers, clignant des yeux à la lumière du jour, et il m'aida à me relever.

Quand il me lâcha, sa main était collante : c'était mon sang. Il haussa les sourcils.

— Il survivra, dis-je sèchement, ce petit bâtard.

Il rigola.

— J'aimerais bien trouver la mère, dit-il.

— Pourquoi ?

— Ce n'était pas une louve de l'autre monde. Regarde.

Il tourna le maigre louveteau au pelage pâle vers moi. Elle cligna des yeux, puis les plissa. Au fond de leur apparence obscure se dessinait une étincelle lumineuse argentée.

Je n'avais pas songé à cette luminosité. Elle était présente dans les yeux de Conal, les miens et ceux des autres Sithe, et je savais que les « simples mortels » ne présentaient pas cette caractéristique. Parfois on pouvait les regarder à deux fois, croyant avoir décelé quelque chose, puis on se rendait compte que ce n'était qu'une lumière qui s'y reflétait. Un Sithe avait cette luminosité dans l'œil alors que rien ne s'y reflétait.

— Le meunier a apporté une tête de loup mâle la semaine dernière, pour la prime, lui dis-je. Il aura probablement cherché la femelle ensuite.

— Il l'aurait trouvée alors, mais sans mettre la main sur le repaire.

— Je ne voudrais pas être vulgaire, lui dis-je ironiquement, mais cela ne va pas redorer notre blason, n'est-ce pas ?

Le petit louveteau de couleur pâle réussit à lécher son nez, et il sourit.

— Soyons donc très discrets à propos de nos *animaux domestiques.*

★ ★ ★

Il prénomma son louveteau Liath pour le gris de son pelage. Je traitai le mien de tous les noms, surtout quand il me mordait, et c'était relativement souvent.

— Sale petit avorton, jurais-je. Avorton de la portée.

Mais j'étais ainsi. Et j'avais appris à mordre également.

Finalement, le nom qui lui convint le mieux fut Branndair parce qu'il était résistant comme du fer. Il n'aurait jamais survécu autrement, et j'avais même douté de sa survie pendant un moment. Mais les deux louveteaux s'habituèrent bien vite au lait de vache et à la viande de pigeon et ils finirent par grossir et être complètement sevrés. Branndair cessa d'être un petit bâtard agressif et il rampa même jusqu'à ma couchette exiguë la nuit pour se blottir dans mes bras, grognant et geignant de plaisir lors de ses rêves.

Je finis par l'aimer. Et comme pour toute nouvelle chose que j'aimais, je me faisais du souci.

Chapitre 14

– Agnès Sampson, dit Conal. Agnès Sampson et Jacques VI.

Branndair trébucha sur mon pied, alors je le soulevai d'une main et le mis là où il souhaitait aller. Quand nous étions à la maison, les louveteaux pouvaient rester en notre compagnie. En revanche, quand nous partions, nous les cachions toujours dans un vieux repaire de blaireaux, à mi-chemin en montant la colline. Ils savaient qu'ils devaient rester là en silence, et comme c'étaient des loups sithe, ils avaient presque maîtrisé cette notion avant d'être propres à l'intérieur de la maison. Toutefois, malgré tout, nous masquions l'accès du repaire à l'aide de pierres et de branchages pour plus de sécurité.

Dans un coin sombre de la pièce, Branndair, lui-même une ombre encore plus soutenue, se mit à ronger un vieux morceau de corde nouée que je lui avais donné en guise de jouet. Beaucoup plus majestueuse et avec un air supérieur, Liath était étendue sur le dos, sur les genoux de Conal, faisant mine de dormir. Lui grattant le ventre, il s'obstinait à vouloir continuer à m'éduquer contre mon gré.

– Jacques VI, Murlainn. Qui était sa mère ?

– Marie, reine des Écossais, répondis-je d'un ton ennuyé.

– Marie, reine des Écossais, m'accorda-t-il. Elle a présenté un texte de loi bannissant la sorcellerie en 1563.

— Elle a provoqué la rébellion parmi ses capitaines, a été trahie par un État voisin et décapitée après un procès judiciaire, dis-je, à moitié essoufflé. Établissant ainsi un précédent intéressant.

Conal ne dit rien. Je pensais qu'il était en colère contre moi, car le silence absolu était souvent chez lui le signe précurseur d'une poussée de colère. Parfois je me trompais et le prenais pour du désintérêt, jusqu'à ce que son poing frappe de façon inattendue.

Ces jours-ci, je préférais m'y préparer, si bien que je levai les yeux nerveusement. Il me regardait, mais il semblait égaré dans ses pensées, mordant le bout de son index. Enfin, il dit :

— Fais attention, Seth. Fais bien attention à ce que tu penses.

— Je pourrais t'en dire autant.

— Oui.

Il grimaça.

— Souviens-toi, Seth. Tu devras te mettre à genoux. T'abaisser. Tu lui embrasseras la main face à la cour entière. Rien ne devra transparaître dans ton regard. Uniquement l'humilité. Commence à te préparer à cette idée.

— Est-ce que Kilrevin était contraint de le faire après ses exils ?

— Oui, à chaque fois, et je le regardais faire.

— A-t-il sacrifié sa fierté ?

Conal hésita.

— Non, dit-il. Non, d'une certaine façon, il ne l'a jamais fait.

— Et bien, je ne le ferai jamais non plus, dis-je, et ce, même à genoux.

Il eut un soupir explicite.

— Agnès Sampson, répéta-t-il. Dénoncée par Gilly Duncan sous la torture, quelques années au préalable. Cette dernière avait été arrêtée pour l'utilisation d'herbes médicinales.

— La morale à en tirer est qu'on devrait éviter de mettre notre nez dans les affaires des « simples mortels » et qu'on devrait cesser de leur rendre tant de foutus services.

— La morale, dit-il d'un air sinistre, c'est que nous avons besoin du Voile. Il n'y a pas d'autre défense. Et on ne doit jamais le considérer comme un acquis.

— Je pensais que tu avais dit que Kate ne pouvait pas lui causer de tort.

— Elle continuera d'essayer. Et toi et moi allons essayer de l'en dissuader.

— Ah, dis-je.

Morbleu. Qu'étais-je donc ? Une sorte de diplomate. Parfois, je pensais que mon frère ne savait pas bien juger les gens.

— Agnès peu-importe-son-nom, lui rappelai-je avec un soupir.

— Agnès Sampson. Bonne éducation, respectable, mais cela ne lui a servi à rien. Le roi s'est fait un plaisir de la torturer.

— Alors il devrait rôtir dans un enfer de sa propre imagination, dis-je en tapotant le livre de démonologie. Seul un imbécile peut croire que ce que dit un témoin sous la torture.

— Oui, mais malheureusement c'est allé tellement loin avec Agnès Sampson qu'elle est devenue totalement folle et qu'elle a dit au roi qu'elle savait fort bien ce qu'il avait dit à la mariée la nuit de ses noces. Et elle le lui a répété mot pour mot.

Je passai ma langue sur mes dents.

– Ce n'est pas trop difficile.

– Si tu ne fais pas partie des Sithe, cela l'est fatalement, espèce d'idiot. Elle ignorait avoir ce don en fait et ne savait même pas qu'elle était en mesure de lire dans son esprit. Du coup, Jacques est devenu sceptique et a fini par écrire ce satané ouvrage de démonologie.

– Que lui est-il arrivé ?

– Étranglée et brûlée, la bienheureuse.

Je haussai les sourcils.

– Heureuse d'avoir été étranglée au préalable, voulais-je dire.

Soudainement, Conal se leva.

– C'est tout pour aujourd'hui. Désolé Seth. J'en ai assez.

– Ne t'excuse pas, dis-je, ravalant ma jubilation.

– J'ai des choses à faire dans le patelin. On se rejoint à l'auberge ?

Il souleva Liath.

– D'accord, lui dis-je.

Branndair avait acculé son morceau de corde. En observant son immobilisme, la tension de ses muscles, sa promptitude à feindre l'attaque, je pensai : il fera un bon chasseur. S'il survit.

J'ouvris mes bras, et il y grimpa joyeusement. Puis j'ouvris la porte de derrière avec le pied et je le portai dehors, avec Liath sur mes talons.

– Dans votre cachette, mes amours. Tout comme nous.

★ ★ ★

— Ratatiné, je te dis. Ratatiné le monsieur, et le jour de sa nuit de noces en plus !

Les hommes dans le coin devaient être imbibés du pire whisky de Ma Sinclair depuis des heures. Celui qui parlait n'arrivait pas à retenir sa salive derrière ses dents brunies et aspergeait ses compagnons de boisson tandis qu'il tapait violemment sur la table avec son poing. Ils étaient tellement saouls qu'ils ne s'en rendaient même pas compte. Au moins, celui avec le violon avait cessé de torturer son instrument.

Je regardai, fasciné, accoudé au comptoir, tandis que Ma Sinclair me remettait en douce une bouteille de son meilleur whisky. Son sourire doré étincelait, et je revêtis un air exagérément perplexe. Inutile de s'impliquer. Sous peu, la moitié serait à terre, sans connaissance.

Ma Sinclair, en revanche, ne put s'empêcher d'y prendre part.

— Est-ce exact, William Beag ? s'écria-t-elle. D'après ce que j'ai entendu dire, il n'y avait pas grand-chose à ratatiner.

Cela lui valut un regard de Dents Brunes.

— Vous feriez mieux de tenir votre langue, madame.

J'étais sur le point de lui répondre hargneusement quand quelqu'un d'autre le fit : un petit fermier qui résidait un peu plus bas dans la vallée. Il était tout seul dans un recoin sombre, buvant une bière, mais il releva la tête pour regarder furieusement vers la table qui chahutait.

— Et toi, fais donc attention à tes manières, William Beag. Roderick Mor a bu comme un ivrogne le jour de son mariage. Pas étonnant que ça n'ait pas fonctionné à la tombée de la nuit.

Le nez et les joues de Dents Brunes étaient cramoisis.

– Roderick Mor a été ensorcelé.

– Ça n'a rien à voir avec ça. Tu es à la fois stupide et crédule.

On entendit des cris de fureur, et William Beag se leva en chancelant.

– Vraiment, MacKinnon ? Et oserais-tu me le redire en face ?

– Il vient de le faire, aboya Ma Sinclair. Maintenant, assieds-toi William, ou tu ne mettras plus jamais les pieds ici.

Ronchonnant, il se rassit afin d'éviter de tomber. Il bafouilla :

– Seuls les serviteurs de l'enfer disent que la sorcellerie n'existe pas.

Ce fut au tour de MacKinnon d'élever la voix et de menacer :

– Le répèterais-tu avec la voix d'un homme ?

D'autres hommes se regardaient, pas vraiment à l'aise. Je ne sais pas s'ils pariaient sur les chances de voir William Beag tenir suffisamment longtemps debout pour s'en prendre une. Je n'aimais pas l'atmosphère qui régnait ici, et, jetant un œil au visage angoissé de Ma Sinclair, je perdis subitement mon goût pour la bagarre. De façon nerveuse, celui qui torturait son violon leva son instrument et sortit une note lugubre de ses pauvres cordes. Ce fut à ce moment-là que j'exultai. Je flanquai mon verre sur la table et m'approchai de lui, tendant la main. Médusé, il baissa son archet.

– Oh, ne le lui donne pas. Il peut *ressentir.* Il est simple d'esprit. C'est le frère du forgeron, tu saisis ?

– Être stupide ne veut pas dire qu'il ne peut pas jouer, dit un autre.

Ma Sinclair m'observait avec une certaine appréhension, mais je conservai mon sourire idiot et lui fis un clin d'œil. Elle haussa les épaules comme si elle voulait dire « Fais comme tu le sens ».

— Allez, donne-le lui Calum, cria-t-elle. Je ne veux plus de tes chants funèbres, et il ne peut pas faire pire.

À contrecœur, avec ressentiment, Calum me passa le violon et l'archet. J'en sortis une note expérimentale et discordante, et William Beag s'esclaffa en aspergeant encore plus ses acolytes de ses crachats. Une autre note précaire, puis une meilleure, et l'instrument se mit à me parler. Pauvre violon, ce n'était pas sa faute. Je resserrai une corde, essayai une autre note longue et je souris. Il semblait apprécier mes doigts sur lui. Je tournai les talons, me le calai bien sous le menton et le laissai s'exprimer.

Je ne pense pas qu'ils l'aient entendu jouer de la sorte auparavant. Certes, ils avaient leurs gigues et leurs quadrilles, assez entraînants, mais leur musique ne possédait pas notre rythme effréné qui remplit la cage thoracique, qui fait battre le cœur comme des coups de marteau et qui fait palpiter le sang dans les veines. Je gardai les yeux ouverts, souriant, et je les vis tous, bouche bée. Mais je vis aussi leurs pieds qui battaient le tempo sur le sol et leurs doigts qui tambourinaient sur la table, qu'ils aiment ou non. Je n'étais pas, et de loin, le meilleur violoniste de mon clan et, quand l'un des plus saouls se leva et vacilla dans une gigue un peu pataude, je ris, pensant à comment Righil aurait pu les faire danser, jusqu'à ce que leurs pieds se mettent à saigner.

Ma Sinclair me fixait avec un mélange de gratitude et d'émerveillement. MacKinnon était sobrement hypnotisé et ne pensait plus du tout à se battre. Je trouvai mon rythme désormais, jouant comme un démon, comme leur démon, leur anti-Dieu. Les « simples mortels » pensaient que le diable était le père et le seigneur de tous les Sithe : c'est ce qu'ils pensaient véritablement de nous. Nous n'étions pas le peuple de la paix, nous étions les déchus ; anges de l'enfer, nous incarnions irrémédiablement le mal. Leur tournant le dos, une colère soudaine parcourut mon corps jusque dans le violon jusqu'à ce qu'il hurle comme un démon. Alors j'explosai de rire et me tournai pour faire face aux danseurs empotés. William Beag recula si vite qu'il tomba à la renverse.

Nous riions tous désormais, y compris William. Un frisson envahit mon corps, mais je ne m'aperçut pas que la porte de l'auberge venait de s'ouvrir, jusqu'à ce que quelque chose de froid transperce mon esprit.

— *Arrête ceci.*

Le violon passa du hurlement au silence, provoquant une absence subite de musique comme un suaire glacial. Tandis que Conal s'emparait de l'instrument, je lui adressai un sourire conquérant.

— Tu veux attirer l'attention ? murmura-t-il, et il remit le violon dans les mains de Calum, le violoniste incompétent.

— Le garçon est plutôt doué, balbutia Calum, craignant de me regarder.

— Mmm, le garçon a des dons qu'il n'est pas censé avoir.

Il s'agissait là d'une réplique de William Beag, mais lorsque Conal se tourna vers lui, il s'empressa de détourner le regard, d'un geste fuyant.

Mackinnon ne pouvait laisser passer l'occasion, désormais.

— Tu es une créature idiote, William Beag, et avec un drôle de discours. Tu étais bien content de trémousser ton gras il y a quelques minutes.

Cela aurait pu dégénérer, mais juste au bon moment, une femme fit irruption dans l'auberge, ses jupes balayant la saleté avec une espèce d'urgence solennelle. C'était Morag MacLeod, la commère du village : une femme aux cheveux crépus, voulant toujours être la première informée des potins. Cela devait être de bonnes nouvelles ou au moins de celles qui valent le coup. Sinon, elle n'aurait jamais mis les pieds dans l'auberge. J'avais déjà entendu son avis sur ceux qui venaient souvent à l'auberge, et elle n'appréciait aucunement la femme Sinclair et ses distilleries de whisky.

Tandis qu'elle sifflait quelques mots d'énervement à son époux chauve, je fixai ses yeux austères qui s'écarquillèrent comme si elle était en état de choc. Des mots circulèrent, puis les hommes se mirent debout et se signèrent avec leurs doigts, oubliant qu'ils n'étaient pas censés le faire. Ils retirèrent leurs mains et se regardèrent l'un l'autre avec un air coupable. Un marmonnement se transforma en un murmure puis en étrange chahut perplexe.

Conal avait saisi mon bras.

— Partons.

— Que se passe-t-il ? dis-je en soulevant la bouteille de whisky.

Diable, on avait bien besoin de consolation.

— Rien de bon.

Attrapant mon bras, il m'entraîna avec lui hors de l'auberge, marchant d'un pas lourd parmi la foule déjà amassée qui se grouillait en direction de la place du marché.

Je l'appelais ainsi, même s'il n'y avait jamais eu véritablement de marché ici, juste du troc épisodique de repas, de bière, d'outils et de compétences, et c'était là que se tenaient les négociations annuelles pour les terres les meilleures et les plus ensoleillées. Ce n'était rien de plus qu'un espace en terre battue face à l'église trapue, entre quelques maisonnettes aux murs de torchis et le moulin. M'agrippant toujours par le bras, Conal se raidit et me tira d'un coup sec.

Le prêtre était étendu sur le dos avec sa tête sur la digue rudimentaire qui contournait l'église. Son corps tressautait encore tandis que la foule s'agglutinait autour de lui. Quelques instants après notre arrivée, les spasmes cessèrent, et il se figea : immobile et rigide.

Conal jura sous sa barbe.

– Il y a quelque chose d'étrange, marmonna-t-il. Seth, quelque chose ne va pas. C'est comme si…

Il fut brutalement interrompu par quelqu'un qui l'attirait en avant, et je fus entraîné avec lui. Conal jeta un œil par-dessus son épaule, sous le choc, mais impossible de savoir qui nous avait poussés. Une voix que je ne reconnus pas cria :

– Le forgeron est là. C'est un guérisseur.

– Puisqu'il est là, laissez-le passer.

Conal me laissa filer, me poussant au milieu de la foule qui se pressait de sorte qu'il fut alors seul face au corps du prêtre.

Morag MacLeod n'était pas bien loin de moi. Je pus l'entendre.

– Il est tombé directement sur le dos. Comme un arbre. Je n'ai jamais vu quelque chose comme ça. Il n'a même pas poussé un cri, le pauvre homme. Il a mis ses mains sur son visage comme s'il avait été touché et il est parti en arrière.

Elle aimait ça, la vieille chipie.

– Il y a quelque chose d'irrationnel là-dedans, grogna une voix derrière moi.

– Ce ne serait pas la première chose surnaturelle de la journée, dit William Beag en inclinant ses yeux dans ma direction avec une espèce de sourire suffisant sur le visage.

– Une attaque, suggéra quelqu'un d'autre, une crise du cœur.

Les paupières du prêtre étaient grandes ouvertes, mais ses yeux étaient sans lumière ; ils étaient vides de tout. Je vis les doigts de Conal trembler tandis qu'il lui rabattait les paupières. Il dut s'y reprendre à plusieurs fois. Ses paupières ne voulaient pas se fermer, comme si le prêtre ne pouvait pas croire ce qui venait de lui arriver. La foule derrière moi restait silencieuse tandis qu'elle observait Conal. Enfin, il maintint les paupières baissées avec ses doigts, et elles restèrent fermées. Avec hésitation, il retira ses mains.

– N'y avait-il rien en ton pouvoir alors ?

C'était le meunier. Le tueur de loups.

Quelqu'un marmonnait quelque chose à l'autre bout de la foule. Je ne pus entendre ce qui s'était dit, mais une voix acquiesça d'un air grave.

– Bon sang.

– Il est mort, dit Conal de façon redondante en se relevant. Il hésita un moment comme s'il pensait avoir manqué quelque chose, puis recula et se pressa vers ceux du premier rang qui restaient bouche bée. Morag MacLeod s'était frayé un chemin pour mieux voir, et maintenant elle faisait des gestes ostentatoires en forme de croix sur son sternum. Les autres se regardèrent et finirent par faire comme elle.

Conal jura silencieusement pour lui-même.

– Une attaque, lui demandai-je alors qu'il vint me bousculer.

Conal resta silencieux une seconde, jetant un œil au-dessus de son épaule. Une fois de plus, personne ne nous regardait.

« Retour à la normale », pensai-je.

– Possible. Viens.

Ce n'était donc pas cela, je pouvais vous le garantir. Je connaissais trop bien Conal.

– Alors, qu'est-ce ?

– Des ennuis, répondit Conal.

Puis il cracha :

– Fuyons !

Chapitre 15

C'est bien beau de dire « Faisons profil bas ».

Il y a toujours des affaires à faire, du pain et de la bière à acheter, et des tas de projets. On ne pouvait pas rester éloignés du village pour toujours de toute façon, mais on essayait d'y passer le moins de temps possible. Je m'inquiétais quelquefois de Ma Sinclair, mais depuis un long moment, je n'avais pas remis les pieds à l'auberge.

Il semblait que le village ne pouvait se passer d'un prédicateur, alors un nouveau prêtre arriva, à peine l'autre fut-il enterré. Ce nouveau prêtre apparaissait autour de la place : prêchant sa triste évangile, dénigrant les jeunes filles aguicheuses, joignant ses mains décharnées en signe de prière, mais contrairement au précédent, il ne se rendait jamais à l'auberge. Il était beaucoup plus jeune que son prédécesseur. À la manière dont il se tenait dans la dignité et selon ses fondements moraux, on aurait pu penser pourtant qu'il avait vécu plus longtemps qu'un Sithe… sans n'avoir jamais rien aimé.

Nous ne mîmes jamais les pieds à ses messes dans la petite église sinistre. Nous ne l'avions jamais fait et n'allions pas commencer. De plus, l'arrivée du prêtre coïncida avec une vague d'épidémie dans le village. Quand elle se manifesta, même Conal et moi-même nous sentîmes nauséeux et fébriles, comme si un miasme de la maladie s'était déposé sur toute la vallée, et comme si nous ne pouvions y échapper. Ce n'est pas que nous étions particulièrement vulnérables à la peste, si toutefois il s'agissait de la peste, c'est juste que la maladie nous était peu familière. Conal sembla encore plus dérangé que moi-même. Il marmonnait à propos des personnes de la vallée qui le considéraient comme un guérisseur. Il disait ne pas savoir ce qu'il fallait en penser, ni quelle attitude adopter et qu'il était inutile de prendre des risques. Puis je l'entendais maugréer sur les reproches, et sur quoi ils se fondent et qu'il fallait mieux se taire et faire profil bas.

Finalement, ce n'était pas la peste. Après quelques semaines, la maladie déclina, et la vie de la vallée reprit son rythme normal. On ravala nos doutes, on fréquenta de nouveau le village et nous fîmes de notre mieux pour éviter le prosélytisme développé par le prêtre sur la place boueuse du marché. Nous gardions pour nous un maximum de choses et faisions confiance au Voile. J'en avais même presque oublié le prêtre. Je ne me souciais plus que ses prédications étaient emplies de colère divine et de sa propre haine, jusqu'au jour où il monta la vallée, traversa la forêt de bouleaux moussus et vint frapper avec son bâton à notre porte.

Conal fut surpris et méfiant, mais il pouvait difficilement le renvoyer chez lui. Le prêtre s'avança furtivement dans la maison avec un air de mépris qu'il ne pouvait masquer, les narines dilatées en signe de dégoût. C'était la créature la plus osseuse que j'avais jamais vue à l'exception de quelques cadavres (j'avais eu l'occasion d'en voir un certain nombre), et on pouvait donc penser qu'il suivait à la lettre ses principes de frugalité et d'économies. Ses yeux pâles avaient une teinte jaunâtre, sa peau, une couleur de papier mâché, et ses cheveux étaient ternes et épars. Les dieux savaient – enfin le sien le devait – pourquoi il jetait délibérément un tel sort sur le village et la vallée.

– Bonsoir, mes frères, dit-il en souriant.

Je sentais le goût de la bile dans ma gorge. Je ne lui rendis pas son sourire, mais Conal serra sa main tendue, la fixa du regard et la laissa filer telle une vipère.

– Je ne suis pas votre frère, fis-je remarquer.

Il me regarda, silencieux, suffisamment longtemps pour finalement me mettre mal à l'aise. Sa voix, quand il ne déchargeait pas sa haine, était similaire au bruissement de l'air sur les feuilles mortes.

– Tu es le simplet, n'est-ce pas ?

Il me décocha un sourire conspirateur.

– Ou bien, peut-être pas, hein ?

Conal s'était légèrement appuyé contre une chaise en bois, et je savais bien pourquoi, mais ce fut peut-être ce geste malheureux qui nous trahit. Peut-être était-ce juste que Branndair ne put contenir son petit grognement de méfiance. Il reçut bien un petit coup de dent de Liath, mais c'était trop tard. Je jetai un coup d'œil au prêtre, anxieux, mais il semblait juste pensif tandis qu'il se penchait pour regarder les louveteaux sous la chaise, puis il se redressa.

– Quel choix original, hésita-t-il, léchant sa lèvre supérieure, pour des animaux de compagnie.

Je savais qu'il avait été sur le point d'utiliser un autre mot. Mais il faisait très attention au choix de ses mots.

– C'est gentil de nous rendre visite mon père, dit Conal de façon machinale.

– S'il vous plaît, ne m'appelez pas « père », dit-il avec un sourire. Je suis le pasteur de mon peuple. Je n'ai aucune prétention à l'idolâtrie.

– Bien sûr.

Conal rougit et jeta un œil vers moi.

Je roulai les yeux. Je savais depuis longtemps qu'il faisait une bêtise en essayant de comprendre ces personnes et leurs théologies changeantes, avec leur dieu qui ne savait prendre une quelconque décision. Je le lui fis savoir si silencieusement qu'il n'eut aucune réaction. Il avait juste l'air malheureux.

– Vous n'êtes pas venus à l'église, dit le prêtre. Vous savez bien pourtant que la présence est obligatoire.

– Oui, père… euh pasteur, dit Conal maladroitement.

– Vous êtes des étrangers ici, bien sûr, alors on doit en tenir compte.

Prenant son temps, il nous regarda de haut en bas, examinant nos vêtements. J'avais toujours refusé de porter la chemise grossière et le tartan des paysans. Je les trouvais laids et inconfortables, alors que les paysans avaient l'air d'en apprécier le côté pratique. Conal avait fini lui aussi par abandonner ce costume, et comme moi, il en était revenu à sa chemise et ses pantalons écossais taillés dans le cuir ou dans un lainage de qualité. Il s'était inquiété qu'on ait l'air d'épouvantails, mais les regards étonnés avaient cessé au bout d'une semaine. Ils s'étaient habitués à nous. Comme moi, je m'étais accoutumé à la présence du Voile. En fait, il me plaisait bien, ce Voile.

Visiblement, cet homme nous avait repérés et il n'avait pas l'air de quelqu'un qui lâcherait prise. Je sentis ma lèvre supérieure se retrousser et je repris rapidement un visage inexpressif.

– L'Église a prescrit, dit-il avec un petit sourire forcé, que ceux qui ne pratiquent pas le culte le dimanche doivent être punis, qu'ils aillent au pilori.

Nous le regardâmes tous deux, bouche bée.

– Il me semble que vous fréquentiez mon... prédécesseur, dit-il en fixant Conal.

– Oui, répondit Conal.

Le prêtre émit un léger bruit de succion avec sa langue et ses dents.

– Le révérend Douglas n'était pas très strict dans son application de la volonté de Dieu. Je n'en ai eu que plus de travail depuis mon arrivée ici.

– C'est regrettable, dis-je. Vous devriez vous détendre. Allez donc chez Ma Sinclair.

Son regard sur moi fut soudainement perméable, et je vis très clairement son dégoût.

– Le whisky, siffla-t-il, est une abomination. Les habitants de cette vallée ont compris que c'était erreur, péché et péril mortel.

Ses lèvres tressautèrent.

– J'espère qu'il en sera bientôt de même avec vous deux.

« Je ne dois pas cracher. Je dois me retenir de cracher à ses pieds. » Conal acquiesça et balbutia quelques propos mondains, et quand finalement il referma la porte après le départ du prêtre, il ferma les yeux et expira comme s'il avait retenu son souffle depuis qu'il était apparu sur le seuil.

Il se tourna vers moi.

– Tu as déjà vu cet homme à la lumière du jour ?

Je fronçai les sourcils.

– Je suppose. C'est l'été, et on le voit toujours traîner comme un rat dans la vallée.

– Je voulais dire, l'as-tu vraiment vu en pleine lumière ?

J'y réfléchis.

– Je n'en sais rien. À quoi penses-tu ?

Il haussa les épaules.

– Oh, probablement à quelque chose de stupide. Je ne suis pas certain. Ne te fais pas de souci.

– *D'accord.*

Il me sourit soudainement. J'aimais cela. J'aimais le voir tel qu'il était, être lui-même. Cela arrivait de moins en moins souvent, mais quand cela se produisait, j'étais rassuré. Quand Conal avait peur, cela m'effrayait au plus haut point.

Je ne savais pas comment nous allions nous sortir des interminables et abrutissants discours d'église, mais Conal devrait trouver une solution. Je lui jurai que si jamais je devais me coltiner le ramassis de récits apocalyptiques du prêtre, je me trancherais la gorge pour avoir la paix. Je dis à Conal qu'une longue vie, c'était certes agréable, mais seulement si elle méritait d'être vécue.

Conal pensait que nous devions nous soumettre. Je ne m'étais jamais soumis de ma vie, sauf aux sacrées ambitions de Conal concernant mon éducation. Je l'aimais et je savais qu'il servait au mieux mes intérêts, mais il n'était pas propriétaire de ma conscience.

Cela me trotta dans la tête toute la semaine jusqu'à en avoir la migraine. Je voulais que le prêtre oublie notre existence, je voulais que nous sortions de son esprit, mais cela ne se produisit pas. Son regard pâle me trouvait chaque fois que je pénétrais furtivement dans le village, et il me souriait.

J'avais peur de lui.

Cependant, je ne me soumettrais pas. Si ma vie n'était plus mienne, mon âme l'était, et, en mon âme et conscience, je ne le ferais pas. Je ne voulais pas être fouetté, ni aller au pilori, et plus que tout, je ne voulais pas avoir à me battre contre Conal. C'était mon capitaine, et il avait le droit de m'ordonner où aller. Il était capable de me frapper pour me faire perdre connaissance et de m'y traîner de force. Mais si jamais je capitulais face à ce prêtre, je perdrais quelque chose d'infiniment précieux pour moi et que je ne pourrais récupérer. Ne pas lâcher prise valait bien une petite bagarre avec le prêtre ou avec Conal finalement. Ce que j'ignorais, c'était jusqu'où ça irait, et oui, j'avais peur.

Ma dernière matinée dans le village fut un samedi. Je m'en souviens, car je serrais les dents et m'étais endurci pour affronter mon capitaine, soit ce soir-là, ou, à défaut, le dimanche à l'aube. J'étais là, seul. J'y étais allé pour tirer au sort les meilleurs labours de l'an prochain, pour négocier notre tour pour l'utilisation de la charrue communautaire et pour fixer le prix du ferrage d'un cheval. J'étais parti pour me procurer de la bière et du whisky assorti d'une bonne dose de courage.

J'étais si anxieux et si tendu que je faillis ne pas entendre les hommes. Mais une voix attira mon attention, fort heureusement : celle pleine de doléances de William Beag.

— C'est une sacrée tricheuse. Elle coupe sa bière avec de l'eau et fait payer sa saleté de whisky bien trop cher.

Je m'arrêtai net, mais ils ne m'avaient pas vu, si bien que je me dérobai dans l'obscurité. J'avais immédiatement compris à qui ils s'en prenaient verbalement, mais ce qui me mit particulièrement mal à l'aise fut ce petit comité, leurs voix qui se plaignaient et leurs coups d'œil furtifs. Il ne s'agissait pas de plaintes vaines d'hommes qui se précipiteraient à nouveau vers l'auberge pour se faire allègrement duper de nouveau.

— Oui, dit un autre. Et c'est véridique ce que Roderick Mor t'a dit, William. Une telle femme est un danger pour tous les braves. Il y a ceux qui ne veulent pas écouter, ceux qui veulent ignorer le danger. C'est tout.

— Oui, les idiots ! C'est seulement quand leurs enfants tombent malades, que leur lait tourne ou quand eux-mêmes commencent à souffrir de certains maux qu'ils s'en rendent compte. Ils se fichent bien des mésaventures des autres. Il faut que cela leur arrive, et là, ils en sont bien désolés. Eh bien, je ne resterai pas assis là, à regarder mes voisins se faire manipuler.

— Tu es un brave type, William Beag. Tu as raison : il est temps pour les hommes sensés de prendre position. Je suis à tes côtés.

Le grand gaillard rouquin attrapa le bras grassouillet de William.

— Allons trouver les autres à Nether Baile. Ils voudront se joindre à nous.

— Je surveillerai les lieux, dit William Beag en acquiesçant gravement. Elle n'aura aucune chance de s'éclipser, même si elle dispose de grigris pour l'avertir de notre venue. Les autres villages ne nous remercieraient pas de l'avoir laissée filer vers eux sans confession, impénitente et *sans aucune punition.*

— Feras-tu appel au prêtre ?

— Plus tard, grommela un petit homme. Allons d'abord retrouver les gars de Nether Baile. Ils ne voudraient pas que cela se passe sans leur contribution.

Tandis que je les regardai s'éloigner, assoiffés de sang et emplis d'arrogance, je m'appuyai sur un mur en torchis et fis quelques rapides calculs. La maisonnette que les trois frères partageaient avec leurs bêtes à Nether Baile ne se trouvait qu'à un kilomètre et demi environ du village, mais les hommes s'y rendaient sans se presser. Ils prenaient plaisir à cette situation et voulaient faire durer ce moment.

Conal avait dit que la chasse aux sorcières venait par vagues. Il disait que pendant des années, elle pouvait se contenir et grossir lentement pour finalement surgir comme un orage venant de l'Atlantique. Conal avait espéré que l'on soit chanceux avec les marées, chanceux par rapport à la période de notre exil.

Toujours regarder le bon côté des choses, c'était typique de mon frère.

Ma Sinclair gardait son vieux poney maussade dans une cuvette, sous un petit escarpement, à l'écart des poneys des bergers qui étaient parqués près des flancs escarpés, au milieu des roches grises. Il avait peu de velléités pour accéder à la liberté. À travers son toupet inégal, il me jeta un regard, ses mâchoires ruminant une bouchée d'herbe coriace. Mais il ne chercha pas à se dérober au moment où j'attrapai une poignée de sa crinière épaisse. Il avala juste son herbe, puis me mordit.

Je le mordis en retour, et nous finîmes par trouver un terrain d'entente. Je l'emmenai à travers le passage étroit entre les rochers pour contourner la falaise.

Surplombant le village depuis le nord, je m'arrêtai, frottant le cou chaud du poney. Le petit village derrière les rochers était protégé et ombragé par les crêtes et sillons sur le côté le plus éloigné. Personne ne regardait généralement de ce côté, sauf par hasard, et je pus très clairement distinguer le dos de l'auberge et William Beag qui rôdait derrière.

Je ris, et le poney secoua son cou et hennit en écho. Rejetant une oreille vers l'arrière, il me fit un œil noir. Le grattant entre les oreilles, j'écartai son toupet gris sale de sa gueule. Au fin fond de ses yeux marron, je crus apercevoir un éclair argenté plutôt intense qui n'était pas le simple reflet du soleil.

Je tirai sur ses paupières pour en avoir le cœur net, puis je ris de nouveau et laissai le toupet se remettre à sa place en désordre.

— D'où viens-tu ? demandai-je en lui grattant le cou. L'amoureux ? As-tu passé trente ans avec elle ? Ou fût-ce ta mère ou ton père qui lui avait été donné ?

Le poney ramassa davantage d'herbe et m'ignora.

— Toi, je crois.

Éreintée, comme si elle avait travaillé jusqu'à l'épuisement, la bête soupira et mit au repos sa patte arrière. Je regardai les alentours, depuis le sol rudimentaire jusqu'aux murs, ainsi que la cour derrière l'auberge, et cet imbécile de William Beat qui se croyait caché.

— Tu n'es pas stupide, dis-je au poney. Tu sais très bien ce qu'il y a à faire.

***

— Ma, dis-je, frappant sur le comptoir. Vous êtes demandée.

D'un air agacé, elle s'éloigna de son client.

— Maintenant, jeune homme, qu'y a-t-il ? Tu vois bien que je suis occupée, n'est-ce pas ?

— Vous êtes demandée, répétai-je. On vous demande de venir maintenant. C'est le poney. Le poney a besoin de vous.

Un homme à la barbe fournie me lança un regard noir.

— Eh toi petit, tu ne peux pas la laisser tranquille ?

De manière impatiente, il frappa son verre sur le comptoir.

Ma Sinclair s'était retournée vers moi. Son regard était appuyé et solennel, et elle m'adressa un sourire. Ses dents étincelaient.

— Tu vois bien, Donal, le jeune garçon est venu pour m'aider. Et toi, tu peux te servir tout seul en attendant que je revienne.

— Je peux me servir tout seul ?

Barbe Fournie n'en demandait pas plus, et je ne le dérangeais plus du tout. Je m'emparai d'une cruche en étain sur le comptoir et conduisis la vieille femme vers l'arrière de l'auberge.

À la fin de la coursive humide menant à la cour, j'étendis mon bras en travers du passage de Ma Sinclair, et elle s'arrêta. Je levai le sac de vêtements, d'argent et de nourriture que j'avais regroupés parmi ses maigres possessions au sein de son taudis et lui posai dans les bras.

— Avez-vous besoin d'autre chose ?

Elle regarda rapidement dans le sac.

— Rien de plus que ce qui est là-dedans. Tu es un bon garçon. Cela se présente si mal que cela ?

— Oui. Chut. L'un d'eux est caché à l'arrière.

— Qui ?

— William Beag.

— Oh, bon sang. Petit William ? Enfin, ce doit être un surnom, car il est bien plus imposant que toi.

— On m'a aidé.

Portant mes doigts à mes lèvres, je réussis à ouvrir la porte en planches.

Pile à temps, j'entendis le sourd martèlement des sabots, et le poney pénétra dans la cour en secouant sa crinière.

L'ombre de William Beag se détacha du mur juste à ma gauche, et il fit un pas en avant.

Ce n'était pas un cheval aquatique pourtant ou quelque chose de la sorte, mais peut être en avait-il rencontré un dans une vie précédente. Visiblement, le poney semblait connaître l'astuce. Il leva la tête, à la fois timide et séduisant, émit un léger hennissement et frappa d'un coup sec le sol en pierre avec son sabot quand l'attention de William Beag sembla revenir à la porte de l'auberge. Malgré le fait qu'il s'agissait d'un vieux canasson fourbu, il arqua son large cou, gonfla sa queue famélique et fut, un instant, un poney magnifique.

— Ah, fredonna William Beag. D'où viens-tu, mon joli ?

Il étira une main vers la bride du poney, ses doigts se refermant sur le busc tandis que la mienne serrait la cruche en étain. Il n'observa ni son œil ni l'inclinaison de sa tête. Comme prévu, il voulut obliger le poney à ouvrir sa gueule pour regarder ses dents jaunâtres, mais l'animal, n'appréciant pas sa hardiesse, les referma sauvagement sur ses doigts.

Je n'avais pas prévu cela ni que l'idiot se mettrait à crier comme une fille, mais je fis rapidement cesser ce cri, en lui assénant un bon coup de cruche. Il céda et s'affaissa au sol, visage dans la boue. Attrapant le poney avant qu'il ne s'affole et ne s'emballe, j'attachai le maigre sac d'effets personnels à sa selle.

Ma Sinclair ne fit pas de manières : elle retroussa ses jupes, et j'eus un aperçu de ses larges sous-vêtements alors que je l'aidais à enfourcher le poney. Je lui tendis une flasque d'eau et une de whisky, et elle les enfouit dans les plis de ses jupes.

— En route, dis-je tandis que je saisissais la bride du poney et le poussai à trotter mollement.

★ ★ ★

Quand nous nous séparâmes, le soleil était bas, et nous étions suffisamment en surplomb de la vallée pour voir la ligne d'océan qui brillait à l'horizon dans une teinte argentée.

— Eh bien, dit-elle, je ne reverrai jamais mes réserves de whisky, mais je te remercie. Est-ce que ça ira pour toi ?

Je me retournai pour regarder le bas de la vallée.

— Il ne m'a pas vu.

— Donal, oui.

— Oui, mais ils me prennent pour un idiot. Ils penseront que c'est vous qui avez agressé William, dis-je en haussant les épaules.

– Eh bien, oui. C'est vrai que j'aurais pu et que j'aurais bien fait.

– Je m'en sortirai, répétai-je. Vous devriez partir. Et partir loin.

Elle se pencha, et je sentis ses lèvres sèches déposer un baiser sur ma joue et son haleine de whisky sur ma peau.

– Et toi, éloigne-toi d'ici avec ton frère. Je crois qu'il est temps pour vous deux de partir.

– Oui.

J'avais le mauvais pressentiment qu'elle avait raison. Je pressai sa main noueuse plus fort sur la rêne du poney.

– Allez, Ma!

Elle se retourna une fois encore pour me regarder et sourit.

– Je te l'ai dit, cria-t-elle.

– Que m'avez-vous dit?

– Que tu resterais du bon côté! J'avais raison d'être superstitieuse, pas vrai?

– Oui, murmurai-je.

Je les regardai, elle et son poney, jusqu'à ce qu'ils disparaissent au sommet de la colline, ses jupes retroussées sur ses jambes nues et abîmées, et le poney marchant péniblement mais imperturbablement dans les ajoncs épais, chassant les moucherons à l'aide de sa queue effilochée. Elle ne se retourna pas.

Ce fut la dernière fois que je vis Ma Sinclair. Je ne l'ai jamais retrouvée vivante ailleurs, mais je ne l'ai jamais vue non plus en train de croupir dans une prison ni hurler sur un bûcher, alors j'aime à penser qu'elle a trouvé un endroit pour vivre. J'espère qu'elle a trouvé un village où l'on aimait son whisky et où l'on se moquait de ses manières salutaires et de ses potions, ainsi que de son beau visage de vieille femme. J'aime à penser qu'elle a survécu à cette chasse aux sorcières et à celles qui suivirent, mais je n'en ai pas l'assurance et je ne le saurai jamais.

Je retournai au village, dans la fumée et à peine visible à cause de la distance, et me mis à courir.

Chapitre 16

Je ne voulais pas traverser le village à nouveau et j'avais bien envisagé de le contourner largement et d'emprunter un long chemin pour rentrer à la maison, mais je ne pouvais ignorer les petits groupes de personnes qui se ruaient vers le hameau, débouchant sur la place du marché, déjà bondée. En constatant leur empressement et en entendant leurs voix aiguës et emplies d'un sentiment de danger, je sus qu'il fallait y prêter attention. Je me faufilai à l'intérieur des murets de l'enceinte, prenant place à la suite des divers groupuscules colportant les ragots. Je faisais profil bas.

Comme toujours.

Le prêtre était là, debout sur une botte de paille. Il n'attendait pas que la foule soit rassemblée et silencieuse. Il admonestait les gens au fur et à mesure qu'ils approchaient. Son insistance faisait qu'ils se hâtaient tous, de peur d'en manquer des bribes.

— Qu'attendez-vous ? criait-il, tapant du poing sur sa vieille bible bien abîmée. Allez-vous attendre qu'ils viennent prendre vos enfants en pleine nuit ?

Je m'arrêtai, mal à l'aise, me réfugiant sous un toit desséché de bruyère et de chaume en surplomb. Ces quelques mots avaient suffi à me glacer le sang. Peut-être savais-je déjà ce qui allait suivre…

— Attendez-vous qu'ils donnent vos enfants comme nourriture à leurs loups domestiques ?

Un sentiment d'horreur traversa la foule.

— Ils ont déjà pris un bébé, cria quelqu'un. L'enfant d'Isobel.

— Oui, ma pauvre sœur. Son pauvre bébé !

Cette voix sanglotante appartenait à Morag MacLeod.

— C'est le révérend Douglas qui l'a trouvée. Il a accepté de l'enterrer, mais il ne pouvait pas le faire au cimetière. Que Dieu ait pitié d'elle.

— Il l'a trouvée ? jappa le meunier. Peut-être bien qu'il était de connivence avec les sorciers.

Je dus mettre ma main devant ma bouche pour m'empêcher d'intervenir. Ils adoraient tous pourtant l'ancien prêtre. Mais cette folie collective, je pouvais la sentir dans l'air.

Une voix d'homme les interrompit.

— J'ai entendu dire qu'elle ne pouvait pas la nourrir, cette enfant. Elle n'avait pas besoin d'un autre marmot. Elle l'aurait laissée à proximité du forgeron pour se donner bonne conscience.

— C'est pur mensonge, s'écria Morag MacLeod.

— C'était par une nuit froide. L'enfant n'était pas bien portant. Vous ne pouvez pas accuser le forgeron.

— Si, nous pouvons l'accuser de l'avoir tuée, cria le meunier. Un sacrifice pour son Maître !

Le prêtre tendit ses mains, réclamant le calme.

— Si votre bon vieux prêtre s'est allié avec l'Ennemi, alors il en répond aujourd'hui devant Dieu. Ne nous préoccupons pas des morts.

Il marqua une pause. On pouvait voir ses rides s'approfondir sur son front blafard.

– Bien que sa mort se soit avérée plutôt surnaturelle.

– Sorcellerie, lâcha quelqu'un.

Comment pouvais-je savoir que ce mot allait être prononcé ?

Le prêtre secoua tristement la tête.

– S'il y a une once de vérité là-dedans, le révérend Douglas mérite d'être exhumé et brûlé sur le bûcher. C'est prescrit.

– Il ne devrait pas être au cimetière ! s'écria quelqu'un. Foudroyé par le Diable, son Maître. Avez-vous vu son regard fixe ?

– Oui et il ne fermait pas les yeux ! Quelque chose l'a fait mourir d'effroi.

Le silence se fit.

– C'est exact, finit par murmurer quelqu'un.

– On ne peut pas fermer les yeux d'un serviteur du Diable !

Me souvenant de Conal, se tenant là, seul, incapable de venir en aide au prêtre et luttant pour essayer de fermer ses paupières fixes, j'eus envie de vomir. Mais je ne pouvais me permettre de faire le moindre bruit. Je reculai dans l'ombre, et ce fut à ce moment précis que le prêtre leva les yeux et regarda droit dans ma direction.

Il souriait. Je pensais qu'il allait me dénoncer, mais pas du tout.

J'étais sur le point de hurler en guise de protestation, mais heureusement quelqu'un le fit avant moi. C'était MacKinnon, le petit fermier, l'étranger, le solitaire.

– Le forgeron est un brave homme, cria-t-il. Et vous le savez tous !

– En êtes-vous certain ? demanda solennellement le prêtre. Que savez-vous en fait de MacGregor ?

– Rien ! cria le meunier en lançant un regard furieux vers MacKinnon.

– Un brave homme ! jappa-t-il. Le forgeron a soigné vos enfants ! Oui et même les *tiens*, William Beag !

Le prêtre ferma les yeux comme s'il était en grand désarroi.

– Était-ce des soins ou de la sorcellerie ? cria une femme à sa place.

Le prêtre se tourna vers William Beag qui se tenait derrière lui, légèrement à sa droite. Il y avait une étrange expression sur le visage de cet homme : un mélange de droiture blessée et de haine vicieuse, bien qu'il fût à moitié caché sous un tissu tâché de sang qui lui entourait la tête. Sa main aussi était bandée.

Visiblement, je ne l'avais pas tapé assez fort.

De sa main maigre aux longs doigts, le prêtre lui fit un signe.

– Voici un homme bon et respecté, dit-il doucement. Racontez-nous votre histoire, William.

– Nous étions bien décidés à faire face à la sorcière qui a jeté un sort à Roderick Mol, dit-il aigrement. La bière n'est pas uniquement ce qu'elle brasse. Je faisais le guet…

– Tu l'épiais tandis que ta bande se rassemblait, gros lâche, lança MacKinnon.

William Beag lança des regards noirs.

– Reste en dehors de ça, Malcom MacKinnon. Tu n'es pas d'ici. Et puis tu n'y connais rien en sorcellerie.

— C'est bien vrai. Et même si tu penses que c'est un sorcier, il existe une justice. Ce fermier a bien le droit d'entendre les accusations qu'on lui porte !

MacKinnon était sacrément têtu. Le pauvre diable.

Le prêtre secoua la tête d'un air affligé comme s'il allait annoncer quelque chose qui le peinait.

— L'Église a juridiction en matière d'hérésie et de sorcellerie. Les cours civiles sont sujettes à la justice de Dieu. De plus, MacLeod est actuellement en plein raid avec ses mercenaires. Ils incendient le Nord. Quand revient-il ?

Il marqua une pause théâtrale avant de prononcer :

— À temps pour sauver nos enfants ?

— Non, cria une femme.

— Il est parti pour bien trop longtemps, cria un autre. Trop de mauvaises choses peuvent se produire avant son retour. Je suis d'accord avec le prêtre. Qui d'autre ?

Il y eut un élan d'enthousiasme, et le prêtre dut faire appel au calme à nouveau.

— Nous n'allons pas nous faire justice nous-mêmes. Le processus judiciaire suivra son cours, dit-il gravement. J'insiste sur ce point.

Beaucoup opinèrent.

— Un homme juste, dit quelqu'un en signe d'approbation.

— MacGregor, le forgeron, est un homme juste ! dit Malcom MacKinnon qui n'abandonnait pas, que Dieu le bénisse.

Le prêtre haussa légèrement les épaules.

— Il a été jusqu'à maintenant dans… l'impossibilité de franchir le seuil de la maison du Seigneur. Quelles conclusions devons-nous en tirer ?

— Il n'a même pas pu faire le signe de croix quand le révérend Douglas est mort ! Avez-vous remarqué ?

— Mais aucun de nous n'est censé... commença quelqu'un qui fut interrompu.

— Il a apporté l'épidémie !

Ils devenaient de plus en plus hystériques, rapportant tous les malheurs de l'année passée, voire plus anciens.

— Il a ruiné la récolte des céréales sur la moitié des cultures.

— Son frère joue du violon comme un vrai diable. Une telle musique n'a rien de naturel ! Elle est corrompue par l'âme.

— Ils ont apporté la peste !

— Ce n'était pas la peste, dit MacKinnon, dégoûté. C'était une maladie liée aux céréales, tout au plus. Et si vous n'étiez pas si conventionnels concernant vos plantations, les céréales auraient été excellentes.

— Oui et est-ce qu'il nous a aidés quand la maladie nous a frappés ?

« S'il l'avait fait, vous l'auriez mis sur le compte de la sorcellerie », pensai-je amèrement, mais il n'y avait pas lieu de présenter l'argument.

Plus rien n'avait de sens désormais. Ils perdaient tous la raison, cherchant des excuses pour pouvoir exprimer leur haine sans fondement.

— C'est un brave homme, pas un sorcier, grommela MacKinnon. Et il en était de même pour notre révérend ! Cette histoire de sorcellerie n'a aucun sens. De la superstition enfantine !

Le prêtre donnait des frissons. Sa voix était grise et froide, comparable à un glacier, quand il dit :

– Nier la sorcellerie est une hérésie, et vous feriez bien de vous en souvenir.

Il parlait de plus en plus fort. Son discours était empreint de force, de pureté et de détermination.

– L'enfer est plus sinueux et plus meurtrier lorsqu'il apparaît tel un ange de lumière. Pensez-vous qu'ils semblent être de braves gens ?

– Oui, l'interrompit âprement MacKinnon. Et ce n'est pas une question de « sembler ».

Le prêtre l'ignora. Il pouvait se le permettre. La foule était avec lui.

– Le démon aussi peut réciter une prière ! Que croyez-vous ? Que cela lui brûlerait sa langue fourchue et dessècherait ses lèvres ? Non ! Le diable peut se faire passer pour quelqu'un de bien, il peut se déguiser. Ce serait de la superstition que de croire autrement ! Dieu lui-même a reconnu et rejeté les Mauvais Anges, les anges du diable Satan, les déchus !

Je m'échappai de mon trou miteux et je courus. Éduqué, et pire, intelligent avec cela. J'avais envie de pleurer. J'avais envie de crier. J'avais surtout envie de faire demi-tour vers le hameau pour trancher la gorge du prêtre. Mais je ne pouvais rien faire de tout cela. Je continuai donc de courir, alors que personne ne me poursuivait. Pas encore.

« Le processus judiciaire suivra son cours. J'insiste là-dessus. »

Oh grands dieux !

Le temps était menaçant, le ciel lourd et oppressant. Gris et couvert avec une couche monochrome de nuages. Pas de soleil. J'essayai de me souvenir s'il y avait du soleil sur la place du marché. Je ne pense pas. J'aurais dû y prêter attention, mais à ce moment-là, je n'avais pas encore compris l'obsession de Conal. De plus, à ce moment-là, je pouvais difficilement penser au passé.

« Le processus judiciaire suivra son cours »

— Conal, m'écriais-je !

« J'insiste là-dessus. Le processus judiciaire... »

— Seth ?

Il planta sa hache dans le billot qu'il était en train de débiter, la laissa là, secouant la sciure de ses mains tandis qu'il venait à ma rencontre.

— Seth, qu'est-ce qui ne va pas ?

Je ne perdis pas de temps en explications. J'ouvris mon esprit et lui permis d'y accéder.

★ ★ ★

— Ils ont raison. MacLeod a été absent depuis trop longtemps dit Conal, s'éloignant brusquement de moi.

Il avait tenu ma tête dans sa main, scrutant mon esprit, tandis qu'il se servait des informations contenues dans mon cerveau, et quand il me laissa aller, je faillis trébucher, pris d'étourdissements à cause de ma mémoire disloquée et de toute cette horreur. Plein de remords, il saisit mon bras et rétablit mon équilibre.

— Oh Seth, ce sont plus d'ennuis que nous pouvons en gérer.

— Nous avons toujours connu des ennuis.

C'était moi-même que j'essayais de rassurer ainsi.

— Non, c'est différent. Nous devons partir maintenant ou nous mourrons. La sorcellerie et la lycanthropie ? Il n'y a pas d'issue.

– Je suis désolé. Au sujet de la vieille femme.

– Ne sois pas idiot. Tu as fait ce qu'il fallait.

Il m'adressa un sourire fugace qui ne masquait pas pour autant sa peur.

– Plus rien ne sera laissé au hasard désormais. Ils le feront proprement. Ils viendront pour nous.

– Qu'allons-nous faire ?

– Nous devons rentrer, dit-il en haussant les épaules. Je m'en remettrai au bon vouloir de Kate, mais nous ne pouvons pas rester ici.

J'avais froid.

– Mais Kate…

– Elle ne pourra pas nous faire plus de mal que ce prêtre. Partons d'ici.

Il commença à jeter quelques-unes de nos affaires dans un sac de jute, tandis que je retirais nos épées et nos dagues du chaume, éparpillant la paille moisie, la bruyère et les nombreuses crottes de souris.

– Ne te préoccupe pas de ça.

Il ramassa en vitesse la toile que j'utilisais pour les envelopper et finit le travail lui-même. Il avait de la sueur sur les tempes.

– Va chercher Liath et Branndair. Fais bien attention que personne ne te voie, c'est tout.

J'ouvris la porte branlante, saisissant sa peur, mais il m'arrêta.

– *Verrouille l'accès à ton cerveau, Seth. Depuis maintenant jusqu'à ce que l'on soit arrivés chez nous.*

Ses yeux rencontrèrent les miens, son cerveau étant déjà verrouillé comme une grille en acier. Puis il se remit à envelopper les armes. Je me retournai et partis en courant.

La pente était diablement escarpée, tout enchevêtrée de racines de bouleaux et de pierres saillantes recouvertes de fougère, mais j'en connaissais chaque centimètre carré. Mes cuisses étaient douloureuses, mes poumons me brûlaient, mais j'arrivai en un temps record à la tanière. Dégageant les branchages, déblayant les petites pierres sur le côté, je les appelai.

— *Branndair, Lia…*

Conal m'avait dit de faire obstruction. M'en souvenant, je fus en colère contre moi-même. Je bloquai l'accès à mes pensées et m'agenouillai près de l'entrée cachée tandis qu'un nez reniflant avec méfiance s'approcha de ma main.

— Branndair.

Je lui grattai le cou.

— Nous devons partir, mon amour. Viens.

Je me demandais bien comment j'allais les persuader de voyager dans un sac noué alors que je ne pouvais pas utiliser mon esprit pour les rassurer. Tandis que je réfléchissais à la logistique, Branndair eut soudainement les poils hérissés et il grogna.

Je fus immédiatement en état d'alerte.

Liath essayait impatiemment de se frayer un chemin, grattant l'entrée en terre et mordillant Branndair pour qu'il se pousse. Je posai ma main sur sa tête.

— Chut, fille de la terre, chut !

Je me tournai, encore un genou à terre, et regardai plus bas en direction des arbres. J'étais certain d'avoir entendu des bruits. Les branches pendaient et bougeaient dans un doux bruissement dû à la brise fraîche estivale. Au-dessus, on pouvait distinguer un casse-tête anguleux de ciel, maussade à cause des nuages, mais pas de pluie, pas de brume. Il n'y avait aucun chant d'oiseaux.

Je frissonnai.

– Retournez à l'intérieur, leur dis-je. À l'intérieur. Restez là.

Liath poussa un gémissement d'énervement.

– *Restez là,* dis-je, exaspéré. *C'est un ordre !*

Cette fois, elle fit ce qui lui était demandé. J'avais à nouveau débloqué mon cerveau, alors je tentai ma chance.

– *Conal !*

Pas de réponse. Seulement son perpétuel blocage.

– *Cù Chaorach !*

Rien. Je frissonnai d'abord, puis je me mis à courir et à bondir, me défonçant les genoux dans cette pente impossible mais sans ralentir pour autant. Quand la maisonnette fut en vue, je réussis juste à freiner ma vive allure et à me glisser jusque derrière une grosse roche grise pour m'y cacher. Mon cœur résonnait comme un marteau dans ma poitrine, comprimant mes poumons.

Ils tenaient Conal. Six brutes, et le prêtre qui les regardait faire avec satisfaction.

Je ne sais pas s'il avait essayé de lutter, mais désormais, il était sur le dos, les poignets menottés, le visage ensanglanté tandis qu'ils le traînaient vers une charrette rudimentaire. Il était conscient, mais son cerveau était hermétique.

– *Conal,* criai-je.

Il fit la grimace quand sa tête cogna contre une pierre. Il essaya ensuite de se remettre sur ses pieds, mais c'était impossible. Ils continuèrent à le traîner vers l'arrière, tous les six. Selon moi, ils avaient peur de lui. Ils s'arrêtèrent à la charrette, lui donnèrent des coups de pied dans l'estomac, puis l'un deux lui mit son pied sur la tête et roula son visage dans la boue. Les lâches, les sales lâches. Alors qu'il se débattait avec les pieds et qu'il luttait pour trouver de l'air, ils le menottèrent avec une chaîne et l'attachèrent à la charrette, puis s'écartèrent rapidement. L'un d'eux frappa la croupe du poney qui redressa la tête et tira brusquement la charrette vers l'avant. Conal tituba sur ses pieds, puis il fut traîné contre le sol.

Ils allaient le faire marcher, pensai-je, et cela déclencha une espèce de rage incohérente en moi. J'étais convaincu d'une chose : ils n'allaient pas emmener mon frère sans me combattre.

Je courus plus vite que je n'avais jamais couru auparavant, autant dire très vite. Je restai silencieux, mes dents ancrées dans ma lèvre supérieure. Je me mordais si fort que je pouvais goûter mon sang, mais ça m'était égal. Je ne pouvais contenir ma rage par aucun autre moyen, et il fallait que je les rejoigne avant que cette rage ne m'abandonne. Je savais que je pouvais y arriver. Je n'avais pas d'autre choix. Nous allions mourir aujourd'hui ou bien ce serait eux. J'étais proche, très proche, les rejoignant à travers une forêt de bouleaux sur le dernier versant rocailleux de la colline.

Ils ne m'avaient pas vu. Ou du moins le pensai-je, jusqu'à ce je ressente la plus incroyable douleur à la tête. D'une tempe à l'autre, une douleur lancinante me brûlait la tête. J'avais si mal que je ne pouvais même pas crier.

Je pensais qu'ils m'avaient tué. Je pensais que le prêtre m'avait tué. J'en étais aussi certain que le monde tourne sur son axe. Autour de moi, tout s'assombrit, se transformant en une obscurité froide et un silence assourdissant, puis, plus rien du tout.

Chapitre 17

Je m'étais préparé à la mort. Quand finalement je constatai que cela n'était pas arrivé, quand le retour à la conscience, à la vie et à la triste réalité se fit, je m'attendais à être dans un cachot. Je me souvins de tout, en un instant. J'étais allongé les yeux fermés, encore incapable de bouger à cause de la douleur lancinante dans mes paupières. Je ne voulais pas les ouvrir et découvrir l'obscurité la plus profonde. Je voulais à peine respirer, de peur de sentir la crasse, la pourriture et la peur.

Sous ma joue contusionnée, je sentis une humidité froide : c'était ce à quoi je m'attendais, mais pas à de l'air frais, à la riche senteur de la terre ou des feuilles en décomposition. À la place d'un silence pesant, les oiseaux chantaient de nouveau, et il y avait le murmure de ce qui devait sûrement être une brise. Je sentis son souffle sur ma main flasque, ce qui me fit fermer le poing.

Mes doigts saisirent des feuilles humides et des fougères rêches. Encore sous le choc, je laissai mes doigts vagabonder, et j'ouvris les yeux. La lumière du jour étincelait et tremblotait à travers les branches en mouvement au-dessus de ma tête. Je refermai brièvement mes yeux, car la douleur s'emparait de mon cerveau comme une volée d'étincelles. Ensuite, je me forçai à rester les paupières grandes ouvertes.

J'étais étendu là où j'étais tombé, sous les bouleaux. Je ne savais pas pendant combien de temps j'avais été inconscient, mais une soif insoutenable et une faim atroce me laissaient imaginer que cela avait duré. Même si nous étions en été, c'était l'été dans les hautes terres, et j'étais resté trop longtemps couché sur le sol froid. Mes os étaient rigidifiés. Tandis que de violents frissons s'emparaient de mon corps, je pris conscience que ce n'était pas le prêtre qui m'avait mis hors d'état de nuire. Le prêtre n'avait pas fait éclater le blocage de mon esprit comme une toile de pensées à moitié formée. Conal, oui.

Je tremblais de façon frénétique tandis que je me remettais debout et je faillis tomber de nouveau. M'accrochant à une branche, je m'immobilisai. Il m'était impossible de marcher normalement. Je tombai sur mes mains et mes genoux et j'attaquai la longue et pénible ascension de la colline. Je pleurai et je me fiche bien de l'admettre. Le froid transperçait mon corps comme des coups de couteau. Me déplacer était une torture. Mon cerveau semblait avoir doublé de volume, comme s'il allait exploser. Je pensai que je n'arriverais plus jamais à avoir chaud. Tout cela n'aurait eu aucune importance si mon frère n'avait pas été enlevé.

Je voulais désespérément me réchauffer, mais en même temps cela m'effrayait. Si je commençais à me réchauffer, je m'écroulerais là de reconnaissance et alors je mourrais ici. Je le savais, je l'avais appris plus jeune. Je ne cessai de me le remémorer, me le répétant sans cesse alors que j'avançai un pied puis une main en face de l'autre, encore et encore. J'étais presque en transe quand ma main qui avançait à tâtons se retrouva immergée dans de l'eau froide.

Une petite source s'écoulait des rochers : je l'identifiai comme l'eau qui coulait près du repaire. Ma gorge était en feu, et malgré le froid qui s'emparait de mon corps, je m'effondrai dans ce qui n'était rien d'autre qu'un sol détrempé, mourant d'envie de boire dans ce mince filet d'eau, léchant les roches mouillées, suçant même la mousse qui recouvrait les rochers. Je ne sais pas combien de temps cela me prit, mais quand enfin, je fus à satiété, mon corps trembla violemment. Je me remis à ramper.

Quand j'atteignis le repaire, une centaine de mètres plus loin ou une centaine d'années plus tard, je sentis l'entrée effritée et me faufilai à l'intérieur, du bout de mes doigts. Les louveteaux étaient immobiles et tremblants, mais alors que je forçai mon corps à investir ce petit espace, ils s'approchèrent et se lovèrent contre moi. Je ne pouvais pas tenir debout ni à genoux, mais j'avais suffisamment d'espace pour respirer, et la chaleur des animaux remplissait si vite cette petite tanière qu'à l'issue d'un ou deux siècles, je commençai à me sentir réchauffé. Et c'était bien. Tout allait bien désormais. Ce petit confort me convenait.

J'eus le temps de tirer sur le Voile pour nous recouvrir, comme s'il s'agissait d'une couverture douillette, puis je pense que je me rendormis, et que Dieu, si toutefois il existe, me pardonna.

★★★

Entre mes moments d'inconscience et les moments où je crapahutai sur le ventre, il a bien dû s'écouler deux jours et deux nuits. Je ne veux pas imaginer ce qui a pu arriver à Conal dans ce laps de temps. Il n'aurait certainement pas voulu que j'y pense, mais cela n'apaisait en rien ma conscience. Quand je pus ressentir autre chose que la douleur physique et le froid, cela fut remplacé par de la colère et du désespoir impuissants.

Mais cela passa également, et bien plus vite que la douleur. Les jeunes loups avaient survécu grâce à des larves, des scarabées et du petit gibier, mais il était temps qu'ils reçoivent une nourriture décente. Nerveusement, je m'extirpai de la tanière, me demandant à quel point j'avais été désespéré pour m'enterrer moi-même dans ce trou. Ma tête ne me faisait presque plus mal. Mon corps était encore douloureux, mais c'était une douleur annonçant la guérison.

Il y avait des signes d'une recherche tardive interrompue, et je bénis encore de nouveau le Voile. Les fougères reposaient à terre comme fauchées, la terre avait été retournée, et des branches arrachées. Des brutes maladroites autant que cruelles. D'un seul coup, je me rendis compte que le prêtre n'avait pas pris part à cette chasse à l'homme ; je ne savais pas pourquoi j'en avais une telle certitude. Il n'aurait pas été si maladroit, c'est tout, et je savais qu'il nous aurait trouvés.

J'avais bien fermé l'accès à mon esprit. Je ne le modifiai pas.

Au moins les loups avaient l'air d'avoir compris désormais. Ils restaient à l'entrée de la tanière quand je le leur demandais et n'essayaient pas de me suivre au bas de la colline vers notre masure. Je descendis prudemment et en silence, avec beaucoup plus d'attention que lorsque j'avais rampé pour monter. J'attendis un long moment dans les ombres mouvantes des bouleaux, moi-même représentant une ombre immobile, mais il n'y avait aucun signe de surveillance, aucun signe de vie, ni piétinement ni crachat des gardes négligents. Peut-être n'étaient-ils simplement pas intéressés par moi ? Peut-être avaient-ils ce ou celui qui les intéressait ?

L'endroit était en désordre, mais nos quelques biens restants étaient amoncelés sur le sol, et cela se résumait à très peu de choses. Le pire serait que nos armes aient disparu, et bien sûr, ce devait être le cas. Visiblement, ils avaient essayé de mettre le feu, mais celui-ci n'avait pas bien pris et ils n'avaient pas daigné prendre le temps de finir correctement le travail. La porte ainsi que tout le bois avaient été dérobés, et le garde-manger vidé de la viande et du pain qu'il contenait. Le chaume constitué de fougères avait été roussi, ce qui avait dû résoudre le problème des souris, et ils avaient brûlé nos vêtements à l'allure étrangère plutôt que de nous les dérober, mais sinon on pouvait juste constater que la terre était noircie et qu'il y avait une odeur âcre de carbonisation. Cela ne faisait que peu de différence avec les murs noircis par nos prédécesseurs et nos propres pratiques, lorsque nous faisions des feux pour la cuisson à l'intérieur de la pièce. Prenant un bâton pointu, je creusai le sol, jusqu'à atteindre la trappe empierrée que nous avions fabriquée pour y stocker la viande. Le chevreuil abattu commençait à empester, mais les loups n'y verraient aucun inconvénient.

Et moi non plus.

À ce jour, cela reste la meilleure portion de viande bien faisandée que je n'ai jamais mangée, et je l'ai mangée crue, la déchirant avec mes dents. Je ne regardai pas s'il y avait des vers grouillant à l'intérieur : c'était inutile. J'avais absolument besoin de quelque chose dans mon estomac, et cela n'allait pas me tuer. Enfin, du moins, j'espérais que cela n'allait pas me tuer. C'était probablement bien meilleur que ce que Conal pourrait avoir.

Cette pensée tua mon appétit vorace. Je regroupai les derniers morceaux de chevreuil dans un vieux tissu en lin qui avait été autrefois une chemise de Conal et repris mon chemin vers le haut de la colline. Les loups m'attendaient à moins d'un mètre de l'entrée de la tanière, bien que leurs museaux fussent mouillés et qu'ils vinssent visiblement de boire à la source. Ils étaient intelligents et obéissants.

Je poussai les morceaux de carcasse puants à l'intérieur de leur tanière, puis j'attrapai les loups l'un après l'autre pour les serrer contre moi, et des larmes s'échappèrent de mes yeux et tombèrent sur leurs poils. Deux langues tièdes me léchèrent le visage, et ils geignirent.

— Vous restez ici, murmurai-je.

Je ne pouvais pas parler plus fort.

— Vous restez ici jusqu'à ce que je… jusqu'à ce que nous venions vous chercher.

Je ne savais pas par où commencer à regarder et je savais qu'avec ou sans le Voile, je ne pourrais pas revenir à découvert au hameau. À la lisière de la forêt, je bifurquai dans l'autre direction et marchai aussi longtemps que je le pus, m'extirpant du chemin dès lors que j'entendais quelqu'un approcher. La nuit était tombée, sans lune mais bien vivante si on en jugeait par la multiplicité d'étoiles et de météores. J'étais couché dans un fossé et je regardais le ciel, m'enroulant dans une couverture volée que j'avais trouvée en train de sécher sur un buisson à l'extérieur d'une masure dont les murs étaient en torchis. J'avais toujours détesté les étoffes rêches et grossières, et qui plus est, dénuées de style, mais je ne peux pas nier qu'elle me tenait plus chaud que ce que j'aurais pu penser. Même lorsqu'elle était mouillée à cause de la pluie, elle maintenait la chaleur à l'intérieur de mon corps, et je ressentis une première admiration, bien qu'avec beaucoup de réticence, pour l'esprit pratique des « simples mortels » malgré leur peu de biens matériels.

Au petit matin, à la vue du ciel pâle – il devait être quatre heures –, j'avais préparé ma stratégie. J'avais retiré mon pantalon, frissonnant, et je l'avais enveloppé dans un balluchon confectionné à partir de sacs de farine volés (je me sentais mal à l'aise de voler, mais la faim l'emportait parfois sur ma bonne conscience). Ma meilleure chemise était désormais usée, tâchée et suffisamment terreuse pour ressembler à un vêtement de paysan et, après quelques tentatives infructueuses, je réussis à m'envelopper dans la couverture de la même façon que les hommes du clan. J'allais pieds nus, ce qui me convenait : de nombreux hommes portaient des chaussures, mais certainement pas des bonnes bottes telles que les miennes, et nombreux sont ceux qui, y compris les femmes, n'en portaient pas. Je hissai mon fardeau sur mon épaule, laissai le chemin rocailleux derrière moi, et je coupai à travers la bruyère.

Je me dirigeai par-delà la colline jusqu'à la vallée voisine, ses cités et ses fermes. Ici, personne ne me connaissait, je pouvais donc fréquenter librement les « simples mortels », me faisant passer pour un simple d'esprit, et mendiant de la nourriture et de la bière. Ils m'en donnaient. J'étais émerveillé par leur facilité à afficher autant de gentillesse et d'hospitalité tout en connaissant leurs actes de froide barbarie, mais peut-être qu'à cet égard, ils n'étaient pas si différents de nous.

J'avais marché pendant une demi-journée et j'avais ensuite observé en silence et écouté aux portes pendant une bonne journée. On en apprenait beaucoup et très rapidement lorsque les autres nous considéraient comme trop stupide pour ne pas comprendre. De plus, ils étaient naturellement enclins à répandre des ragots, et les affaires de sorcellerie avaient généré enthousiasme et scandales pendant toute leur vie.

Conal n'avait pas été emmené n'importe où dans cette vallée : il était dans un donjon à l'endroit désolé où les deux vallées se rejoignaient, davantage à l'intérieur des terres. Il y avait été conduit quatre jours plus tôt avec des sorciers qui avaient réussi à s'enfuir du hameau et des zones voisines. Les gens ne cessaient de parler des maléfices jetés à leur bétail, leurs récoltes, voire leurs organes génitaux. Si je n'avais pas eu envie de pleurer, cela m'aurait certainement fait hurler de rire. Quelles excuses un homme pouvait bien aller chercher ! Mais j'en eus rapidement assez de leur imagination débridée et j'en avais suffisamment entendu. Je repris mon chemin à travers la bruyère et traçai ma propre route dans les terres sans laisser de traces de mon passage.

Avant que le père de MacLeod n'ait construit son nouveau bastion, leurs ancêtres possédaient ce plus modeste château féodal. Il était tombé en désuétude et avait fini par devenir une tour carrée peu imposante située dans une zone indéfendable et trop éloignée de la mer pour convenir aux MacLeod. La grande entrée et la cour avaient été colonisées par de petits moutons marron et du bétail noir, et les terres labourées envahies par les corbeaux. Mais ses murs, son toit et ses pièces exiguës demeuraient intacts ainsi que ses cachots.

Courir directement là-bas, défiant et sans aucune arme, aurait été plus que stupide, quel que soit le degré de désespoir et de colère qui m'emplissait. Je rôdai dans les bois à proximité du donjon et je trouvai un pin très haut et suffisamment éloigné de la tour qui m'offrait la possibilité d'avoir une vue sur la cour intérieure. Je m'installai confortablement et épiai encore une journée.

Le bétail de la cour intérieure avait été déplacé. J'épiai les gardiens, j'enregistrai leur position et je calculai la durée de chacune de leurs actions. Je vis un tas de broussailles entassées dans le centre de la cour – ils ne gaspillaient pas du bon bois –, et dans l'après-midi, je le vis s'embraser avec du combustible humain.

Je ne sais pas comment décrire cette première expérience d'une crémation. Pendant la quasi-intégralité, j'étais engourdi. J'eus la sensation pendant un long moment d'assister à une étrange pièce de théâtre. Le public, turbulent et surexcité, s'était rassemblé, petit à petit, pendant toute la matinée, et dans l'après-midi, il y avait une foule enthousiaste. C'était du théâtre. Et les acteurs, du moins deux d'entre eux, jouaient pleinement leur rôle. Réticents, suppliant, criant, brûlant. Mais ils tinrent leur rôle jusqu'à leur mort, et la foule mangea leur casse-croûte et se moqua de leurs enfants, avant de tous rentrer chez eux au crépuscule.

Jusqu'aux derniers… y compris le prêtre. Souriant, étreignant sa bible contre sa poitrine, il salua les gardes d'un signe de tête et monta sur son gros poney, prenant la route cahoteuse vers le hameau à sept kilomètres de là.

Je le suivis silencieusement à travers les arbres, parallèlement à son chemin et à faible distance. C'était stupide et risqué, mais au-dessus de moi, la couverture de nuages s'effilochait, s'amincissant, brillant avec la dernière lumière du jour, blafarde. La pâleur chatoyante se dissipa à travers l'entrelacs de nuages au moment où le poney sortit d'un fourré de sorbiers. Le prêtre avait fredonné pour lui-même et voilà qu'il s'arrêtait. L'air un brin coupable, il jeta un coup d'œil autour et derrière lui. Puis visiblement, il se détendit, sourit et reprit la route.

Quelque chose me troublait, mais je n'arrivais pas à mettre le doigt sur le problème. Peut-être ce soleil trop tardif ou bien trop faible, et je n'avais surtout aucune idée de ce qui arrivait à Conal.

« S'il avait confiance en moi, pensai-je amèrement, il aurait dû me donner des indices pour continuer. »

En fait, je ne savais pas ce que représentait véritablement le prêtre, mais les ordres de Conal pour bloquer l'accès à nos pensées avait un lien avec ce dernier, j'en avais la certitude. C'est seulement sur le chemin vers ce sinistre donjon, et après avoir obtenu la certitude que le prêtre était déjà très loin, que je relâchai ce blocage.

Je cherchai le cachot où pouvait se trouver Conal, sans aucun indice, car Conal était intelligent et bien déterminé à ne me faire prendre aucun risque. J'en étais réduit à chercher dans les cerveaux des gardes ou dans celui d'autres prisonniers, et ce que j'y trouvais à force de chercher me rendait étourdi et nauséeux bien plus encore que ce que n'avait provoqué la vision de la crémation. Je cherchais à ne pas m'éterniser au milieu de toute cette douleur, cette terreur et cet affront subis par les prisonniers ou de cette brutalité extrême, inhumaine, des gardes. Quand j'eus à peu près localisé la position de Conal à l'un des coins du donjon, j'avançai aussi loin que possible dans ce lieu démoniaque, tapi dans la bruyère et attendant la tombée de la nuit. J'en avais appris beaucoup.

Il y avait une source. Je retirai ma couverture et ma chemise, et me lavai autant que je le pus, puis je creusai un trou pour y déposer la couverture, non mécontent de me séparer de cette chose immonde. J'étais encore plus heureux d'enfiler de nouveau mon pantalon en cuir bien doux, même dans l'état de saleté dans lequel il se trouvait. J'aurais aimé laver cette chemise, mais plus elle était couverte de boue, mieux c'était, car j'avais besoin de me camoufler. Je mélangeai une galette d'avoine avec de l'eau de source bien fraîche, la laissai ramollir puis la mangeai. Ce n'était pas plus mal de ne pas avoir de viande, car je ne pouvais pas allumer de feu, et ce soir, je n'aurais pas supporté de la manger crue.

Je savais comment rester silencieux. Je savais comment m'approcher au maximum tout en restant invisible. Et que gardaient donc les hommes postés tout autour du donjon ? Je les observai. C'était presque l'heure de remplacer l'équipe de jour. J'attendis à distance, et tandis que le nouveau garde s'installait pour la nuit et que l'autre urinait contre le mur, je me précipitai à travers une petite parcelle de terre battue au milieu des ombres nocturnes, jusque sous le donjon.

Le prêtre avait sollicité des hommes d'une ville éloignée, des professionnels aux yeux sans pitié, des étrangers. Ce n'était pas eux que je voyais ici. Il s'agissait de membres du clan du coin, embringués pour aider et ravis de participer à quelque chose de nouveau et d'excitant. Ils avaient du mal à supporter l'arrivée de nouvelles personnes, mais pas suffisamment pour s'en plaindre auprès du prêtre. Se plaindre auprès du prêtre pour n'importe quel sujet signifiait se retrouver dans un cachot, subir des tortures innovatrices, puis finir par sentir la fumée de trop près. L'un des hommes, actuellement au cachot et qui attendait son tour sur le bûcher, était l'un de ces petits fermiers solennels qui aimaient pourtant la compagnie du prêtre. Quand avaient-ils donc décrété qu'il était un sorcier ? Il était là parce qu'il avait osé prétendre que le bébé n'avait pas été laissé là par hasard et qu'il disait que le prétexte de la sorcellerie n'avait pas de sens. Tout ce que je sais de lui, c'est qu'il s'appelait Malcolm Bahn Mackinnon et qu'il mourut deux jours après, de mort lente sur un bûcher.

Les gardes du clan prirent leur temps pour effectuer la relève, s'ennuyant visiblement et désireux de communiquer. Le nouveau avait apporté une fiole de whisky, et le second en but une rasade avec plaisir.

– Ils mangent les bébés, grogna celui qui avait fini sa garde. C'est véridique. Le prêtre nous l'a dit.

– Oui, j'en ai entendu parler. Ils les offrent en sacrifice au Diable, dit le second garde en se signant rapidement. Ensuite, ils en font un festin ! Et ils voudraient nous enrôler dans leurs pratiques païennes.

– Celui qui est ici, dit le premier garde en désignant le mur de la tête, c'en est un, et il n'y a pas de doute là-dessus. On prétend que les sorciers ont une force surnaturelle. Eh bien, celui-là, c'est le cas. C'est un sorcier et rien d'autre. Comment pourrais-tu l'expliquer autrement ? Voilà quatre jours que ce petit homme est venu de la ville avec son… attirail.

Ce fut au tour de l'autre garde de se signer.

Son collègue acquiesça et but une autre gorgée de whisky.

— Ils ont tout essayé. Je ne pensais pas que quelqu'un pourrait résister aussi longtemps. Il n'aurait jamais pu sans ce pouvoir surnaturel. Tu sais ce qui l'a fait craquer ?

Mon cœur chavira, et je manquai de tomber. Ils l'avaient anéanti ? Mon frère était inébranlable pourtant. Je retins mes larmes en essayant de faire abstraction de leur discours.

— Ce sont les bottes, continua l'homme. Les bottes espagnoles, c'est ainsi qu'on les appelle. D'après ce que j'ai entendu dire, elles te réduisent les pieds en purée. Eh bien, il a jeté un regard vers les bottes, a secoué la tête et a déclaré qu'il n'irait pas au bûcher en se faisant traîner, mais en marchant.

— Vraiment ? dit le premier garde en s'esclaffant bruyamment.

— Oui, il leur a fait une belle confession et il a ri en même temps, le diable au cœur noir. J'ai l'impression que le prêtre a été un peu ennuyé qu'il finisse par craquer. L'homme de la ville, assurément. Il paraît que plus ça dure, plus la récompense est conséquente.

— Encore que la rémunération pour une crémation n'est pas mauvaise non plus. Et il va être grassement payé dans les prochains jours.

— Le costaud est l'un des derniers, selon ce que j'ai entendu. Cela fait trois jours qu'on attend, alors il aura du temps pour se repentir de son arrogance. Les autres n'ont pas tenu aussi longtemps. As-tu entendu les cris perçants de la sorcière de Balchattan ?

– Oui, ça lui apprendra. Elle était de mèche avec la vieille Sinclair : gâcher la nuit de noces d'un brave homme. Aller jusqu'à jeter un sort sur la bière, tu peux y croire, toi, à autant de vices. Elle a essayé de prétendre que le jeune marié avait trop bu et que sa fiancée était suffisamment laide pour que son sexe devienne tout rabougri.

Il s'esclaffa.

– Cette femme avait la langue tranchante comme une lame de couteau avant qu'ils ne l'interrogent. Mais elle ne rigolait plus une fois l'interrogatoire terminé. Elle a avoué, comme tous les autres.

À la pensée de Ma Sinclair, j'eus des nausées, sans que cela ne me soulage.

– L'espèce de salope a hurlé cet après-midi quand ils ont embrasé le feu sous elle. Elle n'a pas aimé non plus le passage dans le second feu, et ça a duré un moment m'a dit le prêtre.

L'autre homme frémit.

– La sorcière n'a pas été étranglée au préalable ?

– Non, aucune d'elles. Le prêtre a dit qu'un exemple devait être donné. De plus, beaucoup de villageois sont venus des hameaux et des cités. C'est un bon divertissement pour eux.

– Et un bel avertissement. Il n'y en pas beaucoup qui prendront la marque du Diable dorénavant.

– Ah ! s'exclama le second en ricanant en se remémorant autre chose. As-tu su qu'ils ont trouvé une marque sur cette jolie fille de Balchattan ?

– La plus jeune ?

– Oui. Il leur a fallu un moment, mais elle s'est avérée très jolie. Tu ne devineras jamais où ils ont trouvé sa marque. Tout ce que je peux te dire, c'est qu'ils ont dû la raser intégralement.

Ils partirent d'un rire tapageur et imprégné d'alcool. Je les regardai à quelques mètres de distance et je savais que je pourrais faire sauter la dague de l'un d'entre eux sans même qu'il ne s'en aperçoive. Du moins, il ne s'en apercevrait pas jusqu'à ce qu'il voie, sous le choc, son sang jaillir de sa gorge.

Je me remis à penser à Conal. Je ne pouvais pas prendre ce risque, pas juste pour me faire plaisir.

Plus tard, peut-être, plus tard.

Chapitre 18

Je sais désormais qu'à l'intérieur du donjon, je n'aurais jamais pu être à proximité de Conal. Même le Voile a ses limites face à des gardes professionnels et sans pitié qui savent fort bien ce qu'ils font. C'était pourquoi j'appréciais que ces deux idiots soient du côté de l'enceinte extérieure. Du moins, j'aimais leur insouciance, leur excès de confiance en eux et, surtout, leur goût prononcé pour le whisky. Tandis que j'étais assis en silence à observer le donjon, j'avais décelé des tas de choses et j'avais constaté, entre autres, que ces deux-là vidaient toujours leurs vessies au même endroit.

Une fois que le premier garde eut finalement rejoint son lit ou son épouse, je restai étendu là, un long moment, sans être vu. C'était probablement grâce à mes techniques de camouflage, et surtout au Voile. Kate devait être vraiment folle pour vouloir s'en débarrasser.

J'attendis qu'il ait terminé sa longue pause pipi tandis qu'il riait tout seul et proférait quelques grossièretés. Puis il s'assit de nouveau, dos au mur. Le whisky semblait peser sur ses paupières maintenant qu'il n'était plus gêné par son envie pressante d'uriner, et sa tête s'affaissait de temps à autre, mais il devait être plus terrifié que ce que je pensais par le prêtre et ses mercenaires. Il s'efforçait de rester éveillé, se levant régulièrement pour faire quelques pas, tout en tapant du pied.

Je savais qu'à un moment ou un autre, il finirait par s'endormir. Je fus patient et circonspect suffisamment longtemps. En silence, je rampai vers lui. Un seul coup serait suffisant, mais proche de sa colonne vertébrale ou de son cerveau. J'avais pensé lui subtiliser sa dague, mais cela aurait surtout été pour me faire plaisir et l'alarme aurait été immédiatement donnée à la découverte du corps. Au lieu de cela, je l'eus avec une facilité enfantine déconcertante, en lançant un caillou à l'opposé de sa position. Au moment où il jeta un œil à cause du bruit, je franchis le dernier mètre, l'attrapai au cou et le serrai jusqu'à ce que le sommeil le submerge. Cela prit moins de deux secondes, et il n'eut aucunement le temps de se rebiffer. Il n'avait même pas saisi ma présence : une fois réveillé, il mettrait cela sur le compte du grand nombre d'heures travaillées.

« Le saligaud avait bien de la chance, pensai-je amèrement, de pouvoir de nouveau se réveiller. »

Je n'eus même pas à écarter l'herbe dense ayant envahi les lieux, puisque les gardes s'en étaient déjà chargés. La plus petite et la plus proche des grilles était encastrée dans la partie basse du mur, et tandis que je me couchai et que j'approchai mon visage de cette grille, je sentis tout d'abord le relent âcre de leur urine, de la vieille et de la plus récente, puis une autre odeur répugnante qui se dégageait en arrière-plan. J'ai un regard de lynx, cela a toujours été ainsi, mais je ne pouvais absolument rien voir de l'entrée du souterrain en dessous.

Il était là. Je fermai les yeux, sentant mon cœur se serrer avec un mélange d'émotions. Soulagement, pitié, douleur. Son esprit restait aussi proche de moi que ce cachot. J'essayai de lui dire quelque chose, mais ma gorge était nouée et assaillie par les larmes. Aucun son ne sortit. Je pressai alors mon front contre la grille rouillée de fer froid, et soudain, je l'entendis.

Il parlait tout doucement, mais j'ai une ouïe aussi fine que ma vue. Je sus de suite qu'il ne s'adressait pas à moi, car il ne savait pas que j'étais là. Je ressassai dans ma tête les pires jurons auxquels je pouvais penser. Il n'était pas seul.

– Écoute-moi.

Sa voix semblait monotone et sèche. Il avait sans doute besoin de boire.

– Tu dois avouer.

– Je ne le ferai pas !

Mon sang se figea dans mes veines. La voix était celle d'une fille, mais elle était très haut perchée, surtout à cause de la peur et de la douleur.

– Tu dois le faire.

– Tu es des leurs, lui cracha-t-elle, mais je pouvais ressentir toute sa terreur. Tu es de mèche avec les gardes. Tu es de mèche avec le prêtre.

– Non, dit-il.

– Je n'avouerai rien ! Je suis innocente !

– Cela n'a pas d'importance. Moi aussi.

Il y eut un long silence dans l'obscurité. Je suis aussi innocent que toi, mais j'ai avoué. Et tu feras de même. Fais-le vite.

Pendant un instant, je ne pus entendre que sa respiration grinçante et effrayée alors qu'elle réfléchissait. Puis elle siffla :

– Tu es un de leurs agents. Je sais ce qu'ils font. Je connais leurs combines !

– Au petit matin, dit-il, et le mordant de sa voix se transforma en quelque chose d'amusé, un rayon de lumière pénètrera jusqu'ici, ainsi que l'odeur d'urine matinale du gardien. Alors tu pourras légèrement m'entrevoir et tu verras bien que ce que tu prétends n'est pas vrai.

– Je ne te crois pas. D'où viens-tu ? Je ne savais pas que tu étais ici. *Je ne te crois pas.*

Elle était sur le point d'exploser en terribles sanglots, et j'avais peur qu'elle ne devienne hystérique.

« Tais-toi, pensai-je méchamment. Tu ne vas pas oser te mettre à crier au risque d'attirer les gardes. Tu ne dois pas oser le faire, idiote. »

– Écoute, dit Conal. Calme-toi maintenant.

Le silence se fit de nouveau, et j'entendis sa respiration qui s'apaisait, qui se calmait.

– Est-ce que tu me fais confiance ? dit-il.

– Pourquoi le devrais-je ?

Il y avait une pointe d'amertume dans ses propos, mais plus d'accès d'hystérie.

– Absolument aucune raison. Mais me fais-tu confiance ?

– Es-tu un sorcier ?

– Non.

Il y eut une légère hésitation, puis elle dit de sa petite voix :

– En suis-je une ?

– Non, tu n'es pas plus sorcière que moi. Tu n'es coupable de rien. Je suis coupable de descendre de la mauvaise lignée du côté de mes ancêtres, d'être la mauvaise personne. Je suis différent de toi, mais nous allons mourir tous les deux de la même manière. Tu ne peux plus y échapper maintenant. Et ce, même si tu me dénonces.

Il y avait un sourire dans la façon dont il s'exprimait, et une vague de honte semblait palpable chez elle. Elle avait dû en avoir l'idée au préalable.

— Arrange une histoire, dit-il silencieusement. Trouve quelque chose pour ta confession. Cela t'occupera de toute façon.

— Pourquoi ?

Son agressivité avait disparu. Elle semblait déconcertée.

— Pourquoi devrais-je faire une chose pareille ? Je n'ai rien fait.

— Tu le dois. Donne-leur ce qu'ils veulent. Dis-leur que tu as pris part à des messes noires, que tu as déjà volé dans les airs, que tu as embrassé le postérieur du Diable. Tu dois inventer quelque chose. Raconte-leur n'importe quelle perversion. Allez, je vais te donner quelques idées. C'est pour ton bien.

Les larmes étaient à nouveau imminentes.

— Je serais bien incapable de raconter de telles choses, encore moins de les faire !

— Ce n'est pas grave. Tu dois dire quelque chose. S'il te plaît.

— Pourquoi ? cria-t-elle.

— Parce que si tu les régales avec une bonne histoire, si tu renonces au Diable et si tu leur montres que tu souhaites te repentir…

Il hésita.

— Eh bien ?

Je pus sentir une lueur d'espoir et en fus désolé pour cette enfant stupide.

– Eh bien, ils pourraient t'étrangler au préalable, dit-il. Avant de te faire brûler.

Elle se mit à pleurer pour de bon, mais en sourdine, et par désespoir.

– C'est toujours ça, ajouta-t-il.

Il ne savait pas, me rendis-je compte. Il ne savait pas que sa mort serait impitoyable. D'une certaine façon, le prêtre s'était bien gardé de le lui dire. Pendant un moment, il n'y eut plus un bruit, à l'exception des sanglots de douleur discrets de la fille, mais elle se ressaisit plus rapidement que je ne l'aurais pensé.

– Tu n'es pas attachée, pas vrai ? lui dit-il après un moment.

– Non, renifla-t-elle.

– Je sens mauvais, dit-il, et je ne peux pas t'apporter d'aide, mais je suis menotté. Je ne peux pas te faire de mal.

Elle se précipita près de lui, rapidement et bruyamment, trébuchant et tombant. J'entendis le cliquetis de ses chaînes alors qu'il l'enlaçait du mieux qu'il le pouvait. Mon amour pour lui me transperça la poitrine. Cela me faisait tellement mal que je dus retenir ma respiration.

– *Pense à toi, pensai-je. Espèce de sentimental idiot. Ne te préoccupe pas d'elle.*

Mais il ne m'entendait toujours pas.

– Quand tu les entendras arriver, lui dit-il doucement, tu t'éloigneras de moi. Ils t'ont installée ici en espérant que j'allais te terroriser. S'ils nous trouvent ainsi, ils te mettront également des fers.

Sa voix, entrecoupée par les larmes, était assourdie par la poitrine de Conal.

— Alors je ne peux pas les empêcher de me tuer.

— Non, dit-il gentiment. Mais tu peux essayer de mourir dans les meilleures conditions possible. Et avec un peu de chance, on sera ensemble.

« Avec plus de chance, pensai-je gravement, vous ne le serez pas. »

— Je ne sais pas, pleurnicha-t-elle. Je ne sais pas pour ce qui est de me confesser.

— Que t'ont-ils fait jusqu'à maintenant ?

Ses mots, lorsqu'ils sortirent, semblaient à moitié coincés dans sa gorge.

— Une… une aiguille ou quelque chose d'analogue. Le piqueur. Ils cherchaient une marque là où je ne pouvais pas la sentir.

Sa voix devint plus aiguë.

— À la fin, ils ont dit avoir trouvé une tache. Je ne sais pas. Peut-être bien qu'ils en ont trouvé une.

— Non, ils n'ont rien trouvé, ma pauvre.

— Et il y avait… Ils… ont attaché mes bras derrière mon dos et m'ont ainsi pendue. J'ai cru, dit-elle en déglutissant difficilement, j'ai cru que je n'allais pas pouvoir le supporter ne serait-ce qu'une seconde.

— La prochaine fois, ils vont te hisser, lester tes jambes et ils te lâcheront. J'y ai survécu, mais peut-être ne pourras-tu pas. Tu penses qu'ils peuvent démettre tes membres qu'une seule fois ? Cet homme, en provenance de la ville, leur a donné beaucoup de fil à retordre. À chaque fois. Confesse-toi, jeune fille.

Elle était de nouveau silencieuse, mais quand elle reprit la parole, sa voix était calme et stable.

— Ils vont me demander de fournir des noms. Ils vont me demander de dénoncer des personnes que je connais, et je ne peux pas faire cela.

— Écoute, voici tout ce que je peux faire pour toi. Dis-leur que tu étais ma disciple. Ma *seule* disciple. Je t'ai envoyée à Balchattan pour travailler sur les formules magiques pour mon compte. Je leur dirai la même chose. Je leur fournirai spontanément l'information, car je te veux en enfer à mes côtés. Je peux arriver à les en convaincre. Et le prêtre est uniquement intéressé par ma petite personne.

— Pourquoi ?

Il marqua une pause, puis dit ironiquement :

— C'est personnel.

J'en avais suffisamment entendu. En fait, j'en avais même trop entendu. Silencieusement, j'appelai Conal.

Il n'y avait aucun son, seulement un silence qui dura un très long moment, peut-être une dizaine de minutes. J'attendis. Je ne prononçai plus rien. Je savais qu'il m'avait entendu. Puis, dans le silence, j'entendis la profonde respiration intermittente d'une jeune fille endormie. Je doutais qu'ils l'avaient laissée dormir ces derniers jours, alors voilà qu'elle dormait profondément. Il se déplaça, transportant le poids léger de la jeune fille dans ses bras. J'entendis un petit bruit métallique de chaînes. Il avait dû se faire mal en se déplaçant, car je l'entendis grincer des dents.

— Seth, dit-il tendrement avec un sourire peu enthousiaste dans la voix. Ne t'ai-je pas fait suffisamment de mal ?

— Si, bien sûr. Je pensais te laisser moisir ici.

Je serrai les dents, ravalai mes larmes, mais ma voix se fêla quand même.

— Parle-moi Conal, et convenablement. S'il te plaît.

— Non.

— S'il te plaît, dis-je. Ne me bloque pas. Pas maintenant.

Il fut de nouveau silencieux et pendant un long moment.

— Je vais te parler, mais seulement te parler. Si tu essaies de nouveau de t'insinuer dans mes pensées, je te bloquerai l'accès, et cette fois, ce sera définitif. C'est bien compris ?

J'en connaissais la raison, et mon cœur se ratatina dans ma cage thoracique. Je sus à ce moment-là que je les tuerais. Je les tuerais pour la douleur qu'ils avaient fait naître chez Conal. Je les tuerais tous. Mais à sa question, je répondis simplement :

— Oui.

— *Murlainn.*

La façon dont il prononça si gentiment mon prénom suscita de nouvelles larmes.

— *Je te sortirai de là, Cù Chaorach. Je te jure que je vais le faire.*

— *Ne jure de rien, parce que tu ne pourras pas. C'est trop difficile.*

— *Je dois essayer.*

— *Fais-le et ils t'attraperont également. Ce sera cent fois pire pour moi s'ils te capturent. Cela tuerait mon âme. Je pensais que tu étais reparti à la maison.*

— *Comment pouvais-tu penser une chose pareille ?*

J'étais furieux contre lui.

— *En fait, je ne suis pas certain d'en avoir été convaincu. Toi, petit bandit.*

— *On pourrait se servir du Voile.*

Il rit doucement.

— *Je te l'ai déjà dit, tu peux passer inaperçu, mais tu n'es pas invisible. Tu penses qu'ils ne me voient pas quand ils font ce qu'ils font ?*

— *Je les tuerai,* dis-je, *et je tuerai le prêtre en dernier. Il devra même m'implorer pour mourir.*

— *Ce n'est pas un prêtre. Et ravise-toi, Seth. Retourne simplement à la maison.*

— *Je pourrais attendre jusqu'à ce que les gardes soient le plus fatigué possible. Avant l'aube. Je pourrais prétendre être…*

— *Sors-toi cela de la tête, blanc-bec,* dit-il gentiment. *De plus, il y a la fille.*

Je serrai les mâchoires pour ne pas prononcer ce que j'avais envie de dire à ce sujet.

— *On pourrait… Je ne sais pas. L'envelopper elle aussi dans le Voile. La garder à côté de nous.*

— *Ceci est irréalisable. Si on était pris, nous serions tous ensemble dans le Voile, et ils démantèleraient mon cœur et mon corps. Non, Seth. Je ne l'abandonnerai pas et je ne te ferai courir aucun risque.*

Je ne pouvais être que désespéré, contrarié au-delà de la raison.

— Alors, il n'y a absolument rien que je puisse faire pour toi, dis-je tristement à haute voix.

— Si, une chose.

Son esprit effleura encore une fois le mien avec douceur.

— Apporte-moi une dague.

Je savais ce qu'il sous-entendait.

— Jamais !

— Apporte-moi une dague. S'il te plaît. Je ne veux pas brûler, Seth.

Sa voix tremblait.

— J'ai entendu les précédents.

« Entendu ? Moi, je les ai vus. As-tu déjà vu de la peau faire des bulles, fondre, des globes oculaires exploser ? As-tu déjà senti du gras qui grésille et qui éclate ? As-tu déjà senti de la chair humaine griller ? Les as-tu déjà entendus ? Sais-tu combien de temps il leur a fallu avant de mourir ? »

Mille ans, cent mille ans, une éternité.

— Bien, dis-je, d'accord.

— Je lui trancherai la gorge, puis la mienne. Tu n'auras plus à te soucier de moi après cela.

— Oui, dis-je. Du moment que tu ne passes pas trop de temps sur elle. Pense à toi et ne te rate pas, toi le sacré maladroit.

Je pensais avoir entrevu son sourire dans l'obscurité.

— Je le ferai correctement si tu me l'apportes. Je te le promets. Vas-y maintenant.

— Je ne veux pas te quitter, dis-je.

— Je le sais.

— Que vont-ils faire maintenant ?

— Ne sois pas inquiet, murmura-t-il.

— Tu veux me faire rire, là.

Il rit à ma place, d'une voix enrouée.

– Il n'y a plus à se poser de questions, d'accord ? Ils vont m'apporter de la nourriture et de l'eau pour me maintenir encore en vie avant de me faire brûler. Apporte-moi une dague, c'est tout.

– Tais-toi. Arrête de me demander ça.

– Combien de fois vais-je être contraint de te répéter de *partir* ? S'ils te capturent, ils te brûleront et bien lentement. Et ils ne le feront qu'une fois après avoir obtenu tes regrets et les miens. Que restera-t-il de ta dignité, Seth ? Que restera-t-il de ta si précieuse fierté ?

Je pressai mon visage contre la petite grille dans l'espoir de pouvoir m'y fondre et le toucher. L'odeur d'urine était insoutenable. Je pensai que je pourrais reconnaître ces gardes n'importe où à leur odeur, que je pourrais les traquer comme un chien de chasse. Et un jour, je le ferais.

– Seth.

Sa voix était un simple murmure désormais.

– Ils arrivent. Essaie de m'apporter ce que je t'ai demandé, mais sans risquer de te faire capturer. Ceci est un *ordre.*

Ensuite, il fut de nouveau silencieux, juste pour un instant.

– *Ne te laisse pas capturer. File à la maison et reste en vie. C'est ce que je désire le plus au monde. Va.*

Je pouvais entendre la jeune fille qui tremblait dans ses bras.

– Hé, dit-il, et ses chaînes s'entrechoquèrent tandis qu'il la secouait.

Elle dut se réveiller d'un coup, car elle s'extirpa de ses bras et recula sur les pierres froides, étouffant de peur.

En reculant, je faillis trébucher sur le garde inconscient. Je jurai. L'homme avait une dague, et si j'avais eu toute ma présence d'esprit, je la lui aurais juste retirée et je l'aurais remise à Conal à travers les barreaux. Maintenant, les verrous de son cachot étaient en train de sauter vu l'écho du son métallique, et les gardes entraient dans sa prison. C'était trop tard.

De plus, je ne sais pas si j'en aurais été capable sur le moment, car le choc à la suite de la requête de Conal était encore bien trop frais. Et après tout, cela avait été si facile. Je pourrais revenir à tout moment pour l'endormir de nouveau. La prochaine fois, je lui couperais la gorge avant de donner sa dague à Conal, puis je disparaîtrais, et Conal serait tiré de leur vengeance. Je souris. Il y aurait une prochaine fois après tout.

Je reviendrais.

Chapitre 19

Je suis une espèce de crapaud arrogant. J'ai toujours été imbu de moi-même. Mais je ne serai jamais aussi arrogant que j'ai pu l'être alors que la vie de quelqu'un d'autre que j'aimais était en jeu : littéralement en jeu, dans le cas de Conal. Je sais désormais que je dois me projeter et me préparer au pire. Je sais désormais que je ne suis pas le combattant le plus intelligent de la terre. Maintenant, je sais que je peux être battu, que je peux trouver plus rusé, plus réfléchi que moi. Maintenant, je connais la valeur de la planification face à l'imprévu.

À l'époque, je l'ignorais. Mais j'en ai tiré quelques enseignements.

C'était le soir suivant le jour de mon retour au donjon. Je suis resté à la limite des arbres pendant plus d'une heure, la panique pressant tellement mon crâne et ma poitrine que je pouvais à peine réfléchir ou respirer. J'insérai mes mains dans mes cheveux et en saisis des pleines poignées. Je tirai alors dessus jusqu'à souffrir pour me forcer à y voir clair, mais je ne pouvais pas. Je ne pouvais même pas penser de manière structurée.

Le garde qui se trouvait près du mur extérieur du donjon avait été remplacé par trois gardiens, et ce n'étaient plus des hommes du clan du coin. Austères, le regard froid et dur, il s'agissait de mercenaires payés par le prêtre, et je savais qu'ils auraient la présence d'esprit de bien garder les yeux ouverts et de se surveiller mutuellement. Impossible d'endormir ces sinistres combattants, et ils resteraient bien cramponnés à leurs armes.

Je parcourus un large périmètre autour du donjon, restant bien tapi sous les arbres. Seul le mur extérieur du cachot de Conal avait vu sa garde modifiée et renforcée. Mon cerveau et ma colonne vertébrale fourmillaient de terreur. Comment avaient-ils su ?

Deux jours. Pourrais-je rejoindre la frontière entre les deux mondes dans ce laps de temps ? Oui, mais le temps pouvait bien s'inverser. Cela arrivait souvent. Qu'importerait la vitesse si un mois s'écoulait tandis que je rentrais impuissant dans mon clan ? Ou un an ?

Combien de temps lui faudrait-il pour mourir ? Combien de temps serait-il conscient ?

La grille de la cour s'ouvrit largement, et le prêtre en sortit, serrant pieusement ses mains devant lui. Tout près de moi se trouvait la base verticale d'un pin déraciné, abattu pendant un vent violent printanier. Le tronc et les branches avaient disparu, mais l'enchevêtrement de racines embourbées faisait presque le double de ma taille, si bien que je pus me cacher derrière pour observer.

Le prêtre se dirigeait vers les nouveaux gardes, sa soutane battant au vent comme les ailes d'une chauve-souris, et il leur parla pendant une à deux minutes. Il y eut beaucoup de dodelinements de la tête, de nombreux gestes en direction des collines et arbres environnants et, d'un seul coup, ils regardèrent tous simultanément dans une seule direction : presque à l'endroit où je me terrais.

Le prêtre jeta un regard par terre et martela vivement le sol. J'entendis un bruit métallique. Il se pencha et tira quelque chose du bout de ses doigts, visiblement quelque chose de dur, puis il se releva en faisant un signe d'approbation de la tête. L'écœurement se fit sentir dans mon estomac, et des larmes me brûlèrent les yeux.

Ils avaient recouvert le seul petit espace qui permettait à Conal d'avoir un peu de lumière et un peu d'air. Ils lui avaient enlevé la dernière chance de pouvoir mourir comme il l'entendait.

Quand le prêtre quitta les gardes, il ne retourna pas vers son poney comme il le faisait habituellement. Il se dirigea vers les arbres, droit dans ma direction. Pendant un instant, la panique me fit presque abandonner ma cachette pour courir, et je me sentis comme les lièvres ou oiseaux que j'avais traqués jusqu'à la mort.

Mais, son regard pâle balaya les faibles pentes et les arbres, et je savais qu'il ne m'avait pas vu. Je pensai que j'étais en sécurité, que je pouvais respirer de nouveau, mais ce qui se produisit juste après manqua de m'asphyxier.

— *Où es-tu ?*

Sa voix était bien nette dans ma tête. Pendant une fraction de seconde, j'eus peur d'avoir libéré l'accès à mon cerveau, mais non. Et quand bien même je n'aurais pas pris cette précaution, comment arrivait-il à faire cela ? Comment les pensées d'un « simple mortel » pouvaient-elles résonner à travers la forêt comme un cri de guerre ?

— *Où es-tu mon petit sorcier ?*

Il renifla l'air et sourit, une grimace semblable à la mort si tant est que j'en avais déjà vu une.

— *Je te sens, mon petit. Je t'ai senti dans l'herbe près du donjon et je te sens maintenant.*

« Pas de panique, me dis-je. Il ne faut pas s'enfuir. Il ne faut pas courir. »

— *On a filé une nouvelle correction au fouet à ton frère pour célébrer ta visite. Il est courageux. Il est vraiment courageux. Il n'a crié qu'une seule fois, quand on l'a pendu par ses pauvres bras endoloris.*

« Tu es mort », pensai-je.

Mes doigts se contractèrent et se serrèrent, désirant lui sauter à la gorge. Mais pas maintenant. Pas maintenant. Je devais vivre pour pouvoir le tuer.

— *Allons. Tu ne m'intéresses pas, alors oublie ton frère. Retourne chez toi maintenant, ou je réchaufferai mes vieux doigts froids contre tes os brûlants.*

Il huma de nouveau l'air, fit demi-tour et regagna tranquillement la cour et son poney.

« Ce n'est pas un prêtre. » C'était bien ce que Conal avait dit. Je pensais qu'il voulait corriger mon vocabulaire, comme toujours.

Je pensais qu'il voulait dire : « C'est un pasteur, stupide blanc-bec. »

Mais ce n'était pas le sens de ses propos. Un frisson me parcourut et ne se dissipa qu'après plus d'une minute.

« Ceci n'est pas un prêtre. Ceci. Ceci… »

★ ★ ★

Personne ne se préoccupait du mur ouest du donjon. Visiblement, ceux qui étaient en train de croupir ou de crier de ce côté du donjon n'avaient pas de frère désireux de les faire s'évader. Ce côté-ci était encore protégé, à défaut de meilleur qualificatif, par des hommes du clan qui s'irritaient désormais du mépris des professionnels et qui étaient suffisamment contrariés par leur présence pour être négligents. Ils pestaient et râlaient sans cesse les uns après les autres, partageant des gorgées de leurs fioles de whisky et s'éloignant moins gaiement qu'auparavant pour soulager leurs vessies, maintenant que leurs latrines si divertissantes avaient été condamnées. Ils laissaient leurs armes par terre pendant qu'ils urinaient. Parmi ces armes, des nouvelles et des étrangères dont je doutais fort qu'ils sachent utiliser. Je ne savais moi-même pas me servir de toutes. Je ne savais rien des pistolets fins en acier ni de la manière dont ils tuaient. En revanche, je savais me servir mieux que quiconque ici des autres armes présentes.

L'un des hommes du clan était si saoul, si fatigué et si en colère après ces professionnels méprisants que je savais qu'il pourrait fort bien oublier son arbalète.

* * *

Je taillais des carreaux pour arbalète à partir de noisetiers. Je les frottais pour les adoucir et j'en affûtais le bout en pointe, ce qui aurait comblé les piqueurs de sorciers. Je prenais mon temps pour exécuter ce travail, mais de toute façon, à quoi d'autre pouvais-je penser ? Un jour, deux jours. J'avais toute une collection de carreaux, bien plus que nécessaire : tous étaient parfaits et mortels. Une fois terminé, je contemplai le crépuscule bleuté et je clignai des yeux. La couverture nuageuse avait fini par se dissiper. La journée allait être éclatante. Conal n'allait pas mourir aujourd'hui. Le prêtre n'allait pas se tenir au milieu de la cour.

Pas avant que les ombres soient longues.

Mon repaire dans les bois était magnifique : une clairière verte et pleine de vie. Elle sentait l'été, la pluie et le renouveau. S'y dessinaient des jeux d'ombres et de lumière, et la vie y grouillait d'après les roulades, pépiements et vocalises amoureuses des oiseaux. Oh, c'était une trop belle journée pour mourir, trop belle pour tuer.

Mais les ombres finiraient par devenir imposantes.

Je marchai avec mon arbalète jusqu'au centre de la clairière. L'herbe était fraîche sous mes pieds nus, encore humide de la rosée du matin malgré la chaleur. M'asseyant en tailleur, je me laissai distraire par les chants d'oiseaux et je me dirigeai en pensée vers la cour. Je fis le chemin dans ma tête, en comptant les pierres et en chronométrant mes pas. J'avais observé comment les gardes, les hommes du clan et les prisonniers condamnés s'y rendaient ; dans mes souvenirs, je les regardai de nouveau, marchant à leurs côtés, et j'adaptai mes pas aux leurs. Et alors que j'étais assis là, en refaisant sans cesse ce chemin dans ma tête, je me levai, ouvris les yeux et parcourus la distance de la cour dans la clairière, l'arbalète que j'avais dérobée bien arrimée à ma poitrine.

Une fois la distance parcourue, j'escaladai les branches d'un très haut pin avec l'arbalète accrochée en travers de mon dos. Je vis la clairière et, dans mon esprit, je la remplaçai par la cour intérieure.

Et une fois que j'eus exécuté tout ce que je pouvais faire, je redescendis en m'agrippant aux branches et je suspendis mon dernier petit sac de nourriture à une branche à l'extrémité de la clairière, puis je grimpai de nouveau dans le pin. Je tirai des carreaux sur la cible ballante jusqu'à ce que ma galette d'avoine ne soit gaspillée, éparpillée sur le sol, et que le sac en jute ne finisse en lambeaux. Si j'avais bien estimé la distance, l'arbalète que j'avais volée avait une portée suffisante pour donner la mort.

★★★

Personne n'aurait pu croire que les murs du donjon pouvaient s'escalader. De plus, personne parmi mes connaissances n'aurait pensé que le mur nord de notre forteresse pouvait être escaladé jusqu'à ce que j'en prenne l'habitude. L'un des combattants de mon père me surprit un jour alors que je redescendais, prise après prise, afin d'échapper à mes diverses corvées. Il avait appelé ses amis, et ils s'étaient tenus là, penchés sur le parapet, me jetant des trucs, tout ce qui leur passait sous la main, et ils avaient ri à en perdre la tête. Une fois arrivé sain et sauf en bas et après avoir nettoyé les morceaux de galette d'avoine et le crottin de cheval de mes cheveux et vêtements, j'avais reculé et leur avais adressé deux doigts d'honneur. Ce qui les avait fait rire encore davantage tandis qu'ils applaudissaient et m'acclamaient. J'étais bien plus petit et bien plus léger que bon nombre d'entre eux, et depuis, chaque fois qu'ils avaient eu besoin d'un varappeur, ils avaient fait appel à moi. Je pouvais déceler des prises pour les pieds ou les mains où n'importe quel Sithe aurait juré qu'il n'y en avait aucune. Il y avait toujours des prises possibles pour les mains, toujours. Et jusqu'ici, j'en étais la preuve vivante, car je n'avais jamais échoué.

J'essayai de bien me souvenir de tout cela alors que je fixais le mur escarpé du donjon ce soir-là. L'un des hommes du clan ronflait à mes pieds : la garde était bien légère une fois de plus. Tout était fini. Le prisonnier qui allait mourir était celui que tout le monde voulait voir et, à ce stade, il n'y avait aucun espoir qu'il soit épargné maintenant. Même les combattants professionnels s'étaient rendus à l'intérieur pour aider à entretenir les feux et pouvoir jouir du spectacle. J'avais commis des erreurs. Eh bien, il pouvait en être de même pour le prêtre. Il m'avait sous-estimé.

Je ne ferai pas de même à son égard. Pas une seconde fois. J'avais juré ce jour-là que je ne ferais jamais la même erreur à deux reprises. Je gardai tous mes sens rivés sur le prêtre, tous, à l'exception de celui qu'il pouvait détecter. Je savais systématiquement où il se trouvait et je me tins bien dans le sens du vent.

Je m'assurai que mon arbalète était solidement arrimée à mon dos. Laissant courir mes paumes contre le mur, je trouvai une première petite strie irrégulière. Je fis une pause d'une seconde, puis j'appuyai mon front contre la pierre froide et rugueuse, pris une grande inspiration et me ressaisis. Je fixai alors le bout de mes doigts autour de la prise invisible, puis en trouvai une seconde à laquelle je m'agrippai, et je commençai ainsi à monter.

Chapitre 20

Pourquoi ont-ils pris la peine de les entasser dans une charrette pour un déplacement d'une centaine de mètres ? De façon à ce que l'on puisse le voir, lui cracher dessus, le bombarder de détritus et l'envoyer rôtir en enfer avec leurs malédictions résonnant à ses oreilles ?

Oui, je suppose que c'est le but.

La foule n'est pas sous l'emprise du prêtre. Je me suis demandé un moment si c'était le cas. J'aimerais que ce le soit, mais je n'ai qu'à les regarder pour constater que leur libre arbitre est intact. Même si leurs esprits semblent tordus, personne ne les influence. Et je ne peux assurément pas les manipuler malgré l'envie qui me démange. Même le prêtre, quoi qu'il fût, n'a pas ce pouvoir.

Il leur a montré Conal et leur a dit tout ce qu'ils ne savaient même pas vouloir entendre. Le reste, c'est leur propre instinct, leur propre stupide frénésie. Le prêtre n'a plus rien à faire de particulier, seulement regarder et sourire. Parmi la foule, il y a ma calme brunette avec ses yeux verts sceptiques. Elle n'est plus si calme à présent, elle hurle sa haine.

Le prêtre se confine dans l'ombre longue du mur de la cour. J'en prends note. J'essaie de me souvenir de quelque chose que l'on m'a raconté il y a longtemps, quand tout cela me semblait encore relever du domaine des contes. J'essaie de me souvenir, mais à la place me revient en mémoire le soleil pâle qui suivait le prêtre alors qu'il traînait vers les taillis de sorbiers trois jours plus tôt. Je me souviens de son regard nerveux et de son sourire ironique. Et maintenant, je me souviens très bien de ce que j'ai vu alors : je le vois encore, très distinctement dans ma tête. J'ai vu le soleil projeter une ombre sur le chemin, mais cette ombre se limitait à un simple poney sellé. Rien de plus. Le prêtre ne projetait aucune ombre.

Cet être n'avait pas d'ombre.

Je sais maintenant que Conal est un homme condamné claudiquant jusqu'à son bûcher mortel.

Je ne peux pas y arriver seul. Le prêtre ne surveille pas mon esprit. Soit il en est totalement désintéressé, soit il est tellement avide du spectacle à venir qu'il ne peut se concentrer sur rien d'autre. Il ne peut pas. Il est en transe, en extase. Je veux dire, cet être est en extase. Il aime ça. C'est pour cela qu'il est né. On ne peut donc pas l'en blâmer.

Cet être n'est pas méfiant, et c'est pourquoi je peux parler à mon frère une dernière fois. Je peux lui faire savoir que je ne l'ai pas laissé tomber, que je n'ai pas échoué après tout, que son désespoir le plus noir, une fois la trappe de son cachot scellée, n'était pas la fin de tout. Finalement, à la fin de son existence et possiblement à la fin de la mienne, j'ai fait quelque chose de bien et je l'ai fait pour lui. Je lui ai rendu la pareille de ce qu'il a fait pour moi depuis que j'ai huit ans.

Je maintiens mes yeux fermés fortement, puis les ouvre à nouveau. Cette satanée vue brouillée. Il me faut viser juste. C'est peut-être la raison qui me fait changer de décision. Je suis désolé pour la fille, mais il faut que ce soit Conal en premier. Je ne peux risquer de voir ma vue défaillir à cause de ma faiblesse et de mes sentiments. Ce doit être maintenant et ce doit être Conal avant la fille. Je suis désolé, quel que soit ton prénom. Catriona. Je m'occuperai de toi après. Ce doit être mon frère en premier. Il est déjà condamné après tout. Il est déjà condamné.

Et mon esprit est aussi froid que mon cœur au moment où je presse la détente.

★ ★ ★

BON SANG, MAIS QUE SE PASSE-T-IL ?

TROISIÈME PARTIE
LE BRANDON

Chapitre 21

Tant d'années. Tant d'années se sont écoulées depuis lors, et je rêverai toujours que mon doigt a été une fraction de seconde trop rapide sur cette arbalète. Je me réveillerai alors tremblant et hurlant. Toujours.

Alors, dans l'obscurité, je chercherai à tâtons la femme à mes côtés pour cette autre moitié de mon âme et de moi-même, et elle me prendra dans ses bras, m'apaisera et me ramènera au sommeil, pensant que je suis en train de rêver à une autre époque, à de terribles choses encore inscrites dans mon futur. Parfois. Souvent. Voilà à quoi cela ressemblera. Parfois ce ne sera pas le cas.

Elle sait, bien sûr, que j'ai failli tuer un homme qu'elle aimait. Il y a eu tant de femmes que nous avons aimées tous les deux, mais elle, elle était différente. Elle l'est toujours. Je l'ai attendue si longtemps. Si longtemps. Le sort est cruel.

Non, il fut clément ce fameux jour. Il fut clément ce jour où je n'ai pas tué mon frère finalement. C'est juste que je l'ai presque fait et que le sort a tendance à me le rappeler. Dans la nuit.

Mais je ne lui dis pas que je rêve de la mort de Conal. Cela n'a pas d'importance. J'ai tellement de terreurs nocturnes diverses qu'elle n'a pas toujours besoin de savoir lesquelles. Elle a juste besoin de savoir qu'elle est mon pare-feu contre ces terreurs.

C'est tout. Et elle sait que c'est bien ainsi.

* * *

Des sabots résonnèrent dans la cour, des chevaux hennirent, des épées grincèrent en sortant de leurs fourreaux. L'homme sur un étalon gris me semblait familier, mais pendant un moment je n'arrivai pas à m'en souvenir. Il était bien habillé, grand et élégant, mais il portait sur lui la saleté d'un long voyage et affichait la condition physique altérée d'un homme qui venait de livrer bataille. Les vingt-trois hommes à cheval derrière lui avaient une apparence similaire et ils tenaient tous des épées nues dans leurs mains.

Un silence absolu se fit, rompu uniquement par les sanglots douloureux et étouffés de la jeune fille sur le bûcher.

— Si tu mets le feu à ce tas de bois, dit le nouvel arrivant avec une voix glaciale, mes hommes vous réduiront tous en pièces sur place. Hommes, femmes et enfants.

Les hommes qui portaient les brandons échangèrent des regards et reculèrent très légèrement, mais le prêtre fit irruption en brandissant sa bible.

— Vous n'avez aucune autorité dans cette affaire, seigneur ! *Vous n'allez pas tolérer qu'un sorcier puisse vivre !*

— Et je ne tolérerai pas que vous le tuiez, dit calmement l'homme à cheval. Mais je suppose que vous avez autant de respect pour la vie que moi.

C'était MacLeod. De retour de ses guerres passe-temps et en vie. Je lui pardonnai d'un coup tous ses regards dédaigneux et tous ses sourires condescendants. Je lui pardonnai ma petite vie misérable dans cet autre monde et je lui pardonnai notre taudis. Jamais dans ma vie je n'avais rencontré un homme qui tombait ainsi à point nommé.

Les hommes du clan avaient reculé, terrifiés, mais pas les combattants professionnels du prêtre. Leurs doigts se contractaient près des fourreaux et sur la crosse de leurs pistolets, n'attendant qu'un mot.

Pendant ce qui sembla être des années de silence interminable, le prêtre et le comte s'observèrent. La peau était étirée au maximum sur les pommettes du prêtre. Dépouillé de sa proie, je le crus capable de se jeter à la gorge du comte, mais j'étais incapable de prononcer un mot ou de bouger. Je pouvais à peine respirer.

Saisissant le brandon du membre du clan le plus proche des deux, le prêtre l'éleva bien haut, un sourire hargneux sur ses fines lèvres jaunes. De façon presque simultanée, MacLeod leva sa propre main et claqua des doigts.

Une lame vola de la main de l'un de ses cavaliers derrière lui et elle vint tout droit empaler le prêtre. Quelqu'un dans la foule cria une fois, puis tout le monde retint son souffle. Les mercenaires regardaient fixement, leurs épées et pistolets à moitié dégainés, mais bien trop tard.

Le prêtre s'écroula sur les genoux, sa soutane s'élevant comme des volutes de fumée noire, la grimace hargneuse — et le sourire — encore sur ses lèvres. Il essaya de prononcer quelque anathème, mais seul un horrible râle sortit de sa bouche. Il ne tomba pas, mais resta à genoux face au comte. Mon cœur s'arrêta un moment avant que j'aie la certitude qu'il était bel et bien mort.

Que *ceci* était mort.

— Conal MacGregor n'est pas un sorcier, idiots, et même si c'en était un, il vaut bien à lui seul dix d'entre vous.

Faites-le descendre, ordonna MacLeod calmement. Et la fille aussi. Les autres, rentrez chez vous et soyez certains que je pendrai n'importe lequel d'entre vous et que j'expulserai vos familles si jamais il vous traversait l'esprit de vous comporter de nouveau ainsi.

Les hommes du prêtre se dispersèrent silencieusement. Je les observai s'en aller. Je connaissais leurs visages, à chacun d'eux, et je me fis la promesse de les retrouver un jour pour les regarder sous un autre angle. De la foule qui commençait à se disperser, émergea seulement un léger grommellement de rébellion. Maintenant que le prêtre était mort, il n'y avait plus qu'un homme à craindre, et ils savaient qui beurrait leur pain et de quel côté il fallait se ranger. Certains commençaient même déjà à sembler honteux d'avoir eu ce comportement.

Deux des combattants du comte détachèrent Conal de ses liens, et ses mains tremblèrent quand elles revinrent à la vie. Il tangua, mais se redressa, serra les dents et refusa leur aide. Et il avait suffisamment de force pour se plaindre de mon insupportable orgueil ?

La jeune fille était incapable de se tenir debout, et alors qu'ils étaient en train de la libérer, elle s'affala sur la pile de bois. Elle eut un mouvement de recul par rapport aux combattants, mais Conal s'accroupit et la souleva dans ses bras. Je le vis tituber de nouveau, et il faillit la lâcher, mais il se reprit. Je vis tout cela alors que je descendais les marches en courant depuis le parapet jusqu'à la cour. Je faisais confiance à mon esprit pour deviner les marches et à mes pieds pour les trouver, car je ne pouvais m'empêcher de garder le regard rivé sur mon frère.

Il descendit en chancelant du bûcher, le visage de la jeune fille plaqué contre son cou, l'étranglant presque de ses bras. Un combattant chercha à la lui prendre des bras, seulement dans le but de l'aider, mais il se figea, puis se recula maladroitement, adressant à l'homme un regard de méfiance.

L'homme lui adressa simplement un sourire sincère. Il y avait une lueur argentée dans ses yeux. Alors que je fis un bond de quelques marches pour arriver en bas, je l'entendis distinctement.

– *Pars d'ici, Cù Chaorach.*

Conal fixa l'homme. Alors, tandis qu'il reculait, il se retourna et faillit tomber, mais il était encore debout quand il se trouva face au cheval de MacLeod.

Ses bras se resserrèrent autour de la fille.

– Merci, *morair*[9].

MacLeod lui adressa un long regard inquisiteur.

– Je vous suggère de partir d'ici, MacGregor, vous et votre frère. Je serai désolé de vous voir partir, mais cela me semble plus sécuritaire pour vous deux.

– Vous aurez des ennuis pour ceci, seigneur. Je suis désolé pour cela également.

– Oh, pas autant que je le devrais.

Le comte haussa les épaules et adressa un regard de mépris au corps du prêtre.

– C'est le privilège de la richesse et du pouvoir. Mais les choses empireront avant de s'améliorer, et ma protection ne sera pas illimitée. Alors partez.

– Oui, *morair.*

9. N.d.T. : *Morair* signifie « seigneur » en langue gaélique.

– Laissez tomber les obsèques, MacGregor. Cela ne vous convient pas.

Je les rejoignis en courant, l'arbalète encore dans les mains. Plusieurs combattants se tournèrent vers moi avec leurs armes levées, et je les aurais bien volontiers affrontés à mains nues pour arriver jusqu'à Conal, mais MacLeod leva la main, et ils baissèrent leurs épées.

– Ah, un plan B, MacGregor.

Il sourit.

– Vous avez de la chance d'avoir un frère pareil.

– Je le sais bien… Je le sais bien.

Il ne put me serrer dans ses bras, car il portait toujours la jeune fille à qui j'en voulus profondément pour cela, mais il pressa son visage contre ma tête tandis que je l'embrassais, des larmes mouillant mes joues.

– Et elle ? demanda MacLeod en désignant de la tête la jeune fille qui pleurnichait.

– Sa mère est morte il y a cinq mois. Elle n'a pas d'autre famille. C'est son beau-père qui l'a dénoncée au… au pasteur, dit Conal amèrement. Elle ne peut pas retourner à Balchattan. Elle devra venir avec nous.

MacLeod agita la main avec dédain.

– Bien sûr, bien sûr.

Il fit de nouveau claquer ses doigts gantés.

– Donnez-leur des chevaux, dit-il à ses hommes, et escortez-les jusqu'à la limite de mon domaine. Au-delà, leur destin leur appartient. Vous devez partir loin d'ici, MacGregor. Vous savez *exactement* ce que je veux dire, n'est-ce pas ?

L'air interloqué, Conal baissa la tête.

– J'aimerais que vous n'ayez pas à le faire, soupira MacLeod.

Je surpris l'éclat de l'ancien sourire de Conal alors qu'il se redressait.

On nous apporta les chevaux, nous montâmes, et voilà tout. J'avais du mal à y croire. Je pensais que j'allais me mettre à trembler, mais je m'efforçai de garder mon sang-froid : nous étions toujours entourés de « simples mortels », et je continuais à ne faire confiance à aucun d'eux. Je craignais que cela puisse être encore une mauvaise plaisanterie pour nous tourmenter davantage avant de nous tuer.

Tous n'étaient pas de « simples mortels », bien sûr. Le combattant aux yeux argentés déposa la jeune fille dans les bras de Conal, et alors qu'il reculait, il fit un clin d'œil. Indubitablement, quelque chose passa entre son esprit et celui de mon frère avant que Conal ne se tournât vers MacLeod.

– Merci, *morair*. Que votre dieu vous accompagne.

– Au revoir MacGregor, et espérons qu'il soit avec nous tous. Et pour le futur ?

Le comte poussa un soupir.

– Redoublez de prudence à l'égard de ceux qui peuvent déceler cette lumière dans votre esprit.

Chapitre 22

Bien sûr, nous fîmes un détour pour récupérer Branndair et Liath et nous nous arrêtâmes une fois pour déjeuner. Nous n'avions rien, mais les combattants du comte étaient suffisamment bien élevés pour partager ce qu'ils avaient. Ils ne parlaient pas beaucoup, et je me demandais bien d'où ils venaient, mais pas suffisamment pour oser le leur demander. J'étais si fatigué et si désespérément inquiet.

Conal s'assit, voûté et silencieux, son corps tout fourbu, et bien qu'il fut amaigri et avec les yeux creux, il eut beaucoup de mal à avaler les galettes d'avoine et la viande séchée qu'on lui avait données. Je lui fis boire un peu d'eau. Liath restait très attentive, avec sa tête posée contre lui. Branndair essayait de se pelotonner sur mes genoux, bien qu'il fût trop gros désormais et que son arrière-train fût à moitié affalé sur le sol. J'avais eu peur que les combattants du comte tentent de les tuer, mais quand j'avais réussi à tirer Branndair et Liath hors de leur tanière, les hommes avaient seulement haussé les sourcils et échangé des regards. Puis ils n'avaient plus fait attention à eux, comme s'il s'agissait là de vulgaires chiens de chasse.

La jeune fille s'accroupit, un peu à l'écart, se gavant de nourriture comme un animal vorace, sans jamais nous quitter des yeux. Elle n'avait pas dit un mot. Elle n'avait pas parlé depuis qu'on l'avait détachée du bûcher, mais fort heureusement, elle avait cessé de pleurer. Quand il fut l'heure de repartir et que j'encourageais Conal à monter en selle, elle se dirigea directement vers son cheval sans rien demander, enfila ses pieds nus dans l'étrier près de ceux de Conal et monta derrière lui, retroussant sa fine robe. Elle posa ses mains sur sa taille sans s'accrocher trop fermement (je n'en étais pas mécontent, et il aurait été dommage de la tuer maintenant), et il n'avait pas l'air gêné qu'elle soit là. Il avait même l'air de trouver cela réconfortant.

Je sus que quelque chose n'allait pas chez lui, car il chevaucha avec les étriers. S'il ne les avait pas utilisés, je pense qu'il serait tombé du cheval. J'étais moi-même monté en travers du garrot de mon cheval : une selle, c'était vraiment bizarre. Mais Conal avait ses pieds enfoncés dans les étriers et il s'accrochait au pommeau de la selle comme un noyé qui se raccroche à la vie. L'anxiété me tordait les boyaux.

Les hommes nous laissèrent dans une petite clairière à la frontière des terres appartenant à MacLeod. Tous, sauf un, tournèrent leurs chevaux et partirent sans un mot, mais leur capitaine attendit à nos côtés.

— Ce n'est pas très loin d'ici, n'est-ce pas ?

La tête de Conal tombait tellement de fatigue que je savais qu'il ne pourrait pas parler, et je répondis à sa place.

— Non, pas trop loin.

— Gardez les chevaux. C'est un cadeau de MacLeod. Connaissez-vous le chemin ?

Je jetai un œil à Conal et vis qu'il opinait légèrement. Les yeux de la jeune fille, agrandis par la peur, étaient rivés sur lui.

— Oui, dis-je. Nous allons nous en sortir.

Du moins, j'espérais que cela soit vrai, pour nous tous.

– Ne revenez jamais ici, aucun de vous, si vous voulez prendre soin de vous.

– Je n'en rêverais même pas, dis-je amèrement.

– Mais si jamais vous revenez et que vous avez des ennuis, dit-il, demandez-moi. Je m'appelle Iain Ruadh MacLeod. Et si jamais je ne suis pas là, dit-il avec un sourire en coin, adressez-vous à mes descendants.

Un « merci » susurré fut tout ce que je pus dire tandis qu'il donnait des coups de talons à son cheval pour rejoindre ses hommes au petit galop.

Quand je regardai de nouveau Conal, il était déjà parti en silence. Je le suivis, les loups juste derrière.

Les terres étaient belles, boisées, sauvages et luxuriantes, mais protégées par des collines. Le climat était humide et doux dans le couvert forestier. Il y avait des fleurs et de l'herbe verte bien épaisse, et des sources émergeaient de la terre. Des moucherons voletaient en nuées autour de nous, mais aucun ne nous dérangea vraiment. Je reconnaissais tout, même si cela faisait presque deux ans, et mon cœur s'allégeait au fur et à mesure que nous progressions. Si je parvenais à le ramener chez nous, tout irait bien.

Le petit lac s'étalait bien calmement au milieu des arbres, et nous étions silencieux lorsque nous nous arrêtâmes et le regardâmes. J'avais le cœur serré et mes yeux me brûlaient. Au-delà du rivage couvert de roseaux, la surface de l'eau était immobile et éclatante des couleurs intenses des rives, des arbres et du ciel. Si on y trempait la main, on pouvait penser l'avoir déposée dans un bain de pigments rudimentaires.

— Toi, la fille, dis-je. Descends du cheval.

La jeune fille descendit du cheval et resta là à me regarder, puis Conal, puis le lac. Conal se tourna à moitié pour me lancer un regard cinglant qui ne l'était pas tant, considérant ce qu'il avait l'habitude de m'infliger. J'essayai de sourire.

Descendant du cheval, Conal s'agrippa à l'étrivière et s'appuya contre les flancs de l'animal pendant un moment, pour assurer son équilibre. Il se reprit et avança vers la rive pleine de roseaux. Il se tourna vers la fille.

— Catriona, dit-il avec insistance et avec un regard pour moi. C'est là-bas que nous allons.

Elle secoua la tête, fit un pas en arrière, et secoua de nouveau la tête.

— Veux-tu rester ici et mourir, lui demanda-t-il, ou acceptes-tu de me faire confiance ?

Fixant la surface immobile de l'eau, elle déglutit, sa gorge pâle marquant un tressautement. Elle fit un pas vers le lac, puis un autre, et s'arrêta ensuite, semblant incapable de bouger.

— Tu dois être avec moi, dit-il, et face à mes yeux incrédules, il alla la chercher et la prit de nouveau dans ses bras.

C'était un tout petit bout de femme, mais j'avais envie de la lui enlever des bras et de m'en débarrasser. Je sautai de cheval à mon tour, mais quelque chose me retint. Elle secouait violemment la tête, touchant le visage de Conal, lui caressant la joue.

— Ça va, dit-il. Je vais bien.

Et il l'emmena dans l'eau. Il s'arrêta une fois qu'il eut de l'eau aux cuisses et il m'attendit. Sifflant une douce note à Liath et à Branndair, je glissai une main sous chaque busc de nos chevaux, si bien que le dos de mes mains était collé contre leurs têtes osseuses. Puis, je les fis avancer. C'étaient des bêtes obéissantes. Elles me suivirent ainsi que les loups sans avoir peur et sans rechigner. Bon sang, elles ont dû avoir un choc quand les grilles entre les deux mondes se sont ouvertes.

Et la fille aussi. Elle a dû être pétrifiée, mais ne l'a jamais montré. Je luttais contre des chevaux terrifiés lorsque je refis surface, retirant l'eau que j'avais dans les yeux. Ils rejetaient la tête en arrière, faisant des soubresauts, reculant avec leurs pattes arrière, ruant, plongeant et s'écartant latéralement. Je me tenais à eux avec acharnement, même si l'un d'entre eux s'acharnait de son côté sur ma main. Nous avions besoin des chevaux, et je ne pouvais pas les perdre, et même si je mourais d'envie de rejoindre Conal, je devais avant tout attacher les bêtes à la souche décolorée d'un arbre mort. Liath et Branndair secouèrent leur fourrure pour se sécher, s'assirent et fixèrent la lande avec un regard un peu perplexe, mais pas mécontent.

La jeune fille était toujours accrochée à Conal, les bras arrimés autour de son cou et son visage enfoui dans sa gorge. Il tomba sur les genoux, et je l'entendis lui dire quelque chose d'un ton de désespoir. Se tortillant pour se dégager de son emprise, elle marcha à quatre pattes, puis se leva, le fixant. Il parvint à sourire de nouveau, essaya de se remettre debout, mais à la place, s'écroula sur le côté dans la bruyère et resta immobile.

Je lui criai après, mais je ne sais pas ce que j'ai prononcé. C'était, je pense, juste afin qu'elle s'écarte de lui, ce qu'elle fit au début, tirant sur le tissu sale qui lui servait de robe, puis elle fit un pas de recul avec des yeux grands ouverts de stupeur. La poussant sur le côté, je tombai à genoux à côté de lui, et c'est à ce moment que j'entendis un bruit sec puis un soudain grondement de sabots. Du coin de l'œil, j'aperçus l'un des chevaux qui s'était libéré et qui courait, galopant dans une panique avérée, en direction des collines au loin. Dans ma précipitation, je ne l'avais pas bien attaché. Je jurai, mais nous avions encore un cheval, et ce qui m'importait à ce moment précis, c'était seulement l'état de Conal.

La jeune fille resta en retrait, tremblante. Je voulais juste qu'elle s'en aille, qu'elle parte et qu'elle me laisse l'aider en paix, mais j'avais froid, j'avais faim et j'étais plus fatigué que ce que je croyais. Mes bras tremblaient, douloureux à la suite de mon ascension dont j'essayais de faire abstraction, l'ascension qui me glaçait encore le sang lorsque je me souvenais comment j'étais collé à la vie et au mur de la forteresse comme un pathétique insecte. Je chassai ce souvenir, mais mes bras ne seraient pas encore assez forts pour supporter le poids de Conal. Je n'étais pas suffisamment costaud. Je n'étais pas suffisamment fort. Il allait mourir ici.

— Aide-moi ! criai-je.

Et il faut reconnaître qu'elle le fit. Elle se précipita à mes côtés et m'aida à le porter et le traîner jusqu'au cheval. C'était difficile, et ce fut pire encore pour le hisser sur le dos de l'animal. De désespoir, je retirai le tapis de la selle et déroulai le tissu pour le passer sous les bras de Conal, et à nous deux, nous le hissâmes sur la bête. Puis Catriona sauta derrière lui et le maintint, le balançant sur le côté tandis que je détachais les rênes et les étrivières. J'attachai les étrivières ensemble et je les utilisai pour attacher les pieds de Conal sous le ventre du cheval, puis nous utilisâmes les rênes pour arrimer son corps du mieux qu'on le pouvait autour du cou du cheval. Catriona descendit de nouveau.

– Tu ne veux pas monter ? lui demandai-je, parce que je m'en sentais obligé.

Elle secoua la tête.

– C'est une longue route, lui dis-je en guise d'avertissement.

Elle haussa les épaules.

Je regardai pour essayer de trouver des points de repère et je jetai un œil au soleil qui était tout juste levé, au ciel pâle et clair du petit matin. *Mon* ciel.

Puis, nous entamâmes le long chemin pour retourner chez nous, moi guidant le cheval de Conal par le busc, et Catriona marchant de l'autre côté.

★ ★ ★

Nous devions être à quelques kilomètres de la forteresse au moment où je clignai des yeux et essayai de rassembler mes pensées éparpillées dans mon cerveau fatigué. Je savais que je pouvais appeler pour avoir de l'aide. Nous devions être dorénavant à une portée raisonnable et l'aide finirait bien par arriver, si je pouvais penser à qui faire appel pour la rescousse. Je luttai pour faire fonctionner mon cerveau, sachant que la jeune fille à mes côtés m'observait, effrayée, tandis que je frottais mes tempes avec mon poing, suffisamment violemment pour les meurtrir. J'arrachai la peau, laissant apparaître quelques gouttes de sang. Je ne me souvenais plus à quand remontait mon dernier sommeil. Je ne me souvenais d'aucun nom au sein de la forteresse.

Raineach. Le nom me vint soudainement à l'esprit. Je m'arrêtai, serrai les dents et appelai Raineach.

Il fallut que je parcoure sans doute deux à trois kilomètres de plus avant que quelqu'un me réponde, mais la réponse arriva en chair et en os. Je faillis verser quelques larmes quand je vis des combattants familiers venir vers nous, mais je me retins. Je continuai à marcher jusqu'à ce que je ne puisse plus faire un pas, puis je m'arrêtai et Catriona aussi. Soudainement, nous étions entourés de personnes que je connaissais. Je me tins là, debout, silencieux, jusqu'à ce qu'ils détachent les brides de la sellerie et descendent Conal avec beaucoup de soin pour l'installer sur un brancard sous une douce couverture. Les cavaliers m'assaillirent de nombreuses questions, mais je ne pouvais répondre. Je pouvais à peine parler. J'essayai de dire qu'il avait été blessé. J'essayai de dire ce qui s'était passé. J'essayai de dire que j'avais tout essayé pour l'empêcher, mais aucun de mes mots ne sortit correctement et peu d'entre eux étaient audibles. J'étais si fatigué. Maussade, je les regardai. Je ne pouvais pas les entendre correctement, et la scène était saccadée.

Eili était face à moi. Je la fixai en état de choc.

— Pourquoi n'as-tu pas fait appel à nous ? cria-t-elle. Pourquoi ?

J'avais la sensation d'avoir été tiré brutalement du sommeil, et mes mots étaient comme collés dans ma gorge.

— Je ne pouvais… Tu sais, je… le temps. Ça aurait pu ne pas fonctionner. Je ne pouvais pas le laisser. Le temps, Eili…

Elle était déjà repartie, courant aux côtés de Conal, et aidait à faire glisser délicatement son brancard sur une charrette.

Puis la charrette disparut, de même que les chevaux, les cavaliers et Conal aussi, puis Liath, qui courait sur leurs talons. Je l'avais ramené à la maison, pensai-je, et je pouvais désormais le laisser hors de ma vue et savais que je ne pouvais rien faire de plus. Ils feraient de leur mieux et n'avaient pas besoin de moi. Le soulagement et la fatigue me cueillirent comme une marée printanière. Je m'arrêtai sur le chemin, espérant que mes jambes n'allaient pas se dérober sous mon corps. Branndair inclina sa tête vers moi et gémit.

La jeune fille fit également une pause. Elle était encore à mes côtés, me rendis-je compte avec un léger choc.

– Avance, lui dis-je. Avance. Ils s'occuperont de toi.

Elle ne bougea pas, se tournant seulement vers les cavaliers qui s'éloignaient. Ses yeux se noircirent, et elle fronça les sourcils. Je suivis son regard.

Ils étaient si inquiets au sujet de Conal. Et moi aussi. Dieux tout puissants, il était aux portes de la mort. J'allais bien. J'étais juste fatigué, c'était tout. Il n'y avait pas d'autres explications à la douleur dévastatrice de ma cage thoracique et à la douleur cinglante dans mes yeux. Je levai mon bras pour frotter mes yeux, ou plutôt j'essayai de le faire, car mon bras pesait bien trop lourd. C'était un trop gros effort.

Elle toucha mon bras. Je regardai sa main. Elle semblait bien frêle en comparaison aux muscles fins mais forts de mon avant-bras, et sa peau était bien pâle, avec des veines bien bleues. Ses ongles étaient cassés, légèrement décentrés, et il y avait à leur base des lignes profondes et rouges tournant vers le violet, voire le noir. Je me demandai bien ce qui avait pu être collé en dessous. L'aiguille du piqueur ?

Me voyant l'observer, elle retira vivement sa main, mais quand je relevai le regard, elle me regardait toujours. Elle était rebelle. Je la regardai avec dédain. Elle était rachitique après son emprisonnement, mais elle n'avait jamais dû être vraiment bien musclée. Ses yeux étaient immenses dans un joli visage pointu, mais peut-être qu'ils paraissaient si grands à cause de ses cheveux tondus, de ce crâne couvert de croûtes et de cicatrices et grouillant de poux. Dans ma poitrine, je ressentis de la pitié, mais ce sentiment fut rapidement surpassé par le dégoût. Je détestais la façon dont elle me regardait : mi-effrayée, mi-bienveillante. Elle était trop fragile, trop vulnérable à mon goût.

Trop « simple mortelle ».

Je tournai les talons et je filai droit vers l'ouest, Branndair trottant à mes côtés. Ce dont j'avais besoin à présent, c'était le ciel et la mer, de l'eau claire et salée sur ma tête. Je savais que la fille me suivait et cela m'énervait, alors je me dénudai tout en continuant à marcher. Cela la fit s'arrêter et s'asseoir à la limite de la lande, et je continuai à marcher, dévalant le banc de sable et me mettant à accélérer quand j'atteignis le sable dur. Je sautai et fis une culbute, me jetant dans les vagues.

Une fois sous l'eau, l'espace d'une seconde ou deux, je n'avais plus l'intention de remonter à la surface. Je me demandai si c'était cela qu'on appelait un désir de mort. Conal disait que nous venions tous de la mer, y compris les « simples mortels » et que c'était la raison pour laquelle tant de nous y retournaient.

Fermant les yeux, je nageai en profondeur, puis dérivai en état d'apesanteur, mon corps tiré et tourné par la force de l'eau comme si elle me ramenait vers le rivage, ne sentant rien d'autre que l'aspect soyeux et froid de l'eau sur mon corps, la légère caresse des algues et leur enchevêtrement autour de mes chevilles. Tout ce que je pouvais entendre, c'était la mer et la pression de mon sang hurlant dans mes oreilles, et je ne savais pas dissocier l'un de l'autre. Mes pieds touchèrent le fond, du sable mouillé mouvant entre mes orteils. Alors, je donnai une impulsion et traversai la surface de l'eau, respirant à pleins poumons.

Ainsi les désirs de mort sont fugaces. Heureusement, ils ne se réalisent pas.

Je balayai les cheveux de mes yeux, me remis sur le dos et flottai, bercé par la houle. Je pouvais voir Branndair qui arpentait anxieusement le rivage, en geignant. Tandis que j'étais inattentif, une vague plus grosse me culbuta et me ramena au rivage. Je fis de nouveau surface, avalant de l'eau. Bon sang, ce qu'elle était bonne ! L'air aussi sentait bon. Le monde était beau.

Je devais me rendre à la forteresse. Bientôt. Non. Peut-être plus tard.

La fille étreignait ses genoux tout en me regardant. Grinçant des dents, je me levai et sortis de l'eau. Cela la contraignit à regarder rapidement ailleurs. Je ramassai mes vêtements éparpillés et me rhabillai, le sable grattant ma peau aux endroits sensibles, puis je me dirigeai délibérément vers la pointe sud de la baie et grimpai vers le promontoire rocheux. Cette fois, elle ne me suivait pas. Elle ne bougea pas non plus. Je l'oubliai. Je m'assis et fixai la mer, comme hypnotisé par les vagues, heureux d'être de retour chez moi.

Mais je ne voulais pas déjà me diriger vers la forteresse. Cette idée me retournait l'estomac. Je ne voulais voir personne. Je voulais me sentir chez moi, mais c'était tout. Cela me suffisait bien. Je l'avais tellement désiré pendant ces deux ans. Jusqu'à ce que Conal récupère, je n'avais besoin de rien, ni de personne.

– Salut.

J'entendis un bruit de pas sur le rocher derrière moi.

– Toi, le pitoyable fils de loup.

Surpris, je me remis debout. La voix était plus grave que dans mes souvenirs : presque une voix d'homme. C'était une belle voix, d'autant plus qu'il ne l'utilisait pas souvent. Au moins, cette partie de lui était toujours belle. Il me sourit

– Salut, lui dis-je, espèce de bâtard bien laid.

– Le plus laid de toute la forteresse, dit joyeusement Sionnach. Le seul bâtard laid de la forteresse.

Il écarta les bras, et je l'étreignis violemment.

– Tu m'as manqué, toi l'insupportable petit sauvage, dit-il.

– Toi aussi tu m'as manqué.

J'hésitai avant de demander :

– Comment vas-tu ?

– Formidable. Les femmes aiment mon apparence.

Il avait essayé de laisser pousser une barbichette, nette et bien taillée, même si côté cheveux, il avait plutôt l'air d'un sauvageon. Un itinérant débraillé. Peut-être pensait-il que la barbichette attirait l'œil et empêchait de voir les cicatrices. Pour être honnête, elles n'étaient pas si laides. Bon d'accord, elles étaient plutôt affreuses, mais cela lui conférait un air de je-m'en-foutiste.

– Je te le dis. Les femmes aiment un visage avec du caractère. Elles ne cherchent pas les jolis minois comme toi.

– Non, dis-je. Elles sont juste gentilles et tellement désolées de ce qui t'est arrivé.

– Je pensais que c'était lié à ma personnalité, je te remercie bien.

– Oui, de l'esprit, de la répartie et une éloquence naturelle.

Il rit, et je ne pus m'empêcher de rire à mon tour. Il me serra de nouveau dans ses bras.

– Alors, dit-il, prêt à te rendre à la forteresse ?

– Vu comme tu le présentes, dis-je en souriant. Oui, je suis fin prêt.

Chapitre 23

La jeune fille nous suivit jusqu'à la forteresse, mais elle resta en retrait derrière nous. Sionnach lui jetait des regards curieux, mais il semblait plus intéressé par Branndair, qui, je le remarquais, fut immédiatement conquis par lui, sans passer par sa phase habituelle de mauvais caractère et de morsures. J'en étais à la fois amusé et contrarié.

Une fois que nous nous fûmes trouvés à proximité de la grille d'entrée de la forteresse, Sionnach s'arrêta. Branndair leva ses pattes sur sa poitrine, et Sionnach fit comme s'il était occupé à lui gratter le cou, mais je savais qu'il offrait ainsi à la jeune fille une occasion de nous rattraper.

Sans surprise, elle augmenta sa cadence, craignant soudain d'être laissée en dehors des grilles. Quand elle fut tout près, il lui adressa un bref sourire, et nous passâmes tous ensemble devant les gardes. L'un d'eux me dit bonjour, et surpris, je levai les yeux. C'était Eorna.

– Alors, on a perdu ses armes, blanc-bec, cria-t-il en me faisant un clin d'œil.

– Heureusement pour toi, lui répondis-je en lui souriant.

– Rendez-vous demain matin dans les arènes, toi, petit bâtard paresseux et sans exercice.

La jeune fille se tenait entre lui et moi, marchant à mes côtés avec une attitude protectrice et regardant Eorna avec un regard de défi. Bon sang ! Je n'avais pas besoin de sa protection. Elle me faisait passer pour un moins que rien, et j'étais furieux, mais lui faire des reproches n'aurait qu'accentué la situation et je ne pouvais m'empêcher d'admirer son courage. J'essayai donc de l'ignorer.

– Vous avez perdu vos armes, mais vous vous êtes munis d'une paire de chiens bien utiles !

Eorna désignait à la fois Branndair et la fille, se tordant de rire tandis que les autres gardes nous rejoignaient.

– Ignore-les.

Sionnach attrapa mon bras et me dirigea vers la forge.

Mes yeux mirent un moment à s'adapter à la très forte obscurité. Dans la lumière éblouissante de la forge, Raineach se redressa, me regardant. Ses cheveux brun-rouge étaient tressés en arrière et son joli visage pointu était rougi par la chaleur. Arrachant d'un coup sec une tige d'acier de la forge, elle la déposa en la fixant du regard et posa son marteau à côté.

– J'ai entendu dire que vous aviez perdu vos épées.

Manifestement, j'allais souvent en entendre parler.

– Conal n'a jamais pris son épée.

– Je le sais bien, blanc-bec. Je lui en avais pourtant donné une sacrément bonne à emporter.

Ma lèvre se retroussa. Sa réponse à mon appel désespéré avait été au-delà de mes attentes, mais la gratitude a ses limites. Je ne serais jamais aussi grand que Conal, je le savais désormais, mais j'avais gagné en poids et en muscles pendant ces deux années. Je n'étais pas si petit. J'étais presque aussi grand que Sionnach, et si elle essayait de dire que je ne pouvais pas combattre, je saisirais cette tige incandescente et lui marquerais le postérieur au fer rouge.

En voyant mes yeux, elle eut un sourire ironique.

— Oui, tu as grandi.

Elle essuya ses mains sur son tablier en cuir et dit :

— Tu vas avoir besoin d'une épée à toi, alors.

— Oui, dis-je.

— Et bien, je vais t'en faire une. Montre-moi ta main.

Je tendis donc la main qui me servait à manier l'épée. Elle la retourna dans la sienne, en écarta très largement les doigts, et y accota sa main gauche. Elle me dévisagea de haut en bas.

— As-tu terminé ta croissance ?

Je haussai les épaules.

— Tu seras de la taille de Sionnach, je pense, ou à peu près.

Elle repoussa mes doigts de sa main gauche, mais tenait toujours ma main dans la sienne. Je sentis la toute petite pression exercée avant qu'elle ne la laisse retomber.

— Tu as bien agi, dit-elle.

Je murmurai quelque chose d'incohérent, trop surpris pour être courtois.

Elle examina l'un de ses ongles rongés et l'arracha avec ses dents.

— Ton frère était conscient il y a de cela une heure. Il voulait te voir, Murlainn.

Ce nom sonna bizarrement dans sa bouche, mais elle m'adressa un sourire soudain. Puis elle se redressa et se raidit.

Je me tournai pour regarder vers la porte d'entrée. La jeune fille s'avançait furtivement vers moi et, pendant un instant, j'eus comme envie de lui prendre la main pour la rassurer. Mais, fort heureusement, ma présence d'esprit me rattrapa pour m'en empêcher. À côté de moi, même Sionnach se tenait plus droit.

Leonora fit son entrée dans l'atelier, ses yeux rivés sur moi. Elle apparaissait mince et tendue après ses efforts pour rester en vie, même si elle ne ressemblait pas encore à un être proche de la mort. Dans son magnifique visage, ses yeux étaient hagards mais toujours durs. Ses cheveux avaient poussé et dépassaient ses épaules et ils étaient tenus en arrière par des pinces en argent travaillé. Le corbeau était posé sur son épaule, ses yeux de basalte rivés sur les miens.

– Murlainn, dit-elle.

– Leonora.

Elle fit un pas de côté, m'examinant. Je ne bougeai pas, mais la suivis des yeux.

– Un petit peu plus vite sur la détente, Murlainn, dit-elle, et tu aurais été le capitaine de cette forteresse et l'héritier de Griogair.

– Je le sais, lui dis-je.

Je pouvais ressentir la colère maintenue de Sionnach, et la jeune fille à côté de moi se rapprocha davantage de moi, touchant mon poing avec sa main fine. J'étais reconnaissant envers Sionnach, mais je repoussai la fille. Je n'avais pas besoin de son soutien. Elle commençait à devenir gênante.

Le corbeau croassa, inclinant sa tête, et Branndair lui grogna dessus, les poils hérissés. Leonora sourit à demi.

– Merci, dit-elle doucement, d'avoir pris ton temps.

Elle fit demi-tour et quitta la pièce. Le corbeau prit aussitôt son envol dans le ciel, planant et tournant jusqu'à ne devenir plus qu'une petite tache noire dans le vent. Raineach poussa un soupir de soulagement, et Sionnach fut parcouru d'un frisson. Il se reprit, embarrassé.

— C'est une bonne chose que tu aies pu t'éloigner d'elle, murmura-t-il.

— Oui, mieux que ce à quoi il pouvait s'attendre, dit vivement Raineach. Va voir ton frère.

La jeune fille me suivit encore mais, cette fois, au moment d'emprunter les marches en pierre menant aux appartements de Conal, je lui demandai de rester là où elle était. Je lui dis de la même façon que lorsque je m'adressais à Branndair, voire un peu plus sèchement. M'adressant un regard sec, Sionnach resta avec elle, murmurant quelques mots de réconfort tandis qu'elle me regardait m'en aller. Je me demandai machinalement s'il avait envie d'elle. Si c'était le cas, il avait une drôle de façon de s'y prendre.

La porte de Conal était gardée, mais je n'eus pas besoin de leur demander la permission d'entrer. Ils s'écartèrent, et l'un d'entre eux me fit signe d'entrer. À l'intérieur, Conal était couché sur le côté, ses doigts accrochés à l'oreiller, les yeux cernés et clos, mais il les ouvrit dès que je refermai la porte. Il fixa le mur.

— Seth, dit-il toujours sans me regarder.

— Tu devrais être en train de dormir, lui dis-je.

— Je le ferai. Mais je ne voulais pas m'endormir avant de t'avoir vu.

— Seuls les dieux savent pourquoi tu es encore éveillé.

Il tourna enfin sa tête, rasée, tailladée et couverte de bleus, et il se souleva pour me regarder, étayant son poids sur un bras tremblant. Je déglutis.

— Allonge-toi pour l'amour des dieux.

— Viens poser ton postérieur désobéissant à côté de moi.

J'obtempérai. Je m'assis sur le bord du lit. Il attrapa ma tête d'une main et me serra contre lui. C'était un effort surhumain pour lui, et comme je m'en étais rendu compte, je l'entourai de mes bras pour le maintenir fermement.

— Je voulais vérifier, murmura-t-il. Je voulais m'en assurer. Je me demandais si je ne t'avais pas imaginé. Je ne me souviens plus être rentré à la maison.

— Oui, tu t'es évanoui. C'est pour ça.

— Ils m'ont dit qu'ils te tenaient. Ils m'ont dit qu'ils allaient te tuer. Mais pas immédiatement.

Ses bras me serraient. Sa barbe de plusieurs jours me piquait la joue, et je pouvais sentir ses larmes tièdes dégouliner dans mes cheveux.

— Je pensais que tu étais dans une situation pire que la mort.

— Ils t'ont menti, dis-je.

— Je le sais, dit-il. Maintenant.

On se tenait l'un l'autre en silence. Je me souvenais. Il essayait de ne pas se souvenir.

— Catriona, dit-il. S'en est-elle sortie ? Va-t-elle bien ?

Je m'éloignai. Je lui en voulais toujours à son sujet.

— Si tu l'avais laissée, j'aurais pu te sortir de là, cette nuit-là.

— Ah bon… Comme tu as abandonné Ma Sinclair.

Je ne trouvai aucune répartie, alors je me mis à bouder.

— Tu n'aurais pas pu me sortir de là, Seth. Et tu sais très bien que je n'aurais pas pu sacrifier Catriona.

— Elle n'en valait pourtant pas la peine, ronchonnai-je. Elle ne va sans doute pas vivre très longtemps. Vingt ans, tout au plus, et c'est si elle a de la chance.

— Leurs vies sont courtes, dit Conal. Vingt ans, cela représente beaucoup pour elle.

— Et cela ne représente rien pour nous.

Il soupira et se frotta les yeux.

— Dors, lui dis-je. Tu n'as même pas eu la force de me frapper.

Il m'adressa un de ces anciens regards et sourit. Je mis ma main sous sa tête pleine de cicatrices et la déposai délicatement sur l'oreiller. Il s'endormit en quelques secondes.

Je laissai ma main contre son visage, caressant sa tempe creuse et sa barbe naissante qui était désormais plus longue que ses cheveux. Pendant un instant, je fermai les yeux et vis l'occasion manquée.

« Tu aurais pu être le capitaine de cette forteresse, avait dit Leonora. Le capitaine de cette forteresse et l'héritier de Griogair. »

Sorcière.

Chapitre 24

– Alors, qui est ton ombre ?

Je levai les yeux tout en les plissant devant le soleil couchant. Tandis qu'Eili s'asseyait à mes côtés, nous jetâmes tous deux un coup d'œil à Catriona. Elle était assise à vingt mètres, ses bras enroulés fermement autour de ses genoux, regardant la vie de la forteresse se dérouler autour d'elle.

– C'est la fille, dis-je brièvement. Elle était avec Conal.

– Elle ne parle pas beaucoup.

– Elle ne dit rien.

– Étrange, dit Eili.

– Pas vraiment. Ils l'ont torturée et ils étaient prêts à la brûler. Tu comprends maintenant ?

Je ne pouvais m'empêcher de sembler amer.

Eili regarda le sol.

– Je suis désolée, Seth. Je suis désolée d'avoir été dure avec toi ce matin.

J'hésitai. Un peu trop longtemps.

– Ce n'est pas grave.

– Je sais très bien que vous n'auriez pas pu venir, que le temps se serait égrainé. On aurait pu voler à son secours dès le moment où tu nous aurais avertis, et nous aurions pu le trouver mort, depuis des mois.

– Des années, dis-je.

– Oui, je le sais bien et je n'avais pas l'intention d'être blessante. J'étais inquiète pour Conal, c'est tout.

– Moi aussi.

Elle rougit, et cela fit un contraste détonnant entre la couleur de ses cheveux et celle de sa peau.

– Oui, je sais. Nous ne t'avons pas traité très gentiment.

J'ouvris la bouche dans l'intention de prononcer « Non, en effet », mais à la place, je dis :

– Ne t'inquiète pas de cela.

– Je sais que tu l'as fait pour lui. On le sait tous.

– Y compris Leonora.

Je ris brièvement.

– Je me demande précisément ce qu'elle ne me pardonnera jamais.

Eili haussa les épaules.

– D'être né.

Il n'y avait pas de réponse à cela.

– C'est plutôt ironique, ajouta-t-elle. Je veux dire par là que sa propre fille n'est pas de Griogair. Cela n'a jamais dérangé Griogair d'ailleurs. De toute façon, en quoi cela aurait-il pu le déranger ?

Je clignai des yeux.

– Leonora a une fille ?

– Reultan. Tu n'étais pas au courant ?

La façon dont son regard s'illumina ne m'échappa nullement.

– De la même trempe que sa mère ? demandai-je avec dédain.

– Elle est plus sympathique. Elle est belle. Elle est très courageuse. Et c'est une combattante hors pair.

— On pourrait en dire autant de Leonora.

Eili grimaça.

— Oui, mais Reultan n'a rien d'une sorcière.

— C'est de famille.

— Non, dit-elle en colère. C'est un choix.

— D'accord. Disons simplement qu'elle a le potentiel.

J'hésitai.

— Est-ce que Leonora t'effraie ?

— Bien sûr qu'elle m'effraie. N'en est-il pas de même pour toi ?

— Non.

C'était un mensonge. La vérité était qu'elle me terrifiait et qu'elle me mettait en colère.

— Où est Reultan, alors ? Je ne l'ai jamais rencontrée.

— Si, probablement. Elle fait partie du cercle de courtisanes de Kate.

Parmi les courtisanes, je me demandais bien laquelle de ces beautés austères pouvait être Reultan.

— Ça paraît logique.

— Je t'arrête là, Murlainn. Conal l'aime beaucoup. Il a eu l'occasion de bien la connaître quand il était l'un des capitaines de Kate.

— Ah oui, et où était-elle pendant qu'il était en exil ?

Eili sortit une dague et une pierre à aiguiser, et elle commença délibérément à affûter la lame.

— L'aimes-tu ?

Elle brandit la dague pour que je puisse l'admirer. Elle était légère et élancée, la poignée courbée de façon élaborée, mais confortable dans sa main.

— Je suis l'apprentie de Raineach. Elle dit que je suis douée.

– Elle est magnifique.

Elle l'était réellement.

– Pourquoi Reultan ne s'est-elle pas opposée à l'exil de son frère ?

– Écoute. Elle était partie se battre. Elle n'est pas comme Lilith à simplement donner ses précieuses opinions. Elle se bat également.

– Comment sais-tu si bien ce qu'elle était en train de faire ?

Eili soupira.

– Je le lui ai demandé. Je me posais les mêmes questions.

Et elle ajouta d'un ton sec :

– Et c'est mon amie. Je l'aime bien.

– D'accord.

Je me mordis la lèvre pour m'empêcher de poursuivre mes remarques acerbes, mais c'était plus fort que moi.

– Alors que pensait-elle de cet exil ?

– Elle en était très agacée. C'est ce que j'ai entendu dire. Mais elle ne pouvait pas s'opposer à Kate.

– Il semblerait que personne ne le puisse, murmurai-je.

– Murlainn…

– Que pensait-elle surtout de la *raison* ayant motivé cet exil ?

Eili appuya trop fortement la lame sur la pierre, et ses doigts tremblèrent.

Moi aussi je sentais la colère monter, alors je laissai échapper :

– Tu en veux à ma mère, n'est-ce pas ? Mais c'est Kate qui l'a mutilé, Eili. C'est Kate, pas Lilith. *Kate.*

— Lilith l'aurait étripé !

— Kate en aurait fait de même si elle avait pensé que c'était la manière de s'en sortir !

— Seth, tu n'oserais pas…

— Elle savait qu'elle ne pouvait se permettre de le faire, mais elle en mourait d'envie. Elle l'aurait bien volontiers éviscéré si…

— Tais-toi !

Elle releva brutalement la tête pour me regarder, et la lame dérapa de la pierre à aiguiser, lui entamant la base du pouce. Le sang gicla.

— Eili !

Jurant, je lui attrapai la main, appuyant fortement avec mes doigts sur l'incision.

— Je suis désolé, je…

— Ça va. Je vais bien.

Elle arracha brusquement sa main de mon emprise.

— N'en faisons pas toute une affaire.

Elle tâtonna en arrière, se détourna de moi, mais je continuais à la voir distinctement. Je la vis toucher l'entaille avec le bout de ses doigts hésitants, puis attraper les bords de la plaie et les recoller entre eux fortement. Une fois l'opération terminée, elle se retourna, sa paume plaquée sur sa blessure. Ses mains étaient humectées de sang, mais le flux avait cessé. Je cherchai sa main et l'écartai d'un coup sec, la prenant tellement par surprise qu'elle ne put résister.

— Eili, dis-je.

— Quoi ? Laisse-moi ! Je te l'ai dit. N'en fais pas toute une histoire.

— Qui est-ce qui en fait une histoire ?

J'étais autant en colère qu'elle.

– Il n'y a pas besoin d'en faire un drame, n'est-ce pas ? Tu ne vas pas te vider de ton sang, puisque tu es une guérisseuse. Une véritable guérisseuse, *de naissance*.

Sa peau pâle se mit à rougir de nouveau.

– Ne le dis à personne, Seth. Je te jure que si tu le dis…

– Pourquoi ne faudrait-il pas en parler ?

Mes yeux s'écarquillèrent.

– Tu ne vas pas me dire que personne ne le sait.

– C'est exactement ce que je suis en train de te dire. Et tu vas te taire.

– Mais Sionnach doit le savoir…

– Sionnach sait garder sa langue.

– C'est certain, dis-je hargneusement. Il peut difficilement faire autrement. Quel est ton problème ?

– Je te demande juste de te taire !

Elle sauta sur ses pieds et partis avec fracas vers les écuries. Je n'allais pas en rester là, alors je la suivis. Pour une fois, l'exaspérante « simple mortelle » resta où elle était, bien qu'elle m'observât depuis son coin discret.

Dans la tiédeur des écuries, je saisis l'épaule d'Eili, et elle me repoussa, mais j'eus le temps d'apercevoir des larmes dans ses yeux. Je reculai alors qu'elle se laissait tomber sur une botte de foin, y enfouissant sa tête.

– Eili, dis-je gentiment. De quoi as-tu honte ? Tu seras l'idole de chaque détachement. C'est un don magnifique.

– Non.

– Quand en as-tu pris conscience ?

– Trop tard, dit-elle.

Et je me rendis compte qu'elle pensait bien sûr à Sionnach. Je m'assis à côté d'elle, pris le risque de passer un bras autour d'elle, et mon cœur flotta alors qu'elle se pelotonnait dans le creux de mon épaule.

– Tu ne pouvais rien y faire, lui dis-je.

– Comment le sais-tu ? Peut-être que si. Peut-être que j'avais ce don et que je n'y prêtais pas attention. Peut-être que ma tête était trop focalisée sur les épées, les chevaux et…

Elle serra ses lèvres fermement.

« Et Conal », pensai-je, mais je n'étais pas suffisamment en colère désormais pour le lui laisser entendre.

– Ne sois pas bête, dis-je. Cela vient à l'improviste. Grian n'en a pas eu conscience avant ses quatre-vingt-dix ans, d'après ce que j'ai entendu dire, et c'est le meilleur guérisseur de la forteresse.

– Plus maintenant, dit-elle.

Je ne savais que dire face à ce genre de certitude.

– Eh bien, ce guérisseur de la cour de Kate n'a pas pu faire grand-chose pour Sionnach.

– Je suis meilleure que lui, dit-elle, et malgré son désespoir, il y avait une fierté sous-jacente dans sa voix. Je suis cent fois supérieure à lui. C'est si ancré en moi, Seth. Si cela s'était produit aujourd'hui, j'aurais pu soigner Sionnach, et il aurait à peine eu une cicatrice.

J'en doutais, mais je me gardais bien de dire quoi que ce soit.

– Malheureusement, cela ne s'est pas produit aujourd'hui, mais il y a deux ans.

– J'aurais pu aider mon frère, insista-t-elle obstinément. Si j'avais su.

– Eili, il n'est pas si handicapé que ça, tu sais.

– Je le suis.

À ma grande stupeur, elle se mit à pleurer.

Je ne savais plus quoi faire. Je caressai ses cheveux, tout d'abord légèrement puis plus fortement, et elle plaqua son visage contre ma poitrine, humiliée d'avoir pleuré. Je sentis son corps convulser alors qu'elle cherchait à se maîtriser et à contenir sa rage. Enfin, elle se calma et s'immobilisa, puis elle soupira et se décala légèrement. Elle réussit à lever les yeux vers moi.

— Merci, Seth. Ne le dis à personne.

Sur le fait qu'elle avait le pouvoir de guérir ? me demandai-je. Ou sur le fait qu'elle ait pleuré ?

— Pour les deux, dit-elle.

Son visage était incliné vers moi, ses yeux encore embués de larmes inhabituelles, alors je l'embrassai.

Je n'étais pas autorisé à l'embrasser. Je sentis le choc qui la saisit, réaction que je pouvais comprendre. Quand elle recula, j'emmêlai mes doigts dans ses cheveux taillés et je la tins, voulant la garder désespérément près de moi et l'embrasser encore. Ma main effleura sa poitrine même si je jure que c'était tout à fait accidentel. Elle s'éloigna alors brutalement et m'asséna une gifle sur la pommette, me repoussant.

C'était un coup léger, de ceux qu'on donnerait à un animal qui nous ennuie, mais ce coup me blessa davantage que bien d'autres encaissés depuis. Parfois, je peux encore le sentir. Mes doigts étaient encore prisonniers de ses cheveux, et alors que j'essayais de les retirer, elle se tourna si brusquement que certains s'arrachèrent à la racine. Il y avait des mèches rousses encore entortillées dans mes doigts quand elle me repoussa et se remit sur ses pieds.

Elle ne se mit pas à courir, et je ne pouvais pas me lever. Elle resta là, interdite, et moi j'étais assis là, à la regarder comme l'idiot que j'étais.

— Je pensais, bégayai-je. Je pensais que tu… que je…

— Comment as-tu osé ?

Elle secoua sa tête, calme et inébranlable.

— Comment as-tu pu penser à quelque chose de ce genre ?

— Je ne sais pas. Je…

— J'aime ton frère, Seth. J'aime Conal. Je n'aimerai toujours que Conal. Comment as-tu pu imaginer que je…

Elle réussit à se maîtriser, mais ses paroles inexprimées flottaient dans l'air vicié de l'écurie, presque audibles.

« Que je me contenterais de toi. » Voilà ce qu'elle n'avait pas dit. « Comment as-tu pu imaginer que je me contenterais de toi ? »

Secouant sa tête, elle détourna le regard.

— Je m'offrirai à lui. Quand j'aurai vingt ans, je m'offrirai à lui, et il m'acceptera. Je le sais.

— Il te considère comme une gamine !

— Aujourd'hui, oui.

Elle haussa les épaules, évitant toujours mon regard.

— Mais il est déjà amoureux de la femme que je serai. Il n'en est peut-être pas conscient encore, mais c'est la vérité.

La fixant du regard, je savais qu'elle visait juste. Elle se retourna, embarrassée plus qu'en colère, et s'en alla, refermant délicatement la porte des écuries derrière elle. Je restai assis, embourbé dans un sentiment de honte et de perte, conscient de ce que je venais de détruire, et je sentis mon cœur se désagréger.

Rien de mieux pour durcir un cœur que de le laisser voler en éclats. Je savais mieux désormais comment le protéger, le murer. Ce fut du moins ce que je me dis assis là, terrifié à l'idée de sortir à la lumière du soir, au cas où la totalité de la forteresse serait là, à se moquer de moi. Je savais que l'on s'en remettrait : les Sithe vivent si longtemps qu'il ne peut en être autrement. Entre Eili et moi, ce ne serait jamais plus comme avant, mais on s'en remettrait.

Et c'est ce qui se produisit, bien sûr. Depuis que nous étions de jeunes enfants, elle avait toujours été gentille à mon égard : désormais, elle se forçait. Sa gentillesse était contenue, marquée d'une certaine distance délibérée, et j'en étais humilié plus qu'autre chose. Je n'ai jamais commis cette bévue de nouveau, ce n'était pas mon genre, et cela m'avait offensé plus que je ne l'aurais cru. Je connaissais ma place dans son cœur : bien au-dessus d'Orach et Feorag, et sans doute quelque part entre son père décédé et son cheval. Et à mille lieux en dessous de Conal. J'avais compris la leçon et n'eus jamais besoin de recommencer.

Bon, il s'agissait ici de l'avenir, mais revenons-en à ce moment précis. Je me levai et j'ouvris la porte de l'écurie d'une main tremblante. Ceux de mon clan n'étaient pas en rang d'oignons à m'attendre pour se moquer de moi, bien sûr, alors je laissai échapper un soupir saccadé. Il n'y avait qu'un cavalier qui me fit un signe de tête alors qu'il amenait sa monture à l'écurie, et mon ombre. Mes *ombres*. Le prêtre n'en avait aucune alors que je réussissais à en cumuler deux.

Catriona s'occupait avec un petit couteau bien aiguisé et un petit morceau de frêne, mais je savais qu'elle me guettait du coin de l'œil. Je pensai m'éloigner et la laisser me suivre comme d'habitude, mais il y avait quelque chose de rassurant dans son immobilisme silencieux. Je traversai et m'assis à ses côtés. Elle me regarda intensément, puis se remit à tailler son bois.

Je m'adossai au mur et fixai les armureries de l'autre côté de la cour. Branndair posa son museau sur ma cuisse, et je lui caressai la tête. Une sentinelle toussa et cracha sur le mur au-dessus de nous, un cheval hennit, saluant le retour d'un ami, et quelqu'un cria un ordre. Le soleil était bas, et les ombres, allongées. L'air était sain et doux. Je me sentais en paix, assis ici. Bon sang, ce que j'étais heureux d'être de retour… Même si…

— Je viens de me ridiculiser, laissai-je échapper.

Catriona me jeta un regard, souriant légèrement. Le soleil couchant donnait quelque couleur à son pâle visage, et on pouvait imaginer à quel point elle avait pu être jolie avant que le prêtre ne s'occupe d'elle.

— Que fais-tu ?

Timidement, elle me le montra. C'était un petit loup sculpté, décidai-je après un moment d'observation. Il n'était pas terriblement exécuté, mais je ne pense pas que c'était parce qu'elle ne savait pas ce qu'elle faisait. C'était comme l'écriture d'une personne à la main cassée : un mélange de brut et de guindé, mais on pouvait sentir une maîtrise qui serait encore enfouie quelque part, léchant ses blessures et guérissant seule.

Je lui pris la main qui tenait le loup. Cet après-midi, Sionnach l'avait regardée et m'avait lancé un regard narquois avant de me dire qu'elle était forte. J'en avais été surpris. Pour moi, elle incarnait la jeune femme pathétique et tremblante qui avait contrecarré mon unique chance de sauver mon frère.

Désormais, je regardai de nouveau ses doigts, et cette fois-ci, elle ne les retira pas d'un coup sec. Je les écartai et les posai à plat contre ma propre main. Ils étaient encore enflés, les ongles tordus et horriblement décolorés. Je compris pourquoi elle m'énervait tant : elle me rendait honteux. Elle avait souffert tout comme mon frère, et moi, non. Elle l'avait rassuré dans l'obscurité alors que je n'avais pas pu.

– Le petit homme, lui demandai-je, celui dont tout le monde parlait. Était-ce lui ?

Elle acquiesça, puis secoua la tête.

– Lui et d'autres ?

Elle acquiesça.

– Un jour, lui dis-je, tu me montreras à quoi ils ressemblent.

Elle haussa les sourcils.

– C'est facile, je te le jure. Un jour tu me les montreras, comme ça plus tard, je pourrai les trouver. Est-ce que tu comprends ce que je suis en train de te dire ?

Elle regarda d'abord dans l'un de mes deux yeux, puis dans le second. C'était une sensation étrange, comme si elle voyait ce qui se passait dans mon cerveau alors que je pouvais à peine croiser son regard. Puis lentement, elle opina.

– Cette fille, dis-je, désignant l'écurie d'un signe de tête. Juste maintenant. Je l'aime et je pensais qu'elle aussi pouvait m'aimer, mais pas du tout. Je suis un bel abruti.

Elle regarda sa main bien pâle contre la mienne.

– Tu sais ce que j'aime chez toi ? C'est que tu ne vas pas le répéter. Tu ne vas pas raconter à quel point je suis un imbécile.

Ses doigts blessés s'enroulèrent autour de ma main. Elle la porta à ses lèvres et l'embrassa, puis elle me serra dans ses bras. Se remettant debout, elle plaqua son petit cheval sculpté dans ma main et s'en alla.

Chapitre 25

Je fus surpris quand je finis par me lever et que je ne voyais plus la fille nulle part. Peut-être qu'elle allait arrêter de me suivre comme un petit chien. Ou peut-être que non. Jetant un œil sur le petit loup en bois rudimentaire, je me demandai si elle pouvait réellement être une sorcière. Peut-être avait-elle ensorcelé cet objet afin de garder un œil sur moi sans avoir à le faire elle-même. Je ris à cette idée et tendis l'objet à Branndair.

— Qu'en penses-tu ?

Il le regarda avec méfiance.

— Non, dis-je, il n'est pas très joli, n'est-ce pas ?

Du plus profond de sa gorge, il émit une plainte légère, puis s'étira, ses pattes grattant la pierre. La forteresse était désormais dans l'obscurité la plus totale, et le soleil avait totalement disparu. Frissonnant, je me souvins à quel point cela faisait longtemps que je n'avais pas dormi et à quel point j'étais fatigué. Je me demandai où se trouvait Orach et en même temps je me réjouissais qu'elle ne fût pas là. Mes émotions étaient complètement emmêlées, et après mes deux années d'exil, je ne savais pas comment elle réagirait envers moi. D'après ce que je savais, elle était très proche de Feorag désormais, ou de quelqu'un d'autre. D'après ce que je savais, elle pourrait aussi être amoureuse d'une femme.

Une fois dans mes appartements, je regardai autour de moi. Rien n'avait changé hormis la couche de poussière et mon petit lit qui sentait le renfermé. C'était cent fois mieux que les divers endroits dans lesquels j'avais dormi ces deux dernières années. C'était trop bien, et je savais que je ne pourrais pas dormir ici, pas pour le moment. J'attrapai une couverture que je secouai pour en retirer la poussière, puis détachai la bride qui pendait au crochet près de la porte. Je la fis courir entre mes doigts, puis la jetai sur mon épaule et sortis de la chambre, fermant délicatement la porte derrière moi. Branndair me jeta un regard, attendant en silence. Je pensai à mon ancienne chambre près de la tannerie, mais je me ravisai.

Dans le couloir, les gardes à l'extérieur de la porte de Conal continuaient à ne pas m'adresser la parole, mais ils cessèrent leurs messes basses et me regardèrent tandis que je passais devant eux. Les ignorant, je m'installai contre le mur jouxtant la porte de Conal, m'enroulant dans la couverture et me pelotonnant sur le sol. Cela me semblait mieux. Une paillasse m'isolait du sol froid, et c'était tout ce dont j'avais besoin. À l'intérieur de la couverture, je me cramponnais à la bride que je serrais contre ma poitrine, et Branndair s'affala le long de mon corps. Je pouvais sentir sa chaleur se diffuser dans mes os, son rythme cardiaque et les fluctuations de sa cage thoracique. Je pouvais sentir sa respiration à côté de mon visage. Puis, je ne parvins plus à ressentir, entendre ou sentir quoi que ce soit, car je sombrai dans l'oubli : ce fut le meilleur sommeil que j'avais eu depuis deux ans.

★ ★ ★

Si je m'étais attendu à quelque chose, c'était à avoir plus froid au réveil, surtout depuis que Branndair n'était plus à mes côtés. À moitié endormi, je me connectai mentalement : il allait bien. Il était dehors, dans la forteresse, nourri avec les chiens de chasse. Sionnach était passé et l'avait emmené. Mon corps me semblait relâché et immobile. La dernière fois que j'avais dormi aussi longtemps, je m'étais réveillé tout endolori et mourant de froid, encore exténué, à la suite d'une perte de connaissance provoquée par mon propre frère. Maintenant, bien que le sol fût dur, je me sentais endormi, mais réchauffé comme si j'avais évacué pendant mon sommeil toute la douleur, le froid et l'abattement. Quelques peaux de bêtes et une couverture supplémentaire avaient été glissées autour de moi, et ma tête reposait sur un plaid doux et replié en plusieurs épaisseurs. J'étais surpris qu'on se soit préoccupé de mon confort, mais j'en étais reconnaissant cependant.

Me relevant sur un bras, je clignai des yeux. La garde avait été relevée. Un homme et une femme bloquaient désormais de façon efficace l'accès à la chambre de Conal et à moi-même : Carraig et Geanais. Je pouvais sentir qu'ils avaient bloqué l'accès à leurs esprits, qu'ils avaient mis en place leur système de protection. Plus loin, et visiblement avec un accès interdit à Conal ou à moi-même, une petite silhouette était recroquevillée contre le coin d'un mur, enveloppée dans une couverture comme je l'étais. Elle était éveillée, et quelqu'un lui avait remis une tasse d'une quelconque boisson qui semblait chaude et qu'elle tenait précieusement entre ses deux mains délicates et blessées, mais les gardes semblaient l'ignorer.

Je m'extirpai de mon amoncellement de peaux et de couvertures et me levai, chassant le sommeil tandis que j'accrochais ma bride sur mon épaule. Mon corps était raide et j'avais des douleurs, mais c'était de bon augure. Carraig me jeta un regard et me fit un signe de la tête.

– Laisse-la approcher, dis-je.

Carraig regarda Geanais, et elle haussa les épaules, puis elle tourna sa tête vers la fille. Catriona sauta sur ses pieds, cramponnant toujours sa tasse bien qu'elle en renversa un peu et se rapprocha avec méfiance entre eux.

– Vous ne pouviez pas la laisser à côté de la porte de Conal ou quoi ?

– Ne sois pas stupide, dit Geanais. Bien sûr que nous ne pouvions pas.

– On l'a laissée passer pour qu'elle t'apporte les couvertures, ajouta Carraig, comme s'il s'agissait là d'un énorme passe-droit.

– Et moi qui étais sur le point de te remercier pour ces couvertures, dis-je.

– Je doute que tu t'en serais donné la peine, dit Carraig.

Je lui répondis quelque chose de grivois. Il me fit un doigt d'honneur et reprit sa conversation avec Geanais.

Catriona faisait du surplace de façon indécise, fixant la porte de Conal.

– Viens, lui dis-je.

Lui faisant signe, j'ouvris la porte silencieusement. Alors qu'elle s'ouvrait en grand, je reculai et la laissai regarder Conal à l'intérieur. Il était totalement immobile, son visage creusé et éclairé par la lumière douce qui pénétrait à travers les persiennes, mais sa respiration était lente, profonde et régulière. Seul le bout de ses doigts tremblotait. Je l'attirai dehors et refermai la porte.

— Tu vois, dis-je, il va très bien maintenant.

Elle acquiesça.

— Et toi aussi, ajoutai-je. Tu peux rester ici avec nous si tu le souhaites. Pas de problème.

Elle sourit brièvement, puis étudia mon visage. Levant un doigt, elle toucha ma pommette, dubitative.

— Oui, dis-je. Oui, moi aussi ça va maintenant.

Je pensai à Eili et je pris conscience que depuis que j'étais éveillé, c'était la première fois que je pensais à elle. C'était rassurant. Je me demandai où pouvait être Orach. Je voulais la voir sur-le-champ.

— Tu dois être affamée, dis-je, en retirant la tasse des mains de Catriona.

À l'odeur, car il n'en restait pas la moindre goutte, il s'agissait de lait chauffé avec du whisky.

— Je meurs de faim aussi. Il va bien, tu sais. On peut le laisser sans souci.

J'élevai la voix.

— Même avec cette paire d'empotés, on peut le laisser.

Cette fois, ce fut au tour de Geanais de me faire un doigt d'honneur.

Je saisis la main de Catriona dans la mienne et je les bousculai au passage.

— Je suis attendu dans les arènes, mais je veux manger un morceau avant.

Carraig lâcha un rire proche de l'aboiement :

— Eorna a dit de te faire savoir qu'il envisage une victoire morale, blanc-bec. Considérant que tu ne te pointeras jamais.

Me retournant, j'attrapai une poignée de ses cheveux et je collai mon visage à proximité du sien. Je sentis le petit halètement effrayé de Catriona et le léger bruit métallique de la dague que Geanais était en train d'extirper de son fourreau, mais je ne regardai pas autour de moi. La dague était à moitié dénudée, et c'est ainsi qu'elle allait rester. Son mouvement avait été instinctif, mais je savais qu'elle n'oserait pas. Aucun d'eux n'oserait. Jamais plus.

Je fixai Carraig dans les yeux.

– Comment m'as-tu appelé ?

Il ne répondit pas. Je resserrai mes doigts dans sa chevelure jusqu'à ce qu'il grimace.

– Quel est mon nom ? dis-je en haussant le ton.

Il fut silencieux pendant un bref instant seulement, puis il dit :

– Murlainn.

Je le relâchai, et il put respirer. Je n'eus pas besoin de regarder derrière moi pour savoir que Catriona était sur mes talons. En bas de l'escalier en pierre, je m'arrêtai et me tournai vers elle. Elle s'arrêta net, me bousculant presque.

– Quelle heure est-il ? lui demandai-je honteusement. N'est-ce pas le matin ?

Son visage émacié était éclairé par un large sourire alors qu'elle secouait la tête. Quand elle porta sa main à sa bouche, sa respiration fit comme un petit grognement, presque sans bruit, comme un petit rire nerveux.

Je lui retournai son sourire.

– Est-ce que j'ai exagéré un peu ?

Sa main continuait à maintenir son rire étouffé tandis qu'elle secouait de nouveau la tête.

— Viens, alors.

Il n'y aurait pas de petit déjeuner. Dès que je sortis à l'extérieur, je me rendis compte qu'il faisait déjà un peu sombre et que j'avais dû dormir pendant près de vingt-quatre heures. Le soleil estival tardif brillait encore dans le ciel, et il y avait du monde dans le grand hall, s'apprêtant à boire. Dans les cuisines, je fouillai pour récupérer de la viande froide, du pain et des galettes d'avoine pour nous deux, puis je l'emmenai vers le parapet. Nous nous assîmes et mangeâmes en silence, regardant les longues ombres sur la lande baignée par le coucher du soleil, et je pensai alors que la vie ne pouvait pas être plus merveilleuse.

Retirant la bride de mon épaule, je commençai à la graisser à l'aide d'un chiffon que j'avais pris en passant par les écuries. La bride était terne et raide de ne pas avoir servi, mais j'étais content d'avoir à effectuer cette tâche et je fus satisfait en constatant qu'elle s'assouplissait et qu'elle devenait plus brillante. Catriona replia ses jambes dans ses bras et observait, levant occasionnellement son regard de la lande, de la mer et des collines au loin.

— Pourquoi ne parles-tu pas ? lui demandai-je.

En regardant au loin, elle haussa les épaules. Puis elle m'adressa un regard attristé.

— Pas de problème, dis-je. Pas de problème.

J'aimais cela cependant. C'était une personne apaisante. Comme Sionnach, même encore davantage.

Derrière nous se fit entendre le bruit des pattes de Branndair tandis qu'il grimpait l'escalier en pierre pour nous rejoindre. Je lui donnai les restes de ma viande et lui grattai les oreilles, là où il aimait bien qu'on le gratte, et il se coucha, sa tête sur ma cuisse.

J'étais suffisamment détendu pour me rendormir mais, à mes côtés, elle était agitée et inquiète, et je finis par rouvrir les yeux et tourner la tête pour la regarder.

– Qu'est-ce qui ne va pas ?

Elle regarda en arrière, en direction de la forteresse, puis vers moi, avec un regard suppliant. Pour être honnête, je commençais à devenir impatient et, naturellement, j'essayai de me faufiler dans son esprit. Ce fut seulement lorsqu'elle recula, avec un halètement inquiet, que je m'aperçus que cela ne lui semblerait somme toute pas normal.

– Désolé, dis-je, même si cela n'était pas complètement sincère. Pour l'amour des dieux, ne fais pas cette tête d'animal effrayé.

Je pouvais deviner son pouls qui palpitait dans sa gorge, et elle continuait à me regarder comme un animal effrayé. Je levai les yeux au ciel.

– Tu veux y aller et t'occuper de lui ? Que suis-je censé penser d'autre ?

Elle déglutit, mal à l'aise, et acquiesça.

– Alors pourquoi tu ne… Bon, de toute façon, tu ne le dirais pas.

En soupirant, je me remis debout.

– N'essaie même pas de te rendre au-delà des deux abrutis dans le couloir. Ils ne te laisseront jamais passer. Allez, viens, je t'emmène voir Grian.

★★★

Le guérisseur Grian était vraiment heureux d'avoir une aide, et j'étais soulagé de ne plus avoir Catriona en permanence dans mes pattes. C'était agréable de ne pas avoir à me soucier d'elle en plus. Le moment où j'avais pu infiltrer son esprit avait été un choc pour moi. J'avais découvert qu'elle était toujours en souffrance (vous pensez que j'aurai pu le deviner), qu'elle était encore effrayée, mais malgré cet instant de connivence, je ne savais pas encore grand-chose de ce qui lui était arrivé. Elle avait enfoui la plus grande partie de cette souffrance derrière une sorte de mur qui viendrait honorer l'esprit d'un Sithe. Je reconnaissais qu'elle avait besoin de distractions et je savais que rien ne pouvait mieux lui convenir que de garder un œil sur son héros. Grian la trouvait serviable et utile, il l'aimait bien et il était plutôt bon pour soigner les corps et âmes blessés quand le patient ne s'imaginait pas une minute qu'il était un patient. Catriona et lui s'apportaient beaucoup, et j'étais satisfait d'avoir pensé à cette association.

— Elle est forte.

Quelques jours après, Grian répéta exactement la même chose que Sionnach.

— Elle travaille dur. Elle adore ton frère. Elle ne parle pas, mais ton frère semble apprécier de l'avoir à ses côtés.

Il s'esclaffa.

— Pas sûr qu'Eili l'apprécie autant !

Je jubilai.

Chapitre 26

Cette révélation s'est abattue sur moi avec une insupportable lenteur : la moitié de la forteresse seulement croyait que j'avais été sauvé d'une terrible obligation grâce à l'intervention de MacLeod lors de la crémation de Conal. L'autre moitié pensait que j'avais échoué.

Cela démarra avec une sorte de suspicion tenace et quelques regards qui fuyaient délibérément le mien, et s'acheva avec une rixe dans le grand hall. Je me serais bien chargé à moi seul des trois assaillants – ce n'aurait pas été la première fois, car ils se comportaient ainsi depuis que j'avais huit ans –, mais Sionnach décida de bon cœur de se joindre à nous. Eili regardait avec des yeux ronds tout en poussant de nombreux soupirs manifestes, mais quand elle décida enfin de venir donner un coup de main, les assaillants finirent par céder. Mon genou écrasait la gorge de l'un d'eux, et j'eus comme une envie de le maintenir ainsi et de lui écraser la trachée, comme avertissement à toute autre personne qui aurait pu nourrir la même idée pernicieuse. Mais cela n'en valait pas la peine. S'ils voulaient penser du mal de moi, après tout, qu'ils le fassent ou qu'ils aillent au diable. De plus, mon frère, une fois rétabli, m'aurait tué pour avoir fait cela.

Catriona regardait la bagarre sanglante les yeux grands ouverts, le visage horrifié. Leonora regardait, souriant légèrement, ne prenant pas parti.

Orach, bien sûr, penserait au moins autant de mal de moi que de Conal. Elle revint à la forteresse une semaine après notre retour, après avoir patrouillé dans les landes et récolté les taxes dues en céréales et en viande. (Ces droits étaient bien plus modiques que ceux que Conal et moi-même devions remettre à MacLeod, mais j'avais cessé d'en vouloir à celui-ci pour les hivers où nous étions si affamés.) Orach, rendue populaire parmi les capitaines grâce à sa nature facile à vivre et son habileté au tir, avait escorté une charrette chargée de sacs de céréales, qu'elle avait abandonnée à près d'un kilomètre de là, ignorant les vociférations aiguës de son capitaine, pour franchir au galop les grilles de la forteresse. Elle se jeta de son cheval pour se précipiter sur moi, et je ris, la faisant tournoyer en larges cercles dans mes bras.

— J'ai entendu parler de ce qui vous est arrivé, me dit-elle un peu plus tard. Je veux tout savoir, dans les moindres détails. Pas là immédiatement, mais un peu plus tard. Comment va Conal ?

— Il se rétablit, dis-je. Ils ont utilisé un couteau en guise de pique. Il a perdu beaucoup de sang. Et ils l'ont tellement frappé qu'il a des blessures là où on ne peut pas voir, ce qui rend le travail des guérisseurs difficile. Tu sais qu'il y avait un Lammyr parmi eux ?

— J'en ai entendu parler, dit-elle en frissonnant. Combien de temps est-il resté en captivité ?

— Une semaine, répondis-je en haussant les épaules.

— Bon sang, comment peut-il être encore en vie ?

— La chance, dis-je d'un air grave. Surtout que le… le Lammyr s'amusait trop pour tu…

— Je suis désolée.

S'arrêtant là, elle me pressa la main, et je regardai vers le coin où l'écurie rejoignait le mur de l'armurerie. Personne ne pouvait apercevoir mes larmes de rage.

— Désolée, répéta-t-elle. Je n'aurais pas dû le demander, enfin pas si tôt. Parlons plutôt des points positifs… Est-ce que c'est la fille, la « simple mortelle » ?

Pas mécontent de pouvoir changer de sujet, je jetai un œil autour de moi. Catriona était descendue des appartements de Conal, et elle se tenait dans la cour, prenant l'air. Encore trop timide pour côtoyer d'autres êtres humains, elle avait aperçu un cheval alezan attaché près de l'écurie et elle traversa pour lui caresser le museau et lui gratter les joues et les oreilles. Il hennit de plaisir et frotta son museau contre le crâne rasé de Catriona. Elle savait s'y prendre avec les chevaux.

En revanche, elle avait une apparence déplorable. Elle passait trop de temps dans la chambre de Conal à regarder Grian réparer son corps brutalisé et mutilé, alors qu'elle aussi avait été maltraitée il y a si peu de temps. Je pensai qu'elle avait suffisamment souffert. Ce dont elle avait besoin désormais, c'était d'avoir la tête vide, de pouvoir jouir du ciel et de sentir le vent du nord fouetter sa peau. Elle avait besoin de prendre le soleil, car elle était d'une pâleur extrême. Ce n'était pas de sa faute si elle avait une telle allure.

J'étais sur le point d'ouvrir la bouche pour prendre sa défense, mais je n'eus pas le temps de prononcer le moindre mot.

— Mais, bon sang, à quoi penses-tu ? dit Orach, d'un air indigné.

N'ayant jamais été agressé verbalement par Orach jusqu'à ce jour, je restai bouche bée et j'eus du mal à mouvoir ma mâchoire.

— Personne n'a-t-il pensé à donner à cette pauvre fille quelques vêtements propres ?

Je fixai Orach, puis Catriona. Elle portait en effet toujours la même robe grise mince que le fameux jour de son exécution annulée. Elle avait dû la laver chaque nuit, car elle semblait relativement propre. C'est tout ce qu'il y avait à en dire. La honte me submergea en un flot croissant.

— Quelle bande d'idiots sans cervelle ! dit Orach, et elle se dirigea vers Catriona.

Elle était à mi-chemin de la jeune fille quand je me souvins de la prévenir

— Elle ne parle pas !

Alors Orach prit la jeune fille interloquée par le bras et l'entraîna en direction de ses propres appartements, lui murmurant quelque chose à l'oreille.

★ ★ ★

— Elle ne parle pas ! s'exclama Orach, narquoise. Elle ne parle pas, vraiment ? C'est plutôt que tu ne sais pas écouter.

— Depuis quand as-tu cette attitude si rebelle ? lui dis-je en entrelaçant avec avidité mes doigts dans sa chevelure et en rabaissant son visage pour l'embrasser. Toi qui étais si tranquille.

Elle appuya ses mains contre mon torse et se détacha de moi. Je grommelai.

— Tu n'es qu'un casse-pieds arrogant. Je n'étais pas si tranquille. C'est juste que je ne pouvais jamais en placer une.

Le ciel était suffisamment bleu pour faire mal aux yeux. Contre la peau nue de mon dos, les algues étaient rêches, et ce fichu sable se collait n'importe où, mais je m'en fichais. On pouvait deviner le bruissement d'une brise dans les massifs d'armérias, et cette brise emmêla les cheveux détachés d'Orach. Je pouvais sentir l'odeur de la mer et des marais, mais aussi celle de sa peau chauffée par le soleil. Je clignai des yeux à cause de l'intensité du soleil, cherchant à me focaliser sur son visage bien déterminé.

— Comment va Feorag ? demandai-je.

— Feorag va bien, me répondit-elle en se mettant à califourchon sur moi et en baissant le regard sans aucune expression.

Posant mes paumes sur ses cuisses, je relevai un sourcil.

— Dois-je considérer que tu n'es pas spécialement attachée à lui ?

— Quel petit malin ! Je ne suis pas plus attachée à lui qu'à toi.

Je lui adressai lentement le petit sourire qui la faisait généralement chavirer, mais elle exprima son dégoût en me donnant une tape sur la poitrine.

— Aïe, dis-je.

— Je n'ai jamais dit que je t'attendrais, Seth.

— Mais je ne te l'ai jamais demandé.

— Quand bien même tu me l'aurais demandé…

— C'est bien pour ça que je ne te l'ai jamais demandé. Tu as brisé mon cœur, jeune femme.

— Menteur.

Elle me donna de nouveau une tape.

– Je t'aime. C'est ce que je suis en train de te dire.

– Mais j'en suis convaincue.

Ses yeux s'attendrirent, et elle s'affala à côté de moi dans l'herbe sèche. Elle caressa ma joue.

– Mais je ne te suffirai jamais.

– C'est exact. Bien sûr.

Je roulai sur moi pour mieux la regarder.

– Je ne te suffirai jamais également.

Ses doigts flânèrent le long de mes lèvres, me faisant frissonner.

– Si tu le dis, Murlainn.

Je l'enveloppai d'un bras, et devenu soudainement triste, j'embrassai son front. Je n'avais pas envie de me sentir triste. Je changeai de sujet, comme toujours.

– Elle t'a parlé, Catriona ?

Orach me regarda avec insistance. Cela me mit mal à l'aise.

– Alors, elle t'a parlé ? insistai-je.

– Non, mais elle peut le faire et elle le fera.

Orach jeta un regard sur le côté.

– Elle a juste besoin de quelqu'un qui l'écoute.

– J'écoute, dis-je, contrarié.

– Ouais. Seulement ton propre écho.

Nous restâmes en silence pendant un instant, mon bras entourant ses épaules, les siens reposant légèrement sur mon torse. La mer, qu'on ne pouvait distinguer, se fit entendre, chuchotant et se pressant au-delà de l'horizon proche de la dune. Quand je fermai les yeux, je vis des veines rouges sous mes paupières et je la sentis embrasser ma peau.

— Que va faire Kate ? murmura-t-elle.

J'ouvris de nouveau les yeux face à la lumière aveuglante du ciel.

— Je l'ignore.

— Elle doit bien savoir que tu es de retour.

— Oui. Elle va attendre le rétablissement complet de Conal. Pour des raisons politiques.

— Au sens strict, vous êtes encore des exilés, dit-elle, et il y avait un frisson d'anxiété dans sa voix.

— Je vais te dire quelque chose.

Mes doigts se resserrèrent sans le vouloir sur son bras.

— Je ne retournerai jamais dans l'autre monde. Jamais. Et Conal non plus, peu importe ce que cette sorcière pourra en dire.

Ce qui était un pur geste de bravade, vain, et une preuve évidente que la télépathie n'avait rien à voir avec la prévoyance.

★ ★ ★

Orach quitta de nouveau la forteresse deux jours plus tard, s'étant portée volontaire pour une autre semaine de surveillance des frontières. Je pouvais à peine le croire. J'avais été absent pendant deux ans, bon sang !

— *Pas de promesses,* me dit-elle, en m'embrassant pour me dire au revoir. *C'est bien ce que tu dis.*

— *Je sais,* dis-je. *Mais tu vas me manquer.*

— *Tu m'as bien manqué pendant deux ans. Tu sais quoi ? C'est difficile de te savoir de retour.*

— *Pourquoi ?*

Chagrinée, elle inclina son regard sur moi.

— *À cause de la façon dont tu la regardes.*

— *C'est fini. Il n'y a plus rien entre Eili et moi et il n'y a jamais rien eu d'ailleurs. J'ai…*

— *Parfois tu es le type le plus idiot que je connaisse.*

Elle se tourna vers son cheval.

— *Je ne parle pas d'Eili. Je te parle de cette fille, la « simple mortelle ».*

Elle aurait pu aussi bien m'asséner un coup de masse. Je restai sans voix alors qu'elle rassemblait ses rênes dans une seule main. Me ressaisissant, j'attrapai sa tresse blonde, ne voulant pas la laisser monter sur son cheval.

— Je ne sais pas à quoi tu fais allusion. Écoute. Je ne peux pas m'engager.

— Tu veux dire que tu ne souhaites pas t'engager.

— Exact. Es-tu en train de me plaquer, Orach ?

— Non.

Elle m'embrassa de nouveau.

— Allez. Nous partons. Je dois y aller.

— Mais tu reviendras.

— Oh oui.

Elle me donna un drôle de baiser.

— *C'est bien ça le souci entre toi et moi. Je reviendrai toujours, et tu le sais.*

« Et c'est bien pour ça que je t'aime », pensai-je, mais j'étais maussade et de mauvaise humeur et je n'avais aucune intention de le lui dire.

★ ★ ★

J'aurais aimé avoir Orach avec moi le matin suivant de façon à lui livrer mes impressions. La pauvre Catriona semblait humiliée d'avoir à porter un pantalon convenable, des chaussures et une chemise en lin décente. Ils venaient tous d'Orach bien sûr, de même que le pourpoint en cuir qu'elle fermait presque jusqu'au cou. Elle n'arrêtait pas d'en tirer l'ourlet comme s'il y avait un espoir de le voir s'allonger suffisamment pour couvrir ses hanches étroites et elle gardait le visage baissé vers le sol, les bras croisés sur sa poitrine. Je n'aurais jamais pensé que les vêtements d'Orach puissent être grands sur quelqu'un d'autre. Avec sa coupe courte et irrégulière qui était à peine plus qu'une repousse après tonsure, on pouvait prendre Catriona pour un garçon. Je faillis le lui dire pour la rassurer et aussi pour l'empêcher de continuer à se conduire si bêtement. Elle ne risquait rien.

J'en étais outré, au nom des femmes de notre peuple. Qu'est-ce qui la gênait dans la façon dont elles s'habillaient ? Nos femmes n'aimaient pas trébucher sur leurs jupes. Elles n'envelopperaient pas leurs corps dans des tissus défraîchis, à moins de vouloir afficher une certaine et étrange modestie. Alors quoi ? Chez les Sithe, les hommes avaient de la retenue contrairement aux hommes des « simples mortels ».

L'attitude de Catriona était une insulte envers Orach et toute autre femme Sithe – sans parler de nous, les hommes –, et j'étais si indigné que je l'ignorai, même lorsqu'elle me lança nerveusement un regard suppliant. Si elle voulait avoir mon soutien, elle devait cesser de se conduire comme une enfant complexée.

Elle ne pouvait même plus se cacher dans la chambre de Conal, car Grian l'en avait chassée. Pas parce qu'il en avait assez d'elle, mais parce qu'il pensait tout comme moi qu'elle y avait passé bien trop de temps. Elle cherchait à se cacher désormais. Mais elle avait besoin d'air frais et de regagner un peu de couleur sur son visage émacié. Il l'envoyait donc faire des courses, porter des messages ou cueillir quelques herbes.

J'étais sur le point de partir à la chasse ce matin-là avec Sionnach et Feorag – ces jours-ci, Eili était totalement absorbée dans l'apprentissage de la fabrication d'épées avec Raineach – quand Catriona déboula à la porte, avec un air de petite souris terrifiée. Nous la vîmes traverser la cour à toute vitesse, baissant la tête pour ne pas nous regarder et se recroquevillant comme une bossue. Sionnach et Feorag durent être aussi surpris que moi par sa transformation, car ils n'émirent aucun commentaire désobligeant. Une fois remis de mon choc, je sifflai d'exaspération et tirai sur mes rênes pour faire tourner mon cheval. Il était de bien meilleure compagnie, et j'étais de nouveau fou d'amour pour lui, depuis qu'il avait répondu à mon premier appel et qu'il était venu spontanément vers moi. Je voulais passer du temps à le connaître et à ce qu'il apprenne à me connaître. La dernière chose dont j'avais besoin, c'était bien d'avoir cette « simple mortelle » collée à moi de nouveau.

– Dis-lui de venir chasser avec nous, suggéra Sionnach.

– Allez vous faire voir, crachai-je. Elle serait un fardeau.

Feorag siffla entre ses dents, et sa chienne de chasse s'arrêta de renifler l'arrière-train de Branndair, puis se rapprocha de lui. Branndair poussa un grognement lascif, et quand je l'appelai par son nom et que je fixai ses yeux dorés, je jure qu'il me fit presque comme un sourire.

– Ah, ton loup est aussi terrible que toi, dit Feorag d'un ton joyeux. Dis-lui que Breagh ne sera pas en chaleur pendant un mois entier. En ce qui te concerne, seuls les dieux savent quand *elle* sera en chaleur.

Il tourna sa tête vers le coin où disparaissait Catriona.

– Si seulement ça lui arrive un jour…

– Au diable tes…

Je ne trouvais pas les mots pour exprimer mon mépris.

– Tu ne vas pas t'y mettre aussi. Que veux-tu que je fasse avec elle ? Regarde-la !

– Eh bien, ce que tu fais d'habitude !

Il la scruta d'un air critique.

– Elle fera bien l'affaire. Un jour ou l'autre.

Je ne sais pas pourquoi je voulais voir disparaître ce profond sourire de satisfaction qu'il arborait. Tout ce que je pus faire fut de rester là, à le regarder silencieusement tandis que je mettais de l'ordre dans mes pensées, et peu après il sentit mon regard et le soutint.

– Laisse-la tranquille, lui dis-je.

Puis, parce que je m'étais trouvé étonnamment féroce, j'ajoutai :

– Pour le moment du moins, d'accord ? Cette fille est perturbée. C'est tout.

Sionnach m'adressa un regard qui me troubla. Je râlai après mon cheval qui quitta son allure initiale pour adopter un petit galop alors que nous franchissions les portes grandes ouvertes de notre forteresse.

J'avais très hâte à cette chasse. Cela faisait longtemps que j'avais ressenti un tel besoin de tuer quelque chose.

Chapitre 27

– De quoi diable es-tu en train de te moquer ? me demanda Eorna en me lançant un regard noir.

– Quoi ?

– Pourrais-tu effacer ce sourire narquois de ton visage, petit ?

Au moins, il avait cessé de m'appeler blanc-bec, et de toute façon, je n'allais pas lui tomber dessus pour une simple histoire de surnom, car contrairement à Carraig, c'était un ami, et l'on s'appréciait. Notre amitié était profondément enfouie, il est vrai, mais bel et bien présente.

On ne l'aurait pas cru en voyant son visage furieux à ce moment-là.

– Me suis-je un jour moqué de toi ? vociféra-t-il.

Ce n'était pas faux. Je cessai alors de sourire ainsi. À vrai dire, je ne m'étais pas rendu compte que j'affichais un sourire si satisfait avant qu'il n'en ait parlé. Retirant mon épée émoussée de sous sa gorge, je le laissai se remettre sur pied.

Le ciel formait une coupole d'un bleu transparent au-dessus de nos têtes ; nous étions tous deux ruisselant de sueur, mais je le battais désormais par six manches à une et je m'étais demandé à quel moment il allait exploser. La douceur du soleil avait attiré quelques spectateurs, et cela n'arrangeait pas les choses, d'autant plus que certains avaient commencé à se moquer d'Eorna. C'était principalement de sa faute, car il avait entraîné la plupart de ceux-ci, et ils avaient tous connu à un moment ou à un autre le plat de son épée sur leur postérieur, et même, pour les hommes, le coup sec de son bâton sur leur entrejambe. Cela ne se reproduirait plus avec moi.

Qu'est-ce que j'étais bon! Je ne pus m'empêcher de sourire de nouveau d'un air moqueur.

– C'est elle, n'est-ce pas?

Il rejeta sa tête en arrière d'un coup sec.

– C'est pour elle que tu fais le fanfaron?

Je regardai autour de moi. En effet, Catriona se trouvait près de la clôture, attentive et presque souriante. Bien sûr, je savais qu'elle était là. Je l'avais juste oublié. D'une certaine façon. Ce n'était pas comme si cela avait de l'importance à mes yeux. J'arrêtai de sourire.

Elle s'était familiarisée avec sa nouvelle apparence. Personne ne lui avait pincé les fesses, personne ne l'avait sifflée, personne ne s'était moqué. Personne ne l'avait jetée sur le sol de l'écurie pour la violer. Donc, elle avait enfin cessé de se déplacer d'ombre en ombre, les yeux rivés au sol, rouge de honte et les mains cherchant à masquer son entrejambe. Je souris en repensant à son inconfort et je la vis elle aussi me sourire timidement de nouveau. Oui : elle était toujours aussi timide, toujours aussi maigre, mais elle possédait un bien joli postérieur. Ses jambes auraient mérité d'être plus musclées cependant. Me rendant compte que j'étais en train de la déshabiller des yeux, je crachai, puis revins vers Eorna, brandissant mon épée en guise de salut et d'invitation.

– Oublie.

Époussetant le sable de son épée, il partit d'un pas lourd.

— Tu es fichtrement content de toi, murmura-t-il. Sale petit prétentieux.

Les groupes de spectateurs se dispersèrent. Certains ne faisaient même plus attention à moi, tandis qu'un ou deux m'adressèrent des compliments. En fait, venant d'Eorna, *sale petit prétentieux* était aussi une forme de compliment. Je souris encore, et pire, je dévisageai Catriona. Encore.

— Grian n'aurait-il pas besoin de toi ?

Je lui adressai mon plus doux regard.

Elle haussa les épaules, puis secoua la tête.

— Il t'a mise dehors ?

Le regard baissé vers le sol de l'arène, elle donna un coup de pied dans le sable avec le talon de sa botte.

Je ne pus m'empêcher de rire.

— Est-ce que mon *frère* t'a dit où aller ?

Ses yeux rencontrèrent les miens, puis se dérobèrent, et elle rit de son étrange rire silencieux.

— Ne t'inquiète pas, lui dis-je. Ne le prends pas mal. Il souhaite que tu te reposes, c'est tout. Ce n'est pas qu'il n'aime pas ta compagnie.

Elle acquiesça de façon hésitante.

— Vraiment, lui dis-je. Je suis sérieux. Il t'aime bien. Et il s'inquiète à ton sujet.

Elle m'adressa un sourire très franc qui me fit détourner le regard vers le mur de la forteresse. Je ne savais plus quoi dire après cela. Je souhaitais seulement qu'elle s'éloigne. J'avais des choses à faire, des amis à voir. Je voulais emmener mon cheval sur la lande pour aller à la rencontre de Sionnach afin de lui raconter comment j'avais humilié Eorna. J'étais certain qu'il aimerait l'entendre.

Perplexe, fâché, mal à l'aise, je regardai Catriona en fronçant les sourcils. Son regard sérieux était tourné vers la mer, l'horizon.

– Tu veux te promener à cheval ? lui demandai-je.

★ ★ ★

Les rayons dorés du soleil jouaient à cache-cache avec les ombres des nuages, à travers la lande et les marais lointains. Catriona s'assit tout près de moi sur le rouan, très nerveuse, incapable de me serrer davantage à cause du petit sac en cuir que j'avais fixé sur mon dos. J'avais déposé une fine couverture sur le cheval puisqu'elle était habituée à avoir une selle, mais cela n'avait pas l'air de la rendre plus à l'aise.

Je souris. J'aimais ses mains délicates qui enserraient ma taille, si intensément jointes que ses articulations en étaient toutes blanches. Je sentis son poids basculer légèrement alors qu'elle se penchait en arrière pour présenter son visage au soleil. J'étais heureux de constater qu'elle commençait à s'amuser, mais, pour quelque raison étrange, j'avais envie de la sentir contre moi.

– Hé, dis-je.

Son poids insuffisant partit en arrière de nouveau, car elle avait desserré son étreinte autour de ma taille. Quand je jetai un regard par-dessus mon épaule, je sentis son regard interrogatif et mêlé d'une certaine appréhension, comme si elle craignait d'avoir fait une bêtise.

Me tournant à moitié, je glissai mon bras autour d'elle et la tirai en la ramenant vers moi. Tandis que je la balançais vers l'avant, ses jambes donnèrent un violent coup de pied, et le rouan, mécontent, se mit à hennir. J'entendis à la respiration de Catriona qu'elle avait été effrayée, je sentis ses doigts s'agripper à mes bras, mais avant qu'elle n'ait le temps de paniquer réellement, je l'installai à califourchon sur le cheval, face à moi. Je maintins un bras autour de sa taille et une main sur les rênes.

À travers ses côtes, je sentais son cœur battre la chamade. Pendant plus d'une minute, elle resta crispée de peur, mais comme je ne disais rien et que je ne bougeais pas, son corps se détendit un peu. Ses mains vinrent croiser les miennes, nos doigts se joignirent. Enfin, elle relâcha sa tête en arrière pour la caler dans le creux de mon épaule.

J'aimais cette sensation : son corps épousait le mien.

Je pensais qu'il fallait que je dise quelque chose, mais cela ne me semblait pas si important sur le moment. Ce n'était pas comme si elle pouvait se plaindre du silence d'un autre. Et peu de temps après, je me rendis compte qu'elle se moquait bien que je parle ou non, car elle dormait profondément entre mes bras.

★ ★ ★

Je continuai à cavaler, car je ne savais pas vraiment ce que je pouvais faire d'autre et je ne voulais pas la réveiller. Le simple fait qu'elle était en sécurité parmi nous ne signifiait pas qu'elle trouverait le sommeil. Je le savais bien, l'expérience de mes propres nuits me l'avait appris. Conal était le seul à pouvoir dormir, et c'était parce que son corps ne le laissait guère faire autre chose. Ses cauchemars et ses cris viendraient bien plus tard.

Je ne voulais pas emmener le rouan jusqu'à la haute plaine, jusqu'au loch Dubh d'où il venait. Ce serait une trop forte tentation, surtout avec une fille étrange sur son dos, alors je le guidai jusqu'à la limite de la forêt encore verte, au lac du Cailleach. À travers les ombres zébrées et dorées, l'air était plus doux, le soleil filtré moins virulent, et le lac brillait comme un diamant à travers les arbres. L'air était à peine agité, tout juste une brise, et je laissai le cheval marquer une pause et tendre son cou musclé vers l'eau. Secouant sa tête de haut en bas, il gratta de son sabot le sol enchevêtré de racines, balança sa croupe de côté et émit un hennissement perçant.

Catriona se réveilla brusquement, en inspirant violemment avec angoisse. Mon bras se resserra autour de sa taille, et ses doigts s'y agrippèrent si fort que j'en eus mal.

— Tout va bien, dis-je.

Puis j'ajoutai en m'adressant au cheval :

— Bois un peu, c'est tout.

Quand je relâchai les rênes pour qu'il puisse se prélasser et tremper son museau dans l'eau claire du lac, il émit un hennissement de satisfaction. Il but, puis releva son museau ruisselant et nous éclaboussa en s'avançant dans l'eau.

— *N'y songe même pas.*

Innocemment, il hennit de nouveau et donna dans l'eau un coup de patte qui résonna comme un écho humide de sabots sur les pierres.

Les doigts de Catriona se relâchèrent enfin, si bien que je fermai mes poings pour rétablir la circulation du sang dans mes bras.

— Tu es forte, lui dis-je sèchement. C'est bon. Tu es en sécurité.

J'avais la sensation qu'il fallait le lui répéter.

— Sais-tu ce qu'il est vraiment ? lui demandai-je.

Elle acquiesça rapidement, effrayée.

— Tout va bien, lui répétai-je. Mais tu dois descendre la première. Sinon, il va t'emporter avec lui, quand je vais descendre.

Elle s'écarta alors de moi, et je l'aidai à balancer sa jambe par-dessus le cou de l'animal. Celui-ci regarda en arrière avec un regard diabolique comme cela arrivait parfois, mais je n'y prêtai aucune attention. J'avais des fourmis dans la main tellement j'avais pressé la cuisse de Catriona, comme si mon sang s'était de nouveau arrêté de circuler. Je me repris, contrarié, et la déposai à terre. Elle fit un pas en arrière, me regarda descendre du cheval et observa son œil noir et malveillant.

— Vas-y mon beau, lui dis-je alors que je retirai la couverture et glissai la bride par-dessus ses oreilles. Fais ton chemin.

Secouant une fois de plus sa crinière noire, il s'éloigna en trottant et pénétra doucement dans l'ombre des arbres.

— Il va chercher à manger, dis-je. Il est affamé. Pas toi ?

Elle opina, rassurée désormais, simplement impatiente. Je déposai la couverture sur le tronc d'un pin tombé, et nous nous assîmes pour partager les pommes, la viande et les galettes d'avoine contenues dans le sac en cuir. Elle mangea avidement, presque goulûment, en ne pensant qu'à une chose : remplir son estomac. Amusé, je la regardais. Ses pommettes semblaient plus remplies. Ses côtes semblaient moins saillantes. Ses cuisses et ses fesses étaient plus modelées, mais elle ne serait jamais ce qu'on appelle « bien charpentée ».

Sentant mon regard sur elle, elle hésita et me regarda. Un large sourire embarrassé éclaira son visage, qui prit des couleurs.

« Elle est jolie, pensai-je. Jolie quand elle sourit. »

Ce sourire gêné resta sur son visage alors qu'elle soupirait et jetait son dernier trognon de pomme dans le lac. Quand il tomba dans l'eau, des gouttelettes argentées brillèrent dans le soleil et retombèrent à la surface. Je m'emparai de quelques galets sur le rivage et les jetai en direction du trognon de pomme pour voir si je pouvais atteindre la cible, et Catriona se joignit à moi. Elle visait très mal. Je me mis à rire et j'essayai de lui montrer comment il fallait s'y prendre, mais elle continua à mal viser, pendant plus d'un quart d'heure.

— Tu es vraiment nulle au tir, lui dis-je.

Elle acquiesça en se prenant la tête dans les mains d'un air dramatique.

J'écartai ses doigts, un par un et tout doucement. Ses ongles abîmés avaient meilleure allure désormais : quelques-uns étaient tombés et les nouveaux repoussaient. Amusée, elle remit ses doigts sur son visage dès que je les lâchai, et je ris, mais quand j'écartai son index pour dévoiler son œil, je vis qu'elle me regardait d'une façon bien solennelle.

— Tu es douée avec les chevaux, lui dis-je, et tu as su faire ressortir l'être humain chez Grian.

J'hésitai, quelque chose restant noué dans ma gorge.

— Tu es une précieuse infirmière pour un capitaine de clan.

Elle retira complètement les mains de son visage, les posa sur ses genoux et sourit en direction du lac argenté. Elle avait l'air si heureuse que je l'enviai.

– Je crois que tu peux trouver ta place ici, qu'en penses-tu ? Tu dois pouvoir t'habituer à nous.

Catriona releva la tête pour me regarder, mordit sa lèvre et répondit :

– Oui.

Chapitre 28

– Ce n'est pas que je ne pouvais pas parler, me dit-elle quand ma stupéfaction cessa.

Sa voix semblait encore maladroite. Incertaine, un peu rauque, et elle continuait à suçoter sa lèvre inférieure et à la mordiller.

– Alors, c'est quoi ?

Son sourcil se fronça comme si elle essayait d'en analyser elle-même la raison.

– Eh bien, peut-être que je ne pouvais pas. Mais je savais que je pouvais si… que c'était possible… s'il le fallait vraiment.

– Tu sais un tas de choses sur nous tous, ajoutai-je.

Elle se mit à rougir du cou jusqu'aux pommettes.

– Ce n'est pas cela. Je n'étais…

Je jetai un autre galet dans le lac.

– N'est-ce pas surprenant ce que l'on peut raconter à une muette ?

La lumière de la forêt et l'obscurité chaude qu'elle tachetait par endroits semblaient anormalement immobiles. Avec le déplacement du soleil, le scintillement du lac s'était amoindri et l'eau était désormais un sombre miroir au-dessus duquel pesait la chaleur du ciel.

– Je suis désolée. Je n'essayais pas de te tendre un piège, je te le jure.

Elle se baissa pour ramasser quelques pierres bien rondes, les choisissant soigneusement, et me les donna comme une offrande.

– Ce que je sais de toi, ce n'est pas… ce n'est pas parce que tu as parlé.

Je jetai brutalement un galet en direction du trognon de pomme qui flottait et l'atteignis du premier coup.

– C'est si bizarre, dit-elle. Vous êtes tous si bizarres.

– Ce n'est pas nous qui le sommes, dis-je amèrement, c'est toi.

– Tu vois ? C'est pour ça. J'ai eu peur de me mettre les pieds dans les plats comme ça. Peur de vous blesser. De passer pour une imbécile. Et dès que je me mets à parler, c'est ce qui arrive. Je suis désolée.

Il y eut un long silence entre nous. Je pensais qu'elle me faisait la tête. Ce n'est que bien plus tard que je compris que c'était moi qui boudais. Quand je me remis à son écoute, je vis qu'elle était effrayée.

– Ne le sois pas, dis-je, un peu ennuyé. Ne t'inquiète pas. Nous n'allons pas te demander de partir, bon sang.

Elle m'adressa un regard de remerciement.

– C'était plus simple de ne pas parler. J'avais la paix.

Elle me donna une autre pierre, bien plate. D'un mouvement circulaire de la main, je la lançai, et elle effleura la surface du lac.

– Je pourrais y repenser, dit-elle. Tu sais ? Repenser à ce qui s'est passé.

– Ressasser sans cesse ? dis-je. Cela ne sert à rien.

– Si.

C'était la première fois qu'elle me contredisait. J'en fus étonné mais ravi.

– Si, cela m'a servi. J'ai dû réfléchir à ce qu'il avait fait. J'y ai pensé et repensé, jusqu'à m'en persuader.

Je me souvins.

– Ton beau-père ?

– Le mari de ma mère, précisément.

– Pourquoi t'a-t-il dénoncée ? Qu'avais-tu fait ?

– Fait ?

L'amertume teinta sa voix qui s'était pourtant ressaisie.

– C'est plutôt ce que je n'ai pas voulu faire. Après la mort de ma mère. Tu comprends ?

Incroyable, la force de l'accès de rage qui traversa mes tripes ! Pendant un instant, j'en eus le souffle coupé.

– Oui, dis-je.

Je touchai ses lèvres de mes doigts tout tremblants. Elles n'étaient plus aussi pâles ; la balade et le grand air avaient coloré son visage. Oui, elle était jolie. *Cette jolie fille de Balchattan.*

Je laissai mon doigt courir jusqu'au coin de sa bouche et quand ses lèvres s'entrouvrirent, je sentis son léger souffle plus que je ne l'entendis. Je l'embrassai.

Sa bouche resta douce quelques secondes, et elle répondit à mon baiser, puis ses mains me repoussèrent.

Nous nous dévisageâmes. Sa gorge se resserra comme si elle avalait, et elle se mordit fortement la lèvre. La honte me traversa.

– Seth, je…

– S'il te plaît, inutile de te justifier, dis-je d'un air glacial. Tu es amoureuse de mon frère. Cela arrive.

Et j'ajoutai sur un ton agressif :

– Souvent.

Elle se releva si soudainement qu'elle faillit tomber. Je n'aurais jamais imaginé que ma protectrice involontaire pût se montrer si furieuse, non pas avec mes ennemis mais avec moi.

Elle réussit à ne pas crier, même si je sentais qu'elle en avait l'intention. Elle laissa échapper son indignation à travers ses dents serrées.

– Pourquoi serais-je amoureuse de ton frère ?

– Eh bien, je…

– Une femme peut très bien admirer un homme sans être amoureuse de lui, me dit-elle sur un ton acide. Une femme peut être reconnaissante envers un homme et penser qu'il est bon, courageux et qu'il possède certaines valeurs humaines, sans pour autant tomber *amoureuse* de lui.

– Ah, dis-je sans conviction.

– Et tu sais où est le souci ? C'est qu'il y a, disons, un gars bien moins parfait, aigri, coléreux et plein de remords. Disons que la haine qui le remplit l'empêche d'être un homme bon. Eh bien, le pire dans l'histoire, c'est qu'elle pourrait bien être amoureuse de *celui-là*.

Je ne savais que dire. C'était loin de ressembler à une déclaration d'admiration éternelle. Mais j'étais heureux qu'elle me considère au moins comme un homme.

– N'as-tu rien à me dire ?

Elle avait posé ses petits poings serrés sur ses hanches.

– Hum, dis-je.

Je sentais à quel point mes yeux étaient grands ouverts.

– Te répéter que je suis désolé ?

Cela lui cloua le bec. Elle s'assit à côté de moi de nouveau et regarda fixement le lac, comme si elle était gênée par son soudain emportement.

– Conal a dit, fit-elle en s'éclaircissant la voix, qu'il était sur le point de me trancher la gorge.

– Oui, dis-je. C'est vrai. Tu ne te serais rendu compte de rien. De presque rien.

– Et il a dit que comme il n'avait pas pu le faire, tu t'apprêtais à me tirer.

– Oui, c'est exact.

– Eh bien, dit-elle après un moment de réflexion. Merci.

– Ce que tu as dit précédemment, dis-je sans pouvoir la regarder en face, tu le pensais vraiment ?

– Je suis comme toi, dit-elle. Je ne dis rien sans le penser vraiment.

– Tu sais un tas de choses sur moi, n'est-ce pas ?

– C'est bien de ta faute.

Ses lèvres tressaillirent.

– Tu as voulu fouiller dans mon cerveau une fois, tu t'en souviens ? Ce fut un tel choc. Je n'avais jamais ressenti une chose pareille.

Je clignai des yeux, interloqué.

– Tu aurais dû le savoir, dit-elle en essayant de ne pas se moquer de ma gêne. Tu aurais dû savoir que je pouvais voir en toi autant que tu voyais en moi. Je suppose que tu n'y as juste pas pensé. Ou alors pensais-tu qu'un « simple mortel » n'avait pas la possibilité de lire en toi ?

Je ris en levant les yeux au ciel. Je parvins à toucher son visage de nouveau, mais elle recula en sursautant.

– Catriona, dis-je. Qu'est-ce que cela signifie ? Je pensais que tu…

– Je ne veux pas commettre un péché, murmura-t-elle rapidement.

— Tu ne veux pas commettre *quoi* ?

— Je ne veux pas pécher ! aboya-t-elle, et ses yeux brillèrent. Pas une autre fois !

— Quoi ? dis-je en me figeant.

— Tu comprends ?

Les bras repliés autour d'elle-même, elle se balançait d'avant en arrière.

— Tu comprends ? Je pensais que cela pouvait avoir de l'importance à tes yeux et j'avais bien raison. Je ne suis pas pure. Les hommes y accordent de l'importance, n'est-ce pas ? Je ne veux pas que tu te mettes en colère, mais je ne peux te mentir à ce sujet. J'ai perdu ma virg…

— Qui te l'a prise ? aboyai-je.

Elle s'éloigna légèrement en étreignant son corps avec ses bras. Elle portait sa dignité comme une armure bien endommagée.

— Je suis désolée, mais tu comprends maintenant ? J'ai essayé de l'empêcher, c'est la vérité. J'ai essayé, mais j'ai…

— Ton beau-père ? dis-je. Ou bien les gardes ?

Elle se mordilla de nouveau la lèvre.

La jolie fille de Balchattan. Elle était terriblement jolie…

— Les gardes, finis-je par deviner.

— Oui.

— Alors en quoi serait-ce ton péché ? sifflai-je.

Elle me fixait avec une telle incompréhension que je l'aurais giflée. Au lieu de cela, je me surpris à passer ma main sur sa joue, glissant mes doigts à travers ses cheveux ras et rugueux pour la caresser délicatement. Elle était aussi tendue qu'un daim prêt à détaler, mais elle ne s'enfuit pas.

— L'amour n'est pas un péché.

La colère était sur le point de m'étouffer, mais je pensai que si elle s'en rendait compte, elle allait partir et ne jamais revenir. Je caressai ses cheveux en rythme.

— Un *péché* ? L'amour, c'est ce qui est sacré ! Être mortel, savoir que l'on va mourir un jour ou l'autre et aimer malgré cela. J'aimerais qu'il y ait un enfer pour ce prêtre qui a voulu te faire mourir par le feu, mais il n'y en a pas, Catriona. Le seul enfer pour toi et moi, c'est laisser cet individu nous empêcher de nous aimer en nous effrayant. Il se décompose actuellement dans le sol, et cela nous arrivera aussi. Les vers sont en train de manger son corps, et demain, ils nous mangeront, si une âme sympathique ne nous livre pas aux rapaces. Les vers hériteront de nos corps et ils hériteront de la terre également. Aime tant que tu le peux.

Je me tus alors. Je ne pense pas avoir jamais prononcé autant de mots à la fois. Mon sang afflua, réchauffant mon cou et mes joues. Elle devait penser que j'étais fou.

Visiblement non, finalement. Elle défit ses bras qui entouraient son corps, se pencha vers moi et effleura mes lèvres de ses doigts. Ma gorge émit un son involontaire, car je ne pus m'empêcher de prendre doucement ses doigts dans ma bouche pour goûter sa peau. Puis, elle m'embrassa.

Quand nous nous séparâmes, je liai ses doigts aux miens.

— Est-ce que c'est trop tôt ?

Elle secoua la tête.

— Je prendrai soin de ne pas te faire mal, lui dis-je.

— Je le sais.

Nous étendîmes la fine couverture à l'endroit où les buissons d'airelles étaient doux et épais et où le soleil pouvait réchauffer nos peaux nues, et je lui appris la différence entre la violence et l'amour.

Chapitre 29

Mon frère était de retour dans le grand hall le soir suivant, émacié et encore l'air hagard, mais suffisamment en forme pour s'en prendre à moi. Je l'évitai pendant quelques heures, ce qui fut relativement facile puisqu'il était entouré de tous ses capitaines, de femmes admiratives (et de quelques hommes) et d'une jeune fille particulièrement abattue.

Une jeune fille. Il avait sans doute remarqué qu'Eili était presque une femme : cela était évident pour moi. Il rougissait désormais quand ses yeux s'attardaient trop longtemps sur lui, mais les rares fois où elle regardait ailleurs, c'était son regard à lui qui était désespérément attiré par elle. Je savais que j'étais désormais au-dessus de cela, car cela me faisait rire. Pauvre Conal : je savais qu'il combattrait cette idée, car il ne la considérait pas comme une adulte, mais je savais qu'il perdrait au bout du compte. Et pauvre Eili : il ne la toucherait pas jusqu'à ce qu'elle ait vingt ans et probablement pas bien longtemps après. Elle avait au minimum trois ans de chasteté et de frustration inassouvie devant elle.

Ce n'était pas mon problème, pensai-je avec suffisance.

Catriona se tenait tout près de moi, ce qui ne me dérangeait plus désormais. Mais j'en avais assez des regards insistants de Sionnach, de ceux occasionnels et incrédules d'Eili, et des blagues de Feorag, obscènes et imprégnées d'alcool, à propos des « simples mortelles » et « de ce qu'ils disaient des personnes qui restaient discrètes ». Orach était agréable avec moi, et c'était réciproque. Elle était revenue de ses patrouilles pour me trouver endormi aux côtés de la « simple mortelle », et nous faisions tous deux comme si cela n'avait aucune importance. Je bus un peu trop, puis me fis silencieux, après avoir été quelque peu surexcité par l'alcool. Alors je m'assis sur un banc, un bras posé autour des épaules de Catriona, et je me concentrai uniquement sur la musique. Les tambours jouaient fort et vite, les cornemuses et les sifflets se déchaînaient, et la belle voix écorchée de Righil recouvrait les remarques sarcastiques qui régnaient autour de moi.

J'étais fatigué d'eux tous et j'eus soudainement envie de protéger Catriona ; je savais que Conal m'approuverait de toute façon. Du coup, ce fut presque un soulagement lorsque je sentis le froid de son appel dans ma tête. Je me retournai pour river mes yeux sur lui, au fin fond du hall.

Une main légère toucha mon épaule.

— Ton frère t'appelle, n'est-ce pas ?

La voix d'Orach était faible dans mon oreille. Je ne la regardai pas, mais je regardai Catriona, encore hypnotisée par la musique.

— *Oui.*

— *Vas-y donc. Je vais rester avec elle. Ne t'inquiète pas.*

Tournant la tête pour regarder Orach, j'effleurai sa joue de ma main libre.

— *Merci.*

Quand je me levai pour partir, Catriona se redressa brutalement, inquiète, mais Orach s'assit immédiatement à ma place et lui dit quelque chose qui la fit sourire. Tout irait bien.

Dès que je fus à quelques mètres de lui, Conal s'excusa pour la diatribe incessante de Geanais sur les défaillances des palefreniers. Il ne me regarda pas, mais il se mit debout, sortit en traversant l'antichambre et pénétra dans la cour. Il était très tard maintenant, mais il ne faisait pas complètement nuit, et la douceur de l'air nocturne était un véritable soulagement. La musique s'éloignait pour ne former plus qu'un bruit de fond, et les voix et les cris s'amenuisaient en un simple murmure. Ses bottes résonnaient nettement sur les pierres grises jusqu'à ce qu'il s'arrêtât et fît demi-tour devant l'armurerie. Il me fixa alors en silence.

— Tu es toujours le même, dis-je.

Je restai en arrière avec méfiance, hors de portée de ses poings.

— Laisse cette fille tranquille.

— Ne sois pas timide, Cù Chaorach. Ne tourne pas autour du pot. Dis ce que tu penses.

— Je suis sérieux.

Je l'étais aussi et je pense que pour une fois j'étais plus en colère que lui.

— Que penses-tu ? Que je ne suis pas assez bien pour elle ? Tu penses que je vais violer la petite créature et que je vais l'abandonner ensuite ? Tu penses que je vais l'utiliser comme ceux de sa race l'ont fait ?

— Cela suffit.

Il parlait à travers ses dents serrées.

— Bon sang, qui penses-tu que je suis ? Un peu moins qu'un humain ou beaucoup moins qu'un Sithe ? Eh bien, je pense que la fille n'a pas été suffisamment blessée. Je te l'ai déjà dit. Je suis meilleur que n'importe quel « simple mortel » et je ferai le travail proprement.

— Arrête cela, Murlainn. Arrête de te faire passer pour ce que tu n'es pas.

— Qu'est-ce que cela signifie ?

Il s'arrêta pendant de longues secondes.

— Tu sais très bien ce que cela signifie.

— Que je l'aime ?

— Non, que tu la détestes en tout point.

Mes poils se hérissèrent de colère. Cette discussion avait maintenant assez duré.

— Elle ne souffrira pas. Elle ne souffrira pas plus que ce qu'elle a déjà enduré. Je ne pense pas qu'elle puisse souffrir davantage. Maintenant, va-t'en, Cù Chaorach. Si tu es mon capitaine, tu n'es pas mon confesseur.

Il leva ses mains, et je pensai qu'il allait me frapper, mais comme pour s'en empêcher, il les croisa derrière son cou. Je savais que je le mettais hors de lui, mais désormais j'avais envie d'une bagarre, quitte à la perdre.

— Ce n'est pas pour elle que je me fais du souci, aboya-t-il. C'est pour toi !

Cela me laissa pantois un instant.

— Tu es un Sithe, Murlainn !

— Les dieux sont avec moi, dis-je avec amertume.

— Les dieux sont avec nous tous, mais penses-y bien. Tu es ce que tu es, et elle, elle vivra pour combien de temps ? Trente ans de plus si elle a de la chance ? Si *tu* as de la chance. Un claquement de doigts, et elle sera partie.

— C'est ainsi.

Je croisai les bras.

— C'est l'engagement. Tu ne veux pas que je m'engage ?

— Écoute, ils ne nous comprennent pas, ils ne peuvent pas. Ils ne peuvent pas nous *connaître.*

— Les « simples mortels » ?

— Oui.

— Je pensais que tu étais celui qui ne faisait aucune différence, ricanai-je avec mépris. Je pensais que tu les considérais comme des êtres humains aussi. Je pensais qu'ils étaient aussi bons que nous.

Même dans la semi-obscurité bleutée, je pus déceler le rouge qui lui montait aux joues. Je savais que je le tenais.

— Ce n'est pas cela. Cela n'a rien à voir avec cela.

— Alors quoi ?

— Tu sais ce que cet engagement représente, n'est-ce pas ?

— Bien sûr, dis-je hargneusement.

— Alors, ne le fais pas, c'est tout. S'il te plaît. C'est une seule fois et c'est à la vie à la mort. Cela lie nos âmes. Peu sont ceux qui réussissent à survivre à cette séparation.

— Cela arrive, et tu exagères. Qui a dit que j'allais m'engager ?

Je sentis un frisson à la base de mon cou, comme un avertissement du destin, mais j'étais trop en colère pour m'arrêter là.

— Je ne permets à personne de me connaître. *À personne.* Je ne veux pas qu'on puisse comprendre mon âme. Cette idée m'est ignoble. Je ne veux pas qu'on me *connaisse.*

— Je te connais suffisamment, Seth. Tu es trop impulsif. Même si tu ne t'engages pas, tu…

— Je quoi ?

Il s'éloigna, de nouveau gêné.

— Tu es attiré par eux, Seth, par les « simples mortelles ». Que peuvent-elles t'offrir ? Elles ne peuvent pas te comprendre, elles ne peuvent pas accéder à ton âme.

– Si, dis-je, oh que si. Elle, elle peut.

Il serrait si fortement ses dents que je crus qu'il allait se faire saigner.

– Pas comme pourrait le faire Orach. Si tu la laissais faire.

– Qui a dit que j'allais un jour la laisser faire ?

J'eus envie de cracher à ses pieds, mais je me retins. Cela aurait été insultant à l'encontre d'Orach, et ce n'était pas là mon intention.

– Est-ce bien là le fond du sujet ?

– Tu vas trop t'y habituer, Seth. L'amour qui ne dure pas. Se fourvoyer dans les bas-fonds. Une vie courte, des amours brefs qui se succèdent.

– Cesse de me traiter de haut !

Je me retournai pour pouvoir cracher sans qu'il considère cela comme une insulte.

– Et pas d'inquiétude ! Je ne vais pas m'engager avec elle, ni avec Orach. Je ne sais même pas si je m'engagerai un jour. Maintenant, tu pourrais bien m'apporter un foutu verre pour tes insultes à mon intelligence.

Son sourire devint un peu gêné, mais il s'avança vers moi et me donna une accolade. Je l'étreignis très fort contre moi, serrant les dents, car mes yeux étaient embués de larmes.

– Je t'aime, dis-je, mais cesse de mettre ton nez dans ma vie privée.

– Et je t'aime aussi, malgré tes propos grossiers et irrespectueux et tout le reste. Je devrais te coller une gifle, mais je vais aller te chercher ce verre.

Quand il s'écarta de moi, nous détournâmes tous deux notre regard.

— Je crois bien que j'en ai encore plus besoin que toi, de ce fichu verre, me dit-il.

★ ★ ★

Et je fis donc ce qui convenait. Je fis ce qui convenait à ce moment-là et cela me fit tant de mal par la suite, bien plus tard dans ma vie, que je suis persuadé que j'aurais dû faire l'inverse.

Non, même maintenant je ne peux pas dire que c'était l'inverse qu'il fallait faire. Ma conscience m'a forcé à combattre cette idée, mais quand elle se manifestait trop vivement, je me forçais à penser à Leonora. Je me souvenais combien de temps elle avait survécu à la perte de Griogair, à la fin, et je me disais qu'il pouvait en être de même pour une autre femme. Cette autre femme, tout comme Leonora sur bien des plans, pourrait survivre pendant des siècles après la mort de son homme. Je me suis dit qu'*elle* pourrait me survivre et vivre, et être heureuse de nouveau. Voilà comment je me suis convaincu.

Mais tout cela était loin, trop loin dans le futur.

En ce qui concerne l'instant présent et Catriona, je fis ce qui convenait.

★ ★ ★

Cette nuit-là, nous étions couchés ensemble, son dos contre ma poitrine, mes bras autour d'elle. Son corps s'ajustait parfaitement au mien. Bien qu'elle fût tournée, je pouvais deviner son sourire tandis qu'elle atteignait la table près de mon lit pour attraper le petit loup en bois sculpté.

– Mes doigts vont mieux désormais, dit-elle. Je pourrais l'améliorer.

– Non, dis-je, ne fais pas cela. Je l'aime tel qu'il est.

– Ah, d'accord.

Elle le reposa délicatement sur la table.

– Puis-je te demander quelque chose ?

– Euh, oui.

– Cela te dérange si je garde mes cheveux ainsi ?

Je ne pouvais répondre à une telle question. Dans son dos, je fronçai les sourcils et l'embrassai entre les omoplates pour me permettre de gagner un peu de temps. Les « simples mortels » arrivaient à me dérouter totalement.

– Qu'est-ce que cela a à voir avec moi ? demandai-je finalement.

Se tortillant pour me faire face, elle porta son index sur un de mes sourcils pour adoucir mon regard sévère.

– Je pensais que tu aurais un avis. Je pensais que tu aimerais que je les laisse pousser.

– J'ai bien un avis.

– Qui est ?

– Que c'est à toi de décider comment tu souhaites porter tes cheveux, lui dis-je très calmement.

– Donc cela ne te dérange pas si je les garde courts ?

– Pourquoi voudrais-tu que cela me dérange ? demandai-je, cette fois exaspéré. Tu serais belle avec des cheveux longs. Je suis certain que j'aimerais. Mais j'aime aussi comme ils sont maintenant. Ils sont très beaux, courts. Que veux-tu que je te dise ? Ce sont tes cheveux.

– D'accord.

Elle fit une grimace et m'adressa un de ses étranges sourires.

— Tu es toujours bizarre.

— Regardez-moi qui parle.

Je déposai mon index sur sa lèvre inférieure, et elle l'embrassa.

— Ce n'est pas simplement au sujet de tes cheveux, à mon avis.

Mes cheveux étaient bien plus longs que les siens. Elle me les replaça derrière mon oreille, évitant visiblement mon regard.

— Non, mais ils me les ont mal rasés. Cela m'a fait mal. Ils en ont presque arraché la moitié. Et ce fut terrible, ce fut très humiliant. C'était juste avant qu'ils ne… C'était presque aussi terrible que…

Elle déglutit.

— Je ne veux pas que cela se reproduise. Si c'est court, personne ne pourra… Ce ne sera pas aussi…

— Arrête, lui dis-je. Arrête. Cela ne se reproduira plus jamais. Entendu ? Personne ne te touchera plus sans ton consentement. Y compris moi.

— Réellement ?

Ses yeux devinrent sceptiques.

— Tu accepterais de ne pas me toucher si je te disais de ne pas le faire ?

— Bien sûr que je ne te toucherais pas. D'où ton peuple tient-il ces idées étranges ?

— Tu sais, dit-elle, je continue à penser.

Elle revêtit un petit sourire forcé et quand elle s'exprima, ses mots étaient saccadés.

— Repousser mon beau-père. Une perte d'énergie inutile, n'est-ce pas ? Si j'avais juste laissé tomber. Il ne l'aurait jamais fait. Il ne m'aurait jamais dénoncée. Et alors, les gardes n'auraient pas pu. Pas pu me faire *ça*. Je n'aurais pas dû. Me trouver là. Peut-être que cela aurait été préférable pour moi, si j'avais juste…

– C'est ce que ce salopard aimerait que tu penses en effet. Alors, n'y pense même pas.

– Mais, si rien de cela n'était arrivé, dit-elle après un moment, je ne serais pas là avec toi.

– Voici des pensées qui pourraient bien te conduire à la folie, lui dis-je.

– Non, au contraire. Cette dernière pensée, c'est finalement celle qui m'apaise.

Je caressai sa cuisse et je sentis sa chair frémir sous mes doigts. C'était délicieux de l'aimer.

– Écoute, Catriona, lui dis-je. Je ne peux m'engager avec toi. Mon frère ne me laissera pas le faire.

– Ton frère ne te *laissera* pas ?

Je détectai dans sa formulation une telle dérision que je sentis la chaleur envahir mon visage.

– Eh bien, je ne voudrais pas faire ce qu'il… Enfin, j'aimerais mieux ne pas avoir à lui *désobéir*.

Je regardai son oreille par manque de courage, puis je m'efforçai à croiser son regard.

– Il a raison.

Explosant de rire, elle m'embrassa.

– Je sais. C'est bon. Je sais ce qu'implique l'engagement, ce que cela signifie.

– Vraiment ?

– Bien sûr. J'ai entendu dire que Griosach s'est noyée dans la mer, après le meurtre de son homme, Broc. Ils étaient engagés, n'est-ce pas ?

– Considère que tu es une « simple mortelle » et que…

— Et que je ne vais pas rester longtemps sur cette terre.

Elle mit ses doigts sur mes lèvres.

— Pas pour longtemps, de ton point de vue. Mais suffisamment longtemps du mien.

— Et ne t'inquiète pas si je te suis infidèle, dis-je. Cela n'a aucune espèce d'importance. Ce n'est pas dans la nature des Sithe.

Visiblement, j'aurais dû éviter de tels propos. Sa réaction fut immédiate, et je reçus un grand coup dans la poitrine. Le choc me fit pousser un grognement, et elle me jeta violemment contre le matelas.

Elle s'assit en tirant le drap sur sa poitrine et rejeta ma main suppliante.

— Tu n'es peut-être pas comme cela, dit-elle d'un ton glacial, mais moi je le suis. Ce n'est pas trop te demander, Seth. Ce n'est pas pour longtemps après tout. En tout cas, pas de ton point de vue.

Cherchant mes mots, je clignai des yeux. Nous nous faisions face à travers une mer de lin froissé. Je finis par essayer de me connecter mentalement, mais elle me lança un regard furieux, ses yeux noirs comme des silex, si bien que je dus reculer. Elle semblait si féroce, si déterminée, que tout ce que je pus faire fut de lui sourire.

— Bon, eh bien, je te serai fidèle, dis-je. Tu n'as aucun respect des cultures et des mœurs étrangères, n'est-ce pas ?

— Aucun, dit-elle brusquement, bien que cette fois, elle me laissât lui prendre la main.

Son joli visage émacié se déforma alors qu'elle tentait de retenir son rire, puis elle le laissa éclater.

— Et si telle est ta promesse, Seth, alors tu auras toujours le droit de me toucher, dit-elle.

Chapitre 30

Ses cheveux sombres auraient été magnifiques en cascade le long de son dos. Ce fut sans doute le cas un jour. Mais je ne mentais pas quand je disais que je l'aimais ainsi. J'y repensai un mois après, alors que je chevauchais assis derrière elle dans la forêt où les premières gelées d'automne semblaient roussir l'atmosphère. J'aimais ses cheveux tondus qui me rappelaient la peau d'un phoque. Cette repousse, semblable à une barbe de trois jours, permettait de camoufler les cicatrices toujours visibles, là où le rasoir avait attaqué son cuir chevelu. En revanche, c'était encore assez court pour souligner les moindres courbes de son crâne magnifique.

Je ne fais pas cette comparaison avec la peau de phoque à la légère. J'avais eu l'occasion de nager avec elle dans les rouleaux de la baie du Nord : elle était agile et gracieuse comme une selkie[10], et ses yeux étaient aussi noirs et profonds que ceux d'un phoque. Et quand elle remontait et perçait la surface de l'eau en riant, sa chevelure noire et mouillée était recouverte de perles d'argent. Elle n'avait plus du tout honte de sa nudité, en tout cas pas quand elle nageait à mes côtés, ni lorsqu'elle était allongée à côté de moi dans le silence de pierre de ma chambre, qui n'était plus ni trop grande ni trop élégante pour moi.

---

10. N.d.T. : Une selkie est une créature imaginaire issue principalement du folklore des Shetland. C'est une superbe jeune fille, revêtue d'une peau de phoque, qui peut se changer en cet animal marin et plonger dans la mer. Quand elle en ressort, elle peut séduire les hommes, un peu comme les sirènes.

Les jours d'octobre me vivifièrent. J'étais à la fois triste et soulagé de voir l'été se terminer, le premier été depuis mon retour à la maison, mais empreint d'une crainte sans nom, comme une menace oppressante. Nous étions encore des exilés, mon frère et moi. Mais nous étions de retour chez nous. Les deux ne semblaient pas compatibles.

Je savais que Kate ne faisait qu'attendre le moment opportun.

★ ★ ★

Il aurait pu faire trop froid ce jour-là pour que nous puissions nous endormir dans les bois, mais défier le froid était désormais pour moi un exercice facile, et Catriona était réchauffée par la chaleur que dégageait mon propre corps. Je ne ressentais plus jamais le froid comme je l'avais connu. Après deux hivers très rudes dans notre masure, j'avais juré que je n'aurais plus jamais aussi froid. Non seulement mes os étaient moins sensibles au froid de notre monde qu'à celui de l'autre monde, mais j'appris aussi à me réchauffer en faisant seulement appel à mon cerveau et à ma concentration. Au lieu de m'envelopper dans des peaux, des couvertures ou des houppelandes, je trouvai l'endroit de mon cerveau susceptible de gérer la chaleur de mon corps et j'appris à m'en servir. Apprendre cette aptitude par moi-même, même si cela s'apparentait dangereusement à un acte de sorcellerie, avait un autre avantage : cela augmentait aussi ma renommée. Je ne pense pas que l'on m'aimait davantage, mais on me respectait davantage. Me voir ainsi, nu jusqu'à la taille, lors de vents mordants ou par jours de neige, faisait réfléchir mes adversaires potentiels, même s'ils ne m'avaient jamais vu manier l'épée. Et beaucoup d'entre eux m'avaient déjà vu avec une épée.

Mais, cc jour-là, la neige n'était pas encore tombée. Catriona et moi-même avions mal dormi la nuit précédente. Nous avions trop pris l'habitude pendant l'été de faire un tour à cheval en forêt à l'aurore, puis de nous épuiser en faisant l'amour et de nous endormir une heure ou deux sur le doux tapis de tourbe. Mais ce jour-là, au petit matin, quelque chose dans l'atmosphère avait dû provoquer mon réveil. Quelque chose dans l'atmosphère m'*avait* bel et bien réveillé, mais je n'en pris conscience que quelque temps plus tard.

Catriona n'était pas dans mes bras. Elle avait dû s'éloigner un peu pour soulager sa vessie, car elle ne s'éloignait guère sinon. Je fus immédiatement en éveil comme toujours, mais je restai immobile, à l'affût, appuyé sur un coude.

Elle hurla.

Immédiatement, je me levai et je partis en courant. Une idée me traversa l'esprit : mon cheval avait dû me désobéir, mais instinctivement, je sus que ce n'était pas la bonne explication. Je l'appelai et je savais qu'il allait venir, mais pour le moment, j'étais bien seul.

Un banc de sable, accroché aux racines de pin, allait rejoindre à quelques mètres la plage du lac. Elle était là, contrainte de s'agenouiller, la tête tenue en arrière par la mâchoire, et elle se débattait. Une fille brillante pour avoir conservé ses cheveux coupés court comme de la peau de phoque. Le monstre qui la maintenait par le menton n'avait pas autant de force que s'il avait pu agripper une touffe de cheveux. Catriona luttait et tentait de s'extraire de son emprise malgré la lame incurvée qu'il tenait dans ses mains.

Elle lui griffait ses bras décharnés. Un visage cadavérique, des cheveux jaunes et ternes, la peau blanche. Une peau suffisamment fine pour être translucide. Aucune ombre.

Il l'enfourchait, un large sourire aux lèvres, et attendait qu'elle se fatigue et se calme pour qu'elle puisse mieux ressentir l'inévitable entaille.

C'est ainsi que sont les Lammyr.

Je pris mon élan depuis la falaise de sable sans reprendre mon souffle et j'arrivai juste à temps pour parer le coup avec ma dague.

Elle était rapide, bien plus que la plupart des Sithe que j'avais combattus. J'étais rapide aussi, mais il me fallut toute ma concentration, toute ma vélocité et toutes les esquives que j'avais apprises pour rester hors de portée de sa lame qui ne cessait de tournoyer.

Catriona fit de son mieux pour m'aider, arrachant d'un pin tordu une branche morte qu'elle brandit vers la créature, mais le rythme était bien trop soutenu pour elle. Cela détourna tout de même un peu l'attention de la Lammyr et la déconcentra suffisamment pour l'énerver. À la fin, exaspérée, la créature tourna son torse rachitique et lança une lame dans la direction de Catriona. Je l'entendis crier, mais je n'avais pas le temps de réfléchir. Je pus seulement sauter à la gorge du monstre et saisir ses cheveux ternes en les tordant pour lui rompre le cou. Elle croisa mes yeux dégoûtés et me souris tandis que je lui tranchais la gorge.

Je tombai maladroitement avec elle, roulant au bout de la plage contre les pierres rugueuses en poussant des grognements tandis que j'avais du mal à respirer. Désespérément, je me dégageai de son emprise en donnant des coups de pied tandis qu'elle faisait encore quelques soubresauts et que son sang incolore se répandait dans le sable. Elle continuait à regarder Catriona de ses yeux qui défiaient la mort en affichant toujours ce sourire.

Je me précipitai sur Catriona. Elle se tenait fermement le côté, et du sang s'écoulait entre ses doigts, mais elle ne criait pas. Elle me regardait simplement dans les yeux, terrifiée.

Je retirai doucement ses doigts de sa blessure quand le cheval déboula à mes côtés et se mit à déraper, reculer et s'ébrouer en voyant le cadavre de la Lammyr.

Catriona sursauta au moment où je touchai sa blessure.

— Ça va aller, dis-je. Je le pense vraiment. Je ne suis pas en train de te mentir. Ça va aller, mais tu vas avoir besoin des soins de Grian. Es-tu capable de monter sur le cheval ?

Elle acquiesça, et je la poussai pour la hisser dessus, sans lâcher la crinière. Il ne tenta rien. En une seconde, je fus installé derrière elle. D'ailleurs, même s'il s'agissait d'un animal espiègle, il n'était pas méchant. Et j'étais son maître.

Je le maintins à une petite allure de trot, tout en parlant de façon ininterrompue à Catriona pour la distraire de sa douleur qui devait l'élancer à chaque foulée. J'avais désormais le temps de m'en vouloir pour ma suffisance et ma morgue. J'avais laissé mon épée dans ma chambre, sous le prétexte que nous étions en paix et l'avions été tout l'été. J'avais laissé Branndair avec Liath et les autres chiens de meute, car la vue de ses yeux d'ambre posés sur moi quand je faisais l'amour à Catriona me dérangeait. J'avais aussi oublié que j'étais un Sithe et un combattant, et non un « simple mortel » de village, follement épris.

Ma compagne était pâle, mais calme, et je ne me lassais pas de l'admirer.

– Ne t'a-t-elle pas fait penser à quelqu'un ? lui dis-je doucement.

– Au pasteur, au prêtre, me répondit-elle aussi sec.

– Tu es perspicace. C'était pourtant une créature femelle.

– Ah bon ?

Il y avait une telle ironie dans sa voix que je ne pus m'empêcher de l'embrasser dans le cou.

– Crois-le ou non ! Nous sommes presque arrivés, Catriona.

– Je vais bien.

– Nous n'en trouverons plus sur le chemin. Tout va bien.

En fait, je n'en étais pas totalement certain. Je me sentais trop effrayé pour sonder la lande avec mon esprit. Je sentais dans l'atmosphère une espèce de malveillance que je ne pouvais localiser et je me jurai bien de ne plus jamais être aussi stupide et imprévoyant.

– Je suis désolée de m'être éloignée.

Elle haleta tandis que le rouan faisait un bruit sourd en empruntant vivement une légère dénivellation, puis elle retrouva sa respiration.

– J'ai eu envie de vomir.

– La prochaine fois que tu auras envie de vomir, lui dis-je, par pitié, ne t'éloigne pas de moi.

Elle laissa échapper un petit halètement qui aurait pu être un petit rire. Je resserrai mon bras autour d'elle.

L'impact du choc s'estompait, l'adrénaline était retombée, et un frisson de suspicion s'insinua en moi. Depuis quand n'avions-nous pas vu de Lammyr dans les parages ? Pas depuis que Griogair, des siècles auparavant, les avait chassés. Qu'ils reviennent maintenant était insensé, à moins que quelque chose que je ne pouvais ni analyser ni comprendre ne soit en train de se tramer.

Le sang de Catriona était chaud et humide sur mon bras, et je me sentis jeune, ignorant et impuissant de nouveau. Et mes pensées s'éparpillèrent dans d'horribles directions lorsque le cheval s'arrêta brusquement, semblant effrayé pour la seconde fois de la matinée. Je clignai des yeux et frémis.

Kate était venue à nous.

Chapitre 31

Les portes de la forteresse étaient grandes ouvertes, et parmi les troupes de Kate, cinq unités grouillaient à l'extérieur de l'enceinte, dévorant nos vivres et buvant notre bière. Sur mon cheval, je me frayai un chemin parmi elles. Ce n'était pas difficile : elles se dégageaient au fur et à mesure que nous avancions. Les oreilles rabattues à l'arrière de son crâne, un sourire hideux dévoilant ses dents, mon rouan bleu faisait trembler et reculer de peur les chevaux des combattants de Kate qui se mirent à tirer sur leurs longes en résistant à leurs cavaliers. Je savais que ceux-ci me regardaient. Moi, je les ignorais.

Dans la cour centrale, Kate se tenait debout sur la pierre la plus haute, là où Conal aurait dû se tenir. Lilith était à ses côtés ainsi que cinq autres unités de combattants et son garde personnel. Si leurs épées étaient dans leurs fourreaux, leurs yeux étaient bien froids. Un silence absolu régnait sur la forteresse.

— Murlainn, fit Kate, d'une jolie voix claire s'élevant dans l'air frais. Nous étions justement en train de t'attendre.

— Dans ce cas, dis-je, vous pouvez bien patienter une minute de plus.

Le capitaine de garde de Kate émit un sifflement, mais quelqu'un poussait dans les rangs : c'était Grian. Il attrapa

Catriona alors que je la descendais du cheval. « Mon bon vieux Grian », pensai-je, en mettant pied à terre.

Il était intimidé – qui ne le serait pas ? –, mais il faisait passer son travail avant sa peur. Soulevant Catriona dans ses bras, il regarda Kate.

– Kate, cria mon frère. La jeune fille est blessée. Laissez Grian l'emmener.

Il se trouvait à dix mètres de moi, sans arme, sans expression. Tout le monde regardait Kate, sauf Lilith qui me regardait.

Kate marqua une seconde de silence dramatique, puis une autre, avant d'acquiescer. Calmement, Grian se tourna et emmena Catriona qui étreignait son cou en me regardant avec des yeux implorants. Mais je fermai les miens et repris ma respiration.

Je me rapprochai pour me placer aux côtés de Conal. Je savais que mon insolence le rendait furieux, mais qu'il en était aussi ravi. J'aperçus un léger sourire qui tordait les commissures de ses lèvres avant que nous nous retournions tous deux vers Kate.

– *Te sens-tu prêt pour cela, Murlainn ?*

– *Si tu l'es, lui dis-je. Cù Chaorach.*

– Approchez, dit Kate.

Traverser l'espace vide qui me séparait du centre de la cour me parut la marche la plus longue que je n'aie jamais effectuée. Je savais ce que j'avais à faire quand je serais à sa hauteur, et une espèce d'aigreur se répandit dans ma bouche. Les dieux seuls savaient ce à quoi Conal était en train de penser. Il ne me laisserait pas y avoir accès bien qu'il fût fou furieux. Il avait bien bloqué l'accès à son esprit comme avec une grille en fer.

Tous les yeux sur cette place étaient rivés sur nous. Je m'amusai à songer à ce qui pouvait traverser l'esprit de tous ces Sithe. Dans notre clan, probablement un sentiment de rage et de remords pour l'humiliation subie par Conal et de la délectation pour la mienne. Dans celui de Kate, il devait y avoir une espèce de sentiment de supériorité et de mépris à l'égard de nous deux. En grande partie. Mais, en dehors de l'opinion de Conal, et je savais ce qu'il attendait de moi, aucune autre n'avait d'importance à mes yeux. Je savais aussi que je ne le laisserais pas s'agenouiller avant moi. Je tombai à genoux au pied de Kate.

Je ne regardai pas mon frère, mais je ressentis sa surprise et sa gratitude quand il s'agenouilla à mes côtés.

Elle nous laissa là, agenouillés sur la roche froide. À tel point que je crus que mes genoux allaient se dérober et que ma rage contenue allait faire éclater ma tête. Aucun d'entre nous n'osa bouger d'un pouce jusqu'à ce qu'elle s'avançât vers nous et qu'elle tendît sa main.

Je guettai les réactions de Conal. La seule chose qui le trahissait, c'était la palpitation d'une veine sur sa tempe au moment où il prit la main de Kate pour la porter à son front, puis l'embrasser.

Kate sourit, puis elle se tourna vers moi. Je sentais que le regard de Conal m'épiait, je le sentais qui m'implorait de ne pas être stupide. Je pris la main de Kate. Je la pressai contre mon front : ses os tendres et délicats, sa chair douce contre mon crâne. La douleur battait fort à l'avant de mon cerveau. Je portai sa main à mes lèvres et l'embrassai. Sa peau était douce comme de la soie. Je relâchai sa main, et elle recula légèrement.

Elle me gifla. Fortement. Puis elle se tourna en prenant son temps et gifla Conal.

Je ne dis rien. Lui non plus. Je ne la quittai pas des yeux, et lui non plus, je le savais. Se mettre en colère signifierait perdre la face, et vraisemblablement perdre aussi la vie. J'espérais qu'il puisse en être conscient, car malgré sa maturité, sa dignité et son acceptation silencieuse, je savais que Conal était bien plus en colère que moi.

Elle nous laissa agenouillés là encore un long moment. Je pensai que la roche allait s'imprimer dans mes rotules, et nous étions toujours entourés par un silence moqueur. Oh, elle se réjouissait de cette humiliation ! Et, soudain, de manière presque inattendue, elle se mit à rire, d'un air bienveillant. Elle avait un rire charmant.

– Regarde, Lilith. Ton garçon est devenu un homme.

Ma mère afficha un regard suffisant. Je la regardai, puis de nouveau Kate, et je ressentis comme une montée écœurante de désir bestial. Kate rit une seconde fois avec plaisir.

– Un homme ! murmura-t-elle. Et un habile combattant à ce que j'ai entendu dire. La soumission ne te convient pas, Murlainn.

– Non, c'est vrai, elle ne me convient pas.

Conal me jeta un regard sombre, mais si je devais rester agenouillé plus longtemps, j'allais tuer quelqu'un. Je pouvais encore sentir le goût de la peau de Kate sur mes lèvres. C'était comme si j'avais été totalement dépouillé de ma propre peau. Je ne m'étais jamais senti aussi nu et vulnérable, et ma douleur était telle qu'elle éblouissait tous ceux qui me regardaient.

– Je pense que vous êtes à vous deux un réel problème, sourit Kate. Des fauteurs de trouble également.

– Non, Kate, dit Conal.

— Allons, allons. Je ne suis pas en colère. Après tout, j'*aime* les problèmes. Ils m'amusent parfois... En fait, maintenant.

Elle frappa légèrement dans ses mains.

— Tu as mis fin à ton exil, Cù Chaorach, et puisque ton frère a décidé de partager ces moments avec toi, il a mis également fin au sien. Que vais-je faire de vous ?

Nous ne répondîmes pas. Je pense qu'il s'agissait là de pure rhétorique.

— Vous avez tous deux mis fin à votre exil, mais je pense que vous avez appris beaucoup. Je vous aime bien tous les deux ; j'ai besoin de bons combattants et je ne veux pas avoir à vous exiler de nouveau. Penses-tu avoir appris l'humilité, Cù Chaorach ? Les « simples mortels » te l'ont-ils enseignée ?

— Oui, Kate.

Il le dit clairement et sans honte, en soutenant son regard.

— C'est ce que j'ai entendu dire.

Plaçant pensivement un doigt sur sa propre joue, elle regarda le visage de Conal, et moi je regardai le sien. Elle n'affichait pas autant de sang-froid et d'autorité qu'elle aurait souhaité et elle en était consciente. Je le savais aussi. On le savait tous. Kate ne savait pas vraiment comment se comporter face à l'attitude de Conal. J'avais peur pour lui désormais.

— J'ai entendu parler de tout ce qu'ils t'ont fait, dit-elle, omettant d'utiliser son nom en s'adressant à lui.

C'était une insulte préméditée.

— Je ne doute pas que tu aies appris à te passer de ta dignité.

— Oui, Kate.

– Tu as hurlé, j'imagine ? Tu as supplié ? Tu as reconnu des choses que tu n'avais pas commises afin qu'ils s'arrêtent ?

– Oui, Kate.

Son visage n'exprimait rien.

Elle aurait tant aimé y assister, ça se voyait.

– Ta fierté ne valait rien. Ai-je raison ?

– Oui, Kate.

– Et c'est seulement la chance et l'intervention d'un « simple mortel » qui te vaut d'avoir la vie sauve, dit-elle avec dérision.

– Oui, Kate.

Elle sourit. Grands dieux, ce qu'elle était livide. J'aimais Conal plus que jamais.

– Voici ma proposition, Cù Chaorach. Sois à mon service pendant une année.

Je pris une inspiration. Absence de réaction chez Conal ; pas même un battement de paupière.

– Sois mon capitaine pour une année. Ce n'est pas long, n'est-ce pas ? Je vous veux toi, ton frère, ainsi qu'une dizaine de tes meilleurs soldats. Cela sera un gage de ta loyauté. J'annulerai votre exil, et nous oublierons à jamais ce fâcheux désagrément.

C'était un arrangement honnête. Nous le savions tous deux.

– Et qui dirigera ma forteresse ?

Kate se fit charmeuse.

– Est-ce bien ta forteresse ? Elle le redeviendra assurément, à condition que tu fasses ce que je te demande.

Il ignora cette réplique. Elle n'avait pas le droit de dire cela.

— Qui prendra soin de ma forteresse en mon absence ?

— Calman Ruadh.

Silence de plomb. Même moi, j'étais anéanti. Comment vous expliquer la situation : son nom, c'était déjà une plaisanterie à lui seul. On l'avait surnommé la Colombe rouge, car il avait baigné dans le sang si souvent que sa peau devait en être imprégnée.

— Votre sens de l'humour vous honore, Kate, dit Conal à travers ses dents. Calman Ruadh est le lieutenant d'Alasdair Kilrevin.

— Était, corrigea-t-elle délicatement. Alasdair Kilrevin est mort.

Je ressentis à la fois de l'étonnement et une déception si forte qu'elle me tordit les tripes. Ce travail était le nôtre, à Conal et à moi, et quelqu'un nous l'avait retiré sans nous en aviser. Quelle absence de bonnes manières !

Kate porta vers moi son regard et son sourire.

— Pas d'inquiétude, Murlainn. Son décès a été en quelque sorte… surnaturel. Lui et ses hommes sont morts calcinés. On les a retrouvés dans un champ après une nuit de beuverie et de jeux. Comme si quelque chose s'était emparé d'eux. Il pourrait s'agir du Diable. Il pourrait s'agir d'un pari malheureux avec, disons, des enjeux considérablement élevés.

Elle scruta avec attention l'un de ses ongles soignés, en repoussant une cuticule d'un air renfrogné.

— Par chance, Calman Ruadh n'était pas avec eux.

Conal murmura quelque chose d'inaudible.

— Il a dû s'agenouiller devant moi, Cù Chaorach, comme tu le fais en ce moment, et il a été pardonné, comme tu le seras également.

— Kilrevin s'est agenouillé devant vous plus d'une fois, dit Conal brutalement. Cela ne l'a jamais empêché de reprendre son épée.

— Ce n'est pas le moment opportun pour en parler.

Son sourire fut bref et félin.

— Je fais confiance à Calman Ruadh, et ta forteresse est assurément entre bonnes mains. Personne d'autre ne pourra mieux la défendre que Calman. Tu remarqueras que je n'ai pas dit « pourrait », mais « pourra ». Je ne te laisse pas le choix, Cù Chaorach. C'est ça ou alors je te renvoie entre les mains des « simples mortels » qui finiront sans aucun doute le travail qu'ils ont commencé. Et le cas échéant — elle leva son doigt pour l'empêcher de l'interrompre —, je brûlerai ta forteresse et ferai pendre tous ses habitants.

En guise de réprobation, elle agita son doigt à proximité du visage de Conal.

— J'ai vraiment été très en colère après toi. Bon, maintenant, que me réponds-tu ?

Tournant sa main de façon élégante, elle lui en présenta le dos pour la seconde fois.

Il regarda sur sa gauche, puis sur sa droite, et croisa les regards des hommes de son clan. Ils savaient très bien, tout comme lui, qu'il n'y avait aucune issue. Après peut-être une minute, il reprit la main de Kate comme s'il attrapait un serpent. Il l'appuya une fois de plus contre son front et l'embrassa.

— Qu'est-ce que j'aimerais que ta mère puisse te voir en ce moment, dit-elle doucement. Ce n'est pas son habitude de disparaître comme cela, n'est-ce pas ? Mais peut-être ne pouvait-elle pas supporter cet affront ?

Elle retira brutalement sa main avant que Conal n'ait pu la rejeter. Cette fois, elle ne s'embarrassa même pas de le gifler. Un de ses capitaines lui avança sa monture, l'aida à monter en selle, et elle partit sans même se retourner. Le cheval était blanc comme du lait, à l'exception de son museau noir et de sa queue gris tourterelle. Des clochettes, des rubans et des perles avaient été insérés dans sa crinière soyeuse, ses sabots étaient ornés d'argent, et sa bride était tressée avec de la soie verte. Quand elle s'éloigna, on n'entendit que le tintement de son harnais sophistiqué, qui venait briser le silence d'effroi et de terreur. Son garde personnel adressa à Conal le regard le plus méprisant que jamais personne ne lui avait décerné. Comme je ne voulais pas le voir regarder ainsi mon frère, je me tournai vers le ciel, et c'est alors que je vis, sur le parapet gris, côté nord, le corbeau de Kate, immobile et silencieux, qui nous observait tous.

Puis je regardai rapidement ma reine s'éloigner sur son cheval paré de bijoux, jusqu'à la fermeture des grilles derrière elle.

– Jésus, Marie, Joseph ! m'écriai-je. Regardez donc l'accoutrement de ce pauvre cheval ! Croit-elle en cette satanée légende ?

Conal explosa d'un rire étouffé à mes côtés, et cela déclencha à la fois l'hilarité générale de tout notre clan et les regards mécontents des soldats restants de Kate. Le silence et l'effroi n'étaient plus de mise. Je fus assez content de moi quand j'entendis les premières contestations et ensuite des voix encore plus fortes qui s'indignaient contre la monarchie.

– Alors, où est-ce que tu es allé chercher tout ça ? dit Conal en me passant un bras autour des épaules.

— Chez un vieux tisserand qui est venu au village l'année dernière. Plutôt pas mal, non ?

— Sans doute.

Il souriait.

— J'ose espérer qu'elle ne t'a pas entendu, mais je doute que tu sois aussi chanceux.

Son rire s'évanouit, et il resta bouche bée à côté de moi, mais le sourire qui s'afficha sur son visage était un sourire d'adoration.

— Reultan !

Je me retournai, le cœur lourd. Je ne sais pas pourquoi. La femme qui s'avançait vers lui était l'une des plus belles qu'il m'ait été donné de voir à ce jour et elle portait du lin brodé, des pantalons de soie, des bottes légères en cuir noir et un manteau en soie très sophistiqué comme ceux que Leonora appréciait. Ses cheveux étaient noir corbeau et tombaient raides telle une cascade. Ses yeux étaient bleus comme une plaque de glace par un jour sans nuages et ils débordaient de larmes, ce qui les faisait briller.

— Cù Chaorach, idiot !

Elle le serra dans ses bras et posa son visage contre le sien, fermant ses yeux tandis qu'il la prenait dans ses bras.

— Pourquoi a-t-il fallu que tu te la mettes à dos ?

Il haussa les épaules et sourit, resserrant son étreinte.

— Tu l'as poussée dans ses retranchements. Tu aurais pu y rester ! Conal, tu es un idiot. S'il te plaît, ne la force pas à recommencer.

Je suffoquai de fureur.

— *Ne la force pas ?* Elle l'a fait parce qu'elle en avait envie. Il ne s'est pas exilé tout seul !

Ses yeux s'ouvrirent, se fixèrent sur moi, se durcissant puis se refroidissant comme du métal en fusion que l'on plonge dans l'eau.

— Alors, voici le fameux frère, n'est-ce pas ?

Conal la relâcha tout en conservant un bras amical autour de ses épaules.

— Oui, c'est Seth.

Je sentais le mépris qui s'échappait d'elle en se répandant comme une brume glaciale. Elle était l'archétype de la courtisane : arrogante, dédaigneuse et affreusement certaine de sa place dans le monde. Je pense que j'en avais un vague souvenir d'enfance, dans les grottes de Kate, mais pour être honnête, je pouvais fort bien me tromper. Elle et toutes celles de son genre étaient interchangeables.

— Dis-moi que ce n'est pas ma sœur.

— Je vais te le dire moi-même, dit Reultan. Grâce aux dieux, je ne suis pas ta sœur.

— Du calme.

Conal leva les yeux au ciel.

— Vous n'avez aucun lien de famille et n'êtes pas obligés de vous apprécier. Mais vous pouvez peut-être vous supporter, n'est-ce pas ?

Il y avait peu de chance que cela se produise. Reultan et moi, nous nous sommes détestés dès notre premier regard et avons continué à le faire toute notre vie, mais fort heureusement, nous avons toujours réussi à nous comprendre. C'était peut-être ça, le problème.

Cependant, cette première fois où nous nous rencontrâmes, une fascination réciproque s'exerça entre elle et moi, mais d'un point de vue purement scientifique. D'une certaine manière, nous étions semblables, pourtant, cela ressemblait à la rencontre de deux espèces étrangères. Elle retroussa sa lèvre supérieure. Volontairement, et comme une insulte, je m'écartai d'elle. Si bien que je fus gêné quand ses yeux se mirent à briller de joie.

Je faillis perdre l'équilibre quand Eili passa devant moi pour s'élancer dans les bras de Reultan et que les deux femmes s'embrassèrent.

– Reultan ! exulta Eili.

Je pouvais déjà prédire que j'allais détester ce prénom.

– *Eilid !*

Ses yeux s'agrandirent de plaisir.

– Petite Eilid ? Est-ce bien toi ?

– Oui, que tu le croies ou non, elle a grandi, la petite, murmurai-je, et Conal me fila un coup de pied dans la cheville.

– Tout le monde m'appelle Eili, pour faire plus court, dit Eili.

– J'aime bien. Conal, où se trouve notre mère ?

J'admirai la façon dont elle avait prononcé le « notre », délicatement mais avec un accent suffisant pour que je me sente exclu.

– Partie voir la devineresse ! Partie demander à cette idiote qui bonimente comment trouver un foutu talisman qui n'existe pas. Une *pierre,* figure-toi. Cela fait un mois qu'elle est partie.

– Ne sois pas si irrespectueux, Conal. La prophétesse est un oracle et quelqu'un de fiable.

– La prophétesse la mène en bateau, rit Conal. Et il en est de même pour tout le monde.

– Ainsi, dit Reultan sèchement, tu prétends qu'on peut berner Leonora ? J'aimerais bien te voir lui dire cela en face.

Conal haussa les épaules, vaincu mais souriant.

— Elle a laissé Faramach.

Reultan fit un signe de tête en direction du parapet.

— Pour garder un œil sur toi ?

— Qui sait à quoi bon sert cet oiseau ?

Il fit un geste dédaigneux. Puis, il lui adressa même un doigt d'honneur dans son dos, mais qui n'entraîna aucune réaction. Quelque chose me frappa tandis que je fixais le corbeau dans ses yeux immobiles, d'un noir d'obsidienne

— Kate n'a pas osé revenir tant que Leonora était absente, dis-je.

Le corbeau descendit en voletant jusqu'au mur intérieur de la tannerie, étendit ses ailes imposantes et émit un rire criard.

— Seth a raison, dit Eili.

— Je sais bien qu'il a raison.

Conal semblait pensif.

Reultan avait l'air de vouloir me gifler. Je pouvais deviner à la tension de sa mâchoire qu'elle serrait fortement les dents. Conal me fit un clin d'œil et lui serra le bras.

— Ce sera bien de te voir plus souvent, Reultan. Même dans ces circonstances. Tu ne feras pas semblant de ne pas me voir, n'est-ce pas ? De faire comme si tu ne me connaissais pas ?

— Ne te rends pas plus idiot que tu ne l'es, dit-elle vivement. Qui vas-tu prendre avec toi ? Dix combattants, c'est bien cela ?

— Huit, dit Eili. Bien sûr, Sionnach et moi partons avec lui

— Avec *nous*, dis-je, aigri.

– Bien sûr, bien sûr.

– Alors qui ? dit Reultan.

Chapitre 32

La réponse était : dix de ses meilleurs guerriers. C'était bien ce que Kate avait demandé et c'était ce qu'elle devait obtenir. Carraig et Righil, ses lieutenants. Sionnach et Eili. Orach. Feorag. En négociant, il obtint de garder Raineach dans la forteresse, mais du coup, un de ses fils devait venir avec nous. Eorna resta derrière ; sa compagne, Caolas, nous suivit à cheval un moment, sans chercher à dissimuler son visage baigné de larmes. Les archers expérimentés Luthais et Raonall, couple inséparable, furent donc les deux derniers à rejoindre notre équipe.

Kate avait dû m'attendre et elle n'en était pas vraiment satisfaite, mais je n'aurais pas cédé, et elle se devait d'être un peu plus prudente désormais. Elle avait poussé notre degré d'humiliation suffisamment loin, et si elle était allée au-delà, elle aurait risqué de perdre la sympathie de ceux de son propre clan. Kate n'était pas un tyran, ou si elle l'était, elle était un tyran très intelligent et connaissait la puissance du consentement. Elle en tirait sa légitimité et s'en servait pour dominer. Elle savait exactement comment faire accepter ses actions les plus cruelles en en proposant d'autres, plus douces et raisonnables. Et ses sujets qui l'aimaient pouvaient lui trouver des tas d'excuses, sachant que la majorité de ses sujets l'aimaient à la folie.

Je ne voulais pas quitter la forteresse tant que Grian ne me confirmait pas que Catriona était en mesure de voyager. Ses jours n'étaient pas menacés par sa blessure, pourtant sérieuse et affectant un organisme déjà affaibli. De plus, les plaies des « simples mortels » ont tendance à s'infecter facilement. Et je n'allais pas l'abandonner non plus ici ; mon clan lui aurait bien sûr offert la protection, le gîte et le couvert, mais pas leur amitié, et je n'allais pas lui infliger douze mois de solitude et de tristesse. Je la laissai donc choisir, et elle décida de me suivre, comme je l'avais pensé.

Ainsi nous partîmes à cheval vers la forteresse de Kate, un mois après les autres, en emmenant Branndair, mais en laissant le cheval rouan détaché, aux portes de la forteresse souterraine. Kate ignora Catriona, mais elle me somma de me présenter face à elle – elle n'osa pas me demander de m'agenouiller –, et devant ses courtisans aux sourires suffisants, ses capitaines aveugles et mes propres amis, elle me dit que je devrais la servir un mois de plus, une fois que mon frère et ses compagnons seraient de retour à la maison. Je haussai les épaules, puis inclinai la tête pour lui signifier que j'obéissais à son commandement, mais que je m'en fichais pas mal.

Elle nous surmena. Conal était l'un de ses capitaines, il avait son propre détachement, bien sûr, et il conserva Carraig et Righil comme lieutenants. Le reste de notre bande était divisé parmi ses autres capitaines. Certains étaient de vrais porcs et éprouvaient un malin plaisir à avoir à commander le clan de Conal. D'autres étaient des êtres humains convenables. Luthais, Raonall et Feorag étaient sous les ordres de Cluaran, qui était fondamentalement un brave type malgré son crâne rasé, son langage plus que rudimentaire et sa dureté à la tâche. Sionnach et Eili eurent la malchance de tomber dans la troupe de Fearchar, ainsi qu'Eachann, le fils de Raineach. Fearchar était un salopard malveillant qui se réjouissait de leur filer les travaux les plus ingrats et de les traiter comme des soldats de second rang. On me sépara d'Orach, qui passa sous les ordres d'une femme, prénommée Alainn. Ce n'était probablement pas plus mal, d'autant que j'étais parfois séparé de Catriona pendant plusieurs jours d'affilée.

Mon capitaine, qui était donc aussi celui de Caolas, se nommait Aonghas. Je l'aimais bien et je l'admirais, et au plus profond de lui-même, il m'aimait bien aussi, mais ne pouvait pas l'afficher, car sa compagne n'aurait guère apprécié.

C'était Reultan.

Ils étaient devenus des amants inséparables environ un mois après mon arrivée : c'était plutôt une mauvaise nouvelle pour moi, car Aonghas était du coup moins enclin à sympathiser avec moi, alors qu'il s'entendait bien avec Caolas. Parfois, il me lançait un regard désolé quand Reultan me traitait avec mépris, mais prenait rarement ma défense. Il était complètement épris d'elle.

Pour être honnête, cet attachement était réciproque, même s'ils ne se ressemblaient pas. Il avait des cheveux noirs coupés court, des yeux verts couleur de mousse, un visage très souriant, et c'était l'un des capitaines les plus sympathiques. Les dieux seuls savaient ce qu'il trouvait à Reultan, mais c'était ainsi, il était attaché à elle, et on ne pouvait pas revenir en arrière ; de toute façon il ne le voulait pas. Il apportait même une certaine douceur dans le regard de Reultan, sauf quand c'était vers moi qu'elle se tournait.

Aonghas était très semblable à Conal, en de nombreux points, et ils étaient des amis très proches l'un de l'autre. J'avais entendu dire que, dès que Conal était revenu aux cavernes, Aonghas s'était précipité pour le prendre dans ses bras, et ce, en présence de Kate, Lilith et tous leurs courtisans. Il était donc légitime de l'admirer pour cette forme de culot et pour la force de sa loyauté.

En disant que Conal et Aonghas étaient les meilleurs amis du monde, je ne suis pas très honnête. Le fait est qu'ils s'appréciaient comme des frères. J'essayais de ne pas être jaloux et envieux, mais parfois cela transpirait, et je désobéissais à Aonghas ou bien j'étais irrespectueux envers lui : alors, qu'il le veuille ou non, il se devait de me punir et me mettait au cachot ou bien me filait une bonne correction. Conal n'avait aucune pitié pour moi dans ces occasions et disait que j'avais poussé Aonghas à se conduire ainsi. Malgré cela, j'aimais bien l'individu.

Je ne sais pas si Kate pensait calmer notre rébellion. Parfois, maintenant, je me demande si elle ne jouait pas en fait à un jeu délibéré et élaboré qui nous poussait à une révolte encore plus grande. Cela ne m'était pas venu à l'esprit à l'époque, bien sûr. Quel blanc-bec j'étais !

Une fois, je regardai Sionnach se faire battre pour avoir commis une légère infraction envers Fearchar. Il s'agrippait fermement au pilier auquel il était attaché, les yeux rivés sur les miens, la mâchoire crispée, les articulations des doigts rendues blanches à force de serrer les poings. Je ne pouvais rien faire pour mon brave ami. Tout ce que je pouvais faire, c'était observer et détester ce spectacle. Il n'émit aucun son, mais au milieu de cette épreuve, il me sourit à travers la sueur froide coulant sur son visage, et je compris que la révolte, au lieu d'être expulsée de son corps, s'y incrustait profondément.

« Une année, pensais-je continuellement. C'est juste pour une année. »

Malgré sa fonction de capitaine, personne ne vécut une période aussi pénible que Conal. Kate le testait avec les missions les plus ignobles : des exécutions, des corrections et châtiments corporels, des incendies de fermettes, des saisies. Il avait embrassé sa main et juré loyauté. Il se devait de le faire. Mais ses yeux se vidèrent, et son visage se durcit.

Une nuit, je n'arrivais pas, une fois de plus, à trouver le sommeil et j'entendis qu'il marchait dans le couloir. Cela arrivait souvent qu'il fasse les cent pas pendant la nuit. Je n'avais jamais osé le suivre auparavant, mais chaque fois, je constatais au petit matin que son bras avait été entaillé : une entaille pour chaque petit fermier qu'il avait pendu. Elle essayait de retirer à Conal toute la bienveillance qu'il pouvait avoir en lui. Voilà ce que je sentais. Cette nuit, j'étais couché aux côtés de Catriona qui dormait et j'eus la terrible sensation d'avoir été transformé en quelque chose contre ma volonté.

Délicatement, je sortis de mon lit, résolu à ne pas réveiller ma compagne. Depuis une semaine, elle était malade tous les matins et il n'y avait aucun Lammyr en vue. J'avais un terrible pressentiment. Pour m'en distraire, je suivis Conal.

Le long d'un tunnel éclairé par des torches et à travers deux antichambres, les cavernes s'ouvraient sur un immense espace aux murs humides et où se déversait, dans un bassin, une cascade argentée. L'eau tombait dans un sifflement permanent, et la chute souterraine était aussi froide que de l'eau peut l'être quand elle ne voit jamais le soleil. Le temps que je pénètre dans cet espace qui renvoyait l'écho, Conal s'était dénudé et se tenait sous la cascade, les bras appuyés contre le mur de pierre et la tête inclinée par la force de la chute d'eau.

Il y avait quelqu'un d'autre dans la caverne. Aonghas se tenait assis contre le mur de roche, les bras sur les genoux, une gourde en argent dans une main. Il tourna la tête et me regarda, mais il ne sourit pas.

— *Murlainn.*

J'inclinai la tête, me demandant si je me trouvais en danger de nouveau, sans m'en préoccuper davantage. Après un petit moment, il me tendit sa gourde. Je m'assis contre le mur, à ses côtés, et la saisis. Le whisky était sirupeux et âpre. Le liquide brûlait le fond de ma gorge et m'aurait presque rendu malade, mais j'en bus une bonne rasade. Trop tardivement dans la nuit. Je lui rendis sa gourde, et il la reprit sans dire un mot. En silence, nous regardions Conal.

Quand il se redressa et retira ses bras du mur de la cascade, je vis la dague dans sa main droite. Je n'osai prononcer le moindre mot tandis qu'il s'entaillait l'avant-bras de deux lignes bien nettes, parallèles aux lignes précédentes. Du sang s'écoula de ses entailles, et il passa son bras sous l'eau jusqu'à ce que les plaies soient totalement nettoyées.

— A-t-il besoin d'un guérisseur ? demandai-je la gorge sèche.

— Non, il n'en a jamais besoin, dit Aonghas.

Et, sans surprise, Conal sortit de l'eau, s'enroula le bras d'un linge, d'une manière experte, comme il avait dû le faire de nombreuses fois auparavant, le serrant avec un nœud coulant. Il renfila ses vêtements sur sa peau encore mouillée et s'assit à côté de nous.

— Aujourd'hui, dit-il, on m'a ordonné de tuer un enfant.

Je pensais que sa voix allait résonner dans la pièce. Au lieu de cela, elle fut comme absorbée par l'obscurité et la pierre humide. Aonghas lui tendit la gourde, mais il fit non de la tête.

— Il avait l'âge que tu avais, Seth, quand j'ai posé les yeux sur toi pour la première fois.

Je déglutis, par simple réflexe.

— Tu ne l'as pas fait, dit Aonghas.

Conal lui adressa un regard oblique et répondit que non.

— C'est ce que je pensais.

— J'ai pendu son père et son oncle, dit Conal, et je les ai emmenés, lui et sa mère, au-delà de la lande où ils vont peut-être bien crever de faim, mais non, je ne l'ai pas tué.

— Pour une telle désobéissance, fit remarquer Aonghas, Kate pourrait fort bien te tuer.

— Si tu le dénonces..., dis-je.

Ma voix fut avalée par la caverne de même que celle de Conal précédemment, et je dus me répéter.

— Si tu le dénonces, je te tuerai.

Aonghas ne réagit pas dans un premier temps. Délicatement, il posa la flasque, puis s'appuya de nouveau contre le mur et regarda le plafond, qu'on devinait à peine dans l'ombre.

— Murlainn, soupira-t-il. Sois insolent de temps en temps si tu le souhaites. Mais sinon, le reste du temps, tiens bien ta langue en place. Je n'aime pas devoir te faire fouetter. Je n'ai pas du tout apprécié quand Fearchar a demandé à ses brutes de s'occuper de Sionnach. Mais c'est ce qui se produira si tu es stupide. Je dois déjà me préoccuper de ma propre vie.

C'était la vérité. Je bougeais dans tous les sens, mal à l'aise, en essayant de me souvenir. Mon dos ne me faisait plus mal, mais mes croûtes me démangeaient. Heureusement, il faisait noir dans cet endroit. Je n'aurais pas voulu qu'Aonghas me vît rougir de honte. Conal n'aurait, quant à lui, rien remarqué de toute façon. Il était silencieux, il avait pris sa tête dans ses bras et posé ses bras sur ses genoux.

— Ma mère n'est pas revenue à la forteresse, prononça-t-il enfin.

— Elle avait des choses à voir avec le devin, dit Aonghas.

— Il y a six mois de cela.

Conal émit un rire sec et misérable.

— Aucune négociation ne peut durer aussi longtemps, même avec ce vieux charlatan.

— Mais tu dois savoir où elle se trouve alors ?

— Non. Je sais seulement qu'elle ne se trouve pas à la forteresse. La dernière fois que je l'ai sentie, elle était très loin. Elle m'a bloqué l'accès à son esprit depuis des mois maintenant.

— Bien, dit Aonghas en haussant légèrement les épaules. Si Leonora était morte, tu le saurais. Reultan aussi.

— Sans doute. Mais elle a trouvé cela difficile de survivre à Griogair.

Il rit encore, d'un rire haut perché et désespéré.

— C'est un euphémisme, n'est-ce pas ? *Difficile*. Peut-être a-t-elle décidé de ne plus lutter. Peut-être s'est-elle dit qu'elle devait le rejoindre. Elle est la seule personne, depuis la disparition de Griogair, qui puisse tenir tête à Kate et elle nous abandonne. *Elle nous abandonne.*

Aonghas déposa son bras autour des épaules avachies de Conal.

– Un jour, tout ceci sera terminé, dit-il.

– C'est bien ce que je me répète, dit amèrement Conal.

– Non, dis-je. Ce ne sera jamais terminé.

Ils tournèrent tous deux la tête et me fixèrent. J'étais également sous le choc. Je ne sais pas pourquoi j'avais sorti ça, mais je savais que c'était la vérité.

– Elle ne nous laissera jamais en paix, dis-je. Autant tout laisser tomber maintenant.

– Stupide petit excrément, j'ose espérer que tu as bien bloqué l'accès à tes pensées, prononça Aonghas.

Je lui adressai mon regard le plus ordurier en soulignant :

– Bien sûr, je ne suis pas si stupide.

– Tu aurais pu me duper.

– Visiblement, c'est fait.

– Du calme, dit Conal. Taisez-vous donc tous les deux.

Il croisa ses mains derrière son cou. Ses ongles lui rentraient dans la chair. Je pensais qu'il était en train de méditer sur ce que je venais de dire, mais après un instant, il mit simplement son visage dans ses mains.

– On n'arrêtera jamais de voir ça, dis-je. On n'arrêtera pas les rêves. Les cris non plus.

Aonghas grogna en signe d'exaspération. Conal m'ignora. Je me relevai.

– Vous m'entendez ? Vous êtes lâches. Tous les deux.

Je n'aurais pas dû boire ce whisky. J'étais venu ici pour le réconforter, et au lieu de cela, je perdais patience et je ne pouvais pas me contenir.

– Elle te manipule comme un pantin, Cù Chaorach. De quoi as-tu peur ? crachai-je. De ta sœur ?

Sur ces paroles, Aonghas se redressa à moitié, un sourire aux lèvres, mais Conal attrapa son bras et il le bascula vers le sol, en me fusillant du regard. Conal refusait de croiser mes yeux. La colère me brûlait la gorge comme si j'allais recracher ce foutu whisky.

– Elle va continuer à te manipuler, à son rythme, comme une marionnette, Cù Chaorach, jusqu'à ce que tu ne saches plus ce qu'est le repos. Dis-lui donc d'aller se faire voir. Que peut-elle faire ? Si Leonora ne s'oppose pas à elle, quelqu'un d'autre se doit de le faire. Et personne n'est mieux placé que toi.

– Attention, Murlainn.

Le ton utilisé par Aonghas était subitement aimable, et il était sur le point de sourire.

– Conal ne veut pas perdre son clan ni sa forteresse. Et il ne veut surtout pas risquer de perdre son frère.

– Moi non plus, dis-je.

Et, aussi instable qu'un bambin qui vient d'apprendre à marcher, je quittai la pièce.

Chapitre 33

Pourquoi étais-je si en colère après lui ? Après tout, moi aussi je m'étais bien laissé manipuler par Kate. Mon capitaine aussi avait tué à sa demande, tué des personnes qui ne le méritaient pas, et j'avais assisté à ces scènes dans un silence de consentement. Je me dis que j'étais en colère car je n'avais qu'à tout plaquer moi-même si je le voulais, mais je ne le pouvais pas, car je ne le quitterais jamais. C'était faux. Ce n'était là qu'une excuse. Le fait est que j'étais en colère car ce que j'allais devenir n'avait que peu d'importance. Il n'y avait pas grand-chose en moi à changer. Mais que Conal accepte de devenir son golem, cela me semblait relever du pur blasphème.

Finalement, ce qu'Aonghas avait dit était vrai. À travers Calman Ruadh, Kate tenait notre forteresse et tout notre clan dans la paume de sa main et elle était bien déterminée à détruire les deux. Quand Conal parvenait à s'extraire de la dépression dans laquelle son esprit s'enfonçait, il me criait après. Un jour, il me mit une raclée. Il n'avait pas à le faire. Je comprenais très bien la situation. Mais il m'avait quand même mis une raclée

J'avais de nouveau répondu à Aonghas. Oh, je devrais être honnête. J'avais proféré tout bas un juron contre lui, enfin, suffisamment fort pour que ces hommes l'entendent et lui aussi. C'était plus qu'un juron, c'était une accusation — une autre sur le thème de sa lâcheté —, et j'avais aussi prononcé une insulte conséquente à l'égard de Reultan, juste histoire d'être bien certain de mon destin. Il y avait des jours, voyez-vous, où mon châtiment était le bienvenu. Généralement, c'étaient les jours qui suivaient l'incendie d'une petite ferme ou bien une pendaison.

Branndair avait été enchaîné dans les chenils comme il l'était toujours à ces occasions : chacun tenait à sa gorge. Le lieutenant d'Aonghas resserrait la corde qui liait mes poignets au poteau quand Conal bouscula la foule de spectateurs. Même Reultan dut se pousser de son chemin.

— Laissez-le ! aboya-t-il.

Le lieutenant d'Aonghas regarda ce dernier et continua à resserrer la corde comme il en avait l'habitude, mais Aonghas secoua la tête. Il savait bien ce que Conal s'apprêtait à faire et moi aussi. Je n'étais pas assez stupide pour penser qu'il venait à ma rescousse.

Mon frère sortit sa dague de son fourreau, scia la corde, puis détacha également les liens autour de mes poignets.

— Que ton sang circule de nouveau, jappa-t-il.

Il retira sa chemise tout en se retournant.

Je frottai mes poignets et mes mains, mais simplement parce qu'ils étaient douloureux.

— Pas besoin, dis-je.

Se retournant, Conal m'adressa un regard meurtrier.

— Tu vas te battre contre moi.

Je lui rendis son regard.

— *Je ne reçois pas d'ordres.*

— *Oh que si, tu le feras, une fois que j'en aurai terminé avec toi.*

— *Non, pas venant de toi. Je ne le ferai pas.*

Je croisai fermement mes doigts dans mon dos.

— *Tu n'es plus mon capitaine.*

Son premier coup rejeta sèchement ma tête en arrière, et je me retrouvai projeté au sol. Je ne pouvais plus laisser mes mains derrière mon dos après cela, et elles se replacèrent devant, en un geste réflexe d'autodéfense, mais je ne rendis aucun coup. Quand il m'ordonna de me remettre debout, je me remis debout, et chaque fois qu'il me cognait, il me laissait toute latitude pour riposter. Mais je ne le fis pas. Ne savait-il pas quel bâtard têtu je pouvais être ? Depuis combien de temps me connaissait-il ? Cela me fit presque rire, sauf que je ne pouvais pas le faire tellement j'avais mal.

J'essayais juste de me maintenir sur mes deux pieds ou au plus près de cette position après dix minutes d'affrontement. En fait, il me frappait de plus en plus fort. J'eus l'impression que ma tête allait se détacher. Mon visage était tout collant de sang, et j'en avais le goût dans ma bouche et mon nez, et mes côtes étaient si douloureuses qu'elles pouvaient à peine s'écarter suffisamment pour laisser entrer l'air. À la fin, je n'arrivais plus à me relever.

Les spectateurs étaient silencieux. Leurs cris et leurs sifflements d'encouragement avaient cessé depuis longtemps, et même Reultan regardait avec un visage de marbre. Sionnach enlaçait Orach qui était en train de sangloter, mais sans bruit. J'étais allongé dans le sable granuleux, fixant au-dessus de ma tête les arcades du toit en pierre et les ombres qui vacillaient à la lueur des torches. Je me sentais presque en paix et j'aurais aimé pouvoir sourire, mais mon visage contusionné ne me le permettait pas. J'avais l'impression qu'il n'avait plus la même forme et je devais cligner des paupières pour me débarrasser du sang qui m'empêchait d'y voir clair.

Conal s'accroupit au-dessus de moi, en tenant sa tête dans ses mains.

– Murlainn, chuchota-t-il. Tu es tellement stupide.

Je ne sais comment, je réussis à bouger ma tête pour croiser son regard. Je pense même que je lui fis une ébauche de sourire.

– *Est-ce que je te ressemble encore ?*

★ ★ ★

– Eh bien, marmonnai-je, est-ce que je te ressemble ?

Il referma la porte de ma chambre presque silencieusement. Il prit d'ailleurs beaucoup de temps pour le faire. Je ne pense pas que c'était moi qu'il n'arrivait pas à affronter. Catriona lui adressa un regard froid empli de colère avant de s'agenouiller de nouveau près de mon visage et elle continua à nettoyer mes plaies. Quel doigté agréable, et le linge humide avec lequel elle me nettoyait était tiède. En revanche, l'eau du récipient était devenue écarlate avec mon sang. Je voulais juste rester étendu là, sur la pile de peaux et de couvertures, ma tête douloureuse posée dans son giron. Pour une fois, je ne voulais pas me soucier de Conal. J'avais été clair. À présent, je ne voulais qu'une chose, qu'il s'en aille et me laisse seul.

C'était peu probable.

Il s'agenouilla à mes côtés, mais ne me toucha point. Au moins eut-il la délicatesse de me regarder dans les yeux bien qu'ils fussent presque fermés à cause des contusions.

– Tu ressembles… commença-t-il en s'éclaircissant la voix. Tu me ressembles finalement plus que moi-même.

Doucement, je me mis à examiner son visage. Bouger mes paupières s'avérait très douloureux.

– Tu n'as pas idée à quel point c'est vrai, dis-je.

Il serra ses mains derrière sa nuque. Je remarquai qu'il pleurait.

– Je suis désolé, Murlainn, tellement désolé.

Je crachai du sang, et Catriona me nettoya le coin de la bouche.

– Pourquoi ? Cela m'a évité une séance de flagellation.

– Tu n'es pas drôle.

– Toi non plus.

Je laissai mon regard dériver jusqu'à son avant-bras, où un vague pansement blanc laissait échapper le sang coulant d'une nouvelle coupure. Je réussis à lui adresser un autre sourire.

– Je ne suis pas encore mort, dis-je.

Il médita et resta silencieux pendant un bon moment.

– Ce n'est pas pour toi, dit-il. C'est pour moi.

– Cela t'aide à te sentir mieux ?

Il m'adressa un petit rire sec.

– Non, alors je vais cesser d'être si dramatique, n'est-ce pas ?

Je me soulevai sur un coude, et Catriona recula.

– Conal, dis-je.

– Oui ? Appelle-moi autrement. Trouve-moi un autre nom, car moi je n'y arrive pas. Je suis en train de perdre mon nom, Seth. Je suis en train de perdre mon âme.

– Combats-la, sifflai-je.

– Je préfère encore perdre mon nom plutôt que perdre mon peuple.

– Si tu perds l'un, tu perds les deux.

Je le fixai.

– De l'acier froid à la place d'une âme, c'est cela que tu veux ?

– S'il te plaît, Murlainn. Je ne suis pas venu ici pour batailler.

– Alors, pourquoi être venu ? dit Catriona, le visage livide et le regardant d'un air furieux. C'est tout ce qu'il te reste. Tu pourrais très bien combattre. Mais ce serait mieux de combattre les bonnes pers…

Nous nous regardâmes tandis que Catriona bondissait sur ses deux pieds et se précipitait vers la cuvette à l'autre coin de la pièce. Je la vis tomber à genoux : elle vomit jusqu'à ce que son estomac soit vide. Conal se releva soudain, mais elle lui octroya un regard si féroce qu'il recula d'un pas et se tourna vers moi.

– Qu'est-ce qui ne va pas ? murmura-t-il. Grands dieux, Seth, est-elle malade ?

Je la regardai. Mes tripes me faisaient mal et pas seulement à cause des coups.

– Elle porte un enfant, dis-je platement.

Il s'accroupit à côté de moi et posa sa main très délicatement sur mon bras.

– Je suis désolé. Par les dieux, Seth, je suis désolé.

– Cesse d'être désolé à ce point, lui dis-je.

Je me mordis la lèvre sans plus me souvenir à quel point elle était endolorie et je fis une grimace de douleur.

– Que peux-tu bien y faire ? Tu n'y peux rien, ajoutai-je amèrement.

– Peut-être que cela se passera bien. Comme il arrive parfois. Regarde pour Ma Sinclair ! Tu as un bon sang, tu…

– Un enfant qui survit, c'est aussi fréquent qu'un merle blanc, et tu le sais très bien. Je n'ai pas cette chance.

Puis, j'inspirai.

– Et elle non plus.

Il ouvrit la bouche pour tenter de discuter, puis changea d'avis et se gratta le front.

– Est-ce que tu lui as dit ? Est-ce que tu lui as expliqué ?

– J'ai essayé.

Ce fut tout ce que je pus prononcer. Ensuite ma gorge refusa d'émettre le moindre son.

Que pouvais-je lui dire, après tout ? C'était la première de deux grossesses, et elle en était tellement ravie. Je n'avais même pas envisagé l'éventualité d'une grossesse. Je lui avais conseillé de ne pas trop espérer, mais elle ne voulait rien entendre, et son cœur se brisa quelques semaines plus tard quand le bébé mourut en elle. Puis, cela se reproduisit. Ce n'était que des projets d'enfants, nos bébés morts, à Catriona et à moi, mais au moins, je ne connus jamais la peine d'avoir espéré.

J'ai enterré chacun d'eux pour elle. Pour le premier, Aonghas m'avait accordé sans broncher une journée de permission, et je m'étais éloigné à cheval assez loin des grottes de Kate. Je ne voulais pas que l'âme de cet enfant – s'il en avait une – puisse rôder à proximité. J'avais beau ne croire pratiquement en rien, je déposai malgré tout le petit cadavre dans la terre, par respect pour Catriona, dont les croyances étaient bien plus fortes et nombreuses que les miennes.

À une journée de cheval en direction de la maison se trouvait un cercle de vieilles pierres. Sur un plateau élevé, les stèles avaient perdu depuis longtemps leur superbe géométrie : quelques-unes étaient tombées, d'autres avaient éclaté sous la puissance des éclairs, d'autres encore se dressaient toujours bien haut. L'endroit dégageait une ambiance sereine. Par égard pour sa mère endeuillée, j'y enterrai mon premier fils, privant ainsi les rapaces de ce tout petit corps à moitié formé. J'avais toujours su qu'il allait mourir, comme je savais qu'il en serait ainsi pour tous les autres, alors j'essayai de ne pas trop pleurer pour lui.

Chapitre 34

Nous n'avions que quelques rares bribes d'information en provenance de notre forteresse. Nous entendions des rumeurs et contre-rumeurs, mais la plupart étaient échangées entre Calman Ruadh et Kate, et donc agrémentées d'un certain nombre de fioritures, s'avérant donc peu fiables. Nous avions entendu que les soldats du clan de Conal faisaient preuve d'obéissance, de loyauté et de bonne volonté. Je savais qu'ils montraient toutes ces qualités, et même d'autres, face à Conal, mais je doutais que ce clan – qui m'était bien connu, mais que je n'aimais pas – pouvait agir pareillement face à Calman Ruadh. Conal se précipitait systématiquement sur toutes les bribes de rumeur tout en les redoutant.

Eachann, bien sûr, avait un membre de sa famille dans la forteresse qui se trouvait être Raineach. Conal le pressait sans cesse pour lui extorquer des nouvelles de celle-ci, mais Eachann restait évasif et hagard. Quand finalement Conal perdit patience et se mit à crier sur le jeune garçon, Eachann avoua misérablement qu'il en savait aussi peu que nous sur sa mère. Elle semblait aller bien, mais était repliée sur elle-même. Il pensait qu'elle lui cachait quelque chose.

Conal avait l'air égaré, nerveux et de mauvaise humeur, mais plus avec moi. Paradoxalement, il semblait plus déterminé que jamais à tenir le coup. Il prouverait sa loyauté jusqu'à la fin de cette année et regagnerait ensuite toute son autorité sur sa propre forteresse. Il disait qu'il le ferait, même si cela devait le tuer.

Façon de parler. Enfin, parfois, je me le demandais.

– Quand cela s'est-il produit ? lui demanda Aonghas à voix basse un soir.

Kate nous avait ordonné à tous trois de cesser notre entraînement à l'épée pour nous présenter dans le grand hall, et j'eus comme l'impression que nous étions en retard. Ce n'était pas de notre faute. Apparemment, nous avions été les derniers prévenus. Toutes les pièces et les couloirs étaient désertés. Conal et Aonghas me précédaient. Je me tenais en arrière, à taquiner les loups, mais mes oreilles se dressèrent quand j'entendis le son de la voix d'Aonghas. Il était trop décontracté pour sembler si amer.

– Quand s'est produit quoi donc ? demanda Conal.

– Depuis quand avons-nous perdu une telle autonomie ? Depuis quand les capitaines de forteresses sont-ils devenus de simples sbires ?

– Attention, dit Conal, mais il y avait dans sa voix comme un rire étouffé que je n'avais pas perçu depuis longtemps.

Cela me rasséréna. Il était tombé si bas et était si sombre depuis notre altercation. Mais mes ecchymoses s'étaient effacées depuis plusieurs semaines, les plaies avaient cicatrisé, mes côtes étaient remises, et j'avais plus ou moins retrouvé mon allure normale. Si toutefois l'un d'entre nous pouvait avoir un air normal. Le fait est que nous possédions tous un air méfiant et hostile gravé en permanence sur nos visages.

Peut-être avions-nous raison de l'avoir, vu ce qui nous attendait quand nous avons obliqué vers le grand hall.

— Quel *merde* !

J'étais encore en train de chatouiller l'oreille de Branndair quand Aonghas s'exclama ainsi d'un air de dégoût. Branndair tournait la tête et me léchait les doigts si bien que je n'y aie pas prêté attention. Je me cognai alors contre Aonghas, et nous trébuchâmes tous deux.

Retrouvant mon équilibre, je sortis mon épée comme le firent Conal et Aonghas. Le bruit résonna dans le hall silencieux. Je sentis les poils de Branndair se hérisser sous mes doigts et j'entendis le faible grognement émis par Liath, mais les loups n'avancèrent pas. Au contraire, Branndair recula d'un pas, en grognant de peur et de colère. Kate se leva de son estrade, descendit une marche, les bras tendus vers nous. La créature à ses côtés arborait un sourire aussi large que celui de Kate. Elle se tenait bien trop près de ma mère, les bras effleurant ceux de celle-ci, mais Lilith paraissait plus envoûtée que révoltée. Pieds et torse nus, si maigre qu'elle en était translucide, la créature portait un manteau qui lui battait presque les chevilles, et un pantalon qui était très resserré autour de sa taille creuse et efflanquée Elle avait des cheveux ternes, un teint blanc sur un crâne concave, et un petit sourire d'autosatisfaction aux lèvres.

— Messieurs, s'écria Kate. Remettez vos épées dans leurs fourreaux, s'il vous plaît !

Conal et Aonghas parurent stupéfaits. Je vis l'épée de Conal trembler dans sa main qui reprit ensuite son emprise.

— C'est un *Lammyr*.

Une totale incrédulité transparaissait dans sa voix.

— C'est mon *invité*.

J'avais appris à me méfier de la douceur innocente de Kate.

— Conal, murmurai-je.

— Il y en a tout un fichu *détachement*.

Aonghas arrivait à peine à parler tant il était incrédule.

C'était vrai. Les créatures se tenaient en bas, à gauche du hall, et la lumière des torches accentuait l'aspect maladif de leur peau. Même le plus vil des combattants de Kate se tenait en arrière et restait aussi éloigné d'elles que les murs de la caverne pouvaient le permettre. Je pouvais voir Fearchar, les yeux exorbités, le dos appuyé si fort contre la paroi rocheuse qu'il devait en avoir mal. J'étais content.

Je cherchai mes amis du regard. Sionnach se tenait bien en arrière avec Eili, Orach et Luthais. Ses yeux, complètement inexpressifs, étaient rivés sur les miens. Les trois autres ne pouvaient détacher leur regard du Lammyr. Caolas, Raonall et Feorag étaient près d'eux, et Carraig et Righil étaient là aussi. Tous nos combattants s'étaient rassemblés près les uns des autres, sur la gauche. Tous sauf Eachann : je me demandais bien où il était passé. Peut-être était-il le seul à s'être fait coincer dans le groupe compact que formaient tous les combattants de Kate, de l'autre côté du hall.

— Les épées ! aboya Kate, ayant oublié toute douceur.

À contrecœur et très doucement, nous les rangeâmes dans leurs fourreaux sur notre dos.

— Des invités, répéta Conal comme s'il n'avait jamais entendu ce mot.

— Oui, dit Kate.

Elle se trouvait à dix mètres de lui quand elle marqua un temps d'arrêt.

— Ce sont des *Lammyr.*

— Ce terme commence à m'ennuyer, Cù Chaorach.

— Très bien.

Il retroussa sa lèvre.

— Ce sont des saletés.

— Cela me choque venant de toi, Cù Chaorach, siffla-t-elle tout en soupirant. Es-tu bien le Conal MacGregor dont la tolérance envers les autres cultures ne connaît aucune limite ?

— Leur culture, c'est la *mort* ! dit-il en lançant à Kate un regard de travers et oubliant de garder son visage inexpressif. Rien d'autre. Rien que la mort.

— Ce sont nos cousins, dit Kate, son regard se tournant vers moi en s'illuminant. Nous avons plus de points communs avec eux qu'avec, disons, les « simples mortels ».

Je n'eus aucune réaction. Elle sourit d'un air suffisant.

— Je suis heureuse de constater que tu as dompté ton agitateur de frère, Cù Chaorach. Visiblement, tu lui as inculqué quelques bonnes manières, et nous t'en sommes reconnaissants. Où en étais-je ?

Elle tapota gentiment sa mâchoire avec le bout de son doigt.

— Les Lammyr, ah oui. Ils sont plus proches de nous et nous ressemblent bien plus que les « simples mortels ». Venez, maintenant. Ils peuvent même être très divertissants. Un peu moins de mépris, si vous le voulez bien. C'est grossier.

Conal resta bouche bée. Il entra lentement dans le hall, Aonghas à ses côtés, moi sur ses talons, et les loups sur les miens. Branndair et Liath étaient collés à moi.

Satisfaite, Kate pivota sur ses talons élégants et revint à sa chaise où elle s'assit en défroissant d'un geste sa robe de soie. On aurait cru entendre le bruissement de toiles d'araignées.

– Voici Skinshanks, dit-elle. Lui et ses combattants m'ont fait serment d'allégeance.

Comme s'il s'agissait d'un signal, ma mère glissa sa main délicate sous le bras plié du Lammyr. Celui-ci lui sourit. On aurait dit une tête de mort, souriant sans aucune émotion, mais avec plein de suffisance.

– Et ce que j'admire dans le serment d'un Lammyr, continua Kate, c'est sa constance. La parole d'un Lammyr est synonyme d'engagement. Une fois qu'il vous a accordé sa loyauté, celle-ci est valable pendant toute la durée de sa promesse.

– Et pourquoi en serait-il autrement, siffla Conal, si elle propose d'être une proie ou de mourir ?

– Le pourquoi a-t-il de l'importance ?

Les yeux de Kate étaient embués de colère contenue.

– Tout ce que je sais, Cù Chaorach, c'est qu'une promesse tenue vaut mieux qu'une promesse brisée.

Il perdit pied et s'écria :

– J'ai toujours tenu les promesses que je vous ai faites.

– Ai-je dit que cela n'était pas le cas ?

Le doux sourire était revenu.

– J'admire la façon dont tu as su maîtriser les excès de ton frère. J'admire ton intolérance face à sa rébellion et sa mutinerie. Comme il a dû être humilié, et pourtant tu voulais le forcer à être plus endurant ! C'est admirable. Quel dommage que tu aies si peu d'autorité sur ton clan.

– Comment ?

Le silence qui fit suite dans tout le hall fut terrible. Je sentis ma colonne vertébrale qui se tendait et frissonnait, et j'avalai de la bile.

Totalement désenchantée, Kate leva un bras qui semblait être de plomb. Elle tourna la tête sur le côté, ferma les yeux comme si la tristesse l'épuisait et claqua langoureusement des doigts.

Sur le côté droit du hall, les rangs de combattants serrés les uns contre les autres se séparèrent, glissèrent rapidement sur le côté en traînant les pieds, et apparut alors une longue plateforme qui mesurait plus d'un mètre et demi, au-dessus de laquelle pendaient bien alignés quatre nœuds coulants, vides. Conal inspira rapidement. Devant la plateforme étaient agenouillés quatre prisonniers menottés.

Eachann en faisait partie. Et son frère, qui n'avait pas plus de quinze ans, alors qu'Eachann avait tout juste un peu plus. Et aussi sa mère, et son père, Uilleann.

— Raineach, voulus-je dire, mais aucun son ne sortit de ma bouche.

— Calman Ruadh m'envoie un piètre hommage, dit Kate.

— Qu'est-ce que cela signifie, *bon sang* ? hurla Conal.

Kate haussa légèrement les épaules. Sous la menace de la pointe d'une épée, les quatre captifs se remirent debout, et une voix basse leur ordonna ensuite de monter sur un banc, puis sur la plateforme un peu plus haut. Eachann était immobile et calme, son frère tremblait, mais il était courageux, et ses yeux affichaient une certaine fierté. J'avais envie de pleurer. Les quatre capitaines qui les suivaient leur glissèrent à chacun un nœud coulant autour du cou.

– Cela ne me procure aucun plaisir, Cù Chaorach.

Kate pinçait l'arête de son nez entre ses doigts, les yeux bien fermés.

– Ce sont des personnes de mon clan !

– Ce sont des rebelles. N'as-tu pas donné des instructions pour qu'on obéisse à Calman Ruadh en ton absence ? N'as-tu aucun pouvoir sur ton propre clan ?

– Raineach ?

Conal fixait son forgeron, décontenancé.

– C'est vrai, Cù Chaorach.

Son corps mince était entièrement tendu par la peur et la colère.

– Je me suis rendue coupable de tout ce qu'elle avance.

– Mais *pourquoi,* Raineach ?

– Tu ne vis pas à la forteresse, Cù Chaorach.

Il se passa les mains dans les cheveux.

– Mais c'est juste temporaire, Raineach.

– Mais c'est l'homme qui a tué mon frère. J'ai senti mon frère mourir.

Elle lança un regard à Kate.

– Si j'avais une autre chance de pouvoir tuer Calman Ruadh, je la saisirais. Et cette fois, je ne le raterais pas.

– On ne le raterait ni toi, ni moi, dit Dour Uilleann qui donna son avis pour la première et la dernière fois sur le sujet

Kate haussa les épaules avec lassitude.

– Conal, grognai-je, et *Eachann.*

Il sembla reprendre ses esprits un instant.

– Kate, pas Eachann. Eachann a été sous le commandement de Fearchar depuis que je l'ai ramené à la forteresse.

– C'est encore pire, Cù Chaorach. Les chiens ne font pas des chats. Tu as gardé un traître sous mon toit pendant huit mois.

– Vous savez très bien que ce ne sont que des mensonges ! criai-je.

Au lieu de me balancer son poing en pleine figure, Conal posa une main sur mon bras. Je fus surpris de la délicatesse de son geste.

– Ayez pitié, Kate. S'il vous plaît. Je vais leur inculquer la discipline.

Fermant un œil, Kate se polit un ongle avec le dos de son pouce.

– Non.

Les yeux de Raineach rencontrèrent les miens, et leur air de rébellion sembla se transformer doucement en un semblant d'affection. Je me serais bien jeté sur elle pour retirer de mes propres mains la corde qui entourait son cou adorable, mais Aonghas m'encercla soudain la poitrine de ses bras et me retint en arrière.

– Murlainn, grogna-t-il à mon oreille. Non !

– Cù Chaorach ! cria Raineach d'une voix digne et claire. Mes deux fils sont innocents !

– Kate !

Conal se retourna désespérément vers sa reine, mais elle se contenta de sourire et fit signe de la tête aux hommes qui se trouvaient derrière les captifs. Un coup de pied rapide dans le creux de leurs reins et les deux fils de Raineach pendaient au bout de leur corde. Puis ce fut le tour de son époux aux yeux durs, Uilleann.

Les capitaines de Kate avaient montré une certaine forme de bienveillance en donnant ces coups de pied aussi brutalement. Elle aurait sûrement préféré qu'on les poussât moins rapidement. Ils se seraient alors balancés puis débattus au bout de leur corde, et seraient morts lentement étranglés. Son sourcil se fronça légèrement, mais ses capitaines ne manifestaient aucune émotion, et elle n'avait aucun motif pour les réprimander.

Ils auraient été sans doute moins cléments envers Raineach, mais ils n'en eurent pas l'occasion. Dès qu'elle vit les corps de ses fils et de son compagnon se balancer sous leur cou brisé, elle sauta depuis la plateforme. On entendit un craquement en écho, bien plus fort que je n'aurais pu l'imaginer : son cou cédait. Puis il y eut l'horreur qui se répercutait, les pleurs silencieux d'Eili et le doux craquement scandé de la corde étirée.

Chapitre 35

Je pensais qu'il jurerait, qu'il sangloterait, qu'il s'emporterait et qu'il s'entaillerait le bras. Je ne m'étais pas attendu à ce silence menaçant, à cette colère si contenue. Bien sûr, je m'étais attendu à ce qu'il vienne dans ma chambre, alors j'étais encore éveillé et tout habillé quand il frappa à ma porte bien après minuit et entra ensuite sans y avoir été convié. J'étais assis sur le bord de mon lit à la lumière des braises déjà consumées dans l'âtre, aiguisant la lame de mon épée. C'était la mienne, mon épée favorite : celle que Raineach avait conçue spécialement pour moi.

Catriona était assise derrière moi, sur le lit, les jambes croisées. Elle ne disait rien, me regardant simplement travailler, mais sa présence était un réconfort infini. Nous regardâmes tous deux Conal sans dire un mot tandis qu'il arpentait notre petite chambre en pierre.

Après un peu plus d'une minute, il se tint debout, face à moi. Ce fut seulement quand il se rapprocha que je pus sentir que son corps tremblait. Il prit ma tête entre ses mains et me força à le regarder droit dans les yeux.

— Suis-je ton capitaine ? murmura-t-il.

Posant mon épée dénudée sur mes genoux, j'examinai son regard. Derrière le désespoir et le dégoût de soi, se cachait autre chose. Pas forcément ce que j'aurais aimé trouver en lui : cette partie de son âme lui était toujours inaccessible. Ce que j'avais besoin de voir était tout autre.

— Ce que j'ai fait, dit-il, ce n'est pas de la loyauté. Tu as raison. Tu as toujours eu raison.

Et il était totalement sobre.

— Tu me rends nerveux.

Il ne souriait pas.

— Tu as été ma conscience, Murlainn. Je te remercie pour cela. Mais il est temps que je retrouve la mienne.

Je saisis ses doigts et fis descendre ses mains le long de mon visage. Mon regard toujours rivé dans le sien, je portai sa main droite à mon front et l'appuyai là, en fermant les yeux. Quand je fus capable de la retirer, je la portai à mes lèvres et l'embrassai.

Il tomba sur ses genoux. J'eus juste le temps d'écarter l'épée avant qu'il ne se jette dans mes bras. Ce n'était pas le meilleur moment pour qu'il se coupe.

★ ★ ★

— J'avais dit que je m'engageais sur une année, que cela ne me tuerait point.

Exactement une semaine après, Conal était appuyé contre le mur de la grotte où se trouvait l'écurie, ses bras repliés, et il regardait tout le monde dans les yeux.

— Cela ne m'a pas tué, mais ça a tué Raineach.

Personne ne prononça un mot.

— Si je m'en vais d'ici, je deviens un hors-la-loi et, par conséquent, je n'impose à personne de venir avec moi.

— Si ? releva Carraig en examinant son épée.

— Quand je m'en irai, rectifia Conal.

Carraig haussa les épaules et rengaina son épée

– Tu ne devrais même pas t'embêter à poser la question.

– Si tu la poses, ajouta Righil, on pourrait même vouloir te flanquer une raclée.

Conal se laissa aller et sourit.

Un cheval trépigna et hennit. Je me tournai vers lui, espérant qu'il n'appelle pas quelqu'un. Ce n'était pas seulement les neuf combattants de Conal ayant survécu qui se rassemblaient dans les ombres vacillantes de l'étable, mais son détachement entier qui avait opté pour la désertion. En plus de ceux-là, il y avait bien vingt hommes de plus. Si les combattants de Kate étaient là avec nous, leur décision était déjà prise.

Ils auraient même été plus nombreux si Conal avait pris sa décision une semaine plus tôt. L'alliance de Kate avec les Lammyr y était pour autant que la promesse de loyauté envers Conal. Il y avait certaines choses que même un tueur endurci n'arrivait pas à digérer. Sans aucun doute y avait-il parmi les Sithe des êtres qui avaient une âme et une humanité semblables à celles des Lammyr, et qui apprécieraient leur camaraderie sur un champ de bataille, mais je n'en avais pas rencontré beaucoup. Peut-être étais-je juste chanceux.

Kate avait quitté la forteresse juste après le meurtre de la famille de Raineach, accompagnée par son détachement de Lammyr. Personne ne savait où elle allait et personne parmi nous ne le demanda. Cela nous était égal, et visiblement elle s'en moquait. Cela montrait bien à quel point elle était sûre de son emprise sur nous.

Du moins est-ce ce que je pensais à cette époque.

— Si vous voulez vous joindre à moi, faites-le maintenant.

Aucune émotion n'était perceptible dans la voix de Conal.

— Je ne le proposerai pas une autre fois. Cela signifiera une guerre civile, et si vous préférez me mettre en pièces à la place, ici et maintenant, ne vous en privez pas.

Carraig cracha.

— Tu n'as pas besoin de nous le demander, Cù Chaorach.

Eili était adossée au mur, son épaule collée contre celle de Sionnach, le regard empli de dévotion.

— Mais ça, tu le sais.

Luthais et Raonall se sont consultés.

— Même chose pour nous.

Caolas acquiesça simplement. Mais, en fait, elle mourait d'envie de rejoindre Eorna et avait simplement attendu les quelques paroles de Conal. Orach me jeta un regard, puis acquiesça aussi.

Feorag semblait misérable.

— *Feorag*, dis-je. Feorag, pour l'amour des dieux.

— Murlainn, c'est son choix. Laisse-le prendre sa décision par lui-même.

— Comme on le fait tous, dit un nouvel arrivant.

On entendit des murmures de joie et quelques-uns d'incrédulité, quand Aonghas sortit de la porte d'entrée ombragée pour arriver à la lumière des torches. Il allongea une main comme s'il touchait le doux museau de son cheval, celui qui l'avait annoncé.

Se raidissant, Conal se redressa en se détachant du mur.

— Je ne vais pas te poser la question, Aonghas, dit-il, alors ne te propose pas.

— C'est mon choix, imita Aonghas. Alors laisse-m'en la liberté.

Conal secoua la tête.

— Reultan ne viendra pas, et tu ne peux pas laisser ta compagne.

— Reultan se joindra à vous.

Sa voix était glaciale et impitoyable alors qu'elle s'extirpait de l'ombre pour venir se placer aux côtés d'Aonghas. Mêlant ses doigts aux siens, il les embrassa.

— Bien que je ne le veuille pas.

Le visage de Conal s'illumina.

— Reultan.

Elle ne souriait pas.

— Je pense que vous êtes fous tous les deux, mais vous êtes des fous que je ne quitterai pas.

Elle jeta un regard à Aonghas. Puis, moins prête à pardonner, un regard à Conal. Les deux hommes s'adressèrent un large sourire.

Conal guida un cheval qu'il prit à l'étable. J'en pris un pour moi et je fis monter Catriona sur le dos d'un autre. Dans la sellerie, il y avait quelques selles, alors je lui en pris une : elle n'était pas la première « simple mortelle » à se trouver mêlée aux Sithe et elle ne serait pas la dernière.

Je le savais, même à ce moment-là. Je n'avais juste pas pensé suffisamment fort aux autres et à ce qu'ils étaient devenus depuis.

Nous choisîmes nos montures et les enfourchâmes relativement vite, mais nous hésitâmes tous au moment d'emprunter la coursive de sortie de la forteresse. Les chevaux le ressentirent, firent des écarts et secouèrent la tête en réaction à notre nervosité. Ce que Conal avait dit était vrai : une fois franchi ce seuil, nous devenions des hors-la-loi. Nous le désirions, mais cela ne rendait pas les choses faciles pour autant.

Et, visiblement, personne n'allait en faciliter le déroulement.

Trois rangées de soldats à cheval nous faisaient face quand nous sortîmes dans le crépuscule. À leur commandement, Cluaran, Fearchar et son imposant lieutenant, bien bâti et fatal, Torc. La seule réaction de Conal fut de prendre une inspiration, de s'avancer et d'arrêter son cheval à deux longueurs d'épée de celui de Cluaran. Aonghas et Reultan vinrent aux côtés de Conal, et je me mis à sa gauche. Derrière nous, les rebelles de Conal se mirent en rangs. Nous attendions tous, sans un mot.

Conal ignora Fearchar.

– Que faisons-nous maintenant, Cluaran ? On s'entretue ?

Cluaran ne répondit pas immédiatement. Ses yeux s'attardèrent sur les guerriers de Conal, dévisageant chacun d'entre eux.

– Nous avons tous deux de très bons soldats. Visiblement, tu as su t'attirer quelques-uns des plus habiles.

– Une bataille entre nous serait sanglante, dit Conal, destructrice et vaine.

– C'est exact.

Cluaran soupira et regarda au-delà de Conal de nouveau.

– Que ceux qui veulent changer d'avis se décident maintenant.

Il y eut un long silence. Je jetai un regard au-dessus de mon épaule en direction de Feorag. Il avait l'air tourmenté.

– Nous ne nous battons pas aujourd'hui, décréta Cluaran. On ne vous demandera pas de vous entretuer ce soir. Mais plus tard, oui. Ce soir, il n'y aura aucun ordre de tuer vos amis rebelles, ni même Cù Chaorach. En revanche, dès demain, ils seront des proies légitimes pour les soldats de la reine, et nous les pourchasserons et les tuerons. Que chacun de vous prenne sa décision finale.

En finissant sa tirade, il regardait droit vers Feorag, qui fut le seul à bouger. Éperonnant son cheval, regardant droit devant, il avança vers les rangs de Cluaran et se tourna pour nous faire face.

Le visage de Conal était impassible.

– Tout va bien, Feorag.

– *Non, ce n'est pas le cas.*

Je regardai droit dans les yeux de mon ami et je les vis se durcir et se transformer en glace comme les miens. Je savais alors que l'un de nous tuerait l'autre.

Cluaran avait un air austère et faisait comme si de rien n'était, ainsi que Torc. On aurait pu penser qu'on était tous rassemblés là pour discuter de la pluie et du beau temps. Mais nous pouvions ressentir les tremblements de rage dans le clan de Cluaran.

– C'est injuste, siffla Fearchar. Ce sont des traîtres et des rebelles, et nous devrions les réduire en poussière !

– Toi et avec quelle armée ? ricanai-je. Tu ne serais même pas capable d'abattre un chat qui ne serait pas attaché à un poteau de flagellation !

Aonghas pouffa de rire, mais de façon contenue.

Le visage livide, Fearchar cherchait avec ses doigts tremblants à atteindre la poignée de son épée par-dessus son épaule.

— Si tu retires ton épée de son fourreau, je te coupe ton foutu bras, dis-je.

Je constatai d'un air suffisant que Fearchar n'arrivait pas à me regarder en face. Il faisait croire que c'était par mépris, mais chaque soldat ici savait bien qu'il avait peur. Au lieu de cela, il pointa un doigt vers Aonghas.

— Celui-ci et sa compagne, grogna-t-il. Ce sont les pires traîtres qui puissent exister. Reultan est une conseillère de notre reine !

— Fais attention, dit Aonghas avec douceur.

— Ce soir, nous les laisserons partir, dit Cluaran avec un ton d'impatience insidieuse dans la voix.

— Et pour quelle raison ? cria Fearchar.

— Afin d'éviter un bain de sang, dit Cluaran. Il y a de bons combattants parmi eux. J'aimerais mieux les voir ramper et avoir à demander pardon à Kate plutôt que de répandre inutilement leur sang dans la bruyère et de gaspiller le nôtre. Toi, Cù Chaorach, dit-il en regardant Conal bien en face, on ne te le pardonnera pas jusqu'à la fin de tes jours. Tes soldats ont le droit de se rendre à tout moment. Ils seront soumis à une peine sévère, mais ne seront pas exécutés. Il en va de même pour ton frère.

Comment ? Il y avait là quelque chose qui se tramait et que je n'appréciais guère. J'étais sur le point de lui cracher à la figure, mais à mon grand étonnement, Reultan me devança.

Il fallait lui reconnaître qu'elle visait bien.

Maîtrisant ses nerfs — bon sang, mais j'admirais cet homme —, Cluaran balaya le crachat sur sa joue.

— Va-t'en maintenant. On vous laisse la soirée comme une avance. Après cela, nous vous traquerons.

— Pas avant que je ne récupère ma forteresse des mains du meurtrier Calman Ruadh.

Cluaran était totalement inexpressif. Son visage ne vacillait pas.

— Ça, c'est ton problème.

— Eh bien, là-dessus, nous sommes d'accord, dit Conal.

— Alors, serrons-nous la main, Cù Chaorach.

Conal n'hésita pas, mais s'écarta de quelques pas afin d'être à la hauteur de Cluaran, et leurs regards durs se scellèrent. Ils venaient tout juste de se serrer la main quand Fearchar retira d'un coup sa dague de son fourreau.

Il n'eut pas l'occasion de la plonger entre les omoplates de Conal. Ce grand costaud de Torc dégaina son épée et lui trancha la gorge.

Je n'étais pas certain sur le coup de ce qui s'était réellement passé. La tête de Fearchar resta en équilibre pendant plus de trois secondes sur son cou avant de s'effondrer sur le sol et de libérer une tonne de sang. Doucement, le reste de son corps glissa du cheval et heurta le sol d'un bruit sourd.

— Bonne lame, fis-je remarquer.

Torc l'essuya et la remit dans son étui sur son dos, puis cracha par terre. Cluaran ferma les yeux et poussa un soupir. J'eus la sensation que sa patience était à bout.

Le visage barbare de Torc rougit légèrement.

— On ne peut briser une trêve.

Il avait un accent étrange. Je savais qu'il venait d'un autre pays, bien loin au sud.

— Je ne pouvais pas le louper.

Cluaran ouvrit ses yeux : ils fixaient le ciel.

— Ne t'inquiète pas pour Torc, Cù Chaorach. Je te tiendrai responsable de cela.

– Entendu, cela me convient. Maintenant, laisse-nous filer.

Les rangs se divisèrent sans plus de commentaires. Quand le dernier d'entre nous fut loin d'eux, Conal se mit au galop.

Nous n'avions pas dû faire plus de sept à huit kilomètres quand j'ordonnai à mon cheval de s'arrêter. Branndair se faufila à mes côtés, haletant. Catriona et Conal firent également une pause, et il indiqua aux autres de suivre Aonghas.

– Qu'y a-t-il ? dit-il.

– Nous sommes suivis.

– Cluaran ne ferait pas une chose pareille.

– Non, il n'y en a qu'un qui le ferait.

– Un ami de Fearchar ? demanda-t-il sèchement.

– Probablement. Je vais le coincer. Va avec Conal, Catriona.

– Sois prudent, me dit-elle.

– Ai-je l'air d'un débutant ?

Avec un sourire, je sortis mon épée de son fourreau.

– Une simple formalité.

– Il vaudrait mieux. Nous devions atteindre la forteresse hier.

Avec un regard noir, Conal frappa la croupe du cheval de Catriona de façon à le faire démarrer au petit galop. Alors qu'elle se retournait pour regarder en arrière avec anxiété, Conal la rattrapa.

Je fis demi-tour avec mon cheval d'un bai magnifique, plus foncé maintenant qu'il transpirait d'énervement. Une pensée me fit frissonner : je me dis que c'était peut-être un Lammyr qui nous poursuivait et que j'aurais du mal à m'en débarrasser tout seul. C'était bien la peine de jouer le mâle dominant et d'épater Catriona.

Je ramenai mon épée vers moi et j'en embrassai sa pointe pour me porter chance.

— Qu'est-ce que c'est, Branndair ?

Il tourna la tête pour me regarder, grognant, la langue tombant de sa gueule. Puis il regarda de nouveau en direction du cavalier qui approchait. On pouvait tous deux discerner le bruit lourd de ses sabots. Dédaigneusement, le loup retroussa ses babines, banda ses muscles et grogna.

Je ris

— Une simple formalité, hein ?

Je frissonnai aussi. Pas d'issue pour le moment.

Le cheval arrivant dans le crépuscule était immense, avec des plumes ornant ses sabots. Bon sang, ce qu'il me semblait familier.

De même que le guerrier brutal au crâne rasé qui le chevauchait. Quand il m'aperçut, il força le cheval colossal à s'arrêter et il sortit son épée de son fourreau. La tête du cheval se balança, son museau ruisselant d'écume, et pour la première fois, je vis que ses yeux étaient noirs et plats comme ceux d'un kelpie[11] : de véritables yeux de tueur.

Fermant les yeux, déglutissant, j'appelai mon bleu rouan à la rescousse. Je n'avais pas voulu l'appeler tant que nous n'étions pas tout près de la forteresse. Je ne pensais pas en avoir besoin. J'espérais qu'il réagirait à temps.

— Salut, *nabot*.

Je levai mon épée. Quel casse-pieds stupide qui venait m'énerver.

11. N.d.T. : Le kelpie est une créature du folklore écossais et irlandais, proche du cheval. Elle séduit les hommes, puis a l'habitude de les noyer une fois qu'ils l'ont enfourchée.

— Lâche-la, cria Torc.

— Non.

— Bon sang, baisse ton épée.

— Pas tant que tu ne feras pas de même.

Il était maintenant suffisamment proche de moi pour que je puisse apercevoir la fine membrane de la troisième paupière de son cheval, qui, sur la défensive, papillonnait sur son œil noir. Prudemment, nous nous tournâmes autour, nos épées au flanc, et Branndair qui grognait.

— Je ne vais pas te faire de mal, rugit-il.

Je ris pour marquer le doute.

— Bien sûr que non, voyons. As-tu encore quelque chose à me dire ?

— Pas que tu puisses entendre, satané nain.

— Alors fous-moi le camp maintenant. Pouvons-nous en finir avec cela ?

— En finir avec quoi ? rugit-il. J'essaie de te proposer mon épée, et la seule chose que tu fais, c'est de me menacer.

— Tu essaies *quoi* ?

— Tu as bien entendu. Tu penses que je vais retourner avec Cluaran après ce qui s'est passé ?

— Cluaran a plutôt bien pris ce que tu as fait, dis-je en plissant mes yeux.

— Ouais, mais sa patronne ne le verra pas du même œil, n'est-ce pas ? Elle finira bien par découvrir la vérité, mon vieux. Tu peux dire que je me suis planté en beauté.

— C'est ton problème, *mon vieux*.

Je fis virevolter mon épée dans ma main et la rattrapai.

Il me fit un sourire tout en accomplissant le même geste que moi.

— J'aime ton frère. Je l'ai toujours apprécié.

Je lui rendis son sourire.

– Alors dans ce cas, c'est différent, non ?

Remettant mon épée dans mon fourreau, je lui tendis la main.

Remettant la sienne, il me prit la main.

Quand nous rattrapâmes les autres, qui s'étaient arrêtés pour un peu de repos, je l'amenai directement à Conal. Torc regarda Aonghas, puis Reultan et enfin mon frère.

– J'ai coupé les ponts, dit-il avec entrain. Je suis ton dévoué, Cù Chaorach, toi, l'idéaliste.

Le mot qu'il utilisa eut le mérite d'être concis et direct, digne du bon Anglo-Saxon qu'il était. Et le visage dégoûté de Reultan face à Torc fut un trésor qui n'est pas près de s'effacer de ma mémoire.

Chapitre 36

Ils nous attendaient.

Qui plus est, la forteresse était imprenable. C'est ainsi qu'elle avait été conçue. C'est ainsi que Griogair l'avait façonnée, puis Conal avait pris le relais, et nous avions tous donné un coup de main. Savoir qu'elle était le fruit de notre labeur ne nous remontait pas pour autant le moral.

Calman Ruadh sortit avec deux de ses lieutenants pour se présenter sur le parapet. Il ne se moqua point; il se contenta de nous regarder avec dédain, un sourire satisfait et extrêmement méprisant aux lèvres.

— Si jamais il me laisse pénétrer son esprit, dit froidement Reultan, je vais lui faire saigner les oreilles.

Je jetai un regard de travers en direction de Torc qui haussa les sourcils.

— C'est bon de te sentir replonger dans le bain, Reultan, dis-je.

— Je ne vois pas l'utilité de persister dans cette folie sinon, rétorqua-t-elle.

— Est-ce vrai que c'est une sorcière? chuchota Torc à mon oreille.

— Non, fort heureusement, prononçai-je à haute voix. Nous n'avons pas le droit de la qualifier ainsi.

— Laisse tomber, dit Conal, mais le cœur n'y était pas.

Il était bien trop occupé à scruter les murs et les fortifications, sans parler des trois cadavres pendus contre le mur du côté nord. Deux hommes et une femme. Tous des nôtres.

— Ils n'avaient pas très envie de défendre la forteresse, Cù Chaorach, s'écria Calman Ruadh. Des fainéants. Tu t'en sortiras mieux sans eux.

— Ne lui réponds pas, Conal, grogna Aonghas. Ne lui fais pas ce plaisir.

Conal grinça des dents, mais ne dit pas un mot.

Je fis quelques pas en avant pour avoir une meilleure vision de l'usurpateur. Ses cheveux roux clair étaient rasés au plus près du crâne. Ses yeux et ses cils étaient également très pâles. Il avait fière allure, ce salaud, je l'admets.

— Calman Ruadh, hurlai-je. Quand je t'aurai coupé les bijoux de famille, tu préfères que je les donne à bouffer à mon loup ou à mon cheval ? Ou bien je te les fais avaler pour ne plus t'entendre brailler ?

Reultan fit « chut », mais Aonghas se mit à rire.

— Murlainn, qu'allons-nous faire de toi ?

Il m'asséna un coup de coude dans les côtes.

— Et que ferions-nous sans toi ?

— Espérons que vous n'aurez jamais besoin de le savoir, dis-je.

Je préférais Aonghas maintenant qu'il n'était plus mon capitaine. Je ne réussirais jamais en revanche à apprécier Reultan, mais c'est ainsi, on ne peut pas tout avoir.

— Soyez de bons petits traîtres, cria Calman Ruad, et attendez ici jusqu'à ce que je décide de votre sort. Si vous vous approchez plus près de la forteresse, celle-ci ira rejoindre son père.

Et il tira d'un coup sec une petite silhouette qu'il plaça à ses côtés, près du parapet.

— Bon sang, dis-je.

Personne d'autre n'était en mesure de parler.

C'était la fille d'Uilleann, âgée de neuf ans, celle qu'il avait conçue à la forteresse lors d'une nuit débridée, après une bataille. Ce n'était pas celle de Raineach, qui avait eu cependant la bonté de s'en occuper à la mort de sa mère. Je la revis dans la forge, alors qu'elle avait trois ans, se cachant à moitié derrière Eili, et me tirant audacieusement la langue. Les mains de l'enfant étaient attachées devant elle. Elle essayait de ne pas trembler. Une corde mince entourait son cou.

— J'ai laissé celle-ci en vie.

Calman Ruadh exultait.

— J'ai pensé qu'elle pouvait se révéler utile.

— J'ai pris ma décision, grognai-je amèrement. Je vais les lui faire avaler.

Sauf que là, je ne plaisantais plus. Je ne fis rire personne, d'ailleurs.

— Je la pendrai sur le mur. Vous ne voudriez pas briser son joli petit cou, il est affreusement fragile. Vous allez donc m'attendre ici comme je vous l'ai demandé. Si vous partez, elle sera pendue, mais j'ai besoin d'un peu de temps pour organiser les festivités. Cù Chaorach, j'attends avec impatience le moment où je castrerai ton frère d'un couteau émoussé.

— Merde, murmurai-je. Moi et ma grande gueule !

* * *

– Si tout le monde souhaite s'en remettre à la miséricorde de Kate, c'est d'accord.

Conal avait un air pitoyable, comme si un chien était en train de s'attaquer à son fond de culotte.

Certains y avaient sûrement songé, mais personne n'en parla. Pour l'instant.

– Une attaque surprise ? dit Righil.

Il se fiait simplement à la pratique.

– Tu veux regarder la petite s'étrangler ? demanda sombrement Conal. La dernière de la lignée d'Uilleann ? Moi, non.

– Quelqu'un doit aller ouvrir la grille de la forteresse, dit Raonall. Sinon, nous sommes cuits.

– C'est ce qu'ils ont essayé de faire.

Carraig secoua la tête en direction du mur de la forteresse, là où les corneilles se disputaient et s'arrachaient les trois cadavres.

– Personne d'autre ne pourra s'en approcher.

– Oh si, si. On y arrivera.

Je frictionnai mes tempes avec mes pouces, me demandant bien pourquoi je l'ouvrais encore, après ce qui s'était produit la dernière fois.

– J'y arriverai.

– Tu ne peux pas, dit Conal.

– Je te l'ai déjà dit, ne me sous-estime pas.

Je n'osais pas le regarder.

– Bien sûr que je le ferai. J'escaladerai ce mur et j'irai ouvrir ces foutues grilles, tu entends ?

Ils étaient tous en train de me dévisager avec terreur, Catriona encore plus que les autres.

– Tu veux mourir ? aboya Conal.

— Non.

Je continuai à me frotter violemment les tempes tout en fixant le sol.

— Je ne souhaite pas être castré non plus. Même avec un couteau bien tranchant !

Conal m'observa longuement. Je ne croisai pas son regard, mais je le devinais.

— D'accord, dit-il enfin.

— D'accord.

Mon cœur se serra.

— Et puisque tu fais des miracles, sortons d'abord la fillette de là.

★ ★ ★

Parmi toutes les personnes que je m'attendais à trouver à mes côtés ce soir-là, elle était bien la dernière.

— Tu sais, la fillette serait aussi bien morte, dit Reultan d'un air cassant.

— Voilà ce que j'apprécie chez toi. Tu es sacrément positive et bien éduquée.

Je fixai le mur de la forteresse tout en enduisant ma poitrine, mes bras et mon ventre nus de terre mouillée. Derrière moi, Catriona faisait de même sur mon dos et mes épaules.

— Pourrais-tu jeter un sort à cette lune à tout hasard ?

C'était comme une grande lanterne blanche. On n'aurait pas pu choisir une pire nuit. J'étais empli de doutes quant à la réussite de mon projet : traverser l'étendue de lande rase qui me séparait de la forteresse, sans parler de l'escalade des murs.

— Non, dit-elle.

Elle me regarda pensivement.

– Là, tu as oublié un morceau. Tu es aussi pâle qu'une limace. Il tuera la petite que Conal cède ou non.

– J'en suis bien conscient, dis-je à travers mes dents serrées.

Catriona frictionnait le bas de mon dos avec de la boue, et cela me donnait des frissons. J'aimais la façon dont elle se comportait : elle ne se plaignait pas, ne pleurnichait pas et n'essayait pas de me faire changer d'avis. Une partie de moi aurait aimé qu'elle le fasse. Elle ignorait Reultan, et Reultan faisait comme si Catriona n'existait pas.

Malgré les apparences, Calman Ruadh nous avait assiégés. Conal ne pouvait donc plus rien faire, et au petit matin, ses hommes commenceraient à démissionner, soit pour aller s'éparpiller dans la nature, sans leur capitaine, soit pour implorer Kate qui s'était toujours attendue à ce qu'ils le fassent.

Ou bien Conal pouvait les rassembler pour perpétrer cette attaque et sacrifier la fillette. Elle allait mourir de toute façon, tout le monde le savait. Ses soldats apprécieraient qu'il ait essayé, ou tout au moins, ils feraient par la suite davantage confiance en sa force et sa volonté. Mais Conal, bien sûr, ne se le pardonnerait jamais.

Il était possible qu'il y arrive. Je ne pensais pas qu'il allait le faire, mais cela restait possible, et cela anéantirait son âme. Une âme d'acier : ce que nous redoutions le plus. Je devais essayer pour lui et je devais essayer pour Raineach. Stupide. Ni Raineach ni même Uilleann ne s'en soucieraient désormais.

– Ce sera quasiment impossible de bloquer ton cerveau tout en te concentrant sur l'escalade, fit remarquer Reultan.

Les doigts de Catriona s'arrêtèrent sur ma colonne, tout tremblants.

Foutue femme. Je levai les yeux au ciel.

— J'en suis également conscient.

— Alors, n'essaie même pas, dit-elle calmement. Je vais m'en charger.

Hésitant, je la regardai avec méfiance.

— Tu peux faire ça ?

— Cela ne sera pas facile, mais je te demande de me faire confiance. Tu n'as guère d'autre choix.

— Tu peux bien tout essayer, mais tu ne pourras jamais pénétrer dans le cerveau de chaque soldat sur ces remparts.

— Tu as raison : je ne peux pas avoir d'effet sur tous. Mais en revanche, je peux intervenir sur toi. La seule chose que j'aie à faire, c'est de bloquer l'accès à tes pensées.

— Il faudrait encore que je te laisse le faire, dis-je lentement.

— C'est à prendre ou à laisser, dit-elle en haussant les épaules.

Je n'aimais pas trop l'idée de laisser Reultan s'approcher de mon cerveau, voire y mettre son nez. Catriona posa la main sur mon dos comme pour m'avertir, mais Reultan avait raison : je n'avais pas le choix.

— D'accord. Mais si jamais je devais mourir par ta faute, sois bien certaine que je reviendrai te hanter.

— Je veux bien te croire, mais tu ne me feras pas peur. Je jetterai des coupes de vin à travers ton fantôme insignifiant et lamentable. Maintenant, tu devrais te mettre en route. Il te faudra prendre ton temps. Tu dois leur donner l'impression d'être tout seul.

Tandis qu'elle s'éloignait d'un air digne, Catriona glissa ses bras autour de ma taille.

— Je la déteste.

— Je connais ce sentiment.

— Dit-elle la vérité au moins ? Te protègera-t-elle ?

Je mis un bras autour de son épaule.

— Je ne sais pas. Mais j'ai plutôt intérêt à y croire de toute façon.

— Tu as froid.

— Je ne vais pas tarder à me réchauffer.

Malgré tout, je la pris dans mes bras et je laissai la chaleur de son corps pénétrer le mien. Son visage était enfoui contre mon cou. Elle risquait de se salir. Je m'en fichais pas mal. Elle semblait s'en moquer également. Cependant, même à travers la pellicule de boue, je sentis que son visage était humide.

— Attention, tu vas me faire des rayures, lui dis-je.

Son rire saccadé ressemblait au léger halètement qu'elle faisait autrefois quand elle ne parlait pas encore.

— S'il te plaît, reviens-moi, bafouilla-t-elle.

— Je t'aime, lui dis-je

Ce fut alors que la lune s'éclipsa derrière une traînée de nuages, et je dus m'écarter d'elle.

Conal, Reultan et Aonghas m'observaient. Comme je me tournais vers la forteresse en inspirant profondément, je sentis comme un drap glacé s'abattre sur mon cerveau. Je grimaçai. C'était tellement étrange que je recroquevillai mes orteils nus dans l'herbe épaisse et humide pour reprendre contact avec la réalité. Et là, tandis que la lune se cachait et qu'une ombre noire parsemait la lande de taches sombres, je me mis à courir.

Chapitre 37

Je ne me fais aucune illusion. Je sais ce qui m'a évité la vingtaine de flèches qui allaient se planter dans mes côtes alors que je traversais la lande. Indubitablement, je n'y serais jamais arrivé sans l'aide de Reultan, mais elle n'aurait pas suffi. Mon camouflage était excellent, mais cela non plus n'aurait pas suffi. Je n'y serais jamais arrivé sans l'aide des hommes de Calman Ruadh.

Je courus vite, en me baissant le plus possible, à moitié accroupi. Je me précipitais d'une tache sombre à l'autre et m'aplatissais contre le sol au moindre mouvement sur le parapet. Je portais juste un pantalon, de la boue sur mon corps et une dague à la taille. L'intrusion de Reultan dans ma tête provoquait des élancements, mais j'arrivais à en ignorer la douleur. Au moins, je n'avais pas à me soucier de bloquer moi-même mon cerveau contre toute agression d'esprits hostiles. L'adrénaline parcourait mes veines, et j'avais de nouveau cette sensation d'être nu et écorché vif. À tout moment, n'importe lequel des gardes sur le parapet aurait pu se retourner, regarder dans ma direction, mais ils ne le firent pas. Par chance. Mais surtout grâce à leur arrogance. Ils savaient qu'ils avaient gagné.

Deux d'entre eux se retournèrent et se penchèrent pardessus le parapet. Je m'allongeai dans un trou, aussi immobile qu'un lièvre, et les observai tandis qu'ils déversaient des insultes à Conal et à ses hommes. Il y avait des rires derrière eux, et une autre silhouette fut hissée jusqu'au mur du parapet, les mains liées, et une corde autour du cou. J'étais soulagé de voir qu'il s'agissait d'un adulte, car ils avaient passé la corde autour d'un éperon rocheux, avaient amené l'homme au bord du parapet et l'avaient fait descendre doucement. Il donnait des coups de pied et luttait, s'étranglant au bout de la corde sous le clair de lune. Cela dura longtemps, et il mourut au milieu de multiples railleries, mais quel dommage qu'il n'ait pu se rendre compte combien sa mort me facilita la tâche. J'atteignis le pied de la forteresse tandis que la lune éclairait son agonie et que les combattants de Calman Ruadh s'esclaffaient en se moquant de Conal. Personne ne prêta attention à une ombre qui traversait la lande en direction de l'ombre encore plus sombre de la forteresse.

Je m'assis contre le mur de celle-ci et scrutai la lune un petit instant. J'avais besoin de récupérer mon souffle et j'avais besoin de réfléchir. J'étais surpris de constater à quel point j'étais effrayé.

— Tu te feras plus petit la fois prochaine, Cù Chaorach !

J'entendis la voix de Calman Ruadh résonner à travers la lande.

— Tiens-toi à l'écart !

Je retins ma respiration jusqu'à en souffrir et je m'attendais à ce qu'il crie : « La fillette serait aussi bien morte, et il en est de même pour ton frère caché », mais il n'y eut que le silence, parfois entrecoupé de rires occasionnels et de pleurs étouffés venant de la forteresse. Conal avait dû essayer de ruser, voire d'avancer. La mort du prisonnier n'avait rien eu à voir avec moi, à moins qu'il n'ait voulu détourner leur attention. Personne ne m'avait vu. « Ne sois pas un aussi foutu trouillard », me dis-je.

Ce n'était pas le mur du donjon : pas celui que j'avais escaladé au moins une centaine de fois. Absolument personne ne pouvait me voir. Absolument personne. De quoi avais-je donc si peur ? De ne jamais revoir Catriona ? De mourir maintenant en la laissant vivre puis mourir sans moi ? De l'abandonner aux mains de Calman Ruadh et ses hommes ? J'espérais que Conal aurait la présence d'esprit de lui trancher la gorge avant qu'elle ne soit capturée. J'espérais qu'il en aurait le temps.

Maintenant, je devais cesser de penser.

J'essuyai mes paumes sur mon pantalon et leur fis parcourir la roche froide et implacable. Je connaissais cette roche, elle provenait de nos terres, avait été taillée par mes ancêtres. Leur sang et leur sueur coulaient à travers ses veines de quartz. Elle était agréable. C'était ma roche. Le bout de mes doigts trouva une fissure, mes doigts de pied en trouvèrent une autre, et je me mis à grimper.

Je ne m'étais pas attendu à avoir aussi mal à l'intérieur de ma tête. Le blocage effectué par Reultan me faisait comme une application de glace contre mon cerveau. À mi-chemin de mon ascension, je dus m'arrêter et restai pendu là telle une araignée désespérée, en écrasant mon front contre le mur pour stopper la douleur cuisante. Je me demandai si elle le faisait exprès. Je restai longtemps incapable de voir tellement je souffrais et appuyai mon front en le frottant contre la pierre jusqu'à en arracher la peau. Cela eut au moins le mérite de me faire oublier la douleur lancinante à l'intérieur de mon crâne, mais maintenant un filet de sang coulait jusqu'à mes sourcils et je dus cligner des yeux à plusieurs reprises pour m'en débarrasser.

J'entendais des voix au-dessus de moi. J'entendais chaque mot très distinctement, bien que cela ne me fût d'aucune utilité. Ce n'était que des commérages de sentinelles, mesquins et cruels. Je me rendis compte qu'ils étaient trois tandis que je m'aplanissais au maximum contre la paroi, provoquant ainsi une douleur aiguë dans les articulations de mes doigts et de mes orteils. Le son de leurs voix était si net qu'ils étaient sans doute penchés par-dessus le mur. Puis leurs voix s'évanouirent, des pas résonnèrent au-dessus de moi et la douleur épouvantable dans ma tête s'atténua.

Reultan. Elle avait certainement vu les gardes bouger dans ma direction.

— *Merci*, réussis-je à lui dire.

Il n'y eut point de réponse. Les pierres étaient mieux taillées et travaillées en haut du mur, et il fut d'autant plus difficile d'y trouver des prises. Cela continuait à être pour moi une ascension familière, et elle aurait été facile si je n'avais pas eu si froid, si peur, et si le sang et l'obscurité ne m'avaient pas à moitié aveuglé. C'était la roche de mon pays, mais je ne voulais pas que sa rugosité soit la dernière chose que je ressente sous la paume de mes mains. J'essayai de ne pas penser à la peau de Catriona, à ses cheveux courts et soyeux, à son crâne si bien dessiné. J'essayai tellement de ne pas y penser que ma main droite trouva l'arête plate du parapet avant que je ne comprenne que j'étais déjà arrivé au sommet.

Je ne savais pas ce que j'allais trouver au-dessus de moi, mais Reultan ne me transmit aucune douleur fulgurante pour m'avertir d'un quelconque danger. Inspirant le plus profondément possible, je me hissai par-dessus le parapet et me laissai tomber sur le ventre dans l'ombre du rempart.

Déjà, je constatais ma chance d'être arrivé en haut sans avoir été tué. Je pensais que Reultan allait me laisser gérer tout seul mon cerveau, mais non. Je présume que cela aidait Conal de savoir ainsi où je me trouvais, et de plus, la douleur de son intrusion s'était de nouveau réduite à un simple mal de crâne.

La porte d'accès était bien gardée, mais cela n'avait rien à voir avec mon arrivée. Les sentinelles postées sur les murs d'enceinte étaient plus dispersées, et la plus proche de moi ne s'attendait certainement pas à se faire attaquer par l'arrière.

Je lui tranchai la gorge et le tins dans mes bras comme l'aurait fait un amant, jusqu'à ce que son sang ne coulât plus, puis je le fis glisser au sol en silence. Inutile de fermer sa bouche avec ma main : ce n'était pas comme s'il pouvait parler et, en étant rapide, le choc les rendait incapables de recourir à la télépathie. Tandis qu'il s'affalait, je vis son visage, et ma colonne fut parcourue d'un frisson d'horreur. Il était à peine plus âgé que moi.

« Il se bat pour Calman Ruad », pensai-je, alors que le sang affluait et tapait dans mes oreilles. « Il se bat et tue sur ordre de Calman Ruadh. »

Je fermai les yeux et les rouvris en attendant la fin de la nausée. Ce combattant était plus âgé que la fillette, plus âgé que la belle-fille de Raineach. Plus âgé qu'*elle !*

Pas tout à fait deux fois plus.

Il combattait pour Calman Ruadh. Il faisait la guerre tout comme moi. Un peu plus de prise de conscience, et je me serais effondré. Rapidement, je me détournai de lui et courus.

En arrivant à l'escalier qui descendait vers la première cour, je descendis prestement trois ou quatre mètres et me retrouvai en bas, là où les marches rejoignaient le mur. C'est là où j'eus le plus de chance. Il y avait une petite pièce juste à l'écart de la cour, pas plus grande qu'un réduit, avec une étagère et un petit lit, où les gardes pouvaient faire la sieste entre deux rondes, quand la forteresse était assiégée. Elle était occupée actuellement, mais pour un usage inhabituel.

Sorcha était une robuste salope qui s'était souvent associée à d'autres pour me mettre des tannées lorsque nous étions enfants. Elle avait des cheveux d'un beau châtain noisette et des yeux qui semblaient prendre toutes les couleurs de la lande. À ce moment précis, ils étaient plutôt couleur de la lande en feu, et elle déversait tant de haine à son violeur que j'étais surpris de ne pas le voir grimacer. Sans doute lui aurait-elle brisé le visage de ses mains si celles-ci n'avaient pas été attachées. Mais je fis taire ma conscience. Ils n'étaient pas jeunes. Ils devaient pouvoir distinguer le bien du mal. Pourtant, ils ne se contentaient pas de tuer pour le compte de Calman Ruadh ; ils torturaient pour lui.

J'étais satisfait de voir que l'attaquant de Sorcha était occupé : ce fut pour moi un jeu d'enfant de tuer son compagnon qui attendait nerveusement son tour. Elle m'observa en train de le tuer et, à aucun moment, elle ne cria, ne cligna des yeux ni ne modifia sur son visage le masque de rage, de douleur et de désespoir. Quelle femme ! Pour la première fois, je l'appréciai. Je présume qu'elle aussi m'apprécia pour la première fois, surtout quand j'attrapai la tignasse de son agresseur, lui tirai la tête en arrière et lui enfonçai ma lame profondément dans la gorge.

Elle recracha son sang et sourit.

— Je n'aurais jamais cru qu'un jour, je serais heureuse de te voir, blanc-bec.

Je l'attrapai par l'épaule et l'aidai à se relever sans lui laisser le temps de refuser mon aide.

— Tiens ta langue ou je te remets à ta place.

La tenant contre moi, je sciai les cordes qui liaient ses poignets. Elle était aussi tendue que ses cordes l'avaient été. Je n'aurais pas été surpris si elle m'avait mordu l'épaule.

— Oui, entendu.

Sorcha tressaillit de douleur, puis comme si elle était furieuse envers elle-même, elle se remit d'aplomb en titubant et se rhabilla en toute hâte. Ses mains tremblantes étaient tachées et enflées, mais elle serra et desserra ses poings jusqu'à ce que la circulation revienne et que cessent les tremblements. Je me devais de l'admirer. Elle avait dû souffrir. Ses yeux brillaient de larmes de rage, et elle avait sur un côté du visage un bleu qui virait au noir. J'étais bouleversé : ce n'était pas une façon de combattre chez les Sithe, et ne l'avait jamais été, mais Sorcha devait être bien plus en colère que moi. Deux épées n'appartenant plus à personne étaient appuyées à côté de la porte. Elle en prit donc une et dégaina. Même moi, je ne pus regarder ce qu'elle en fit.

Je jetai un œil vers elle en grimaçant.

— Tu as terminé ?

— Ouais. J'aurais bien aimé qu'ils aient été encore en vie pour sentir ça.

– Pardon, je n'en doute pas.

– Ne t'excuse pas. Tu es arrivé à temps. Enfin, à vingt minutes près, cela aurait pu être légèrement mieux. Qui est avec toi ?

– Tu veux les bonnes nouvelles en premier ou les mauvaises ?

Elle jura.

– Ne t'en fais pas.

Je lui fis un clin d'œil.

– Les bonnes nouvelles, c'est que je suis une armée à moi tout seul. Où sont les autres combattants ?

– Tous ceux ayant refusé de combattre Conal ont été enfermés dans les réserves. Ce qui, au passage, représente l'intégralité de nos troupes. Bien sûr, ajouta-t-elle sèchement, les réserves ont été déplacées dans les dépendances des gardiens.

– Et les autres ?

Au sens strict, tout individu de plus de quinze ans était considéré comme un combattant. Mais, mis à part les enfants, il y en avait quelques-uns qui n'étaient pas soldats, soit par choix, soit par inaptitude.

Sorcha semblait mal à l'aise.

– Je ne sais pas. Nous avons été séparés, il y a plusieurs jours. Quelque chose a changé. Il y a eu une épidémie. C'est fini, mais ils ont dit que certains étaient infectés et que d'autres étaient porteurs de germes, que c'était la peste. Ils mentaient, bien sûr. C'était juste un moyen de séparer les combattants des autres.

Mon estomac se retourna. J'étais sur le point de blasphémer, mais je changeai d'avis.

– Sorcha. J'ai vraiment, vraiment besoin d'une diversion.

– Murlainn, tu pourrais me demander maintenant de t'embrasser, et je ne t'arracherais pas les yeux. Mais n'attends tout de même pas demain pour me le demander…

Elle fit un clin d'œil.

– Qu'attends-tu de moi ?

Chapitre 38

La lune, telle une énorme lanterne argentée, était impitoyable, mais personne ne se souciait du combattant isolé déambulant autour de la cour et s'éclipsant dans une contre-allée. Je pouvais presque l'entendre siffler. Depuis l'ombre sous les escaliers, je regardais Sorcha disparaître vers les réserves, les deux épées volées flanquées en travers de son dos, et mentalement, je lui souhaitai bonne chance. Il fallait que ce plan soit le bon. Au minimum, elle apprécierait d'avoir à faire avec les gardes qui retenaient ses camarades en captivité comme du vulgaire petit bétail.

Calman Ruadh ne s'attendait pas à une révolte depuis l'intérieur, et bien qu'il fût probable que l'on remarque bientôt l'absence de ces deux guerriers, on penserait sûrement qu'ils étaient en train de prendre du bon temps avec Sorcha. Ce qui était plus ennuyeux, c'était le jeune garde du parapet, mais je l'avais traîné pour le dissimuler du mieux possible. Je connaissais tous les coins et recoins de la forteresse ; si tel n'avait pas été le cas, je n'aurais pas été d'une grande utilité.

Comme depuis ma cachette, je ne pouvais distinguer la porte d'entrée, je pris une inspiration si profonde que j'en tremblai et reculai de nouveau jusqu'au rempart. Quand le bout de mes doigts fut accroché au bord, deux nouveaux gardes passèrent, mais je restai suspendu là, sans bouger, jusqu'à ce qu'ils soient passés, puis je me hissai et me précipitai derrière un contrefort. J'étais maintenant en colère à juste titre, et cela l'emportait sur ma peur. Je n'avais aucune raison de ramper comme un ver autour de la forteresse de mon père, et Calman Ruadh allait me le payer. J'aurais aimé sentir le poids d'une épée sur mon dos plutôt que celui d'une petite dague à ma taille, mais ce qui m'importait à ce stade, c'était d'aller vite et de ruser. Il faudrait bien que la dague fasse l'affaire.

Maintenant, je voyais la pente du rempart, là où il commençait à s'élever par-dessus l'arche de la porte. Les soldats de Calman Ruadh y grouillaient, mais cela n'avait aucune importance. Ce qui m'importait, c'était la grande roue permettant de lever la porte d'entrée. Les poulies qui l'actionnaient étaient bien gardées également, mais au moins je voyais comment atteindre la porte et j'espérais bien pouvoir y arriver sans ces poulies. Du gâteau !

Bon sang ! Je fermai les yeux. Je devais être fou.

Je m'approchai plus près, et encore plus près. Je devais être en place au retour de Sorcha, sinon elle allait me poursuivre dans l'au-delà. Quand je fus aussi près que possible pour y arriver sans pour autant avoir à tapoter l'épaule du garde le plus proche et me présenter à lui, je m'arrêtai. Je me plaquai très fort contre le mur, comme pour m'y fondre. Une douleur m'élança la tête, d'une tempe à l'autre. Reultan savait que la fin du jeu était proche. Son blocage était intense et sans aucun doute très efficace, mais aussi douloureux que des dents s'attaquant à mon cerveau.

La base de mon cou picotait. Blocage ou non, j'avais été repéré. Je savais à quoi ressemblait la fixité d'un regard, et celui-ci aurait bien pu me couper en deux.

Regardant sur ma gauche, je la vis. Elle était assise contre le mur, les mains liées accrochées autour de ses genoux. Son visage était tuméfié, ses cheveux en bataille et ses yeux immenses et hostiles.

Et mon cerveau était bloqué. Ça tombait mal. Je portai un doigt à mes lèvres.

Un regard pour évaluer. Ses yeux se plissèrent. Puis elle me tira la langue.

La fillette était sous surveillance, mais ses gardes ne faisaient pas du tout attention à elle. Je lui fis un sourire. Elle ne m'en fit pas un en retour.

« Pourvu, pensai-je, pourvu que les gardes ne se retournent pas dans les trente secondes qui viennent. »

Tandis que je me glissais furtivement à ses côtés, elle me tendit ses poignets, et je sciai avec soin les cordes. Elle secoua ses mains avec impatience, et malgré l'entaille que lui fit mon couteau avant que je ne le retire, elle ne broncha pas, elle n'eut pas le souffle coupé, elle se contenta de me regarder d'un air éloquent. Souriant, je passai de force ma dague sous les cordes et sciai plus fort cette fois. Cela me prit plusieurs secondes et je la coupai, mais ses mains furent bientôt libérées et elle me remercia par un large sourire. Puis elle reprit un air sérieux et haussa les sourcils.

Je secouai légèrement la tête et regardai vers la cour.

La place entière était immobile. Une sentinelle excédée bâilla, jeta un coup de pied dans une pierre, puis tourna les talons dans notre direction.

Mon cœur se retourna, et l'enfant se serra contre moi. Instinctivement, je l'enveloppai de mon bras, mais le garde n'eut pas temps de nous apercevoir. On entendait dans la cour des hurlements, des sanglots de rage et le tintement des lames d'épée. Les gardes qui ne bondirent pas immédiatement dans la cour attendirent sur les remparts, épées dressées et à l'affût. Sorcha, radiée des Sithe, poussa un cri qui fendit l'air, et derrière elle, les combattants libérés émirent un hurlement de fureur, puis les deux armées entrèrent en collision.

Il y avait beaucoup plus d'hommes que prévu dans le détachement de fortune de Sorcha, mais ils étaient aussi sérieusement en colère, humiliés et prêts à se venger. On ne pouvait faire mieux.

– Cours, dis-je à l'enfant, et saisissant son bras, je la poussai vers l'escalier.

Il fallait juste qu'elle reste hors de leur portée quelques minutes, et ceux qui se trouvaient dans la cour n'allaient pas se soucier d'elle. Quant à moi, je fonçai vers la roue qui ouvrait la grille.

Ce fut là que les gardes distraits m'aperçurent. C'était parfait. L'un d'eux cria et sortit son épée trop tard : ma dague le transperçait déjà au côté. Je la retirai d'un coup sec au moment où son ami arriva à mon niveau, et je sautai et roulai sur moi-même. Quand il essaya de se tourner, je lui tranchai les tendons du jarret. Puis, debout sur un contrefort, je pris mon élan par-dessus le troisième au moment où il se baissait subitement. Et je courus, je courus vers cette roue, en bondissant à travers l'espace.

Je pense que j'ai fermé les yeux. Stupide, mais véridique. J'atterris contre du bois bien dur, trouvai une prise plus par chance que par calcul et, mes jambes battant l'air, je tirai sur un des rayons qui dépassait. La corde qui le retenait se resserra d'un coup sec, et je me mis à l'entailler avec férocité. La lame y trouva prise. Je la sciai d'avant en arrière avec obstination.

Elle céda plus tôt que prévu, et je me mis à osciller violemment, non seulement pour activer la roue, mais aussi pour éviter, telle une cible en mouvement, les flèches qui fusaient autour de moi. Au-delà de la porte, j'entendais rugir et gronder les combattants de Conal qui faisaient rage à travers la lande. Oh par les dieux, il fallait que cette porte s'ouvre, qu'elle s'ouvre *maintenant*.

Il y avait un problème : là-haut, sur la roue, le système de levier n'était pas le même. Les chaînes utilisées pour l'actionner pendaient à quatre à cinq mètres en dessous. Et c'est ce qui servait à tourner la roue. Certes, mon poids l'entraînait doucement et sûrement, mais trop lentement. Je fouettai l'air de mes jambes, jurai, sentis que cela venait, puis je saisis le rayon suivant et me balançai de nouveau. La roue finit par tourner, centimètre par centimètre, et une flèche me transperça la cuisse. Cela me rendit fou furieux. Je hurlais après cette roue, continuais à me balancer et saisis un autre rayon. Le fracas des chevaux était de plus en plus proche. Trop proche. La porte s'était ouverte de quelques centimètres : de quoi laisser passer un furet, pas un cheval.

Je n'allais pas y arriver.

Quelque chose vint alors me frapper, et je crus que j'étais mort. La violence du choc me fit presque lâcher les rayons, mais après quelques hésitations, j'arrivai à resserrer ma prise. La chose qui gesticulait autour de mon cou, m'étouffant presque de ses bras, c'était une enfant de neuf ans. Je laissai échapper un rire qui ressemblait plus à une toux haletante.

Vous imaginez la situation ? Je n'avais plus besoin d'être plus grand ni plus lourd. C'était inutile puisque j'étais aidé par une gamine. La roue grinça, se mit à tourner, et je réussis à escalader deux ou trois rayons de plus. En grognant, je poursuivis mon escalade, à présent éreinté par le poids de l'enfant. Ses jambes étaient accrochées autour de ma taille. On aurait dit un grappin humain.

La cadence des flèches s'était ralentie, et je constatai que la cour s'emplissait. Ils ne pouvaient plus se concentrer sur nous qui formions une véritable cible en mouvement pour un entraînement de tir à l'arc, car les troupes de Conal étaient en train de pousser la porte grande ouverte et de se frayer un passage à travers les soldats de Calman Ruadh. Du coin de l'œil, à travers le sang et la sueur, je ne discernais que l'éclair rapide et scintillant des épées, les bonds et les torsions des corps. J'entendis des hurlements, des cris de guerre et, par-dessus tout, les vociférations désordonnées de Calman Ruadh.

– ATTRAPEZ L'ENFANT ! L'ENFANT ! PENDEZ-MOI CETTE FOUTUE GAMINE !

Je souris à la fillette qui me rendit mon sourire, encore vissée autour de mon cou. Mes bras étaient sur le point de lâcher.

– Tu es courageuse, lui dis-je. Merci.

Son sourire s'évanouit.

– Je crois que mon père est mort.

J'eus un moment la tentation de lui mentir, puis je lui répondis :

– Oui, il est mort. Mais il est fier de toi.

Son sourire réapparut. Mes mains moites lâchèrent, et nous tombâmes tous les deux.

Je me débrouillai pour me retourner pendant ma chute afin qu'elle retombe sur moi, ce qui ne fit pas grand bien à mes poumons. Si les combattants autour de moi n'avaient pas été si préoccupés, j'aurais été bon, car je suis resté un moment sans pouvoir respirer. Nous gisions là, la fillette allongée au-dessus de moi, comme des cadavres, et ils ont tous dû croire qu'on était morts. Je finis par prendre une profonde inspiration sifflante et j'envoyai un grand bol d'air dans mes poumons. Je lui pris les bras.

– Cours, lui dis-je. Fais ce que je te demande cette fois-ci.

J'eus à peine le temps de saisir l'éclat de son sourire espiègle qu'elle était partie en courant, se perdant dans les passages de la forteresse. Je ne pouvais pas me soucier d'elle plus longtemps. Je rampai jusqu'au cadavre le plus proche et j'arrachai l'épée de ses doigts ensanglantés.

Il arrive un moment où, fort heureusement, la lucidité reprend le dessus. Plus tard, au lever du soleil, je m'aperçus que la blessure de ma cuisse, provoquée par la flèche, était inquiétante, mais je n'en souffrais pas trop, et elle ne provoquerait pas une hémorragie mortelle. Je combattais juste comme si j'étais en train de combattre Eorna, comme si j'avais envie de l'écraser, comme si mon clan m'observait et voulait assister à ma défaite, comme si je voulais leur prouver le contraire. Mes pieds nus qui volaient dans tous les sens rencontraient des ventres, des gorges et de nombreux autres endroits où la chair était bien souple. Ma lame cinglait et touchait avec une précision que je n'aurais pu obtenir si je l'avais recherchée. J'étais en transe. La transe de l'extase.

Plus tard, je me demandai : cette sensation est-elle celle qu'éprouvent les Lammyr ? Mais sur le moment, je n'y ai pas pensé. Tant mieux. Cela m'aurait coupé dans mon élan.

Je vis Sionnach et Eili qui luttaient, comme deux images en miroir, l'un captant les mouvements de l'autre et les répétant avec une efficacité meurtrière. Je vis Aonghas, et Reultan et Sorcha ; Carraigh, Righil et Orach. Pas de gestes brusques de la part de Torc qui se taillait en toute simplicité un chemin sommaire et sans façon à travers les soldats qui se présentaient à lui. La plupart des soldats de Conal étaient désormais descendus de leur cheval. Chevaucher leurs montures leur donnait un certain avantage, mais ils étaient désormais avides de combats rapprochés. Ni mon cheval ni celui de Conal ou de Torc n'avaient besoin d'un cavalier pour les encourager à se mêler à la bataille. Mon rouan bleu avait même attrapé l'un des soldats de Calman Ruadh par la gorge et le secouait comme l'aurait fait un chien avec un rat.

Il me fallait trouver Conal.

Reultan avait levé son blocage sur moi désormais. Elle m'avait abandonné à mes propres efforts, et ça me convenait bien. Au moins, je n'avais plus mal à la tête. Les esprits autour de moi formaient un chaos de violence et de furie qui m'empêchait de me connecter sur Conal. Rageusement, je me frottai les yeux. Ils étaient une fois de plus voilés de sang ; la blessure sur mon front s'était rouverte.

Là ! Je l'aperçus brièvement tandis qu'il sautait et faisait volte-face en l'air, puis il disparut, et je dus me frayer un chemin pour le rejoindre. Quelqu'un d'autre faisait de même et abattit Raonall à coups de couteau pour mieux se rapprocher de Conal. Les tripes transpercées par l'épée de Calman Ruadh, Raonall chancela en arrière, trébucha et s'effondra après quelques soubresauts, tout en maudissant son tueur dans un flot de postillons ensanglantés.

Le cri de Luthais : jamais je n'avais entendu une chose pareille. L'homme fonçait à travers les rangs, surgissant à la dernière minute pour courir sur des têtes et des épaules afin de rejoindre Calman Ruadh, qui arriva rapidement à extirper son épée du ventre de Raonall. En la remettant dans son fourreau, il évita tout juste les chevilles de Luthais qu'il faillit largement entailler. Il retrouva vite son équilibre malgré tout, et la rage de Luthais était vraiment empreinte d'une douleur farouche. Il voulut le frapper violemment de son épée, loupa sa cible, et finalement, ce fut Calman Ruadh qui, d'un coup de son épée balancée en arrière, lui trancha en partie la tête.

L'affrontement avait rapproché de moi Calman Ruadh, qui se trouvait maintenant un peu plus éloigné de Conal.

— Il est à moi ! m'écriai-je.

— Non ! hurla Conal.

— *À moi ! Je le revendique !*

D'accord. Cela avait dû être impulsif. Conal me fixait, non seulement livide mais aussi horrifié, mais je n'avais pas le temps de supporter une remontrance de sa part, et il n'avait pas non plus le temps de m'en faire une. Je me tournai et levai mon épée tandis que Calman Ruadh, avec un sourire, venait vers moi.

Un espace se créa autour de nous. En partie parce que la bataille touchait à sa fin et que seules continuaient autour de nous les dernières petites bagarres. Mais aussi parce que les survivants étaient intrigués : j'avais été assez stupide pour revendiquer Calman Ruadh, et ce, de plus, en présence d'aussi nombreux témoins. C'était désormais un combat entre lui et moi, jusqu'à ce que l'un ou l'autre meure. Personne n'avait le droit de s'interposer au nom d'un requérant. Il est vrai que des accidents arrivaient parfois. Mais, à moins que Calman Ruadh fasse immédiatement un arrêt cardiaque, ou qu'une météorite lui tombe sur la tête, c'était à moi de le tuer. Celui qui revendiquait devait en assurer les conséquences.

Je déteste ces traditions ridicules.

Je frottai mes yeux avec mon bras, serrant solidement de mes deux mains mon épée volée, alors que nous nous tournions autour. Bon sang, je ne portais même pas mon épée personnelle.

Cela me rappela Raineach. Mon cœur frissonna en fixant les yeux pâles de son assassin.

Une fillette était tapie dans l'escalier, les yeux rivés sur moi. Bien sûr : elle était toujours incapable d'obéir aux ordres et de rester en dehors de mon chemin. Ma petite camarade qui aurait dû être pendue.

– Et elle le sera, dit Calman Ruadh avec un sourire, tout en lisant mes pensées. Une fois que j'en aurai terminé avec toi !

– Après tous les efforts que j'ai déployés ? dis-je. Faut pas rêver !

– Ne sois pas effrayé. Je ne vais pas te tuer. Je préfère prendre un malin plaisir à te castrer.

– Quoi, comme mon amie Sorcha qui a émasculé ton homme dans la loge des gardiens ?

Il ne pouvait pas l'avoir appris. Calman Ruadh sourcilla et chercha Sorcha du regard. Elle poussa un cri pour attirer son attention, lui adressa un sourire, ainsi qu'un doigt d'honneur.

— C'était mon cousin, Murlainn, grogna-t-il.

— Eh bien, il ne fera plus partie de ton arbre généalogique, lui répondis-je. Même s'il n'était pas mort.

— Baise mon épée, dit-il, j'utilise un couteau bien aiguisé.

— Baise mes fesses, rétorquai-je, je ne te laisserai pas souffrir.

Il s'approcha de moi. Il était rapide, comme s'il se déplaçait en volant. Je me baissai vivement, fis une roulade et me retrouvai debout, jouant des pieds et des mains. Je sautai très haut au moment où il s'attaqua du revers de son épée aux tendons de mes cuisses. J'aurais alors pu le décapiter si j'avais été assez rapide, mais ce ne fut pas le cas. L'épée que je serrais très fort était plus lourde que la mienne, et me rendait maladroit. Je la lui balançai, il fit un saut périlleux, retomba élégamment sur ses pieds comme un chat sur ses pattes et me mesura du regard.

Il respirait fort et souriait.

Il était sacrément rapide. Il m'attaqua de nouveau, léger et agile. Il savait que je n'étais pas à l'aise avec cette épée. Tout ce que je pouvais faire était d'éviter la pluie de ses coups, et je n'avais pas un moment pour riposter. Il me frappait presque avec désinvolture, et alors que je sautais pour éviter à mes pieds d'être tranchés au niveau des chevilles, je trébuchai maladroitement en arrière et me retrouvai un genou à terre, complètement déséquilibré. D'un air désinvolte, il me transperça les côtes.

Je crus que j'étais mort. Quand je sentis le sang affluer et couler le long de mon ventre, je sus que c'était une blessure superficielle, un affront délibéré. J'étais foutu. Il allait me couper en morceaux avant de me tuer.

Je me relevai, mais la panique et la douleur me gagnaient petit à petit. Je sentais l'entaille à travers ma poitrine, mon propre sang qui se mélangeait à la boue sèche et à la transpiration. Maintenant, je sentais le trou dans ma cuisse, et même la blessure au front qui me piquait et m'irritait. J'avais la tête qui tournait. Je n'avais pas été forcé à mourir, je n'avais pas été obligé de réclamer cet homme. Quel idiot j'étais !

Les spectateurs étaient muets : on n'entendait que les respirations grinçantes, les plaintes et les gémissements des blessés. Et puis, le chuintement propre et sifflant d'une épée glissant hors de son fourreau.

Je clignai des yeux pour en chasser le sang et regardai par-dessus l'épaule de Calman Ruadh, en direction de ce bruit. Idiot ou pas, j'aurais préféré mourir plutôt que subir la honte d'une intervention, et j'étais sur le point de hurler de rage à l'encontre de celui qui avait bien pu dégainer son épée.

C'était Conal, bien sûr, mais ce n'était pas sa propre épée qu'il avait sortie. Elle se trouvait dans sa main gauche. Et dans la droite se trouvait celle qu'il venait juste de retirer du second fourreau attaché sur son dos. Il sourit tout en la soulevant.

– *C'est la tienne. Alors tue-le.*

Je laissai tomber l'épée que je ne connaissais pas. Et, les mains vides, je me précipitai sur Calman Ruadh.

J'eus assez de temps pour voir la peur et la confusion poindre dans ses yeux, avant que son assurance ait repris le dessus. Puis, comme il levait sa propre épée pour me tuer, je vis l'éclat d'une lame qui venait d'être lancée filer dans l'aube encore obscure.

Je tendis la main quand elle passa à ma portée, réussis à m'en emparer, me projetai vers le ciel et arrivai sur lui par en haut. Incrédule, il leva les yeux vers moi au moment où j'enfonçai la belle épée de Raineach au fond de sa gorge, en lâchai la poignée et me retournai pour atterrir tel un chat, selon ma propre technique.

Calman Ruadh tomba maladroitement sur les genoux, se cramponna à la poignée qui lui passait sous la mâchoire, puis s'écroula en arrière en rendant son dernier soupir.

Chapitre 39

Je n'eus pas le temps de savourer ma satisfaction. J'eus seulement un court instant pour plonger la tête et les épaules dans un abreuvoir plein d'eau, me frotter pour retirer le plus gros de la boue et du sang, puis pour arracher une chemise sur l'un des cadavres. Comme je tremblais trop, Conal me prit la chemise des mains, m'aida à l'enfiler, puis me serra sauvagement dans ses bras.

— Où est Branndair ? demandai-je.

— Avec Catriona. Ne t'inquiète pas. J'ai pensé que c'était le meilleur endroit pour lui. Au cas où…

Il ne termina pas sa phrase. Il n'y avait pas lieu. Branndair était le loup d'un Sithe et c'était le mien. Il saurait la protéger et il saurait, lorsqu'il ne pourrait plus le faire, qu'il était temps de la tuer comme s'il s'agissait d'une simple biche.

— Merci, lui dis-je.

Il rit.

— Il n'y a vraiment pas de quoi.

Il me donna de nouveau une accolade.

— Je te le dois bien.

Je me sentais épouvantable. J'avais mal partout, à la tête surtout, et j'enrageais, car ce n'était pas le moment. Personne n'avait vu les enfants ni ceux qui ne combattaient pas, et s'ils n'étaient pas réapparus au moment où les sons de la bataille s'éteignaient, cela signifiait qu'ils ne pouvaient pas le faire.

— Dans le grand hall, dit Righil avec aigreur.

Il était agenouillé près du cadavre de Raonall, dont les yeux restés ouverts étaient rivés sur les restes de Luthais. Righil prit soin de lui refermer les paupières avant de se relever.

— Oui, dit Conal.

La moitié des combattants de Calman Ruadh s'était retirée là-bas. C'est pour cela que tout était allé si vite. Je ne pouvais m'empêcher de penser — et je sais que Conal le pensait également — qu'ils avaient dû avoir une bonne raison. Pire, ils avaient probablement une stratégie.

Ce fut donc munis de nos lames dégainées que nous atteignîmes le grand hall de notre forteresse. C'était calme, même lorsque Conal en franchit le seuil. J'étais à son niveau et je vis donc tout exactement en même temps que lui.

Kate était assise dans le fauteuil qui avait appartenu à Griogair pendant des siècles. Même Conal n'avait toujours pas décidé d'y trôner. Elle avait joint les mains sous son menton et elle examinait chacun des combattants de Conal, au fur et à mesure qu'ils se rangeaient derrière lui. Lilith se tenait à ses côtés, son habituel sourire satisfait comme accroché sur son beau visage. De chaque côté de Kate, sur trois rangées, se tenaient les vestiges de l'armée de Calman Ruadh, et en face d'eux, étaient alignées les Lammyr, trente ou davantage, avec Skinshanks à leur tête.

Bon sang. J'étais terrorisé.

Face aux Lammyr, agenouillés et enchaînés ensemble, il y avait les enfants de la citadelle de Conal et le reste de son clan.

Kate soupira, haussa légèrement les sourcils et leva les yeux.

— Parlons, dit-elle délicatement.

Conal s'avança, mais quand quelques-uns de ses combattants essayèrent de le suivre, il les repoussa d'un geste brutal de la main afin qu'ils restent derrière. Je n'allais pas me décourager aussi facilement. Le rattrapant, je marchai à ses côtés.

— Maintenant, dit-elle, tapant légèrement dans ses mains tandis qu'il faisait une pause devant elle. Je ne te veux pas mort, idiot. J'ai encore des espoirs en toi. Exile-toi de nouveau et sois-en heureux.

Il la fixait, sans un mot. Je sentais la rage qui émanait de lui.

— Si tu n'obéis pas, je les tuerai tout simplement, ici et maintenant.

Son geste balaya l'ensemble de notre clan enchaîné.

— Mes fidèles Lammyr prendront plaisir à le faire, et tu ne seras pas assez rapide pour les en empêcher. D'ailleurs, reprit-elle en rejetant ses cheveux en arrière, je suis ravie que le lieutenant de Skinshanks n'ait pas réussi à te calciner. Sur le moment, j'étais déçue, mais vraiment, maintenant j'en suis ravie.

— Et au moins, c'était amusant, dit Shinshanks de sa voix de crécelle tout en adressant à mon frère un sourire caustique. Tous ces sermons ennuyeux, tous ces sermons moralisateurs. Toutes ces leçons misérabilistes. Cela ne menait à rien. Sans parler des incendies !

Kate se mit à rire.

— C'était certainement amusant avec notre humble capitaine de forteresse. Maintenant, presse-toi et décide-toi, Cù Chaorach.

Ses doigts s'agitèrent en direction des captifs.

– Si je m'exile, quelles garanties m'apportez-vous ?

Je ne pouvais le croire. Je savais que je ne pourrais pas le supporter.

– Des garanties ? demanda Kate, surprise.

– Des garanties pour la conservation de la forteresse.

Conal parlait entre ses dents serrées.

– Des garanties pour la sécurité de mon clan. Des garanties pour qu'ils conservent bien leur autonomie.

Elle regarda Lilith.

– Est-ce que tu t'y connais en garanties, Lilith ?

– Aucune. Il n'y en a aucune.

Je pensais avoir déjà entendu ma mère proférer des paroles venimeuses. Je compris qu'elles pouvaient l'être deux fois plus.

– Tu ne mérites aucune garantie, siffla-t-elle, espèce de sale traître immonde. Tu ne peux pas en exiger. Exile-toi et estime-toi heureux d'être en vie. Tu ne nous combattras pas. Tu as trop à y perdre.

Lilith pointa l'ongle long de son doigt vers les captifs.

– Et eux aussi. Comment osez-vous menacer la vie de votre reine ?

Je m'énervai.

– Elle n'est pas notre reine, espèce de garce !

Je fonçai sur elle et je pense que j'aurais pu la tuer. Je pense que c'était même probablement ce qu'elle voulait, mais Conal avait dû se douter de ce que j'allais faire. J'étais encore à une longueur d'épée de ma mère quand il m'empoigna de ses bras et m'obligea à reculer.

– Je ne t'ai donc rien appris ? grogna-t-il. Ne l'oblige pas à te menacer de la même chose. Si quelqu'un doit la tuer, ce sera moi.

– Quelle arrogance ! Quelle prétention ! cria-t-elle de rage.

Elle se leva.

– Lilith n'a aucun pouvoir sur Seth ! hurla Conal. Il ne lui appartient pas !

Kate jeta un regard à Lilith, tendit la main, et Lilith recula d'un pas. Elle descendit une marche, puis deux, et s'avança vers moi. Je la fixai du regard, embarrassé.

Lilith dénoua ses cheveux soigneusement tressés. Il s'en détacha des rubans et des rangs de perles. Une fois libérée, sa chevelure soyeuse retomba autour de son visage, et Lilith sourit.

Conal recula. Je me contentai de fixer la scène, sans rien ressentir. Les cheveux de Lilith étaient parsemés de fils d'argent qui les rendaient brillants. Son visage était clair et lisse, plein de vie et de jeunesse ; pourtant ma mère n'était plus qu'à quelques mois de la mort.

– J'ai un message pour ta mère, Cù Chaorach.

– Lilith, dit-il en posant une main sur mon bras raidi. Ne fais pas ça. Par les dieux, ne fais pas ça.

– Ta mère veut mourir, Cù Chaorach, n'est-ce pas ?

– Lilith.

– Mais elle n'en a pas la force.

Lilith se retourna à moitié pour sourire à Kate ; la reine descendit les marches pour se placer derrière elle, sans jamais la quitter des yeux.

– Obligée ou pas, Leonora n'éprouve pas le *besoin* de mourir. Le courage. Elle n'*aime* pas la mort.

– C'est l'amour qui la fait rester ici, Lilith !

– Pas pour Griogair. Pas pour quelqu'un qui n'existe pas encore ! Ce n'est pas de *l'amour*, c'est de la suffisance.

Cela ne suffit pas, Cù Chaorach ; cela ne suffit pas. Moi, j'ai le courage. J'ai l'amour. Je vais le rejoindre.

– Lilith !

– Quelle longueur d'avance va-t-elle me donner, Conal ?

Lilith recula et se blottit dans les bras de Kate, qui parcourut de ses doigts les cheveux de ma mère et qui les écarta ensuite. Elle déposa un baiser dans le cou de Lilith, appuya ses joues contre les siennes, puis embrassa sa chevelure grisonnante.

– Non, dit Conal.

– Dis-le-lui, Cù Chaorach.

Kate enroula son bras autour de Lilith et la serra contre elle. En souriant, Lilith ferma les yeux, mais pas pour longtemps. Elle les rouvrit pour regarder droit dans les miens, puis releva le menton. La lame que tenait Kate dans la main transperça sa gorge fièrement levée.

Un large jet de sang s'en échappa. Aucun moyen de l'éviter. Le sang vital de ma mère m'éclaboussait les yeux, les cheveux, la bouche, et une partie avait coulé dans ma gorge. Je l'avais avalé, convulsivement, avant même de penser à l'éviter, l'essuyer ou le recracher. Le regard de Lilith était fixé sur moi quand il s'éteignit, mais elle souriait toujours et ne s'écroula pas. Kate la soutint délicatement de son bras taché de sang tout en levant le regard vers moi et vers Conal.

– Vous êtes à moi, murmura-t-elle. Cela prendra du temps, mais vos vies m'appartiennent. Vos deux vies.

Elle fit glisser le corps de Lilith dans ses deux bras et la passa dans ceux de Skinshanks, comme si ma mère n'avait pas pesé davantage qu'une plume. Celui-ci se mit à trembler de plaisir au contact de la mort.

– Cela vaudra la peine d'attendre, Cù Chaorach, Murlainn. Ma patience est infinie.

– Tu demandes trop, Kate, siffla Conal. *En vain !*

Elle redescendit les marches afin d'être à sa hauteur, et dit de sa voix douce et implacable :

– Je n'ai rien contre une guerre, ici et maintenant, Cù Chaorach. Nous allons nous battre, et la mort de tes soldats qui sont là ne me soucie guère. Je les sacrifierai tous un par un : les tiens comme les miens. J'aimais Lilith, tu le sais. Tu as pu voir que je n'ai aucun scrupule. Toi, tu en as bien trop. Maintenant, pars en exil et ne me redemande pas de promettre quoi que ce soit. Tu n'obtiendras rien.

Elle retroussa sa jolie lèvre d'un air hargneux.

– Tu. N'as. Pas. Le. Choix.

– Non, mais lui, il m'a.

J'aperçus enfin une étincelle de véritable terreur dans les yeux de Kate. Elle s'éteignit aussitôt, mais je suis sûr de l'avoir vue. Je la vis d'abord, puis je vis le corbeau qui glissait et tournoyait au-dessus de sa tête; je vis le noir de son regard de marbre et j'entendis le gloussement de son rire méprisant. Il se posa sur le bras tendu de Leonora lorsqu'elle s'arrêta entre son fils et moi.

Bien, bien. C'était un virage plein d'enseignement : je découvrais soudain que j'aimais tous ces ennemis que j'avais haïs. Jamais je n'avais été plus heureux en voyant cette sorcière. Seuls les dieux savaient d'où elle était sortie, car Conal semblait aussi ébahi que Kate et les autres combattants qui se pressaient à la porte et au-delà. Aonghas se frotta même les yeux et resta bouche bée. Quel comédien…

– Donc, dit Kate, retrouvant son sang-froid. Nous nous dirigeons vers la mort et la destruction de cette forteresse. Ai-je raison ?

Leonora soupira, fit tomber d'une chiquenaude les petits morceaux de toile d'araignée et de terre qui couvraient son manteau et chatouilla la gorge du corbeau.

– Tu n'as jamais eu raison de ta vie.

Je levai les yeux au ciel. J'espérais qu'on n'allait pas s'abaisser à un bref échange de méchancetés qui se terminerait par un bain de sang.

– Je viens juste d'expliquer à ton sacro-saint de fils, dit Kate, que j'avais l'avantage d'être totalement impitoyable. Je sacrifierai cette forteresse et tous ceux qui s'y trouvent.

– Non, tu ne le feras pas. Pas si mon fils part en exil et que je l'accompagne.

Je ne pouvais vraiment plus respirer. J'avais l'impression d'avoir reçu un coup de pied dans le ventre. Apparemment, Conal était dans le même état.

La douceur de Leonora ressemblait beaucoup à celle de Kate.

– On peut discuter ?

* * *

Seules quatre personnes surent ce qui se passa pendant les négociations entre Kate et Leonora. Elles parlèrent calmement, raisonnablement, comme deux vieilles amies évoquant leur enfance, et je suis certain que personne d'autre ne surprit leur conversation. C'était un avantage pour les deux camps. Du moins, à ce moment-là. Plus tard, je n'en fus plus si sûr.

– Je sais ce que tu penses, Leonora, lui dit Kate.

– Je l'espère bien, sinon tu ne serais pas la reine des Sithe.

Kate rit faiblement.

— C'est déloyal de ta part, Leonora, c'est le moins qu'on puisse dire. Bien, je suis allée partout où tu es allée, j'ai vu tout ce que tu as vu et je sais tout ce que tu sais.

— Vraiment?

— Elle m'a tout dit. Elle m'a dit tout ce qu'elle t'avait dit, Leonora.

— Cela m'étonne.

Leonora leva la main droite vers son corbeau qui se mit à frotter gentiment son bec contre sa peau.

— Cela ne devrait pas t'étonner. Skinshanks m'a tellement aidée. Elle est très convaincante.

— Alors la prophétesse est morte maintenant? dit Leonora d'une voix pleine de regrets, mais pas vraiment abattue.

— Bien sûr. Et tu ne la trouveras pas.

— Quoi, la pierre?

Un frisson me parcourut l'échine, comme si un Lammyr avait marché sur ma tombe.

— Oui, la pierre, acquiesça Kate. La pierre de sang.

— Oh, mais je la trouverai. J'aurai l'héritier de Griogair Dubh à mes côtés, et visiblement, c'est la solution. Je n'arrive pas à imaginer qu'il ait pu être de ton côté.

Conal sourit.

— Trouve-la donc.

Kate haussa les épaules.

— Alors je te la prendrai.

— Vous pouvez toujours essayer, observai-je.

Kate me sourit. Cette fois, le frisson le long de mon échine me fit vraiment trembler.

— La prophétesse avait aussi quelques petites choses à dire à ton sujet, mon petit bâtard. Satané petit bâtard. Celui qui boirait le sang de sa propre mère. Un jour, je te dirai ce qu'elle a dit d'autre sur toi, puisque, apparemment, elle était si fiable. Toi, l'amant meurtrier, au cœur fendu et au cœur gelé.

Il y eut alors plein d'êtres sombres qui marchaient sur ma tombe.

Kate secoua la tête, me renvoyant, moi et mon futur peu reluisant.

— As-tu bien écouté la vieille prophétesse, Leonora ? Elle n'a rien dit qui puisse indiquer que la pierre de sang allait sauver le Voile. Que cette pierre allait le *conserver.* Elle va juste choisir le destin du Voile. L'héritier de Griogair va la trouver, et le destin du Voile sera fixé. Mais pas par celui qui l'aura trouvée, tu comprends. Par celui, quel qu'il soit, qui la détiendra au moment propice.

Kate agita un doigt amusé.

— Pars avec ton fils chercher la pierre et ne reviens pas avant de l'avoir trouvée.

— La forteresse, dit Conal en serrant les dents. Si elle me revient, je veux des garanties.

— Oh, elle ne va pas la détruire, dit calmement Leonora. Tu vois, C'est la seule chose au monde qui m'importe plus que le Voile. Je ne veux pas de guerre civile, mais je peux aussi être implacable. Kate ne détruira ni la forteresse ni ses habitants. Si elle ose essayer en notre absence, je reviendrai et je la détruirai, elle. Et elle le sait. N'est-ce pas, Kate, ma chérie ?

Kate avait les yeux brillants et le visage glacé de peur et de rage.

— Tu vois, Cù Chaorach. La survie de ta forteresse et de ton clan dépend entièrement de ton exil. Tant que tu ne m'auras pas rapporté ce que je veux.

– Et l'autonomie et la sécurité de mon clan sont garanties ?

– Jusqu'à la mort de ta mère, dit Kate.

– Jusqu'à ma mort, approuva Leonora avec un sourire. Regarde-moi vivre.

– Dois-je le faire ?

– Oh oui, et pendant très longtemps.

– Bien que tu aies vu ce qu'a fait Lilith ?

Le rire de Kate était charmant et mélodieux, mais cassant.

– Tu étais bien là, n'est-ce pas, Leonora ? Tu as vu, tu as entendu. Tu sais ce qu'elle t'a fait.

Leonora haussa les épaules bien que, de l'endroit où je me tenais, on eût l'impression qu'elles étaient recouvertes d'une tonne de plomb

– Oui, mais ça ne change rien. Je continue à vivre quand même, et la forteresse aussi.

– Seulement si ton fils et tous ses foutus amis partent pour l'autre monde.

– Entendu. Et pendant que nous serons partis, tu ne franchiras pas la limite des terres rattachées à la forteresse. Ni toi, ni aucun de tes alliés.

Kate suça le bout d'un doigt et le leva bien haut comme si elle voulait mesurer la vitesse du vent.

– Quelle femme dangereuse tu es, Leonora. Tu sais ce qui te rend si dangereuse ?

Leonora se contenta de lever un sourcil. Le corbeau inclina sa tête vers celle de Kate.

– Tu veux vraiment mourir, c'est ça.

Le sourire de Kate semblait sincère cette fois.

– Tu préfèrerais vraiment mourir.

Leonora sourit également.

– Cela te donne un courage incroyable, un tel désir de mourir.

Kate tapota son menton avec ses doigts, puis tendit la main d'abord vers Conal, puis vers moi.

– Mais cela te rend très dangereuse pour eux aussi, n'est-ce pas ? Il te faudra combien de temps avant de céder à l'appel ?

– Regarde-moi vivre, dit Leonora.

Chapitre 40

– Tu peux rester, dis-je à Catriona. Tu n'as pas besoin de venir. Tu es heureuse ici et en sécurité à la forteresse. Tu peux rester.

Ce n'étaient là que des paroles. Elle le savait et moi aussi.

– À tes côtés, me dit-elle. C'est là que je suis heureuse.

Elle fit courir le bout de son doigt le long de la cicatrice guérie sur ma poitrine. Je l'embrassai.

– Bien.

Si j'avais su, si seulement j'avais su, l'aurais-je laissée ici ?

★ ★ ★

J'avais pitié de Conal. Oh, quand je pense combien j'avais pitié de lui. Il devait quitter sa compagne alors que je n'avais pas à le faire.

Il ne prendrait pas Eili, ne la laisserait pas venir avec lui, car il disait que l'autre monde la tuerait, juste l'atmosphère de celui-ci. Elle était attachée à son propre monde comme elle l'était à un amant, et de plus, elle avait déjà en sa possession une autre âme masculine. La perte d'Eili détruirait Sionnach. Celle de Sionnach la ravagerait. Ils étaient tous deux attachés à un monde unique par les seuls noms qu'ils possédaient. Les en extraire les tuerait tous deux. Conal refusait de s'engager complètement envers elle.

– Quand je reviendrai de manière définitive, dit-il tandis qu'elle pleurait contre sa poitrine. À ce moment-là.

– Qu'entends-tu par *de manière définitive* ?

J'avais surpris sa conversation et je craignais le pire.

– Tu penses qu'on ne reviendra pas ?

Il était presque brutal.

– Je ne resterai jamais loin d'ici. Toi non plus. Nous reverrons notre forteresse, Seth. *Souvent.* Un jour, on reviendra de manière définitive, mais avant cela, par les dieux, on la reverra.

– Du moment que Kate ne te revoit pas, *toi*, dit Leonora sèchement.

★ ★ ★

Sur le bord de la barrière d'eau séparant les deux mondes, Reultan versait des larmes amères, mais elle était liée à Aonghas et bien sûr elle le suivait. Elle l'aurait suivi jusqu'aux portes de l'enfer. Et finalement, je présume qu'elle le fit.

Je regardais Leonora entrer dans l'eau du petit lac et je regardais mon frère. En fermant les yeux, je les imaginais sortant de l'eau et pénétrant le marécage boisé et détrempé, vert et charmant, aux teintes délavées des rives, des arbres et du ciel. Je pensais que peut-être la vie dans l'autre monde, ce n'était pas si mal. De ce côté, la barrière était belle. Il n'y avait pas de meilleur endroit pour débarquer.

On irait à l'est, disait Conal, là où personne ne nous connaît. On s'installerait au bord d'un estuaire à l'est et on vivrait tranquillement, cachés derrière le Voile qui se désagrégerait ; on partirait à la recherche de la fichue pierre de

Leonora et quand on ne pourrait plus supporter notre exil, on rentrerait discrètement chez nous, comme des voleurs.

La patience de Kate était infinie. Leonora disait que la sienne l'était également.

Sous le ciel le plus bleu des Sithe, strié de cirrus désagrégés et pâlissant à l'horizon, je mêlai mes doigts à ceux de Catriona et lui souris. Elle toucha mes lèvres avec ses doigts délicats, et je l'embrassai. La journée n'aurait pas pu être plus cruellement belle, et je me gardais bien de regarder la lande et le ciel éblouissant. Je me contentais de regarder Catriona tandis que je la conduisais à la frontière, et elle me regardait, et nous avançâmes ensemble vers notre destin. Cela, au moins, nous le fîmes ensemble.

Je ne la regardais pas quand nous sommes remontés à la surface, et je secouai l'eau de mes cheveux à la manière d'une loutre. Ses doigts étaient toujours mêlés aux miens, serrés et recroquevillés, mais j'étais déconcerté, et bouleversé, en fixant le bois qui n'avait plus rien d'un bois. Ce que je voyais, c'était une lande austère, de très vieilles souches, un ciel gris et morne, et mes pieds s'enfoncèrent dans le sol marécageux tandis que je pataugeais pour sortir de la frontière d'eau et entrer dans notre nouvelle vie. Le décor avait changé, tellement changé. Catriona n'avait pas l'air disposée à me suivre ; elle était lente, trébuchait à mes côtés, et je serrai ma main encore plus fort sur ses doigts recroquevillés.

Devant moi, Conal s'était retourné sur la rive et me regardait. Je crus percevoir de l'horreur dans ses yeux et du chagrin. Le regard d'Aonghas était presque identique. Reultan et Leonora ? C'était étrange et inhabituel : seule la pitié s'affichait sur leur visage. Je me mis à rire.

– Allons, dis-je. Ce n'est pas si mal. Un nouveau départ et tout ce qui va avec.

Puis Catriona trébucha de nouveau, et quand elle faillit tomber à genoux sur le sol détrempé, je dus me retourner pour la rattraper. Ses doigts semblaient toujours bizarres, noueux et décharnés, et quand elle leva les yeux sur moi, je sus que ma mère devait se moquer de moi maintenant, depuis l'endroit, quel qu'il soit, où elle était en train de se consumer.

Je soulevai ma compagne dans mes bras, enfouis mon visage contre son cou tout ridé, et me mis à pleurer.

ÉPILOGUE

Je ne sais combien de fois, depuis de si nombreuses années, j'ai essayé de me souvenir du sourire fatigué et malicieux de ma compagne et du contact, sur ma joue, de ses doigts secs et ridés.

« Trente ans, si elle a de la chance. » Je me rappelais la prédiction brutale de Conal. Bien sûr, elle n'avait pas eu de chance. Elle avait rencontré son beau-père, et le prêtre Lammyr, et Conal, et moi.

Je regardai mes larmes couler dans ses cheveux blancs et ras qui me faisaient penser au pelage d'un phoque, puis y appuyai ma joue. Cela n'avait pas changé : comme de la soie.

— *Ne pleure pas,* dit-elle.

Elle ne pesait plus rien. Reposant contre moi, elle était comme un oiseau. Comme si ses os étaient creux, que je pouvais la munir d'ailes bleu ciel et qu'elle allait s'envoler.

Elle caressa mes joues du bout des doigts, sentant mes larmes.

— *Cet été, avec toi, mon amour. Et une année avec Kate. Et deux ans ici ! C'est plus que je n'osais l'espérer quand j'étais attachée sur le bûcher avec ton frère. C'est suffisant, mon amour.*

— Pas pour moi, dis-je.

— *Tu le savais, mon amour,* dit-elle doucement. *Cela a duré moins longtemps qu'on ne le pensait, mais tu le savais.*

Je suis heureuse. Et je t'ai aimé. Je suis heureuse de t'avoir aimé.

Pouvait-elle parler à mon esprit ? Je ne sais pas. Je ne savais plus si je pensais ou bien si je parlais quand j'étais avec elle. Cela revenait au même.

– Seth ?

– Quoi ?

Elle hésita. Peut-être reprenait-elle son souffle.

– Ne sois pas en colère.

Je ne pus répondre.

– Ils sont morts, tous morts. Ne perds pas ton cœur dans la rage.

Comment m'en empêcher ? Je m'étais promis une revanche infinie, envers tous, mais on m'avait trompé même là-dessus.

– S'il te plaît. J'adore ce cœur-là, mon amour. Ne le perds pas. Pas pour moi. Et ils doivent être morts de toute façon.

– Il y en a d'autres comme eux, Catriona. Il y en a toujours. La rage n'est pas perdue.

– Je n'ai pas dit de ne pas perdre ta rage.

Elle pencha la tête et m'adressa un sourire fatigué.

– C'est ton cœur qui va se perdre. Et je l'aime trop.

J'embrassai son front. Je ne voulais pas m'arrêter de l'embrasser. Je dus me forcer à éloigner mes lèvres de sa peau, afin de pouvoir dire :

– Je vais essayer.

– Bien. Tu vas me tenir ?

– Bien sûr que je vais te tenir. Je ne vais pas te laisser partir.

— Oh, il faudra bien que tu le fasses, mon amour.

— Appelle-moi par mon nom, lui dis-je.

— Murlainn, dit-elle avec un sourire. Je vais voir nos fils.

— Bien sûr.

Je lui rendis son sourire, puis posai ma tête dans le creux de son épaule.

— Ne pars pas, Murlainn. Pas avant moi.

— Tu sais que je ne le ferai pas, dis-je en serrant les dents. Je t'aime.

— Je le sais, ça aussi.

★ ★ ★

Cela faisait des heures que je n'avais pas bougé. Des jours que je ne m'étais pas rasé, mais Catriona n'allait plus le remarquer de toute façon.

J'entendis Conal frapper doucement à la porte, mais je ne le regardai pas quand il entra dans la pièce. Je ne cessais de caresser la joue sèche et ridée de Catriona. Ses lèvres remontaient un peu vers le haut, mais elles semblaient moins plissées qu'auparavant. Son visage était moins ridé et moins fatigué. Je peignai de mes doigts ses cheveux blancs, sentis son crâne anguleux sous la paume de ma main. Elle était belle, toujours belle. Pendant qu'elle vieillissait avec nous de l'autre côté du Voile, qu'elle vieillissait en un clin d'œil, la lutte et la faim ne lui avaient rien enlevé de sa beauté. Elle avait bien vieilli. Elle avait bien vieilli.

Oh, par les dieux, comme elle avait vieilli. J'appuyai mon visage humide contre ses cheveux et serrai les dents.

– Seth.

Je ne le regarderais pas, ne le laisserais pas voir mon regard. Je clignai des yeux, très fort.

– Où vas-tu aller ?

Je dus attendre avant de pouvoir répondre.

– Là-haut dans les pierres, là où… là où…

– Là où sont ses enfants, dit-il doucement. De l'autre côté.

J'acquiesçai. Tout mon corps se mit à trembler. Je resserrai avec acharnement mes bras autour de son corps fragile.

– Mais je veux dire, rectifia-t-il, je veux dire, où vas-tu aller maintenant ?

Doucement, tout doucement, je la berçais dans mes bras. Je dus attendre de nouveau avant de parler.

– As-tu vérifié pour moi, Conal ? As-tu pu trouver ?

– Seth, ils sont morts. C'est la vérité. Elle leur a tous survécu. Les gardes, le petit homme qui venait de la ville, son beau-père. Tous.

– Elle n'a pas eu tant de temps que ça.

« Elle n'a pas eu de temps du tout. »

– Non, mais elle en a eu plus qu'eux, pas vrai ?

– Je ne sais pas. Tu crois ?

– Seth. Tu le sais très bien.

Il s'accroupit et m'écarta les cheveux des yeux.

Je les essuyai furieusement.

– Va chercher ta pierre, Conal. Je vais partir un moment. Un an ou deux. D'accord ? Je m'occuperai de la pierre ensuite, je m'occuperai du Voile. Je te le jure. Vraiment. Mais pas tout de suite.

Il ne répondit rien. Puis, je vis qu'il pleurait aussi.

— Je reviendrai, dis-je en m'efforçant de sourire. Ne t'inquiète pas. Je reviendrai.

— Je t'en prie, dit-il. Reviens, je t'en prie.

Il n'ajouta pas « bientôt », et j'en fus content.

— Alors, tu as besoin de ton bâtard de frère ?

J'essuyai mon nez.

— Toujours, dit-il. J'en ai toujours eu besoin.

— Oui, je le savais. Et tu prétends être un capitaine. Où serais-tu sans moi ?

Doucement, il tapota mes pommettes.

— Blanc-bec.

Le rire qui sortit de ma gorge était désespéré.

— Viens, dit-il. Je vais t'aider. Je l'ai aimée moi aussi.

Il prit Catriona que je retenais dans mes bras. Je trébuchai, repris mon équilibre et ouvris grand la porte. Je remplis mes poumons de l'air de la nuit, étrangère mais magnifique, et nous l'emmenâmes dans l'obscurité retrouver ses fils.

FIN

À propos de l'auteure

Gillian Philip est née à Glasgow et a écrit toute sa vie : elle a commencé avec des romans courts mais haletants, faisant référence au *Capitaine Scarlet* et aux *Agents très spéciaux*, deux séries télévisées qui connurent un grand succès.

Elle a travaillé comme barmaid, placière dans un cinéma, vendeuse chez un disquaire, animatrice radio, typographe et a même été l'assistante politique d'un candidat aux élections législatives. Alors qu'elle vivait à la Barbade où son travail le plus stable consistait à chanter pour un pub irlandais, elle a commencé à écrire à titre professionnel et a rédigé de nombreuses nouvelles pour des magazines féminins. En 2001, elle est revenue en Écosse et elle vit maintenant dans le Morayshire avec son mari Ian, ses filles jumelles Lucy et Jamie, son labrador Cluny, ses chats psychotiques Ghost et Darkness, et quatre poissons angoissés.

NE MANQUEZ PAS LA SUITE

Chapitre 1

– Nous ne devrions pas être là, dit Aonghas.

Il existait tant de réponses possibles à cette phrase que je ne sus par où commencer.

Je préférai garder les lèvres serrées et mes opinions pour moi-même. Mon frère n'apprécierait pas que j'entame une querelle. Conal ne nous regardait ni moi ni Aonghas, trop occupé à passer la main sur la paroi rocheuse incrustée de sel, mais j'avais vu ses épaules se raidir de courroux, et je n'étais pas prêt à en rajouter.

La falaise l'avait aussi perturbé : il n'était pas très porté sur les escarpements. J'avais trouvé une voie de descente, et il l'avait suivie derrière moi, pourtant cela ne lui avait pas plu, et son humeur crispée avait fait le reste. J'aurais cru qu'en passant la nuit avec Eili MacNeil il allait s'apaiser, mais l'obligation de la quitter une fois de plus n'avait fait qu'aggraver les choses.

Et alors? À moi aussi, Orach me manquait, pour autant que quelqu'un puisse me manquer. Néanmoins, je restais capable d'absorber la lumière et les paysages familiers, de les conserver dans mes cellules pour un prochain exil. Je savais dans ma tête que le scintillement argenté de l'eau n'était pas différent de ce côté du Voile, ni le fracas des vagues sur les rochers, ni la clameur des mouettes. Mon cœur savait que c'était un autre monde : l'espace d'un souffle et tout un univers d'écart. Il n'avait jamais cessé de me manquer et ne cesserait jamais. Chaque fois que j'en avais la possibilité, j'en profitais à fond.

« Trouvez-moi la pierre, avait dit Kate. Ne revenez pas tant que vous ne la posséderez pas. »

Nous n'aurions pas dû être ici. Mais il n'existait aucun autre passage. Nous n'avions pas juré que nous ne traverserions jamais le Voile, que nous ne rentrerions pas à la maison tant que nous n'aurions pas trouvé la pierre. Nous avions dit à Kate que nous resterions éloignés, mais sans en prêter serment.

Ainsi, nous avions menti. Et alors? Comme si nous pouvions vivre sans respirer notre air une fois tous les dix ans.

Kate NicNiven devait le savoir aussi bien que nous. Et elle devait se douter que nous franchissions la porte des eaux comme des voleurs, de temps à autre, tels de furtifs Lammyr, non les fils de Griogair Dubh. Mais si notre reine voulait nous tuer, il faudrait d'abord qu'elle nous trouve.

C'était un jeu, et rien d'autre. Le jeu de notre vie. Nous risquions la mort chaque fois que nous y jouions, mais si nous ne jouions pas, nous devenions fous. De toute façon, que serait la vie sans ces coups d'adrénaline ?

Je crois cependant que j'aimais cela davantage que Conal. Et Aonghas n'appréciait pas du tout, surtout maintenant.

– Sérieusement, insista-t-il. Nous sommes là depuis trop longtemps cette fois.

– Je sais, rétorqua Conal.

J'adressai un regard entendu à mon voisin, l'air de lui dire « je t'avais prévenu », et il leva les yeux au ciel. Des yeux qui me parurent plus verts que jamais à cause du vert kaki de son tee-shirt. Il portait aussi un jean déchiré, et son épée dans le dos ; malgré son ton sérieux, il affichait un large sourire irrépressible.

Il arborait aussi cet air nostalgique, que les dieux nous viennent en aide ! Je comprenais ce qu'il allait advenir.

– Tu sais, dit-il, nous pourrions juste rester là-bas. Parmi les « simples mortels ». Nous y installer.

– Par les dieux ! On croirait entendre Reultan.

Qui eût jamais cru que cette fière garce allait devenir une telle adepte de l'autre monde ?

– Elle adore vivre là-bas. Tu sais ? Je crois qu'elle a raison. Nous devrions peut-être… tu sais… nous adapter.

C'est sans risque. Quand un « simple mortel » a-t-il jamais tenté de nous faire du mal ?

J'éclatai d'un rire incrédule.

– Depuis mai de l'année dernière, tu veux dire ?

– C'était ta faute. Je t'aurais fait massacrer par mes hommes moi aussi, si elle avait été ma compagne.

– Alors que dis-tu ? Que nous devrions laisser le Voile à la merci de Kate ? Le laisser mourir ?

– Bien sûr que non. Mais peut-être… pourrions-nous laisser les choses comme elles sont. Garder profil bas. Pour une fois.

Il se tourna vers la mer, assez gêné.

– Jusqu'à ce que Finn ait grandi ? ajouta-t-il rêveur.

– C'est ça. Encore ton cerveau débile. Les guerres n'attendront pas que tu aies fini de te reproduire, tu sais.

– Fermez-la tous les deux ! nous intima Conal en appuyant la tête sur la roche, comme s'il en écoutait la voix.

– Pardon, ajouta-t-il. Mais nous sommes venus de si loin ! Nous pourrions également… Ah !

Au bout de quatre cents années, son brusque sourire parvenait encore à me prendre par surprise, à transformer mon aigreur en un rire complice.

– Tu l'as trouvé ! m'esclaffai-je.

– Je l'ai trouvé.

★★★

– Le savoir est le pouvoir, c'est ainsi, dis-je tandis que nous partions vers l'est. Et Leonora ne voudrait pas que je sache.

– Ah, ne t'en fais pas. Tu sais, maintenant.

Conal paraissait distrait, mais j'étais en colère. Le tunnel dans la roche aurait pu m'épargner bien des tracas, voilà déjà longtemps. Il m'aurait également évité une course désespérée à travers le machair, sous une lune trop brillante, ainsi qu'une escalade qui m'avait quasi tué, tout cela pour nous ramener, Conal et moi, à notre propre forteresse.

— Elle aurait pu nous simplifier les choses. Ce n'est pas comme si tout le monde était au courant.

Le Voile avait été solidement tissé, dans une matière dense, épaisse comme de la corde à l'entrée du tunnel, et c'était là un travail de sorcière. Pas étonnant qu'il ait été difficile à trouver.

— Personne ne devrait l'être. Je vous conseille, à tous les deux, de ranger ça tout de suite au fond de vos mémoires et de ne plus y penser.

— Pourquoi nous l'as-tu montré maintenant ?

Aonghas semblait beaucoup plus content, dès lors que nous reprenions le chemin de la maison, et c'était compréhensible.

— Elle vient juste de m'en parler, dit Conal. Croyez-le ou non.

— Et puis, coupai-je, il s'inquiète pour la vieille chouette. Ouille !

J'aurais pourtant dû savoir, désormais, que si j'insultais la mère de Conal, je ferais bien de me tenir hors de sa portée.

Pourtant…

— Seth a raison.

La voix de mon frère avait pris un ton mélancolique.

— Kate ne s'attaque pas à la forteresse que par peur de Leonora. Alors s'il lui arrive quelque chose…

– Il n'y a aucune raison, intervint Aonghas.

– On parie ? Quand elle nous jette ce genre de regard...

Oui. Je l'avais vu moi-même et j'en éprouvais des sentiments mélangés. Il fallait craindre la mort de Leonora, d'autant qu'elle avait déjà survécu plus de trois siècles et demi de plus que n'importe qui d'autre, d'après ce que j'avais entendu dire, à la mort d'un amant attitré. C'était une sacrée réussite puisque son âme restait liée au souvenir de Griogair chaque minute de sa vie. Ça ne me la rendait pas plus sympathique pour autant, mais *c'était* une réussite.

En attendant, si elle lâchait prise et mourait, notre exil s'achèverait, et j'en serais le premier content. Depuis combien de temps avais-je cessé de croire en la pierre ? J'avais perdu le compte des décennies, si toutefois j'y avais jamais cru. Prophétie ? Sort ? Talisman ? Balivernes. Leonora et Kate avaient sans doute été les sorcières les plus puissantes que les Sithe aient jamais connues, mais elles étaient toutes deux esclaves de quelque vieille devineresse, et je supposais que cette cinglée eût braillé des choses encore plus folles avant que les Lammyr de Kate ne finissent par la tuer. J'étais au courant de ce qu'elle avait dit sur moi – essayez de l'oublier quand vous vivez avec une vieille sorcière sithe superstitieuse – et je m'efforçais de le reléguer au fond de mon esprit, avec tous les chagrins, toutes les mauvaises plaisanteries et les remords qu'on pouvait accumuler au cours d'une existence. Nulle démente à demi morte ne saurait dicter les choix de ma vie. C'en était fini. Elle m'avait envoyé dans un exil de quatre cents ans à la recherche d'une pierre inexistante, et ça suffisait.

Ce n'était pas un morceau de roche qui sauverait le Voile, vaincrait la reine et nous permettrait, à Conal et moi, de regagner notre forteresse et de retrouver notre peuple. Je savais ce qu'il fallait pour y parvenir : des combattants et de bonnes lames, et plus vite nous lâcherions cette supercherie pour nous battre vraiment, mieux ce serait.

J'étais content de voir Conal de meilleure humeur tandis que nous remontions vers la porte des eaux. Peut-être pensait-il la même chose que moi, enfin. À moins que lui aussi ne soit devenu débile, comme son demi-frère. Quand Aonghas se mit affectivement à siffloter, je ne pus supporter davantage cet excès de bonheur.

– La ferme ! lançai-je. Ça porte malheur. Et puis efface-moi ce sourire stupide.

– Fiche-lui la paix, Seth ! Il a le cerveau ramolli. Ce sont ses hormones.

– Quoi, ce n'est pas lui qui était enceinte !

– On le dirait presque. Par tous les dieux, je te jure, il vomissait tous les matins.

– Et il a pris du ventre. Il l'a toujours, d'ailleurs.

– Vous ne vous êtes pas regardés, tous les deux ! s'écria l'intéressé avec un large sourire.

Il se tapotait le ventre, qu'honnêtement, il avait aussi plat et dur que le mien. Au fond, peut-être que j'étais un peu jaloux. Mais il avait le droit d'être content. Avec Reultan, ils avaient attendu assez longtemps.

C'était une de ces journées de soleil intense entrecoupé de pluies noires. Quand les soudaines averses s'arrêtaient, la lumière réapparaissait entre les nuages, comme le rayon d'une torche, brunissant la prairie et faisant scintiller les arbres détrempés. C'était joli. Nous arrivions chez nous, maintenant. Peu nous importait d'être mouillés. Nous chevauchions dans les rayons du soleil, et je supposais que leur éclat serait difficile à supporter autrement.

Raison pour laquelle, sans doute, l'enfant ne nous vit pas.

Il se retrouva sous les sabots de Conal avant de s'en rendre compte, mais dans un même élan, il roula sous les pieds du cheval noir et atterrit indemne de l'autre côté, dans une masse de fougères. Déjà, il tentait de se remettre sur pieds, sanglotant de terreur, si bien que je dus retenir mon rouan bleu de peur qu'il ne le piétine, le prenant davantage pour une proie que pour un petit garçon apeuré. Le cheval noir de Conal paraissait également intéressé, et je voyais déjà la bagarre arriver.

– Ne cours pas ! criai-je furieux. Ne cours pas jeune crétin…

J'aurais aussi bien pu crier à la pluie de ne pas tomber. Le gamin, de sept ou huit ans tout au plus, était reparti en un éclair ; heureusement pour lui, il se jeta tout droit sur Aonghas qui n'eut qu'à se pencher pour le soulever de terre et le hisser sur sa monture nettement plus docile.

– C'est bon. Bon Dieu, petit, tu es sauf, c'est un cheval, pas un…

Les paroles d'Aonghas ne produisirent pas plus d'effet que les miennes ; déjà, l'enfant se débattait à coups de poings et de pieds, essayant de le mordre et de l'étrangler. Poussant un juron, Aonghas lui mit une gifle, que le garçon lui rendit en rouspétant et l'injuriant ; finalement, Aonghas perdit patience et lui plaqua une main de fer sur le front.

– Dors, sale gosse !

Le petit regimba encore deux secondes, mais il était trop jeune pour savoir résister, et son corps finit par s'effondrer, inerte. Au moins, un enfant inconscient ne représentait plus une grande provocation aux yeux du rouan et du cheval noir. Tandis que les deux chevaux soufflaient et s'ébrouaient, Conal nous regardait, Aonghas, le garçon et moi.

— Quoi ? Il ne sait pas ce que c'est qu'un foutu kelpie ? Ses parents ne lui ont…

Je regardais derrière lui et lui fis un signe de la tête.

— Ce n'est pas de nous qu'il avait peur.

En silence, nous regardions la fumée qui montait derrière la colline. Maintenant, nous entendions des cris, des cliquetis de lames, le craquement de flammes dévorantes.

Conal leva le pouce et l'index à l'horizontale.

— Nous sommes à ça, marmonna-t-il entre ses dents, à ça des terres de la forteresse.

— Mais pas encore dedans, dit Aonghas.

— Ces arnaqueurs. Comment diable *osent-ils* ?

— On peut prendre le gamin, dit Aonghas. Le tenir à l'écart. Ce serait plus malin.

Je préférai ne pas me mêler de ça. C'était le rôle d'Aonghas de le conseiller, pas le mien. Mais, bon sang, j'espérais qu'il allait perdre la partie.

En fait, je crois que lui aussi l'espérait. Plus ou moins.

— Aonghas, écoute, dit Conal.

Il pencha la tête.

— Ils sont trois. Quatre au maximum.

— Et ils ne s'attendent pas à nous voir, bouillait Conal.

ADA éditions

www.ada-inc.com
info@ada-inc.com

www.facebook.com/editionsada

www.twitter.com/editionsada